U0961992

The Real Actor

演技派

完结篇

睡芒 著

广东旅游出版社
GUANGDONG TRAVEL & TOURISM PRESS
中国·广州

目录

CONTENTS

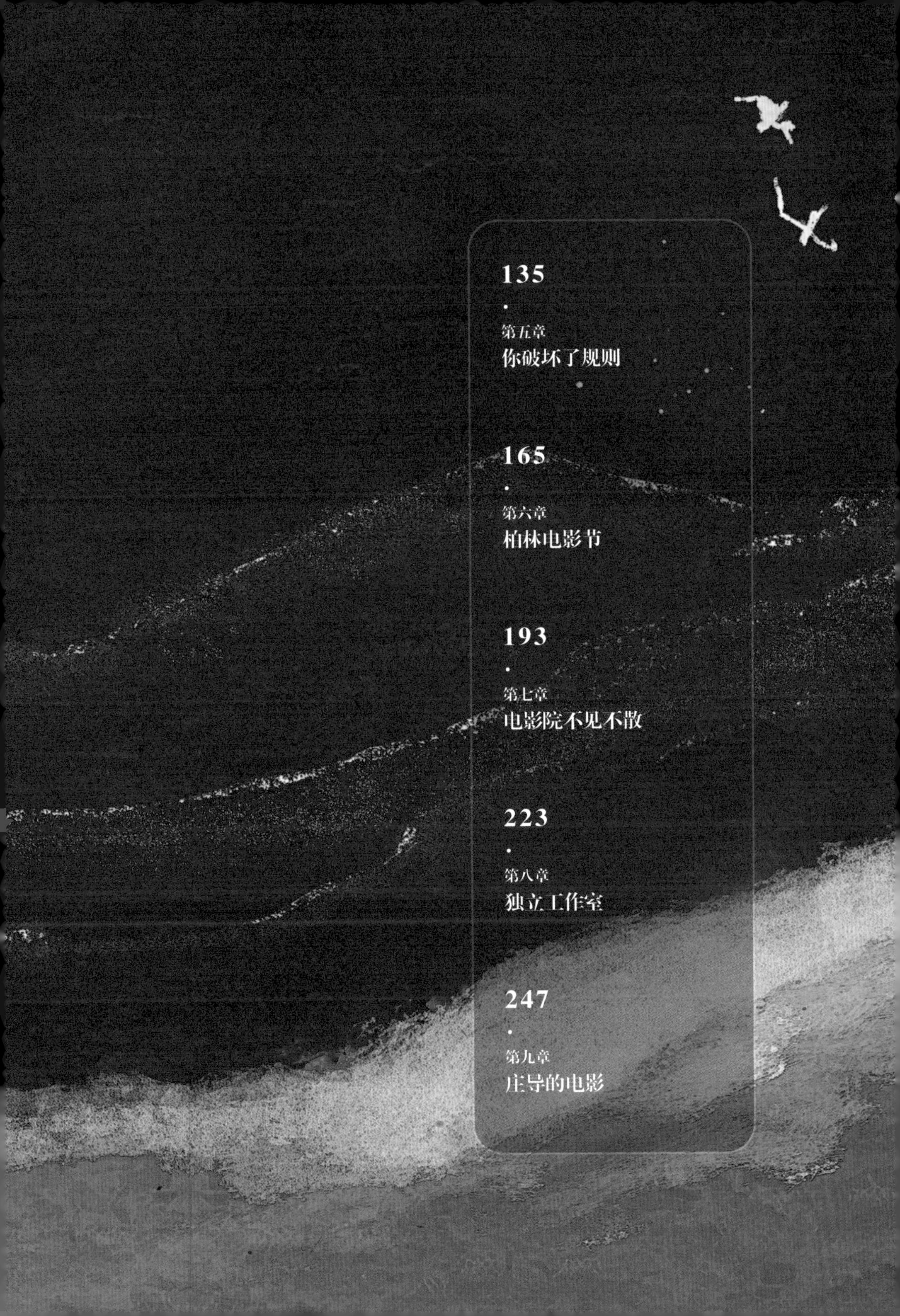

演技派

The Real Actor

演员的每一场戏，都是通向角色的。

第一章

我真的出戏了

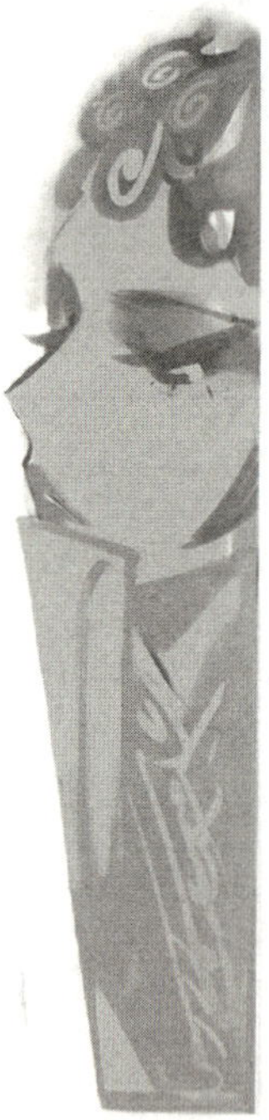

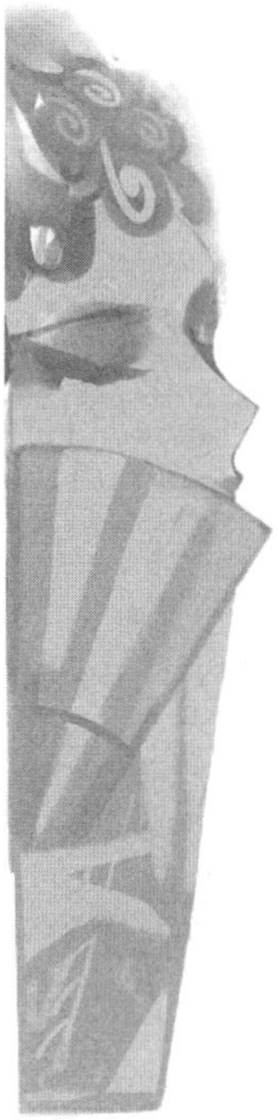

1

曾导私下里给庄钦开小课堂的事，已经有人注意到了。

男主角给他当，还问他选哪个当女主角。

曾导的教学方式和其他组导师不同，他没有上理论课，第一天让演员吃透了剧本，第二天就把各个角色定下，第三天就直接选四场戏搭摄影棚开拍。

这特殊待遇引得郑风柏没忍住半夜在微博阴阳怪气：“上幼儿园的时候就遇见过偏心的老师。现在还有这种事，为什么不能一视同仁？他是充值了 VIP ？”

结果过了一分钟就删掉了。

虽然他不敬业、耍大牌已经是业内都知道的事了，可营造在人前的形象却一直很好，粉丝一多，深更半夜发这种牢骚，比狗鼻子还灵的营销号闻风而至，拿着一张截图做出各种解读。

他这微博，就差指名道姓了。

【郑风柏大概率在录制《戏中百味》的真人秀，虽然节目这周末才播出，但根据预告片来看，节目请来了五位专业评委导师，他指的是其中哪一个？】

【#《戏中百味》疑似黑幕！#惊天大瓜！】

【演员郑风柏疑似遭遇不公平待遇，《戏中百味》号称最真实的演员同台竞技的节

目，是否真实？】

节目还没播出，就闹出这种事，粉丝为偶像摇旗呐喊，导演组的微博都被扒了个干净。经纪人天还没亮就给郑风柏打电话：“你脑子抽了发这种微博？！”

“菲姐，我……我不是故意的……”他发了不到一分钟，就意识到后果，发的那一瞬间爽了，发完紧接着就开始慌了。

曾导他得罪不起，一旦得罪，以后可能就没有戏拍了。

他的公关和节目组的公关都在花钱撤热搜，经纪人登录他的账号解释了昨晚的行为。说郑风柏一直在录制节目，用不了自己的手机，微博是被人盗号了，恶意发布这样的内容。

网友自然是不信这些的，都说要亲眼看一下节目，看看自家偶像说的是不是真的。

今天一大早，要直接去摄影棚开拍。郑风柏演的是个配角，他先是找了节目组导演认错，导演倒是没说什么，让他以后不要冲动：“有什么意见呢，你直接给曾导说就是了，有时候我们做导演的，也要听演员的话。曾导不是一个跟你们计较这种事的人。”

郑风柏哪里敢直接去曾导面前说什么我怀疑你偏心，给庄钦搞特殊待遇。

导演就道：“你话都公开发表了，你以为曾导不知道？你直接跟他说，你对这个结果不满意，或许能商量出一个好的结果来。”

郑风柏一想也是，不管怎么样人已经得罪了，还不如直截了当地提了。

厂棚化妆间，庄钦和其他演员都在里面化妆，郑风柏跑出去找正在跟摄影打光说话的曾导。

他酝酿了半天，说话时却拐弯抹角，曾导听完说：“没听懂你的意思，你简单一点。”

郑风柏硬着头皮道：“曾导，昨天您定下庄钦当男主角，但是没有给我们一个原因，就说是他。”

“原因？他功课做得比你们好。”

“人物小传？我也写到很晚才睡觉的，我不认为自己功课做得就比他差了。选主角不是要拿演技说话嘛，这个角色，比如陆雨哲，他之前也演过主演的，我觉得，您应该给大家一个机会。”他诚恳地道。

曾导不如他高，仰着头看了他几秒钟：“OK，那让你们都演男主角，我叫其他导师来，今晚把成片剪辑出来，晚上给你们的成片打个分？”

庄钦换好了戏服，才听说规则改了，曾导临时请了另外的摄像团队，分六个组，在同样的场景拍同样的四场戏。

其他组还要重新化妆，曾导讲究效率，要求每组演员最多NG（重拍）四条，这非常苛刻，他直接让庄钦和女主角的演员做准备。

背景在二十世纪四五十年代，庄钦扮演的青年男主角是地主后代，逃到了遥远的山村里，和女主角相爱。而这一场讲的是男主角和女主角已经相遇后，女主角喜欢上了这个英俊有才气的青年，但她自卑，而女主角的父亲也不喜欢青年，于是他要说服她，让她知道自己的心。

这个剧本估计是曾导随便拿的，是庄钦并未看过的电影，但他已经把要拍的这场戏吃透了。

他和女演员赵艺灵坐在片场的矮凳上对台词，曾导让他们不要对了："老是对台词做什么，聊点别的啊，记住你们看这场戏本子的第一感觉，对对方的感觉。"他转向庄钦："前天跟你说的，你那种方式不对，要改，知不知道？"

庄钦点点头，表示明白。

曾导并没有强制性地让他改成另一种既定的方式，只是说他现在这样，太危险了。

"一个训练有素的演员，应该有很好的控制能力，能控制自己的表演，一演完立马跳戏，不管在演戏的时候入戏有多么深，一演完就从戏中跳脱出来，瞬间回归现实。而不是像你这样，你用的是潜意识，这很好，能演出最自然的效果，很多人还没有到你这种阶段，但实际上不能一直调用这种潜意识，一部电影里有那么精彩的几场戏是用这种方式的，就足够了。你要学的是技巧。"

如果是拍感情戏，他比方法派更容易陷入角色自身的感情；如果是拍有精神问题的角色，或者演罪犯，越是那种背景经历丰富的角色，他就越危险了。

庄钦昨天独自研究了会儿他的意思。

利用潜意识入戏对他而言算是简单的事，因为已经习惯了。换一种，也就是以前用过的、老师教过的另一种方法：记录下每一种情感，喜怒哀乐稍纵即逝的感觉，精确地通过动作的设计在表演中表现出来。

他仔细地思考了那种喜欢一个人到迫切想让对方知道，但又不能明说的心理。是没有过体验的情绪，但可以从其他地方找到相似的感情来替代。

很快，工作人员叫他们开拍，到这时，庄钦和女主角的交流还很少，两人对过好几遍台词，都背得很熟练。

演员酝酿情绪，场记打板，庄钦乱七八糟的想法一大堆，他能理解曾导的话，但一时半会儿无法消化，听见打板心里也是一急，立马想办法进入角色的精神世界，他看着不熟悉的女主角，感情无法到位，找谁代入？

脑海里的老虎机开始转动。

简陋的摄影棚、乱糟糟的片场、四周挤挤挨挨着大量的工作人员、充斥着打光板以及摄像机器。

他扮演的是地主家的后代，虽然落魄，但这个人的行为举止，始终是有其特殊的风度的。单从人物的外形塑造而言，已经过关了。

然后是台词，台词也说得很好，无可挑剔。

曾导却沉着脸："再来一条。"他没有说问题所在，场记再次打板，各部门就位，重拍。

拍了好几条，他说了好，过，没有说别的，就让演员去另一个棚拍下一场戏。

直到四场戏全部拍完，他也没说好或者不好，然后让其他组的演员上了。

剪辑师开始拿着几场戏的素材忙活。

晚上，六组演员分别拍摄的、不足两分钟的戏被剪成了成片，在公寓底楼那巨大的投影屏上播放。

其他组的导师也被叫来，而其他演员听说他们组的曾导没有上理论和培训课，居然在棚里拍戏，都嫉妒得发酸。

所有人聚在一起看拍摄的片段，灯光暗了下来。

最先放的是庄钦的那一段。

镜头一到他出场，就有人"哇"了一声。

"他这样真的好帅。"

平时庄钦录制节目都穿没有 logo 的白 T 恤黑外套运动长裤运动鞋，也不化妆，但忽然变了妆容和打扮，给人的感觉完全不同了。

青灰长袍，戴着圆片眼镜，哪怕衣服看得出有些发旧，但那气度，正像是那个年代的地主阶级。

女主角的打扮则是麻花辫，红袄子，颊边扫了两团腮红，没有眼妆，看着土气但纯朴。演这个角色的赵艺灵已经三十岁了，但在这种扮相下，身上依然透出来一种少女的娇俏感。

四场戏不是连贯的场景，但情绪居然是很连贯的，从女主角的芳心暗许到男主角的动心但自持，男主角帮忙从井里打水，和女主角就着那盆水在阳光下的院子里你浇我我泼你的画面，看得在场的人都觉得不好意思了，说他们好有CP感。

明明女演员比庄钦要大十岁，在戏外都看不出什么，一演戏就能演出那种感觉。总共只有一分多钟的片段，却有着极强的故事感。

“演得好，演得好。”灯光亮起来，有人给了掌声，“曾导也导得好。”

郑风柏看完这一段，表情都变了，他不知道自己演得如何，拍的时候曾导什么都不说，也不指导，然后就过了。

但庄钦这段……确实拍得可以。

难以置信这是今天一天之内完成的——大导的功力可见一斑，但演员的水准就不是那么统一了。

后面又放了其他演员的片段，单看都还可以，可一对比起来就很惨烈。有的演员扮相好看，结果一说台词就让人出戏。

有的演员台词可以，但感情明显不到位，与对手戏演员配合得也成问题。

“庄钦和赵艺灵是昨天就开始排练的，我们今天才排的。”

六个片段放完，哪一段更好高下立见。

郑风柏脸上挂不住，心里也不服气，他不想出现在镜头面前，尽量往后站，听其他组导师挨个儿点评。

缺点和优点都说了，庄钦一一记下，今天拍戏，他不自觉地又用了自己习惯的方式，后面有意识地在纠正，但作用却不大。

导演组挨个儿把演员和导师喊到旁边的小房间，问他们一些问题。

问庄钦的是：“你觉得今天表现得怎么样？”

“不是很满意，”庄钦说，“我没有做到曾导对我要求的，对我自己而言我在寻找一个突破，是比较难的一件事。”

“跟赵艺灵搭戏感觉怎么样？”

庄钦：“她很敬业，而且很有经验，跟这样的演员搭戏就是轻松一些。”

问郑风柏也是同样的问题，郑风柏说：“排练的时间比较短嘛，我是今天早上给曾导提的，他们那组昨天开始排练的，我们是今天开始排练的，就可能差了一点，拍的时候也比较赶时间。今天时间也不多，曾导要给六组人拍四场戏，真的很不容易，你们看他好累，拍戏的时候也不说话。”

问曾导，曾导说的是：“不给他们提示，公平一点啊，演员自己演得怎么样，大家都看得见的，演得太差了我话都不想说，有的演员我不说他也能理解，有的你说了他们也不行。”

他看起来似乎是对所有人都有意见，但私底下跟庄钦多说了两句：“好好练习，你应该已经找到了方法，只是没那么熟练，熟能生巧。”

今天的录制到了凌晨才结束，节目组给演员放了假。庄钦知道前几天《藏心》是彻底杀青了，这次的晚宴是邱明公司附属的电影发行公司在首都办的，郭导特意给他打电话让他来。

庄钦想到有杀青礼物还没给李慕和导演，于是这边一录制完就立马飞回去了。

节目的第一期是在电视上首播，庄钦没时间，是回首都的飞机上看的，看的是下载的录播。

他们前面拍摄的内容，足够剪出五六期的内容了，按照每周两期的节奏，两个月就能播完一整季节目。

第一期内容就是介绍赛制，以及向观众整体地介绍四十八位演员，拍过什么戏，演过什么角色，以及演技水平如何，现场舞台表演的水准怎么样。

在飞机上的一个多小时里，他完整地看了一遍，也没有开弹幕，自己在这一期的镜头明显没有预告里那么多，镜头更多地在介绍那些观众可能并不了解的演员。

总的而言，他在第一期的表现没有那么差，可剪辑却突出了导师对他的差评，认为他的演技是一条直线没有波动。

他自己不上网，也就不受干扰，但完全能想象出网友的评价，无非是说演技差，翻来覆去还是那张女装鬼畜 GIF（动图）。

他自己最开始还会对各种版本的表情包尴尬，看习惯后也就那样了，以前有一段时间走的是自黑人设，自己发自己的表情包，在节目上调侃自己，水军买一拨，又圈了一拨粉。

飞机落地，庄钦坐着公司安排的车回家，车子到小区停车场就不被允许进去了。庄钦下车，步行进去。

小连是第一次回来，庄钦搬家后他还没进来过。

进去后完全震惊了，这堪比五星级酒店大堂的奢华装潢，让小连忍不住地上网搜了下：“庄哥，这小区我看见说要一个亿才能买一套房，你在哪个中介租的？花多少钱？”

“是……”庄钦顿了顿，“李慕租给我的，他说有套房空着，让我先住着，我一开始叫搬家公司的时候都没想过他说空着的房子是这种的。”

“有棋牌室啊。

“还有看电影的影音室?

“桑拿房也有啊……”

“你别乱看，那些房间我都没进去过，我卧室在这边。”

小连不好意思再开门看房间构造了，只是仍然止不住地好奇：“怎么两个厨房？”

“好像是一个中厨一个西厨，我也没有用过。”庄钦打开卧室门，进去找衣服换上。

他以为晚上就是一个普通的杀青宴，顶多是邱总办的，会豪华一些。他找了一件衬衫穿上，搭一件亚麻灰的猎装外套。

他提了个手提袋，袋子里装的是杀青礼，有给几个演员准备的，还有给导演准备的。

结果车子到了酒店，要进场的时候，庄钦才感觉到不对劲。

怎么都穿的正装？带女伴?

——还有穿奢华长晚礼服的女演员。

不是杀青宴吗?

他站在走廊的另一边，发现别人还有邀请函，目光朝场内看了一眼，整个宴会厅灯火通明，觥筹交错的男女，舞池中央还有人在跳舞，侍者端着香槟穿梭在人群之中——哪里像是什么杀青宴？分明就是个大型晚宴，他甚至一瞥就看见了一个知名导演。

就在庄钦以为自己是不是走错了酒店或者楼层，正准备打电话问问郭导的时候，他却忽地瞥见了在人群中格格不入的一个男人。

庄钦从未见过这样的李慕，就像现在这样，他站在喧闹的人群中央，哪怕所有人都穿西装，他也只穿了合身的西装，没什么特别的衣服，可那些衣服穿他身上就不同，挺括的线条修饰了高大精悍的九头身身材，比其他人都高，头发削短而纤毫分明，是为了拍戏才剃得这么短的，英俊的五官显得越发清晰凌厉。

哪怕他站在里面，却也融不进去，李慕根本不属于这里，周身气场隔绝了其他人的靠近。尽管如此，他仍然是人们视线的焦点。

在东南亚拍戏那段时间，大家都穿得随意，能看出李慕对某些潮牌相当执着，各种印花的T恤和短裤长裤牛仔裤招呼上身，出汗了甚至会揭起来擦唇上的汗水，不说话时有极强的距离感，但平日拍戏相处却感觉不到。

只是这一瞬间，庄钦这么遥远地看着，就觉得似乎李慕还是那么遥不可及。

他只出神了一瞬，就被后面进来的一位编剧给认出来了："欸？"

编剧停在他身边说话，庄钦收回神，开始同旁人交际。他自己穿一件猎装外套就来了，哪里好意思进去，虽然看见了李慕，但也不清楚是不是真的走对了。庄钦跟这编剧说了几句就借口去卫生间离开了。

他掏出手机给郭宝箴发消息。

"郭导，我到了这边。

"但是……这个真的是我们的杀青宴吗？别人都有邀请函，我没邀请函不好意思进去啊。"

他站在亮堂堂的洗手台前面，等着郭导回复。

洗手间门从外面打开的时候，庄钦打开水龙头假装在洗手。

"你在这里！"李慕在他身旁站定，"刚才看见你我就出来了。"

庄钦手离开水龙头，抬起头，在镜子里看着他，一种类似紧张，又夹杂着别的情绪油然而生："我在外面的时候你看见我了？出来找我的吗？"

李慕淡淡地"嗯"了声，问他怎么不进去，庄钦说："我不知道这个杀青宴会来这么多人，郭导没给我说……"

"早知道就不这么穿了。"庄钦低下头，面对这样的李慕，他就感觉到不知从何而来的很大的压力，也不知道为什么就是不敢直接看他。

李慕修长的手指开始解西装扣："把猎装脱给我。"

"什么？"

"你穿我的。"他自然地把外套脱下来，衬衫外面穿着一件修身的马甲，香水正是喷在这里，那味道很淡，存在感却比酒店盥洗室的香薰更强，于是有种眩晕的侵略性，和李慕这样体贴的举措形成极大的反差。

他连忙摇头，说不用："我里面穿了衬衫的，我穿衬衫进去，也没什么，里面没有媒体吧？"

"没，但也有人拍照。"李慕见他不穿，也不勉强，"你跟我来，我让人送一件过来。"

从盥洗室出去，庄钦稀里糊涂地就跟着李慕进了电梯间，手机响了几声，是郭导的回复，说出来接他，问他人呢。

庄钦回复："我等下就来，不用接我了。"

李慕问他："你节目录得怎么样了？"

"还可以。"

“昨天回来的？”

“今天，昨晚录制完了我买的凌晨的机票回来的，回来休息了一会儿，就过来了。”

“跟其他演员一起搭戏了吗？”

“……搭了。”

“什么感觉？”李慕没有看电视，但庄钦那边录制的内容，他都知道一些，知道他昨天拍了一天和一个女演员的感情戏。

李慕今天是从头到脚的精致，邱明说他这样穿，不用说话都能把人撩到腿软。

效果似乎是有的，庄钦老是不敢看他，眼神飘忽：“挺好的。”

电梯门开了，庄钦让李慕先出去。酒店走廊的灯光柔和，李慕：“跟其他人搭戏，和跟我，感觉有什么不一样？”

“你……是男的。”

“跟你搭戏的是女演员？”李慕刷卡开门，“什么剧本？”

按照邱明给他排的，今晚本来是找人给庄钦泼酒，把他衣服弄脏了，然后李慕把他带回房间。

没想到庄钦连衣服都穿错，就这么把他带回来了，房间里正好有一套他尺寸的三件套。

进了他的大套房，庄钦三言两语地描述了这个剧本，李慕从衣柜里把衣服拿出来给他，又道：“哦，演的是恋人，感觉很好？”

“是……”庄钦接过衣服，感觉这个衣服怎么送来得这么快，“也不是，跟我一起演戏的女演员很有经验，没怎么对过戏就拍好了，但是，跟不同的演员拍戏感觉始终是不一样的。”

“哪里不一样？”

“我也……说不上来。”他也不知道为什么特别紧张，在来之前就准备好了杀青礼，但这段时间都没有联系，他每回都想到上次的事，李慕当时喝醉，或许没什么记忆。

因为李慕还在，庄钦只把外套脱了，李慕礼貌地转过身去。

庄钦才开始脱衣服，李慕面前的酒柜上碎片镜面，反射出一部分后面换衣服的画面，李慕伸手松了下领带，问：“衣服合身吗？”

“刚刚好欸。”庄钦系上扣子，感觉特别合身，有点纳闷，“你怎么知道我的尺码？”

“抱了你那么多次。”肩膀多宽，腰什么尺寸，除了臀围不太确定，他连腿围都知道。

庄钦感觉这个话题不太妙，不吭声地把裤子穿上，裤子长短合适，像量身定制。

李慕打开放雪茄的盒子，拿了一根。

“等会儿下去吧，不急吧？”

“不急的……等你抽完。”

李慕坐在单人沙发上，抽了半支雪茄。

他光是坐在那里，就有种压力，庄钦看了一眼他，低声说：“你还生气吗？”

“生什么气？”

“就是……上次，私人号码那个，”他迟疑着，“小连说你给他打电话了，他给你说那是我的工作号码，你后来还问了我的，就是那天晚上，可能你喝醉了，不记得了……我私人号码很少用，交的话费套餐都是最少的，我用这个号给你打一个，你存一下。”

李慕说记得那件事：“那天晚上我喝多了。”手机响了，他挂掉，把庄钦的号码存下来，把剩下一半的雪茄丢掉，“但发生了什么，我还记得。”

庄钦看他起身，以为要走，也跟着起来。

李慕拿起领带：“忘了给你准备领结了，你戴我的领带。”他回过身体，在庄钦还没反应过来的时候，单手抓着领带绕过他的后颈，在他领口打结。

两人挨得很近，呼吸打在他的脸上，庄钦又微微侧过头去，紧张到手指头都开始抓挠裤缝。

李慕动作很慢地给他打了一个结，低着头：“你说我该出戏了。”

“我出来了。”李慕用手指帮他梳理了下头发，声音低沉，“我知道在面前的是谁，我在跟谁说话。”

“你看着我。”李慕的手指顺着黑发向下，捏住他的下巴，“你觉得这是演戏，还是真的？”

庄钦被他逼迫得喘不过气，脸红得滴血。

2

这种要命的感觉，很像是戏，像潜意识被他诱导出来了，庄钦分不清了，他被李慕的气息环绕着，朝后退了一步。

李慕逼近，一只手帮他把挺括的衬衫领压下去。

“你出戏了吗？”

“我也……不知道。”庄钦无路可退，靠着后面的吧台，仍是被他桎梏住的姿态，仰着头，但目光是躲闪的。

人们欣赏好看的事物，他也不例外，但李慕这样实在太犯规了，庄钦得拿出演技来，才敢堂堂正正地和他对视，可这时候自己都心乱如麻，分不清真假，也没人给他剧本，还怎么演戏？

“那你看着我，你说我是谁？”

“是……李慕。”庄钦越发地感觉站不稳，不知道往哪儿扶，只好扶着一旁的吧台椅，“我不至于分不出这个。”

他该庆幸这套房灯光很暗，不然感觉自己是无所遁形了。

“认得出就好。”李慕声音低沉，眼睫低垂。

被他直白的目光烫得心惊，庄钦还有什么不明白的！都拍完戏这么久了，李慕这样……还说已经走出来了。

他脑子里乱糟糟的，已经被李慕搞得找不到北了。

自己到底是不是，还是被《藏心》这部戏给影响了？

如果自己跟其他男演员拍这部戏，或者拍其他的类型片，也会出现类似的情况吗？他脑中出现几部片名，几个男演员在片中的造型，先是给自己换头，然后给李慕换头。

李慕发现他在走神，很稀奇地看了他一会儿。

这种情况居然还能这样走神。

“在想什么？”

“玩老虎机。”

李慕不解。

庄钦：“等一下……”

他认真地想了有那么一会儿，李慕就安静地撑着双臂，将他困在身前，一只手甚至有闲工夫拿了一瓶白兰地打开，倒在杯子里。

漫不经心地抿了一口白兰地，烈酒的涩味叫他耐心告警，声音落在庄钦耳旁：“想好了吗？”

“嗯……我想，我、还没想好。”庄钦很不确定地看了他一下，低头，“我可能还得再想一下。”

“难吗？”

“挺……难的。”

在他的想法里，如果自己去和别的男演员演这样的剧本，非常入戏的情况下，也可能出现分不清现实和戏的状况——但偏偏这个人是李慕，不是其他人。

比方说现在，很显然他对李慕的感觉是源于拍戏。在片场的时候，庄钦有意地放任了戏外的亲近，这种良好的氛围有利于拍戏入戏。可戏拍完了，按理说就该终止了，怎么现在还像是在片场那样？

李慕注视他半晌，道：“好，那我给你时间，我要你想两件事，第一件，你出戏没有？第二件，你在戏外当我是什么？搭档？有没有一点点，和对待别人不一样的感觉？”

“哦……”庄钦眨了下眼，“好。”

李慕抬手揉他的发顶，特别无奈：“乖。”

他难得一口气说这么多话。他知道庄钦是单细胞，要不这么说明白了，像之前那样暗示上百回，庄钦都不一定能意识到自己到底什么意思。

说不定过两天想好了，认真地回自己一句：“我们一定是最好的搭档，我还想和你一起拍戏。”

李慕会发疯的。

下楼，进宴会厅，庄钦意外看见了下部戏的编剧老师。来不及想其他事，庄钦定定心神，把自己调整到社交模式。

也不知道这编剧是不是因为一眼看见了李慕，所以直接朝庄钦走过来，寒暄几句，问他的近况，在拍什么。

庄钦说在拍某电视台制作的演员真人秀。

那编剧马上点头表示知道，说自己有个同学是这个节目的编导，然后打量李慕。

庄钦介绍他：“这是我上部戏合作的男主角，他也是我们公司的股东，李总。这是我下部电影，就是姜导导演的那部，电影编剧韩老师。”

李慕微微点头：“你好。”

“你好你好，我是韩昕。”韩老师马上眼睛一亮，要跟他握手。李慕长得很帅，且气度不凡，一看就知道是做明星的料子，没想到真的和庄钦一起拍过戏，竟然还是他们公司的股东。

她知道庄钦签的那家传媒公司，不是什么小规模的。

李慕低头，看着对方伸出来的手掌。

他那显微镜般的眼中，映照出手掌的各色细菌。

庄钦知道他不跟人握手，正准备打个圆场，掉个什么东西，或者把李慕拉开，好不着痕迹地打破尴尬，就震惊地看见李慕伸手跟编剧老师握了一下，不过只一下，很快抽出，整个动作只有一瞬。

编剧老师还给了李慕一张名片："我手上还有其他的戏在筹备，我看您非常适合来我们的剧组，有机会的话，可以合作。"

"谢谢。"李慕礼貌地接过名片。

就算今晚邱明介绍他是合作伙伴，要跟其他老板握手，李慕都没伸手。

那编剧老师一离开，庄钦便压低了声音："我还以为你刚才要无视韩老师伸出来的手呢。你带消毒水了吗？我这儿有湿巾……哦不对，"他摸兜的时候才发现，"衣服放你房间了。"

"我去洗一下就好。"李慕抬眼看见那编剧又在跟其他人握手，搭肩膀，摸脸，摸杯子、盘子，整个人更不舒服了。

"其实刚才是可以拒绝的，你给我打个招呼，我都准备把手机丢在地上了。"手机丢在地上，庄钦弯腰一捡，两个人的注意力都被自己分散了，握手的事就不存在了。

"是个好办法。"李慕笑，"那是你下部戏的编剧，要是我不理她，她砍你戏份怎么办？"

庄钦一听，心重重地跳了一下："我是男主角，再怎么砍我戏份，也砍不了什么的……"

李慕："不知道这部戏还缺不缺投资。"

"你别投这一部，这一部投资回报率不高，你要想投资的话，去投……"庄钦的眼神在场内一转，"投那一位，吴导的新片在筹备，他那部可以投。"

吴导的新片是部公路喜剧片，庄钦一开始也考虑过接这一部，但由于角色的定位和他的外形不符，才作罢。

李慕扫了一眼："哪个是吴导？"

"那个，穿酒红色西装的，他很显眼的。"

李慕看见了，点了下头。

庄钦陪他去了一趟洗手间，回来邱明看见他俩，觉得特别不可思议："你俩这么快就和好了？”

“很快吗？”庄钦不解。

邱明看李慕的眼神都变了。

他拉着李慕走远。郭宝箴继续和庄钦说话，今天借了邱总的面子，他才算是半步踏入这个圈子，像郭宝箴这种导演，没个像样的作品，别说底层，他根本进不去导演圈子。刚才和其他导演说话，郭宝箴已经受到了不少的奚落，也就是他心脏承受能力强大，没气到离场。

后来是邱总过来帮他解了围，郭宝箴总算是狐假虎威了一回，满心想着现在就回去剪片子，两个月剪完，两个月做特效，做完成片送去审核。

现在和庄钦说话，他果然自在了不少。

邱明拽着李慕到角落：“你们这就好了？”

“还没。”

邱明：“……居然没！”

李慕：“我给他时间想。”

“还给他时间？你行不行啊，怎么这点本事都没有，你不行我就上了。”邱明自己想不通李慕居然在处理感情上这么温暾。

李慕眉头一拧，让他滚远点。

“不是，我说真的，别给他时间。”要那么多时间想干什么，毛病呢这不是？

李慕垂眸，抿了口香槟。

另一边，正和郭宝箴谈到电影剪辑思路的庄钦，没注意到有个端着盘子的侍者迎面走过来。

庄钦喝着果汁，摆手表示不需要香槟。

侍者非常做作地脚底打滑，一托盘几杯香槟都泼在了衣服上，高脚杯落地，碎了一片。

“先生！不好意思！”

酒杯碎掉的动静不小，侍者连连给庄钦道歉，拿餐巾给他擦，宴会厅里绝大部分的注意力都被吸引了过去。

邱明啧啧两声：“你看看，我安排好的，机会不就来了吗？”

“没事没事，我自己来就好。”庄钦打发侍者离开。

“你要不要去洗一下？”郭宝箴小声地吐槽，“我怎么感觉他是故意撞上来弄脏你衣服的？你这衣服不便宜吧……”

“应该不便宜。”庄钦擦了几下，今天事情太多了，他已经没工夫去想是不是有什么故意的蹊跷了，光是和李慕的谈话就够让他头疼了，本来想一个人去角落里思考一下，结果郭导还拉着他说话。庄钦头疼得厉害，思考着李慕的问题。

邱明走过来，故意夸张地说：“衣服怎么弄脏了？你要不上去换换？楼上有个房间，我叫人给你拿一身衣服。”

庄钦看一眼李慕，对邱明道：“不，不用了，邱总，我提前离开行不行？”

“这个，这个……”

“走吧。”李慕直接道，“我送你回去。”

“……我公司的车还在停车场等我，我坐公司的车离开就行了。”庄钦说。

李慕干脆利落地道：“上楼，把衣服换下来。”

“……好的。”

邱明差点就鼓掌了。

李慕可真上道。

一个半小时的工夫，庄钦衣服来回换了两次了。

他也没意识到有什么不对，跟着李慕上楼。李慕原本想等他换好出来，结果门一开，他脚步根本不听使唤，就跟着进去了。

庄钦从沙发上找到自己刚刚脱下的那身：“把你衣服弄脏了，我带回去，回头干洗了还给你。”

“衣服是你的尺码。”李慕背对着他，酒精的作用渐渐上脑了，“你穿着合身，拿回家吧。”

“好……”庄钦把沾染了香槟的衬衫脱下，“对了，杀青礼我还没给你。”

“给我带的？”

“嗯……就在地上的袋子里。”

李慕侧头，余光能看见他换衣服的动作。

李慕把手提袋提起来：“这个？”

李慕：“这么多？”

“不，里面有给郭导和周导的，还有给其他演员的。”

李慕差点一口气没上来。

庄钦立刻补救：“不过给你的和给他们的不一样，给他们的杀青礼物都是一样的，你的我有特意选过。”

“是吗？”李慕的声音听起来音调高了几分，他在袋子里挑挑拣拣，全都是包装好的，他也分不清是哪个。

“等下我来给你找。”庄钦刚提上裤子，还没穿好鞋，光着脚跑过去，很快从盒子里拿出一个来，“这个小的是给你的，这个也是给你的。”

“我有两个，他们只有一个？”李慕拿着盒子感觉很轻，想或许只是袖扣之类的。他并不在乎是什么，在乎的是和别人不一样这点。

“是，你有两个。”

“你喜欢郭导，喝醉的那次跟他表白，你也跟我说过一次喜欢我，所以你给我两个杀青礼物，是双倍喜欢我的意思吗？”

庄钦张了张嘴，根本无法反驳他的逻辑。

李慕注视他，舌尖抵着齿关，发出的音越发低沉：“意味着你认为我是特别的，是吗？”

“……是。”

“刚才问你问题，有答案了吗？”李慕抬手看手表，“一百二十分钟过去了。”

庄钦注意到那手表似乎是自己代言的那款，之前好像送了一个给李慕。

“我……我也不清楚，我拿你……或许只是默契的搭档，或许是别的，只是因为我不确定自己出没出戏。”他只能这样回答。

3

房间的灯只开了几盏，顶上的射灯在地上投射出一圈水滴形的白光，背后罗列着洋酒的酒柜下方的灯带则是朦胧的暖光，几处光源装点了氛围。

李慕盯着他的眼睛：“我对你这样，可不是因为拿了剧本，把你当成安可。”

两人的角色在戏里戏外都是有重合点的，这才是最影响人思考的地方，如果他扮演的角色和他本身有非常大的性格出入，或许不会出现这种分辨不清的情况。

“我没有混淆两种感情。”李慕的语气仍旧是他的语气，可眼神却出乎意料地含着一丝温柔，“无论你扮演的是什么角色，在我眼里都是独一无二的。”

“我要你记住我现在对你的态度，剧本里的我不会。”李慕揉捏他的后颈。

刹那间，庄钦莫名心脏狂跳，自己都能听见自己剧烈的心跳声，“咚、咚、咚”，一上一下，似乎要蹦出嗓子眼了。目光望向李慕，他整个人溃不成军，不知所措，嘴唇微张，不知道怎么回应。

如果这个时候谁给他一个剧本，说不定能照着演下去，但生活可不是剧本，他能自如地演戏，却不能自如地面对自己的真实感情。

庄钦在豪宅的大床上滚了几圈，不仅仅是睡不着，他的脑神经高度活跃，只要一闭上眼，就想起吧台旁，昏暗不清的灯光，混着白兰地和香槟。

和拍戏、对戏是完全不同的感觉。

周围没有手持导筒的导演，没有扛着摄像机锲而不舍地拍特写的摄像师，没有场记打板的声音，也没有那声特定的“Cut”。

原来是这种感觉。

前几天在节目组练习课的时候，他跟好几个女演员搭了一段戏，同一段剧本。

女导师摇摇头，说他：“你不行，完全没有经验，你刚刚把她当什么了？”

庄钦说她长得有点像他师姐。

师姐是大美人，眼前的女演员轮廓有些像，某些角度也像。庄钦喜欢师姐，但没办法把对师姐的那种亲情变换成爱情再代入剧本。

他的练习课遇到了瓶颈，女导师说：“你这个年纪，不去谈个恋爱累积点经验是不可能拍好的。”

一开始她以为庄钦的纯情人设就只是个人设而已，21世纪了，这么帅的男孩子哪可能没谈过恋爱，那么多女孩儿追，怎么着都会偶尔心动的吧。

结果女导师发现，庄钦还真就是毫无经验可言。

没有经历过的事的确很难表演得足够真实。庄钦没有当场反驳她，但私底下做了功课，当晚便戴着眼镜研究古往今来的爱情电影，分析了每个不同的演员的动作设计。

他学了几招，昨天在曾导的表演课作业上就用上了。

这边李慕让司机把庄钦送回家，回来的时候撞上了挽着郭导臂膀进电梯的邱明。

目光在两个人身上走了一遍，郭宝箴晚上的状态李慕没怎么关注，怎么喝成这样？整个人都倚靠在邱明身上，眼睛半睁不睁的。

李慕：“你带他干什么？”

邱明一副你不要胡说的模样：“我能干什么！他不是喝醉了嘛，给他开个房睡觉去！倒是你，下楼吹风？”

李慕平静地说送他回去了。

电梯门打开，李慕先出去，邱明拖着郭宝箴从电梯间出来，被他拖着走的郭宝箴“哇”的一下，吐了他一身。

邱明破口大骂。

李慕下意识的动作是走远：“我回房间帮你叫人来清理。”

他打了电话，就没管邱明了。

正准备去浴室冲澡，李慕瞥见沙发区域落在地毯上的白色运动袜。

庄钦离开的时候袜子忘了一只，踩了李慕一脚后就那么跑了。他给李慕解释了，自己明天要回节目组去，要继续录制。

李慕到底做不到邱明那样的不要脸，非要强迫别人和他做朋友不可，他刻在骨子里的克制礼貌让他很多时候都显得非常尊重别人，不过大多时候他都是不在乎的，比方说哪怕他礼貌，他也不会去扶喝吐了的郭宝箴，但会帮忙打一个电话让工作人员来帮忙。

可礼貌也得分人——似乎不要脸好像也没有想象中那么难。

至少庄钦的反应让李慕知道了，该怎么去对待他。

李慕没睡，看看聊天记录，也没发消息，逛他干净的朋友圈，逛他全是工作，连自拍都很少的微博。

庄钦似乎极少会把私事发在平台上，有什么都压在心里不说，让人想去了解他猜测他都很难。

李慕去看了节目第一期。

视频平台的弹幕乱七八糟的，李慕点击暂停，挨个儿举报，很快被告知“今日举报次数已达上限，请明天再来”。

……这什么烂功能。

退出去看了眼这家平台，李慕记下名字，顺手查了股价、公司背后控股等数据，接着发给了私人财务。

“买点这家的股。”

跳着把他的片段看了，李慕跳到片尾进入链接，学习怎么注册，花时间给他投了一票。

目前庄钦票数排第三，前两个和后面几十个李慕完全不认识。

虽然不懂影视行业，但不代表不知道这些操作，都是他玩剩下的东西。

李慕拨打了客服电话，让他们查一下是不是有数据异常。

庄钦白天有点工作，把杀青礼挨个儿寄出去，就火速赶去了机场。

李慕拆开了他送的两个杀青礼物，果然没有猜错，有一个是一对袖扣，刻了字的。

袖扣是个小东西，两个袖扣都有刻字，那行英文字很小，李慕很认真地看，方才看清楚它们组成起来是：Henry, you will become a legend.（亨利，你会成为传奇。）

一句话分成两半刻在两颗袖扣上，造型简约，材质是一种泛着蓝色光泽的黑曜石。

李慕用指腹摩挲这行字，他很喜欢这种小礼物，既然刻了自己的名字，说明庄钦没有说谎，是真的特意选过。

而另一个礼物应该是大家都有的东西，李慕拆开来，发现居然也是定制品，在金店定制的电影《藏心》钥匙扣，圆圈形，电影名称刻在迷你牌匾上，两旁两棵造型不同的棕榈树，象征东南亚的电影背景，整个是金子打造，约二十六克重，因为一共只做了十个，庄钦也没花太多的钱。

到这个时候，李慕是真的能感觉到，庄钦的用心其实不仅仅是对自己，他对所有人都很用心。李慕说不清是什么感觉，高兴吧，对其他演员怎么也这么好；不高兴吧，自己又有特别的礼物。

“我很喜欢这个。”李慕穿好西装外套，把袖扣别了上去。

庄钦开始登机，收到了这条信息。

“喜欢就好！”他打字。

李慕：“要回去录节目了吗？”

庄钦发了个“嗯”。

“在飞机上，机翼在降温，还有一会儿就起飞。”

李慕发了一段语音。

小连帮他把包放在行李架上，落座。

飞南城的航班时间短，大多是中型客机，没有头等舱，公务舱只有八个座位，庄钦身旁就小连一个助理，另一个助理没有随时跟着。

小连看见庄哥戴上了耳机。

“飞机落地给我来个电话……祝福收到了，哥哥很喜欢你花的心思。”

他戴的降噪耳机，音量很大，是低音炮环绕声。

庄钦听得立刻垂下头，整个身体陷入公务舱的宽座椅，不自在地向下缩了缩。

小连听见提醒，把安全带扣上了。正准备提醒庄哥要起飞了，耳机该摘了，就看见了庄钦的状态。

是热的吗？庄哥脸和脖子怎么这么红？

4

空姐过来提示说飞机马上起飞，要把耳机摘下来。

已经开始在跑道上滑行了。

庄钦点点头，快速地打字回复了一个“嗯”：“我飞机起飞了，要开飞行了，先不理你了。”

“……庄哥，你没事吧？”

庄钦把手机锁屏，愣了一小会儿才摇头，说没事。

他这种异样的表现，被小连看在眼里：“你脸特别红，是不是穿多了？要不把外套脱一下。”

“哎，不用。”他往下看了一眼，城市建筑已经变成了一个小小的缩影。飞机平稳，庄钦问：“小连，你交过女朋友吗？”

“大学交过，怎么突然问……”

庄钦：“找点演戏的素材嘛。怎么在一起的？”

“哦哦，我和她大学一个班的，”小连讲述道，“也不知道怎么在一起的，因为一个社团就加了QQ，她不来的时候让我帮她点到，次数多了就请我吃饭，她问我有没有喜欢的人，我说没，撩了我没两次我就……不过她三分钟热度，很快又喜欢上了其他人，然后把我甩了。”

庄钦：“抱歉……我不该问你这个的。”

“没事，不是什么大不了的事，毕竟谈恋爱又不是结婚，喜欢就谈，不喜欢就分啊，当下喜欢她，就享受当下热恋的短暂快乐，长久的事我们考虑不了，也不需要考虑。除非年纪大了一定要考虑结婚的那种。”

庄钦若有所思地点头。

庄钦不是没人追过，也不是没人撩过他，但大多数都死在开头了。

一旦发现这个人有这种想法的苗头，庄钦要么是冷处理，要么直接拒绝掉。

在公司的合约期间——合约要求他不能谈恋爱。

机场人很多，大多是趁着国庆出来旅游的，而节目组在这个法定假日却没有给演员放假，反而继续拍摄。

庄钦走 VIP 通道出机场，上节目组赞助商赞助的轿车，回了拍摄基地。

一路上他都在发消息，给李慕说自己落地了，李慕就问他顺利出机场了没，庄钦说自己已经在节目组的车上了。

李慕："你们节目组吃得怎么样？"

"还可以，是有厨房可以自己做饭的，不过我厨艺差，都是和室友一起点的外卖。"

室友。

李慕想到这个就皱眉："和别人住一起，生活起居怎么解决？"

"每人有自己的生活区域，互不干扰就好了，我室友是我大学师兄，人很好相处。"

李慕看了一期节目，当然知道他嘴里很好相处的师兄是谁。

庄钦出道第一部电视剧就是和这个师兄合作，这两人还有个 CP 超话叫"顷刻"，热度还不小，有人写同人文，有人画同人图，有人剪同框发糖视频。

这次两人一起参加节目，这种同框机会难得，CP 粉已经开始狂欢等节目更新了。

庄钦看他不回，继续打字："而且有摄像头在房间里，大家都很注重隐私的，和私底下不一样，也不会乱发脾气，全都很爱干净，除非节目组特别要求了，会专门安排制造矛盾。"

李慕："摄像头拍房间内部？隐私怎么办？"

"不在镜头前换衣服就好，卫生间是没有监控的，我都在卫生间换，睡觉的时候会把摄像头盖住。"

但没有安全感是真的，因为晚上睡觉不允许锁门，哪怕公寓大门是关闭的，公寓很安全，庄钦每回睡觉前都不免回忆起惊悚片片段。

他给李慕解释了真人秀拍摄流程的问题，车子抵达目的地，导演让他把手机换下来。

对本就不怎么上网的庄钦而言，没有手机一样生活，有工作一般会联系玫姐，而不是联系他，庄钦的号上常常会有一些莫名其妙的消息，那种很不熟悉的人会突然给你打招呼。

"我回节目组了。"

庄钦给他发消息："手机不能带，就换了一个，到处都是摄像头和摄像师，我不能一直给你发消息了，会被拍到的。”

除了演员给手机品牌打广告，节目组并不提倡演员在镜头下自己埋着头玩手机的行为，尤其是庄钦这样花了大价钱请来的，不好好表现一直玩，那不是明摆着划水吗？

李慕不满：“那多久能发消息？”

庄钦：“晚上收工以后，有时候是凌晨才收工，有时候早一点，摄像师走了就可以跟你聊天啦。”

李慕甚至能想象得出他说这句话的模样有多乖。

李慕嘴角不明显地翘起：“多久能休息？”

“国庆七天我们是不放假，连续拍一周后，才放两天假，后面断断续续一直录制到十二月才结束。”

因为演员多，所以时间相对自由，哪怕今天他有其他工作不得不请假，镜头拍不到他的画面也完全可以拍别人，不过庄钦通常都不会那么做，他习惯把工作都安排妥当，不给节目组剧组添麻烦。

放下行李，庄钦先看了眼墙上的表格。

这一周是对决赛的准备和比赛，导师组内对决，十二人车轮战，最后选出队长。队长会发放一张豁免牌，也就是一张后期可以用的免死金牌。

听起来诱惑不是很大，但为了节目效果，必须得拼尽全力去比拼。

宋恪进门：“回来了？”

庄钦点了下头。

“工作都忙完了？”

“是剧组的杀青宴，还有代言的活动。”庄钦看见摄像机在拍，故意提了下剧组。

宋恪很上道：“上次还说去你的剧组客串一下，都没腾出时间来，你电影什么时候上映？”

“在做后期了，不过应该要明年年中才能上了。”尽管后期很大可能会把个人宣传给剪辑掉，但庄钦还是给电影做了宣传，宋恪说一定包场支持：“毕竟是你的第一部大银幕作品。”

第二天的录制仍然在基地内，剧本是导师分下来的，比赛分组也是导师安排下来的，主持人讲规则：“每个导师组内分为六组，两两对决，输的六位进行车轮战，淘汰五位，晋级一位，晋级的七位两两分组。”

有人问：“七个人怎么两两分组？”

“有一个会轮空，”主持人道，“运气也是实力的一种，轮空代表着不需要比赛，直接进入四人的车轮战。最后胜利的就能拿到豁免牌奖励。”

“听起来要不停地比赛……”

主持人道：“所以你们需要做大量的准备工作，要在短时间内看大量的剧本。”

而做演员一开始就是这样，因为要不停地见组，只有见组才有希望被选角导演看上，可能有的人每天都在见不同的组，看不同的剧本。

主持人：“导演组从东西方的电影库内精选了一些片段，交给你们在舞台上重演。比赛的时候节目组会邀请一些特别嘉宾和五十位观众来现场共同投票，综合投票结果决定胜者。”

直到主持人去其他导师组了，曾导才出现，工作人员抱着一箱子的剧本，曾导说：“每人发一份，这些剧本都是要考的，每个人都可能会演它，每个剧本都要看。”说完有人提醒他：“曾导，好像是要先分组再然后抽剧本。”

“哦，分组，行，我弄几个字条，你们过来抽。”曾导说完，直接撕了一张白纸，写下号码，两个 1，两个 2，两个 3……以此类推。

“来来，随便抽一张。”他把小纸团丢在桌上打乱，组员们拥上去随便拿了一张，庄钦没有挤，拿了别人选剩下的一张。

“分好了吧？拿到同一个号码的自觉站到一起去。”

单耘耘：“师兄！我跟你一组欸！”

庄钦不明白她怎么这么高兴。

他不知道，对单耘耘而言，虽然知道自身演技真的很烂，碰上有点演技的庄钦就是死路一条，但来这个节目也不是为了真的拿什么前几名，单耘耘明白自己没有那个本事。

她的经纪人早就给她说清楚了，参加这样的真人秀节目，赢不赢根本不重要，重要的是镜头多，话题多，哪怕“黑红”了也是红，比没人认识强——后面再“洗白”不就好了？

庄钦已经明确拒绝过她，让她离远点。

但这次抽签分组是天意，单耘耘觉得老天爷都在给自己蹭热度的机会。

曾导一看他们分一组了，也不大高兴。

觉得这个女选手会拖累庄钦的表演。

两个人拿一个剧本的舞台剧演绎，如果其中有一个演得烂，就会拖累整个表演。

他给其他组选手挨个儿挑了剧本，到了庄钦这里。

单耘耘等着曾导发一部惊天动地感人肺腑的爱情片剧本给自己。

曾导在箱子里挑挑拣拣。

封面写着：

《饮食男女》

导演：李安

出场角色：老朱、朱家倩

单耘耘没看过这部，但看名字就知道是爱情片。

“你演老朱。”曾导对庄钦说完，对单耘耘道：“你演老朱的女儿，朱家倩。”

单耘耘：“……”

哪怕有镜头在拍，也有选手没憋住笑出了声。

曾导对庄钦说：“让你演老大爷，有没有问题？”

“没，我可以试试。”

演员只有一天的时间看剧本，排练剧本，明天就要上台比拼了，然后又是新的一轮比赛，如此反复。

单耘耘没看过电影，庄钦让她先去看一遍完整的，自己坐着开始分析老朱这个角色。

电影讲述的是父女关系。老朱是个鳏夫，同时是个大厨。本质上电影表达的是谎言和个人牺牲意识架构出的一种食不知味的空虚人生。

饮食是台面上的东西，欲望和性是台面下的东西，在中国家庭里，家长绝不会和子女讨论台面下的东西，因为台面下的东西永远不可能端到台面上来，主角老朱的荒谬行径，也就来源于此。

老朱这一父亲角色，在片子里有个在情感上从压抑到解放的转折。

哪怕只是剪切后的一个小片段，仍然要从全局去考虑剧本和角色。

庄钦掏出笔记本分析老朱这个角色，分析他每一句话的心理，试着给他设计动作。

但要演好并不容易。他看剧本的时候，除了摄像没有其他人在，庄钦搜资料，做功课，本欲给庄学久发信息问一下，却停住了，因为觉得有些尴尬。

庄钦的师父师娘都很保守，像电影中表达的那样，台面下的东西永远不会端上桌。

和长辈在饭桌上，绝不会谈论出格的问题，这种微妙的尴尬情绪，就是老朱的情绪。

他找到了方法，也就找到了感觉，表演欲来了，他一个人就在房间里把整个片段过了一遍，不知不觉，他就把剧本背下来了。

单耘耘看完电影过来的时候，发现他剧本都背完了，立刻拿出剧本开始背，她背得很慢，到了下午四点，终于跟庄钦说背好了，两人对台词，她开始忘词。

庄钦：“你继续背剧本，背完了叫我。”

晚上九点，单耘耘终于能不忘词地对好台词了，但她的感情显然不到位，她给庄钦道歉，然后拿手机看电影，照着学。

庄钦知道有些演员就像她一样，更糟糕的他也遇见过。他脾气真的挺好，也没有生气，陪她对了一遍又一遍，然后加动作，继续排。

曾导在收工前过来看了眼：“还在排？”

庄钦点头。

曾导：“你们排一遍我看。”

两人照着剧本开始演，庄钦这回依然沿用自己的方式，但同时也运用了新的方式在表演，在没有化妆的情况下，他把整个姿态和形体都调整到了老人的状态，乍一看居然没什么违和感，和角色很契合。

曾导虽然知道这个年轻演员有本事，但还是吃惊。

少年要去演老人的角色，难度不是一般大，庄钦模仿各种人的形体很有一套。

他挑了点小的台词毛病，就开始骂单耘耘：“你照着电影学的是吧？”一看单耘耘的动作就知道是完全在模仿电影，“怎么照着学都学不好？！”

“连模仿你都做不好，不要做演员了！”

单耘耘被他吼得眼睛一下就红了，吓哭了。

曾导可不吃她这套：“庄钦去休息，你继续练习，练不好不要睡觉。”

“我……我认输行不行？我弃权，我赢不了师兄的，对不起师兄，耽误你时间了。”她抽噎。

哪怕不喜欢她，庄钦也说不出什么重话来：“你好好练习，比赛还是要比的，加油。”

曾导很不喜欢这种演员，也没有好脸色：“你弃权，我现在就把你踢出节目组，多的是演员想上，你不想上就滚。”

单耘耘抽了一下，睁大眼睛，又不敢说话了。

庄钦问她：“你想不想演？”

她马上点头：“想！想！我不弃权了，我晚上好好练习，保证明天不拖后腿。”

庄钦说好，曾导表情很臭，转身走了。

单耘耘说："谢谢师兄。"

庄钦收工，找了曾导。

曾导："你来帮她说话？她是你女朋友？"

"不，不是，我跟她没关系。"庄钦摇摇头，把话题岔开。

他问的是表演上的事，曾导做出解答，因为已经收工了，也就不怕被拍了。

他回房间，进浴室洗澡。

刚才排练，女演员不知道是有意无意，碰了他几下，庄钦用香皂在那块皮肤上搓了许久，擦干水，换睡衣出去。

换宋恪进去洗澡。

房间里的摄像头全部是关闭状态，而且已经被遮住了。

庄钦稍微放松了些，盘腿坐在床上。

"收工了？"

消息是十几分钟前了，庄钦回复："收工了，刚洗完澡出来。"

"今天录了什么？"李慕每次等他的消息，耐心和期待感就会被吊起来。他知道庄钦录了一天节目肯定很累，但还是想每天都跟他聊几句。

庄钦说拿了剧本，要跟人一起演，也就是对决。

"什么剧本？"

"《饮食男女》，我演老朱。"

"跟你搭戏的女演员呢？不会演你的女儿吧？"

"是……"

庄钦很少跟人这么聊，他工作经常不顺心，自然不可能给家人讲，至于朋友，没有那样关系的朋友。

李慕在给庄钦分析老朱这个角色，同时分析电影的内涵。

"性这个话题在中式家庭里的确是忌讳，不过食色，性也，人之常情。"

庄钦戴着耳机听他的语音，他觉得，自己今天能把这个角色演好，"归功"于从小的教育，对这个话题下意识地感觉羞耻，是不能摆在台面上的东西。

打了一段字，觉得不妥，删掉了。

李慕看见消息框显示了对方正在输入，输入很久也没消息，最后来了个猫咪点头赞同的表情。

“不用觉得不好意思。”李慕能感觉到他的害羞，“你是一名演员。”

拍的时候庄钦都没怎的，这会儿回想起，反而很害臊：“拍戏是拍戏，又不是弄真的，不能混为一谈的！”

李慕琢磨了这句话的意思：“想弄真的？”

5

宋恪从雾气蒙蒙的浴室出来，就看见庄钦穿着睡衣、盘腿坐在床上发呆。

“是不是不舒服？”宋恪走过来，“我看你脸红得有点不正常，是发烧了吗？”

宋恪伸手要探他的额头，庄钦下意识地往后闪躲了下，接着意识到，宋恪是朋友。

除了拍戏以外，庄钦就不喜欢跟人有肢体接触了，倒不是李慕那种凡事要消毒的洁癖，而是心理上的抵触。

宋恪把手收回去：“是有点不正常，你没事吧？明天还要录制……”

“我没事的，谢谢学长关心，拍摄没有问题的。”庄钦也不知道怎么解释，干脆说想休息了，宋恪把两边的灯都关了。

他最后一次拿起手机，跟李慕说了晚安。

其实有人跟自己无拘束地讨论电影，庄钦是很高兴的，但只要李慕一转话题，他就接不住了。

因为灯已经关掉了，在黑暗的房间里，庄钦也没有掩饰情绪。

这种半戳破的情况让他陷入迷茫，他不知道其他演员会怎么处理这样的情况。

他不确定自己是否出戏了，对李慕的亲近感到底是从戏里来的，还是其他地方？这二者不同的感情是否被他混淆了？

李慕笃定地说自己出戏了，庄钦反应过来，觉得有被他忽悠到。

翌日晨，摄像照常进来拍选手的起居，庄钦比摄像起得早一点，摄像进来看见他醒着的，眼神很清明，就移开镜头道：“小庄老师，还没拍过您在床上的镜头素材，要不我们现在补拍一个？”

“你的意思是，起床的样子吗？”

摄像：“对。”

“那你等我下吧，我去把睡衣换回去。”

摄像点点头，说谢谢。

像庄钦这种当红小生，脾气好到这种程度的真的很少见，大部分是表面一个人设，背地里又是一个人设——离开镜头，彬彬有礼、温文尔雅的人设就全崩了。

而摄像见过很多的明星，认为他是最表里如一的。

庄钦换了睡衣出来，把头发抓乱了点。

“这样可以吗？”

“好，可以，我把灯关一下，您躺好。”

这个摄像这几天一直在跟拍他，庄钦跟他已经比较熟悉了。

起床是件稀松平常的事，每个人都经历过，但要演又是另一回事。要把自己起床的状态在清醒的情况下复制一遍，不加任何多余的小动作，听起来简单，做起来难。

庄钦躺好，闭眼。

摄像进门，打开灯。

手持摄像机，那摄像师从床尾绕到床头，透过取景器看见庄钦的脸庞，下半张脸被被子盖住，露出鼻子呼吸，眼睫毛深深地垂着，模样是有些被吵醒了的，眉头细微地蹙着。

镜头上特写。

演员经常上妆，很多都有一些皮肤问题，再如何保养也掩饰不住。

但镜头在没有任何滤镜的情况下，拍他的大特写，丝毫不崩，睡得乱糟糟的黑发底下是光洁的额头，密长的睫毛，摄像仔细地看有没有嫁接的痕迹。

拍了好几个角度的特写，正脸和正侧都拍了，摄像才装作第一次进来的模样提醒他：“马上要去录节目了。”

庄钦发出含混不清的呓语，问几点了。

“现在是七点半。”

“那我可不可以再睡五分钟？”他在床上换了个姿势，下巴压着被角，眼睛半睁开，“你在拍啊？”

庄钦知道他在拍，但不知道居然离这么近，变焦镜头为什么要离得这么近，他生怕连鼻孔都被拍了，立刻翻了个身躲进被子里，声音闷闷的：“别拍了别拍了，我马上起来……”

摄像不由得感叹，连这种害羞都能演得这么浑然天成，一点没有造作痕迹。

折腾了这么一会儿，庄钦还没来得及吃饭，就发现要坐车去演播厅了。

他从冰箱里拿了全麦面包，带上水杯就直接上车了。

四十八名演员，一共分为二十四组，每一组演员在台上真正表演的时间或许只有十分钟不到，但算上化妆和彩排的时间，要从早拍到晚。

广播大楼化妆间旁的休息室，庄钦和单耘耘对台词。

单耘耘哈欠连连。

庄钦："你没睡好吗？"

"我看剧本练习到凌晨四点半才睡，在舞蹈教室的瑜伽垫上睡的……对不起啊师兄，今天可能要影响到你的表演。"

"演不好也没关系的，尽力就好。"庄钦把沙发让给她，"你休息一会儿。"

单耘耘躺在沙发上，没忍住又哭了。

最开始她盯上庄钦，是经纪人支的招，虽然大家一个公司，但高层似乎并不待见这个公司顶梁柱。

也就是最近，高层变动，似乎混进来了一个庄钦的粉丝，局面才变了。但自家的经纪人似乎是正好站在苏玟对立面的位置，所以要制造绯闻拉庄钦下马，拦截苏玟瞄准的蓝血资源。

高层的斗争她也不懂，就只知道经纪人说蹭庄钦的热度捆绑 CP 出道能大火。

镜头面前故意制造两人很熟有私人关系的招数她是想了一大堆不带重样的，结果没想到师兄人居然这么好。

算了，还是不害他了……单耘耘心里过意不去，也看不进去剧本。

两人彩排，庄钦的表现一如既往很平稳，单耘耘还是那样子，模仿得有三分像，不过台词功底到底差了些。接着就是化妆，庄钦要演一位有三个女儿的鳏夫，化妆时间长。

他听表演结束下来的演员说演播厅已经坐满了观众。

化完妆，轮到庄钦快上台了，单耘耘在那里默背台词，努力进入状态。

节目组请的化妆师很专业，庄钦化了老年妆以后，看起来完全就是一个老人，额头眼角布满皱纹，头发花白，庄钦照镜子，甚至觉得自己老了，或许就该是这副模样。

庄钦发现单耘耘特别紧张："你抖什么？"

"我一上台就……师兄，你别管我，输的肯定是我。"

赢她确实没什么挑战性。

但庄钦还是希望表演尽量完整。

“别紧张，你来，这一段戏是家倩……”他开始给单耘耘讲戏，曾导没有讲的，换他来讲，他实在太温柔了，一边讲还一边问她，“我这么讲你能明白吗？”

“能的。”单耘耘不知不觉就镇定了许多，似乎更加理解了这个人物几分，“师兄你比导演讲得好欸！”

“如果曾导给你讲戏，两句话就能给你讲通。”

“可是曾导不给我讲戏啊。”

主持人报幕，庄钦和单耘耘上台，观众席暗了下来，舞台灯光调整，幕布徐徐拉开。

穿着黑色唐装，头发染得花白，蓄了胡子的庄钦出场。

这造型引起了台下导师的一阵阵“哇”。

“好像啊！”

台下观众都互不认识，不会相互交流，但知道庄钦、认识他的，都不免疑惑，这个老头是那个庄钦？

是同名的演员？还是主持人报错幕了？

老人和年轻人有很大的不同，除了形体的区别，还有神态和眼神的区别，更有音色的区别。

这每一点都是非常难的，只有一天的排练时间，对任何演员来说都是很难的。

只是庄钦一开口说台词，又把人给震惊了。

那语气和嗓音，的确变得很不一样，很接近老人的状态。

台下五个导师对视：“他台词功底很不错。”

之前表演课他还老是出错，结果上台来没想到会这么厉害，如果不说，没人会想到这是个二十岁的年轻演员。

但单耘耘一说台词，那种瞬间被庄钦拉到戏中的震撼感觉，立马就又没了。

对比太明显了。

几分钟后，两人表演完毕，谢幕，导师开始点评。

“不知道说什么了，我想问问观众，你们知道庄钦吗？你们看着他的表演，知道他才二十多岁吗？”

“是二十岁。”另一位导师说，“是吧，才二十。”

“了不起，真的了不起。”

导师夸了一通，似乎也找不到什么缺点可以指出，就开始说单耘耘的问题。

但也没有说得很难听，导师们都很委婉，曾导最直接："她今天演得比昨天我看见的时候要好得多，昨天才是真的，车祸现场，我看见都火大。

"今天好多了，模仿到了神态，不过还是演得烂。"

单耘耘忍不住，就说："曾导，昨晚你说了后，我就没睡觉，一直在练习，可能今天……状态就有点被影响，我之前拍戏，没有这么紧急突然拿到剧本就说要拍的，我的确不是很专业，影响了整个表演，觉得很对不起导师，对不起观众和跟我搭戏的师兄。"

导师安慰她几句："你比上一回有进步了啊，进步这么快，会越演越好的。"

曾导觉得她太抢戏，立马又开始点评庄钦："他们演戏，我都不怎么做指导的，现在我还在观察阶段，演员自己要知道怎么演，不能全靠导演说，我什么都没给他说过，然后庄钦拿到剧本后，一整天都在钻研，上一个我看见这么努力的天赋型演员，已经拿到最佳男演员了。"

点评结束，观众现场投票，结果毫无悬念。

台上两个演员心情都毫无波澜。

下台。

进后台，有人发现单耘耘眼圈红红的，就知道多半是她输了。

郑风柏刚化完妆，等会儿就要上场，看见两人下来，随口问一句："怎么样？"

单耘耘："我输了。"

郑风柏便假意安慰了句："别哭啊，女孩子哭了不好看，来，给你纸，擦一擦。"

单耘耘从他手里接过纸。

忽然抬头瞅着他。

"怎么？"郑风柏被她看得心里毛毛的。

"没什么，谢谢师兄！"单耘耘朝他露出坚强又脆弱的微笑。

郑师兄也是跟她同公司的，虽然没有庄钦那么红，但一直以来口碑都还不错，粉丝也很稳定，多年来都没什么绯闻。

都是闹绯闻，那不如捆绑他。

郑风柏还不知道被她盯上了，被她看得莫名其妙，赶紧找自己的对手去对台词了。

今天录制了一整天，晚上在基地的教室里分了一轮的剧本。

导演组给每个演员都讲了后面的赛制情况，像庄钦这样在比赛里的胜方，下一期比赛是在六号，今天才二号。

这几天的时间里，一半选手上课，另一半选手要继续排练剧本，每组六位选手只能有一位继续参加队长选拔赛。

完成录制任务，庄钦正打算休息的时候，手机传来提示音。

这个手机是节目组发的，并不属于他，也不能设置密码，所以大多时候庄钦都带在身上，虽然知道有摄像在，但他还是很注重隐私，比如上台的时候，他会退出登录。

下午退出后，他到现在还没登录，手机自带的铃声一响，他一看号码，也是不认识的。

宋恪在里面洗澡，摄像也已经关闭了，庄钦接起电话，问："喂？"

那边："是我。"

庄钦怔了下，拿开手机看了眼号码，认真看了一遍。

"你怎么……"他怕节目组的录音设备还没关，讲电话不敢大声，也不敢称呼，"怎么打到节目组发的这个号码来啦？"

李慕听见他声音很轻："旁边有人？"

"没……你听得见吗？"他干脆钻被子里讲电话。

"嗯。"李慕听见窸窣的动静，"你钻被子里了吗？"

"是……"他声音更小了，"这个号码，你从小连那里拿到的吗？"

李慕"嗯"了声，沉声道："今天我在观众席。"

"啊？"

"因为你说演老朱，我早上就过来了。"李慕觉得，跟他对戏是一种享受，看他表演也是一件很舒服的事。昨晚说了不该说的话，李慕察觉到好像是惹到他了，挣扎了一会儿面子问题，还是订了航班。

"你在下面啊？你坐哪儿啊，我今天都没看见。"

"我坐后面角落里，没参加投票。"

"哦……那你现在回去了吗？"

"还没。"李慕正打算告诉他，自己就在他们录节目的基地外面的街口车上，就听见他忽然说了句："等等。"

庄钦："我室友在里面洗澡，他等下就要出来了。"

"你洗过了吗？"

"还没，等下洗。"庄钦钻出被子，听见里面水声停了，"我得挂了。"

李慕："发消息聊。"

挂电话，登录账户，又是几分钟。

宋恪从浴室出来了："你去洗？"

庄钦说："好的，我再躺两分钟。"

他看见李慕的消息。

"基地的浴室，有检查过吗？没有那些设备吧？"

"我没……应该不会的，节目组不会做这样的事。"

李慕："我的意思是，是二十四小时都有监控？如果有人进去，会出现你也不知道的情况吗？"

庄钦就觉得，这也说不准。

偷拍门可太多了，传出去就毁了。

这么一想自己居然敢在住了这么多人的节目组的卫生间换衣洗澡，是有很大的风险的。

他开始考虑自己下次洗澡要不要戴个黑色口罩。

庄钦发消息："我会注意的。"

戴了口罩，被偷拍也没有意义，都没人认得出是他了。

李慕问："明天几点录制？"

然后发出去。

他有专门了解过，庄钦今天的比赛赢了，后面几天的录制都很轻松。

庄钦的回复是："明天就只有上课，课程很松，几点都行。"

李慕："节目组收工了，晚上允许翘课吗？"

庄钦用万能表情包回复。

李慕："下楼，我在楼下。"

庄钦突然在床上滚了一圈，旁边床上正坐着看剧本的宋恪很疑惑："你没事吧？"

"没……"庄钦坐起身，从旁边衣架上拿起外套穿上，"有点事，学长，我先出去一下，明天见。"

宋恪都来不及问原因，就看见他穿上鞋拿上帽子和口罩飞快地跑出去了。

基地大门管得挺严，主要是防止外人进来，附近居民如果有点意识，应该都知道这里在录节目，做真人秀，有明星。

娱记就更多了。

节目刚播出第一期，反响和收视都很好，于是又来了一批狗仔。

庄钦要出去也得跟导演组报备，但这不算是违规，录制到十二点就结束了。

庄钦一边下楼一边发消息：“你开了车？你不要下车，这附近很可能有狗仔蹲守的。”

李慕把烟踉灭，丢进路边垃圾桶，在中央扶手那里摸索了口香糖。

第二章

《藏心》剪辑

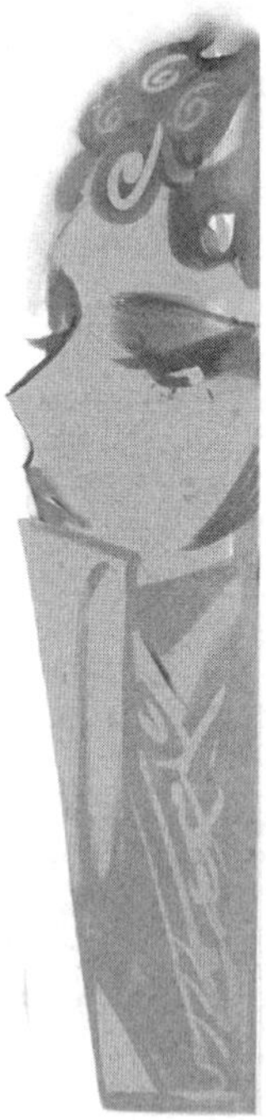

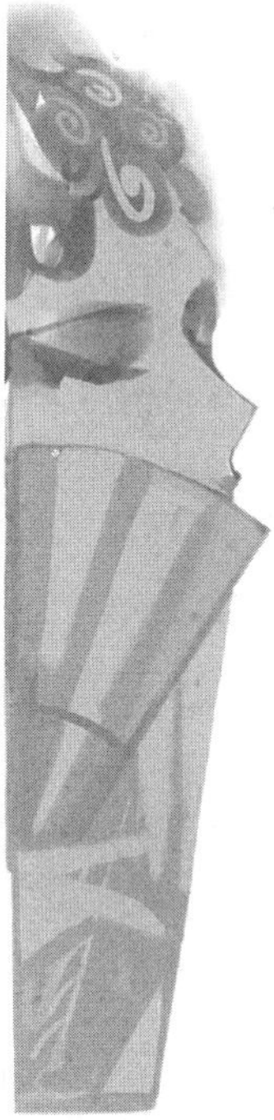

6

关上车窗，李慕把车停在他们基地外面，给庄钦说了自己的车子型号：“一辆新车，还没上牌照。”

下楼的时候，导演组还有编导在，问庄钦：“你要出去啊？有重要的事？都这么晚了……”

“我……有朋友过来了，有点东西要给我。”庄钦有些心虚地撒了谎，他也不懂怎的就下楼了，明明发消息一样可以聊。

“你朋友在哪里？让工作人员送你过去，外面不安全。”

“没关系，他的车在外面，我等一下就回来。”

“大概几点？公寓门会关。”

“半个小时可以吗？”

编导被他可怜的目光弄得心软：“去吧，门给你留着。”

走出去，李慕那车型很显眼，庄钦全副武装地站在路边，没有直接上车，左右环顾。

李慕闪灯示意。

庄钦绕过马路，从副驾驶上车。

他意识到自己这么做挺危险的，而且很冲动，周围不知道有没有蹲守的狗仔，有时候被偷拍到能作为头条的新闻，就是这么不经意的一瞬间。

庄钦坐上车也没有摘帽子和口罩，喊了他一声就看向了后视镜："车停在这里不安全，得往前再开一会儿，开到没人的地方。"

没人的地方？

李慕发现他外套下面穿的似乎是睡衣，面不改色地应了一声，发动汽车往前驶去。

庄钦一直注意着后面有没有跟车的。

狗仔队的设备很齐全，军用级别望远镜，能远距离看清楚发生了什么，而且嗅觉非常灵敏，有什么大新闻他们总是能第一个嗅到。

哪怕没有什么大新闻，被偷拍到了，再歪曲捏造一番，假新闻也就成了真新闻。

李慕把口香糖吐掉，看他紧张成那样，道："第一次干这种事？"

"什么？"

"翘课，从被管理的宿舍里跑出来。"李慕每每试探到他的底线，总会发现他很不好意思地脸红，想反驳似乎又反驳不了自己。

庄钦脸上的表情被口罩遮住了，尽管看不见神色，但仍能感觉到他的不知所措和羞赧。

李慕心里清楚得很，按照庄钦的性格，哪怕是郭导到了楼下，忽然给他打电话说自己路过，庄钦可能都要下来见一下。

但李慕仍然觉得自己在他心里的定位肯定不只是好搭档。

李慕："上学的时候，这样过吗？从宿舍偷跑出来。"

"没……"

"乖孩子。"

庄钦耳朵立刻红了起来："你……晚上住哪里？什么时候走？"

"你明天还要录制，明晚还能出来吗？"

庄钦怕给节目组添麻烦，摇了下头。

李慕打着方向盘，把车开进了附近的地下停车场："我明天走，过几天再来看你。"

"不用来看我的，其实……"在业内好友寥寥，他还没被人探过班，感觉很稀奇，而且探班的人是李慕，这感觉就更稀奇了，加上这种环境氛围，他紧张得不行。

"不想见到我？"李慕很快找了一个停车位，熄火。

"不是这个意思，我怕你麻烦，而且，我又不是小孩子了。"

庄钦这才稍微把口罩往下拉了一下。

“不麻烦。”李慕解了安全带，伸手把他的帽子摘了下来。

“你摘我帽子做什么？”帽子一没，地下停车场暗淡的光全映照在了黑白分明的眼中。

“想看看你的眼睛。”李慕随手把帽子搁在前面，侧头注视着他，低声说，“眼睛很漂亮。”

庄钦眼睛先是一下睁圆了，然后他别过头去，把眼睛闭上。

他遇见很多粉丝，见面花式夸他帅、好看，一分钟要重复十次他长得好好看，他眼睛好看，庄钦经常会感觉不好意思，但不会有这种感觉。

“眼睛闭上做什么？”李慕身体稍微压过去，把他的口罩也摘了下来，“不给看？”

庄钦睫毛一颤，能感觉到那种逼人的侵略性，压得空气都是黏稠的，喘过不气。

这感觉难以言喻，就好像你根本不能反抗这个男人，而平常李慕冷冰冰的，只给人难以接近、犹如神明的感觉，而不是这样的、压迫性的感受。

庄钦没底气，手足无措地从外套口袋里摸索手机，看见了时间：“……不行，我得回去了，我、我跟导演组说半小时就回去。”

“原来不是偷跑，是请假来见我。”

“嗯……我跟编导保证了半小时就回去，结果……”现在已经有半小时了。

“五分钟就到，不会迟到太久，导演组不会骂你的。”

李慕使出浑身解数亲近他。他也请假都要出来见李慕，李慕就知道庄钦心里头有自己，可小孩有底线，在没确定是不是受拍戏影响的情况下，庄钦再怎么迷糊也不可能立马就把他当成真正的朋友。

车子开回基地大门外。

李慕给了他一个带天线、看起来像手机一样的电子产品。

“这是开关，打开在浴室扫一下。”

“检测摄像头的吗？”

“是，之前是我疏忽，没有考虑到，拿去测一下。”李慕把帽子给他扣头顶。

“哦……”

李慕无奈：“你性格太软，节目上那么多人，有没有欺负你？”

“我只是看起来脾气好，别人欺负我，我还不会反抗的吗？我也不是任人欺负的。”

“那我欺负你，怎么不反抗？”

“那、那是因为……”庄钦哑口无言。

李慕的声音里含着不易察觉的笑意：“逗你的，回去吧。”

“哦。”庄钦打开车门，回头看了一眼，“……拜拜。”

“晚安。”李慕，“对了，你不喜欢烟味，对吗？”

庄钦看着他。

李慕说：“下次见你，我会记得不抽烟。”

7

庄钦直接跑了，公寓大门一直给他留着，他进门就给工作人员道歉，说回来迟了，不好意思。

“庄老师，您太客气了，这也没晚两分钟，时间不早了，快点回去休息吧！”

“下次我不会这样了，你也早点休息。”

工作人员对他的好感度是噌噌地往上涨。

听了李慕的话，庄钦没敢摘口罩。

四层楼，没有电梯，仿佛是要宣泄什么情绪，他是跑上去的。

开门，回房间，里头灯还亮着。

“你还没睡吗？”庄钦进去，看见宋恪靠在床头，一只胳膊枕在脑后看剧本。

“给你留个灯，顺便看剧本。”宋恪看他喘气，“我以为你不回来了，是去见朋友了？”

“是……学长怎么知道的？”庄钦还是不敢摘口罩。

“刚刚透过窗户看见的，如果是见女友的话，稍微小心一些。”

“不是……不是女友，就是，见个朋友。”

宋恪笑了一下，审视着他道：“你去洗漱吧。”

庄钦进了卫生间，拿着李慕给的机器到处扫了一下。确认没问题，才把帽子、口罩摘了，开始脱衣服。

洗手台前的镜子里，映出他白皙的肩颈线，一抬头，庄钦在灯光下看自己的脸，红得有些不正常了。

第二天，上课的那位老师是电影学院的表演课老师，以前教过庄钦，是导师之中的一位，但她没有带组员，而是集中给四个导师组的学生上大课。

上午讲理论，讲的都是最基础的东西，有些人听得就不那么认真，庄钦却仍然很认真，虽然都是以前上课学过的，但表演基础的内容，实则是很重要的，也是很容易被人忽略的。

下午上实践，就变得有趣多了，简直像是在做游戏，二十四名选手聚集在一楼大堂，导师说："等会儿上课，咱们先休息一下，彻底放松一下。"接着给其中一个学生说："能不能麻烦你去给大家沏一壶茶，要热的。"

那选手也不明白缘由，就照着去做，先去找了茶壶，然后找茶叶，倒热水。

"茶来了，有杯子吗？"

导师又让另一个学生去消毒柜拿杯子，然后倒满每一个杯子。有一杯还倒多了，水漫出来，另一个选手赶紧去擦水。

导师："水不够了，庄钦，你去加一壶热水来好吗？"

庄钦接到任务，因为上过这个老师的课，所以知道大概是个什么套路。

他去等了会儿热水，然后把茶壶斟满，从饮水机那里走回去，导师让他们都喝茶，又分配了简单任务给其他人，犹如玩接龙游戏般，门外来了快递员，工作人员说是郑风柏的，他起身："我的吗？我没买东西。"

工作人员："不知道，签收人写的你的名字。"

郑风柏去拿了快递拆开，发现是一小盒巧克力，还有便笺，他拿起便笺看了一眼就没管了。

有人问他，他就说："应该是粉丝寄的，你们要不要尝尝？"

这么一套流程下来，简直像茶话会一般放松。

导师最后说："好了，现在你们来重现一下十五分钟前发生的所有事，就是我让腾锋去沏茶开始，要一分不差地还原所有动作，但是注意，壶里不能装水。然后到我说话这里结束。"

从来没上过她课的选手明白了过来。

这堂课考察的是洞察力，和最基本的还原生活的表演能力，对于至少都是演过配角的演员们而言，听起来似乎根本不是什么难事。

导师说："成年人很少能记得他们过去二十四小时自己做过什么事。"

郑风柏说："十五分钟前的事我还是记得的，刚才我们就是在这儿喝茶聊天、我拿了个快递而已，这有什么难的。"

“那重演一遍给我看看。”她走到一边去看。

一个选手去沏茶，沙发座上的几个人开始聊天，聊的内容是刚才聊过的，但无论怎么看，整个对话都很不自然。

选手提着没有装水的空热水壶，却假装装满了热水一般走回来，另一个选手去拿杯子，拎起茶壶往杯子里倒“热茶”。

倒到一半水“漫”出，刚才上来擦水的那名演员这会儿也记得自己的动作，扑上来拿纸巾去擦水：“我来我来。”

水壶的水“倒完了”，庄钦拿着空空的水壶去接热水，等冷水烧热，装满再回去，选手们开始喝茶，先前那工作人员进来道：“有一个快递到了，是郑风柏的。”

“啊？我的吗？”郑风柏站起来，做出困惑的表情，“我没有买过东西。”

他跑出去，快递走到门口，郑风柏签收快递，心里记得自己去找了一把美工刀，他谨记着这一点，返回去找刀，开快递。

快递是空的。

可他必须演出看见了里面的便笺和巧克力的模样。

假装拿起了便笺，郑风柏表情疑惑，像是在说：“谁给我寄了巧克力？”

有人问他，他便问大家要不要吃，然后分掉了这盒空的巧克力，一个女演员假装拿了巧克力，打开包装说：“啊，好好吃啊这个！”然后还分了一半给旁边人。

表演结束。

站在一旁围观了全程的导师道：“十五分钟发生的事，你们用了不到十分钟的时间来重演。

“你们刚才的表演，有非常大的漏洞。

“我们先来对比一下两个版本的录像。”导师拿到了拷贝的那段录像，放在投影屏幕上一段一段地分析，从第一个去沏茶的选手开始说问题。

“刚才你去找了茶叶，你不知道茶叶在哪里，也没有人提醒你，最后你找到了。第二遍的时候，你却直接就找到了茶叶，找这个过程被你缩短，而水壶是塑料的，灌满热水也很轻，你第一回是拎着回来的，第二回里面分明没有水，你却是端着回来的。”

选手说：“是……我后面演的时候，以为会很重。”

投影仪的画面继续，播一段自然发生的，再播一段后来表演的，都不用导师去说，选手自己都能意识到问题。

视频暂停，导师道：“你们都是有过演绎经历的演员，而不是学生，所以你们会觉得这种训练没有用。现在发现没有，没有一个人是没问题的。”

说完她开始点评庄钦。

两个视频里，庄钦的表现几乎一模一样，几乎没有什么表演痕迹。

导师马上改口：“他的问题就比你们要小，这就是一个好习惯，庄钦拥有生活中的洞察力。”

视频继续播下去，导师找出了一大堆的问题：“你们喝的是热茶，第一回都有人被烫到，第二回也有人被烫到，你们看看你们被烫到的真实反应和表演反应的差别。”

至于后面，更是问题不断笑料不断，郑风柏拿快递那段直接被老师批得一无是处：“你第一遍是什么，第一遍拿了快递你就拆了，第二遍数一下你加了多少动作，拿快递，掂重量，你还听了下是什么，还给自己乱加了一大堆台词，假不假？”

郑风柏被她说得不敢接话。

导师：“演戏是需要一个过程的，在演戏前，我们要将所有的环节都练习到位，如果在表演之前你们看一遍自己的真实表现，加以分析记忆，能不能记住并重塑生活？你们都是专业的演员，我相信都能做到的。”

她一针见血地指出：“你们有些人没有这个习惯，在平凡的日常生活中，留意到每一件事，平常的、不寻常的，全都记住，在戏剧里，我们要想重塑生活，不对生活做深入的了解怎么能行？”

总结下来，她还单独夸了庄钦一句，不说演得怎么怎么样，毕竟只是个小日常，可庄钦善于观察生活的习惯非常好。

庄钦解释说：“老师，您忘了吗？其实我大一上过您的课，所以您一让我们放松我就意识到了，可能不是真的在让我们开茶话会。”

结果那导师反而很意外：“都是好几年前的事了吧？那时候的课你还记得清清楚楚？”

“记得。”庄钦很感谢她，“让我受益匪浅。”他自己多次那么训练过自己，其实是把演技变得自然的最简单的一个方法。

“所以你一直坚持这个习惯。”那女导师自从昨天他演了老朱过后，就对他印象很深了，觉得庄钦压根和节目组一开始给的资料不一样，很不一样。

今天的课程内容是最基础的了，可以说每个专业演员都知道，但没多少人认真地坚持这种习惯。

可以说这个只演过偶像剧的年轻演员已经具备了成为真正的演员的很多潜质。

一天的课过去，四号是失败选手复活赛，失败选手复活一名进入胜利区，每个导师组内的七位选手要抽签分组，进行两两对决。

结果庄钦刚好抽到了轮空。

也就是说他不需要参加剧本排练，完全可以干自己的事，看其他的剧本，做自己的表演训练。

这周的高强度录制、比赛，让很多演员受不了，宋恪都是倒头就睡，庄钦因为抽到了轮空反而很轻松，跟着导师上了一对一的表演课。

曾导说："你的表演方式很多都是靠着自己摸索来的吧？有一些问题和欠缺，但每个演员都有自己不同的风格和方式，你只要改掉那个依赖潜意识入戏的毛病就行了。"

曾导是真的见过有演员用这种方式把自己弄得精神出问题了，才那么提醒他的。有的演员，怎么都没办法使用这种方式，门都摸不着，但对一部分演员而言，他们就特别容易陷入剧本的世界，如果陷入太深，极有可能出不来。

庄钦最近的确在努力学习更多的表演技巧。

但最令他困惑的还是判断自己出没出戏的问题。

从曾导这里学了不少的表演技巧，休息的时候，两人坐在地板上，庄钦还是忍不住问了："曾导……我能不能问一下您，拍感情戏的话，如果入戏太深，出不来怎么办？"

"你说的情况是有的。"这就涉及不能播出的东西了，曾导打发摄像走人，别拍这一段，然后再跟他解释，"你是担心你现在的表演方式，容易假戏真做？如果是想出戏，只需要把剧本全部忘掉，回归你的正常生活，过一段时间你就会发现你和角色不一样，抽离感就有了。"

"是……我现在是感觉，自己回归了正常生活，剧本我也在想办法忘掉它，可是我觉得……我打个比方吧，只是打个比方，我有一个……"庄钦本来想说是朋友的事，可说着不免觉得假，索性顿了顿直接道，"假如说我和一个演员拍了一个爱情故事，我们在戏里相爱，拍完戏了，我觉得……还挺喜欢那个演员的。"

曾导："敢情你是拿我当感情顾问了？"

庄钦连忙摆手，否认："我只是担心以后会发生这样的事，我会对拍对手戏的演员产生好感，要是演一部爱一个怎么办？"

"这有什么好纠结的？都是成年人了，要不就不联系，要不就发展下去，一发展你就懂了，你根本不喜欢她，拍戏和现实生活的人那区别大了去了，你把演员和角色区分开了，这问题就迎刃而解了。”

曾导拍了拍他的肩膀：“年轻人，以后要演的戏还多着呢，真要像你这么去纠结，那还不纠结死？你就是演一部爱一个又如何？只要保护好自己的隐私，别闹出影响自己名声的新闻就行了。”

庄钦要单纯是个实力派演员还好，但偏偏不是，就他这个脸，和目前的定位，注定在息影前不能公布恋情。

曾导站起来，说：“下回我剧组开机，你过来看看，给你个机会。”

“是缺演员吗？”

“什么缺演员？不缺，给你个做导演助理的机会。”

庄钦愣了下，马上应了。

七号这天的录制到了尾声，庄钦手上拿着四份剧本，一放假就去了机场。

除了路演活动，他还得去郭导的剪辑室看看。

这是上周就说好的，郭导听他说会剪辑，也没怎么放在心上，不过演员想来看看剪辑师工作，是完全不成问题的。

结果庄钦根据郭导给的地址，赶到剪辑室门口的时候，正好遇见郭宝箴大发雷霆地出来：“不剪了！你们都别剪了！他还有什么要求？去你的，我不干了！”

门口没有垃圾桶让他踹，他奋力地踹了一脚墙，把自己的脚踹疼了，脸色一下就变了，弯着腰蹲下去。

“……郭导？”庄钦去扶他，看见两个疑似剪辑师的人员从封闭的剪辑室里出来。

“郭导，怎么了，怎么这么生气？”

“该死的……投资方！”郭宝箴眼泪都要气得掉出来了。

“怎么回事？”庄钦把他扶起，“脚还疼吗？休息室在哪里，你坐一会儿。”

郭宝箴站起，在他的搀扶下单脚跳。

庄钦把他扶到角落里的软包椅上坐下：“谁惹你生气了？”

“别提了！我昨晚在这儿剪了一晚上，今天换班了，然后下午我过来的时候，他们给我说制片人打电话了，要他们剪辑的时候把裸身戏都删掉，还要拷出来给他一份，怎么，他还打算私人收藏啊？”

庄钦：“……”

“制片人……是邱总要求的啊？”

“不知道，我没问。这些东西拍了多久你们牺牲多大、多辛苦，他不清楚吗？说删就给我删？”

“邱总的话……会不会是，政策的缘故？他是商人，咱们电影没法上院线赚钱，他要亏很多的……”而且这还是邱总做传媒公司的第一部电影，意义重大，绝不能说扑就扑。

“我当然知道上不了，但咱们先剪一份拿去柏林参展啊，都删光光了？没有裸身戏，这片都不完整了！拍戏拍了四五个月，制片人干看着，累的是你们演员，他说删就给删？！”郭宝箴越说越气。

庄钦安慰：“要不，给邱总打个电话，商量一下？”

“不打！”

按照整部电影定下来的、130分钟左右的片长，这些镜头加起来不过几分钟而已，删掉的话，对演员影响都还好说，但对导演而言，是心血被砍掉了，是用心拍摄的精彩镜头被阉割了，一删，他心目中的电影就不再完整了。

“早说要删，怎么不一开始就说！要拍完了再说！”郭宝箴猛灌了一口水，操着一口方言骂骂咧咧。

庄钦觉得哪里不太对的样子。

“真是邱总……要求的吗？”

说是邱明的要求其实也说得通，但庄钦怎么觉得，李慕是不是也在背后掺了一脚。

“那我打电话给邱总那边问问？”庄钦道，“您先消气……别气了，到时候还要过最终那一关，那才气人。”

他一说完郭宝箴就感觉自己要不行了。

庄钦走出去，拨了邱明的微信电话。

“嗨，宝贝，找我什么事？”

庄钦知道他说话就这样，平时经常被身边的化妆师、造型师这么称呼，他也没觉得怎么尴尬，就直接说了：“邱总，我在郭导的剪辑室这边，您让剪辑师傅把那些……都剪掉，郭导觉得，咱们能不能商量一下？”

“商量？你不想剪掉啊？”

庄钦的说法是：“这部电影是郭导拍的，剧本和故事都是他的，我觉得得尊重他的想法。”

邱明“哦”了一声：“你怎么样都行，也不是我说要剪的，是你慕哥哥要剪掉的，你俩口风怎么都不一样？没商量过？”

庄钦沉默了一下。

邱明："你找他说去。"

庄钦"嗯"了声。

邱明咳了一声："那个……你们导演呢，是不是生气了？"

"是。"

邱明又咳了两声："帮我解释一下。"

"好的。"

庄钦拿着手机，返回主页面，打开和李慕的聊天框。

这些天他们有聊天，但庄钦每天收工都晚，李慕说要来看他，庄钦说不能出去，自己也不用上台去比赛。

李慕并没有穷追不舍，也没有追着要答案，这两天的聊天内容最多就是一起研究一下手头上的剧本。

庄钦犹豫了下，选择给他打电话。

李慕接得特别快。

"慕哥，是我……"庄钦说明来意，说自己在郭宝箴这里。

"你问我，为什么要剪掉吗？你觉得我为什么要剪掉？"

庄钦没有说话，他回过头去，看见郭导是真挺难受的。

"郭导觉得，那是电影里必不可缺的东西，不能动。"庄钦说。

"那你觉得呢？"

"我觉得，可以适当地，嗯，剪一点点。"

"你想把我们的裸身戏放给观众看？"李慕，"你看过那一段没？"

"没……"

"你去剪辑室里看一遍，我等下来，导演那边我解释，你不用管。"

庄钦本来是想问他，是不是一开始就打算剪掉，既然如此，那为什么不早点说。

因为拍那些戏的时候他也挺痛苦的，除了个别人，大部分的演员都比较抗拒，第一回或许还新鲜，拍过后就不会觉得新鲜了。

结果话到嘴边，他也问不出来了。

庄钦进了剪辑室，提出要看那几场戏，剪辑师找到记录，面前好几个显示屏同时出现场记打板的画面，接着就是裸身戏片段。

庄钦就看了一个开头，赶紧把耳机摘掉了，后面那剪辑师也是第一回看，片子太多他们还没看完，现在突然一下看见这样的，简直太震惊了。

尺度居然这么大！

庄钦手忙脚乱地按暂停，臊得不行。

一个人看或许还没这么……但后面还有别人在。

他尴尬地点退出去，剪辑师说："这一段不看了吗？"

庄钦咳了一声："看自己拍的，我有点不好意思……能不能，让我自己一个人看？"

剪辑师秒懂："好的好的，我们出去，您好了就叫我们。"

"我不是……"庄钦想解释，两个剪辑师已经跑了。

庄钦本是单纯打算看看的。

是真没想到这些片段是这个尺度，真要说露，没怎么露，可就是……他不太敢看。

重新点进去，这回也没坚持太久，他不敢看自己的表现，他表演这一段的时候，因为入戏，拍完后其实自己也记不太清怎么拍的了。

庄钦还是没看完，直接退出去。

他随意点了其他的片段，很快看进去了。

李慕的好多动作戏他还没看过。

后面看了一会儿，庄钦从剪辑室出去，想找郭宝箴商量一下剪辑的问题，但没看见他人："郭导呢？"

剪辑师说："刚才邱总来了，把他接走了。"

庄钦点点头，看了眼时间。

一个助理给他送了一杯奶茶来。庄钦端着奶茶进去，继续看其他的片段。

李慕很快就到了，郭宝箴的剪辑室就在暮光传媒公司内部，很好找。

李慕问了剪辑师，打开剪辑室的门，弯腰进了这个光线暗淡的房间。

庄钦戴着耳机在喝奶茶，感觉到了光，抬头看了眼。

李慕拉开他旁边的办公椅："看完了吗？"

庄钦摘下耳机，把奶茶放下，把嘴里的布丁吞咽下去："还没。"

"好看吗？"

李慕看向这几台高清显示屏，画面是自己在绿幕拍的动作戏，没有特效，绿幕戏特别难看。

"这些动作都拍得很好，很流畅，而且没替身，都是你自己上的，很厉害。"

"我说裸身戏。"李慕侧头，"你不同意删掉的那些。"

“看了一半……”

“怎么不看完？”

庄钦拿起奶茶假装在喝，望着屏幕：“有点……那什么。”

“害羞？”李慕压低声，“拍的时候都不羞。”

庄钦咬吸管，有点生气：“你要不看看？你看自己拍的床戏，你也看不下去的。”

“我不看。”李慕看着屏幕的光映在庄钦的眼底，“我拷回家，不方便在这里看这种东西。”

8

李慕说了句：“备份出来了，再跟我一起看。”

庄钦装哑巴，光线暗淡的房间里只剩下他把奶茶喝光了吸着空吸管的声音。

李慕叫来剪辑师，让他们把那几场戏备份出来，然后把原版删掉。

剪辑师说：“李总，这需要一定时间，要等一会儿。”

“不急。”李慕说，“你们工作。”

两个剪辑师在昏暗的剪辑室内忙碌，庄钦跟着李慕出去：“别全删掉吧，至少得留一点，留几个镜头，郭导回来……要是知道你把原版都删了，会生气的。”

“你怎么想？”李慕并不关心导演如何想，他坐在黑色皮质沙发上，长腿舒展，招手让庄钦过来，“你也不好意思看，怎么能给别人看？”

“我觉得不好意思是因为……主人公是我，我没有做好准备。观众看不会那么不好意思的，但得剪一些，不过可以保留几个镜头，而不是全剪光了。可以吗？”他征求地问。

李慕一听他的语气，就心软地觉得什么都可以同意。

“可以……商量。”李慕这样说，“但我不想让别人看见我们的裸身戏。”

这些视频只能作为他的个人收藏，绝不能让大众看见。

庄钦直直地看着他说：“早知道你会这样要求，那些戏份就该不拍的。”

拍那些戏份之前，他做了很多心理准备。

李慕听出他有脾气了。

他花了一会儿时间来思考这件事能不能做出退让。

不，不能妥协。

可小朋友看起来确实不高兴。

或许是认为自己在公权私用，不尊重他的工作。

李慕有点头疼，他的性格让他很想直接告诉庄钦不行，没得谈。

李慕注意到，庄钦双手捧着喝完的奶茶杯子，两只手看起来有些紧张似的，手指互相磨蹭着，眼睛澄澈带着坚定，像个跟家长在谈条件的小孩子。

李慕突然就心软了。

“我们可以商量，”李慕做出退让，“备份回家看，你愿意保留的部分标注时长告诉我，我再来告诉你这样可不可行。”

这个条件很合理。

原本片子剪完后就得过很多关，也有可能会有让庄钦不太愿意让大众看见的片段，李慕这样说，等于将这部分的剪辑权交到了庄钦手里，自己再过目，而不是一刀切。

李慕定定地注视着他：“这样你觉得可以接受吗？”

庄钦点头，露出一个笑：“谢谢。”

李慕也抿出了一个不明显的笑，说不客气。

里面，剪辑师拿着加密的移动硬盘出来，交到李慕手上。

“走吧。”李慕看了眼手表，“带你去吃晚饭，想吃什么？”

庄钦说“我请你”，他打开手机看大众点评。

两人走出去，进电梯。

李慕：“一个人过来的？”

“我坐公司的车过来的，上来的时候是一个人。”他依旧遮得很严实，一般人会觉得奇怪但也不会盯着看他是不是哪个明星。

“下次不要一个人出门了，不是给你配了保镖？”

“保镖一跟着谁还看不出我是个明星了？”庄钦还在看附近的美食，“椰子鸡怎么样？”

“可以。”李慕道，“至少让你助理陪着。”

“今天跟着我跑一天了，让他回去了……那就吃椰子鸡？我看就在附近，国庆收假，估计人不会很多，这家好像有包间。”

“那坐我的车，给你司机打个电话，让他回去吧。”

电梯中途停下，进来了人，李慕下意识地挡在庄钦身前，把他遮了个严实，免得被认出来。

结果进来的那几个员工都在偷瞄身材高大，面目英俊带着混血风情的李慕。

刚签的艺人吗？还是男模？好帅！

李慕面无表情，被人看也没有任何的不好意思，只是周身的温度更低了。

他从小就这么被人看，并不在乎别人的目光，但不喜欢人接近自己，这才让他总是显得生人勿近。

庄钦藏在他宽阔的后背后面。

李慕后脑勺的短发扎了他的额头，庄钦偏过头一些，闻到他身上很清冽的男性气息。

安全感油然而生——连保镖都不能给他这种感觉。

地下停车场到了，李慕拉了他的手腕一下："走我旁边。"

"嗯。"

找到冀牌照的车子，李慕开车门，让他上去。

庄钦打电话订桌，说要私人包间，那边说只剩小包间了，庄钦说："没关系，我们只有两个……"说着问了李慕一句，"你家司机也要吃晚饭？"

"我们吃的时候他去吃自己想吃的就行。"

庄钦对电话那头说："就订一个小包间就好。"

他声音温柔，轻言细语，让电话那头说话的声音都变得轻了许多："好的客人，已为您预订了一个包间，请问您贵姓？"

庄钦："嗯……李。"

李慕眉梢一挑。

庄钦是怕自己的声音让人听了耳熟，再一听是姓庄的，很容易就会联想到自己。

李慕想的就不一样了。

吃完晚饭是九点，庄钦顺带从椰子鸡的餐厅买了新鲜椰青，插上吸管，问李慕要不要，李慕说不要，买了杯港式奶茶。

下午看庄钦喝得开心，他就想尝一下味道了，结果一喝发现就那么回事，李慕把奶茶丢了。

两人回到车上，庄钦摘下口罩，继续喝椰汁。

李慕拿出硬盘："去你那里看，还是去我那儿？"

"啊？一起看吗？"

“嗯。”李慕神色自如。

李慕不给他思考的机会：“去你那里。”

他给司机报了小区名字。

庄钦咬吸管，瞥着他：“今晚看吗？”

“这几条视频原版加起来不超过半小时。”李慕说，“我看完就走。”

他这样说，庄钦就点了头——他仍然很信任李慕的为人。

到家，上楼，李慕没怎么来过这边，开了几个门才找到影音室，试了一下把硬盘接到电脑上，电脑再连接上大投影屏，这几场戏删掉了郭宝箴觉得不能用的镜头，有些一个画面保留了两个或三个文件，因为暂时选不出哪一条最好，也就放着没有选。

文件夹塞满了视频文件，时长都挺短。

庄钦在外面工作一天了，去换了一身睡衣回来，看见李慕已经调试好了。

“先看哪个？”

在拍摄期间，这些拍摄的镜头就会在当天备份，并以场次和镜头重新命名，所以一目了然，这是第几场戏、第几个镜头以及第几条。

庄钦说：“从第一个视频，按照顺序播吧，你等等我去拿支笔和本子。”

“拿笔？”

“我记一下从哪里开始可以用。”

李慕便耐心地等他找到了笔记本和笔回来，道：“过来坐。”

长沙发上，隔了一个人的距离，李慕用遥控器关了灯，点了播放。

屏幕变黑，开始播放第一个镜头。

镜头移到了自己的脸上，那特写太近了，太令人羞耻了。庄钦只看了几秒钟，就很不好意思地别过了头去，偷偷地看向李慕。

李慕靠着沙发椅背，呈一个很放松的姿态。

如此再仔细一点，庄钦就会发现他不如表面上看起来的那么闲适，李慕全身的肌肉都绷在一起。

在手机上看是一回事，在这种类似电影院的环境下观看，又是另一回事了。

整体的画面都很艺术，要说露，大多就露了后背而已，还真没怎么露，可到底片中的主人公是自己。

庄钦就那么看了好几分钟，也不知道在笔记本上乱七八糟地记了些什么。

似乎是他觉得漂亮的，一些中景镜头下，构图非常完美的画面。

而自己的特写镜头，庄钦都没敢仔细看，也就没记下来。

他自己看都尴尬到不行，结果一看李慕，发现他非常冷静的模样，庄钦本想说要不下次再看，这下也不好意思说了。

直到一通来自师娘的电话过来，才把他拯救了。

庄钦对他说了句："我出去接个电话。"

"嗯。"李慕的脸色在昏暗的影音室里几乎看不出任何情绪。

庄钦出去了，李慕本想找到遥控器按下暂停，结果视频自动跳了下一个。

场记打板。

中景镜头的机位下，庄钦从自己手里接过了烟，特意修出少年感的短发、透出苍白的皮肤、瘦削的身体，和老练成熟的动作形成了对比和冲击。

其实角色和本人之间，区别是很大的，那少年气质是阴郁的，而庄钦虽有阴郁，但他阳光的那一面是显露在人前的，至于孤独和阴郁，只有一个人的时候才会不小心露出端倪。

李慕也不知道自己是从什么时候开始注意到他，认为他很特别的。

现在回想起，似乎是某一天下戏，李慕找地方抽烟，看见他一个人蹲在没有人的角落发呆，身上穿着宽大的、旧的白T恤，很不合身，露出一截肩膀和锁骨，从侧脸到下颌，再到脖颈的线条，有种说不出的艺术感。

他身上透着非常孤独的气息，从窗户投射出的阳光缓慢移到了他的脸上，他忍不住眯了下眼睛，仰着头看了一会儿，然后躲开了。

李慕从那天起，就觉得他像精致易碎的艺术品。

可在片场里，又是另一个模样，什么苦都能吃，因为练杂技，连武术指导都觉得他厉害。

庄钦电话打了十几分钟，打完走回影音室门口，偷偷地打开门看了眼。

里面没有声，画面是静止的，按了暂停。

庄钦这才进去："不好意思，我电话打得有点久，你看完了吗？"

"没。"李慕两腿分开坐着，"等你一起。"

李慕按了返回，继续播放，庄钦坐下看。

庄钦把自己换到了导演视角，关注到了更多的东西，有些画面很漂亮，要真的删掉，实在太可惜了。

裸身抽烟这段戏，庄钦记下来，删减五秒。

李慕发现他居然真的在认真记录，很不可思议。

视频一个接着一个地往下播着，除了运用手持镜头的画面，其他的由不同的机位拍摄，一个剧情由不同的镜头方式呈现，时间过得非常慢。

9

凌晨时分，李慕坐上车离开，司机发现他神清气爽，音调比平日上扬了两分，心情很好。

庄钦打扫了影音室的沙发，用了水和吸尘器来清理地毯，在房间四处喷了无数香水。

庄钦第二天去了剪辑室，剪辑室又多了一个团队的剪辑师，旁边还有电影制作特效的团队，整个后期团队有二三十人，郭导正在审片子，庄钦进去，跟他说自己和投资人谈妥了。

“他答应不会全部删掉，可以留下部分镜头。不过要他过目了才行。”庄钦说，“我觉得，应该还可以再商量，他口风也不是很紧。”

郭宝箴没什么反应，既不愤怒也不喜悦，平淡地“哦”了一声，庄钦仔细看他疲累的脸色，还有眼下的黑眼圈，忍不住道：“郭导，您要不回家好好休息一下。”

“没事，”郭宝箴打了个哈欠，说，“要快点把片子剪出来才行。”

庄钦看他这样，干脆坐下来。

以之前看电影的思路，跟他说了这部片子大概要怎么剪。

关于怎么剪，他脑子里有个大致的雏形，不过得等他把全部的镜头素材看完了再说。

两人坐在一起看素材，郭宝箴这才发现，原来庄钦说自己会剪点视频什么的，不是骗人的。

——甚至还挺专业。

他对电影基调、配色、节奏甚至配乐都有独到的见解和研究，能提出让人耳目一新的建议。

郭宝箴太意外了，庄钦简直就是个宝藏啊。

他不由得打起精神来，狂喝咖啡提神。

剪视频是个费心的活，而电影剪辑师更是一份辛苦的工作，光是要看完全部的镜头素材，就得耗费两周甚至一个月的时间，而导演在这个阶段也会更加辛苦，尤其是郭宝箴这样的，精力充沛，什么都要自己上的导演。

剪辑师在这里面工作是不允许带手机的，庄钦进来前也把手机存在了外面，大约是太投入了，几乎一天都没出去，中午饭都是工作人员叫的外卖，下午还有人叫了奶茶外卖，给了庄钦一杯。

后面郭宝箴坚持不住，趴着睡了，庄钦还在看，要剪掉什么地方，他都有在纸上做标记。

由于戴着耳机，有人进来了他也不晓得。

一只手在他眼前挥动两下。

庄钦抬头，是穿西服打领带的邱明。

“邱总？”他摘下耳机。

邱明：“你一个演员，怎么也跑这儿来剪片子？”

“我来帮帮忙而已。”

邱明声音很低，指了下旁边的郭导：“你们导演睡多久了？”

“半小时了吧。”

“哦，”邱明对另一个剪辑师说：“再过十分钟，你叫他起来，让他下班吧。”

然后对庄钦道：“你跟我上楼一下。”

“好。”庄钦记下自己看到了哪里，就跟着上了楼。邱明的总裁办并不在顶楼，因为这栋写字楼很高，而他的公司大多是收购合并来组成的，规模不足以填满整栋甲级写字楼，只能刷卡进入指定楼层的电梯模式，无形之中提高了安全性。

电梯往上了几层，就停下了。

“想喝什么？红茶绿茶、还是咖啡？”

“矿泉水吧。”庄钦以为邱明有什么重要的事说。

“送两瓶水去李总办公室。”邱明对秘书说完，对庄钦一指：“你进去吧。”

庄钦一下就明白了：“不是您找我啊？”

“我找你能有什么事，你家猫在里面，快进去。”

邱明顿了顿，又道：“对了，他月底生日——别说是我说的啊。”邱明眨了下眼，“进去吧。”

庄钦被他的目光推了进去，手放在门把手上。

李慕是公司合伙人，大股东，不过没有什么具体的职位，因为几乎不来公司，也不需要上班，没人知道公司另一个老板是这么个……走在潮流前沿的型男。

这么形容也没有错，李慕喜欢定制的鞋，但更常选购各大品牌大量应季的限量新款，最喜欢的季节是春、秋两季，因为可以穿各式各样的卫衣、外套、风衣、毛衣……喜欢的设计甚至会多买两件。

其实在庄钦的印象里，他出现在头条新闻上的时候，都是颁奖礼，除此之外他什么活动都不参加，私生活非常低调，连个社交账号也没有，根本不出来营业。

因为不在国内生活，所以他私底下是什么样，其实连他的那些铁杆颜粉也不清楚。

粉丝们凭借冰山一角，将他们的偶像塑造成了一个完美的、值得顶礼膜拜的传说。

庄钦一度也是那么认为的，他像冰冷的雕塑，像南极雪山，没有人能靠近他。

打开门，入眼是宽阔简约的办公室，位于中层的一面大落地窗背后是城市的水泥森林，夕阳的橘红色光芒被百叶窗遮掩一半，李慕坐在会客厅的扶手沙发上，腿上盘着一只养得皮毛顺滑油亮的白猫。

他修长的手指放在猫的皮毛上，另一只手拿着手机，庄重的沉思模样犹如一位君王，连腿上的猫都像是陪他征战沙场的白虎。

庄钦已经一天没接他的电话了，也不回消息。

李慕知道他今天没有在拍摄，所以以为他是生气了。

是不是自己要求剪片子的做法让他不想搭理自己？

李慕很少会这么反思自己。

李慕没有给人连环call的习惯，认为有什么还是要当面说清楚的好。

庄钦进门，两人对视良久，李慕先开口："站着做什么，过来坐。"

"好。"庄钦看一眼他腿上的猫，才迈开腿走过去。

庄钦坐在旁边那张沙发上，秘书敲门送茶水，李慕说不需要，让她离开。

哪怕隔着安全距离，庄钦仍然感觉到紧张，这种紧张的来由很奇怪，他见到自己非常尊敬的大导演、演员，都会感到紧张，但对李慕……他们很熟悉了，显然不是这种紧张，是不知道下一秒会发生什么，不知道该怎么办，要不要说开。

李慕望着他闪动的睫毛："生我气了？"

庄钦反应了下，摇摇头："不是的。"

李慕看着他的表情，双手把腿上的猫托起来："猫给你抱，别生气了，下回不那么对你了。”

“我没生气。”

10

李慕不免失笑，他常常觉得这小孩不适合影视行业，就这种软绵性格、这样的说话方式，还不被人给吃了？

李慕见他接过猫不吭声，道：“下次要回我消息，要接电话，不然我会担心。

“找了你一天，知道你可能在这里，我才来的。”

“我的电话放在剪辑室外面了，一天没碰过，所以……我不是故意这样的。”尽管庄钦今天不拿手机埋头工作，也有点想逃避的意思，但要说生气，或许李慕想要把那些戏全部删掉的行为更让他生气一些。

可李慕也说了，可以商量，所以到现在，庄钦无法真的生他的气。

仔细观察他表情的李慕，发觉事实和说法有出入——庄钦并不是完全不生气的。

“在外面要是受了委屈，别自己憋着。”李慕最心疼的就是他这一点，脾气好到什么委屈都能忍。

李慕握紧他的手：“你不是没有靠山的，有我在呢。”

庄钦有些出神地看着他——几乎没人会跟他说这些。

从小开始就学会了沉默和不争，入行以后所有人的提点都是叫他学会融入，要忍让，吃了亏受了委屈不能抱怨，要维持一个好的偶像形象，不能把负面的东西带到公众面前。

没有人真正地在乎他。

他一直这么压抑着，习以为常倒不觉得如何，突然听他这样说，庄钦鼻头一酸。他努力控制住情绪，点点头。

“明白我的意思吗？”

“嗯。”

“我的意思是，你想要什么，不要什么，都告诉我。”他说，“只要你要，我就给你，无论什么。”

他双眼干净无半点杂质，但李慕看见了他眼睛里雾气蒙蒙的，一片水光。

李慕发觉两人之间坐得太远，而办公环境下，这样的对话仿佛变成了谈条件。

李慕语气放软："只是觉得我们可以做知心的朋友，哪有那么不堪？

"哥哥欣赏你，还看不出来吗？"

"我什么都不要你的。"庄钦表情认真，"我想要的东西，自己会去拿，你不用给我什么。"

李慕眉心一蹙，以为是拒绝。

庄钦接着道："我也很欣赏你……想和你做交心的兄弟，你对我好，我也对你好。"

李慕表情又变了，才反应过来他是慢半拍地在一个问题一个问题地回答自己，索性没有说话。

"但我……"庄钦沉默两秒，"我怕只是还没出戏才这样……"

"说完了？"

"嗯。"

"想听听我怎么想的吗？"

"……好。"庄钦没有想过，两人会在办公室讨论这样的问题。

李慕："我想，如果你不跟我交心，你永远也不知道自己认可的是我还是角色。"

"我猜你认可的是我。"哪怕现在庄钦对自己的感情里或许还含有其他成分，李慕也有自信让他变得纯粹。

酸奶起床了，悄无声息地从庄钦的腿上溜走，从肩膀跃到沙发背。

从表面上来看，庄钦对自己毫不设防，但李慕知道他不仅心事重重，且防备着所有人。

这小孩对自己是半敞开的，不是完全坦然的。

但李慕想，自己会慢慢打开他的心扉的。

第三章

合约期的规定

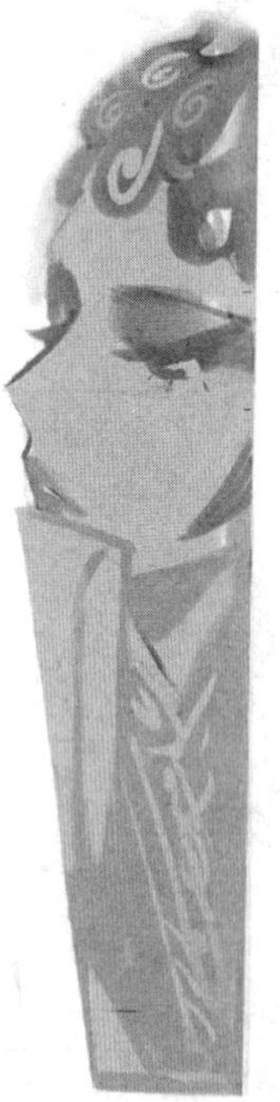

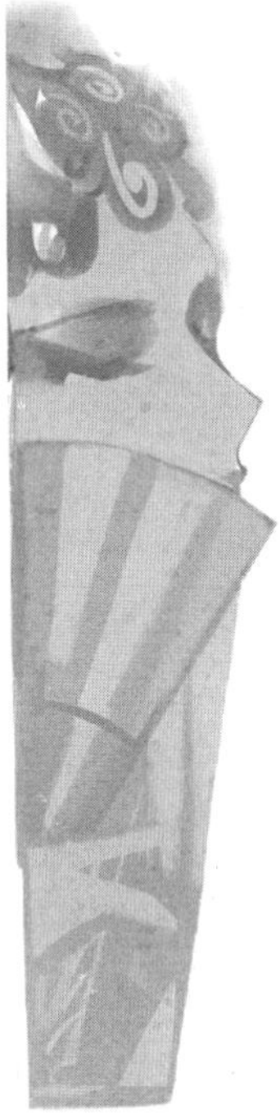

11

从默契的搭档晋升为知心朋友，李慕觉得没多大变化。

因为第二天庄钦就飞走，去录制节目了，而且这个秘密只有他们两个知道，旁人都不知。

庄钦的粉丝身上话题多，后期剪辑的镜头也就多，不仅有他和宋恪的“顷刻”CP，还有一个和郑风柏的“替身”CP，这就算了，还有把他跟曾导凑CP的粉丝。

现在这年头，男明星炒CP是一条能快速圈粉的路，不少明星选择走这一条路出道。但庄钦不同，并非不需要这些热度，玟姐在跟宣发团队对接的时候明确说明了自家艺人要拿时尚资源，而且要拿高奢，高奢品牌的资源和代言很不容易拿到，最起码要保持没有绯闻的状态一两年甚至更久才有机会。

苏玟给庄钦做好了职业规划，也跟他说清楚了：“粉丝自主地帮你炒那些CP没问题，官方不能炒，录节目的时候和人保持好恰当的距离，要记住，绝对绝对不能谈恋爱！”

苏玟给庄钦发这条消息的时候，庄钦正忙里偷闲在跟李慕聊剧本的事。

明天要去演播厅录制，这几册剧本他反反复复看了很多遍了，还是能从李慕这里得到非常多的提示和灵感，跟他聊剧本，和跟曾导他们聊剧本是完全不一样的感觉。

庄钦还没回复，苏玟又来了消息。

苏玟对他放心，知道他听话不会做违反规定的事，所以谈恋爱这个她根本不担心，只担心有人故意去勾搭他。

“SYY 还在缠着你没有？”

“SYY？”

“我说单耘耘，怎么豆瓣突然冒出她和郑风柏的瓜了，说他们住一个小区，早就在谈恋爱了，节目里装不熟。迷惑，你自己私底下买的吗？”

“我跟她不熟，我也没买过营销。”说到这个，庄钦是觉得有些问题。

“我前两天好像有看见她给柏哥送水，忙前忙后地叫他……”

苏玟立刻判断出：“那营销是她买的了，应该是发现你不吃她那套了。”

“是的玟姐，我没有理过她。”

玟姐：“小钦真听话。”

玟姐感慨：“太省心了！其他人比起你就没那么省心了，我还得担心他们搞地下恋情，还是你这边我放心点，自己试镜自己拿主角，一个人去录节目也很听话，从来不迟到，广告商也对你满意……不过你多多少少也出来营业一下，我手机里存的你自拍都发光了，晚上再拍几张新的给我。”

“好。”

“还有啊，如果有人要来贴你，镜头面前躲着点就是了。别被人当面一套背后一套地骗了，要知道别人背后都是有团队的，故意做个小动作单独炒……”

苏玟的消息像小作文一样，庄钦也没仔细看，因为还得回李慕的消息。

“明天你有比赛，你想让我来现场看吗？”

李慕航班订好了，节目的票也弄到手了，就等他说个“想”。

庄钦：“不要来了。”

李慕感到会心一击。

庄钦解释：“去机场要一个小时，坐飞机要一个多小时，你过来还要半小时，回去又是三个小时。”

他自己整天坐飞机全国到处跑，花在交通上的时间很多，看似什么都没做，但实际上有多辛苦只有经常出差的人才知道。

“而且你在现场，我会有压力的，怕发挥不好。”

李慕便发消息称：“我改天来。”

“我去上台词课啦。”

明天有比赛，今天有一堂专门针对演员台词的配音课练习，数个小时的理论配合实践，庄钦练得嗓子都有些哑了。

翌日大早，坐车赶往广播大楼。

车轮战顺序和剧本抽取完全随机，不过剧本都是从一周前发下来的那几册当中任意抽选，现场随机匹配对手，庄钦和之前合作过的赵艺灵分在一组，剧本正好又随机到了爱情片。

改编自张爱玲同名小说《半生缘》，拍摄于20世纪90年代的一部电影。

剧本在手里好几天了，前几日庄钦就研究过这个男主角，不仅研究剧本，也研究原著，还得研究当时的年代背景。

男主角沈世钧是个软弱猜忌的性格，他和女主角这对情侣，年少时涉世未深，天真烂漫，以为自己的爱情独一无二，和其他人不同。当考验来临时，方才发觉原来人世间的爱情都是一个样，没有什么不同，相爱的两个人被轻易地拆散，各奔东西，多年后各自成家再相遇。

他们要演的是结局的这段戏，舞台剧的剧本是做过精心改动的，庄钦自己有修改少量的台词，没有改得太多，只是修改了几处语序。

他怕到时候赵艺灵听见台词不一样会跟不上，特意在后台先跟她说明，然后两人在短短的半小时内快速地排戏、对台词。

和专业的女演员对戏有很多的好处，比方说在这样的高压下排戏不必担心对方会跟不上和崩溃，庄钦说什么她完全能听懂，台词和情绪，都能互相感染。

排好过后，还要跟灯光师、配乐老师商量现场效果，过后就是换戏服化妆，化妆只有二十分钟的时间，一化完就来了工作人员催促他们去候场准备，节目组助理跟在后面往他头上戴麦克风和耳返，化妆师跟在女演员背后给她上最后的妆，庄钦慢慢地酝酿着情绪。

误会、无奈、时间转逝多年、恍若隔世是剧本的主题。

观众席灯光一暗，幕布拉开，演员上台。

庄钦身穿鼠灰色呢子大衣，戴着长围巾，头上戴一顶礼帽，鼻梁上架着过去流行的圆片眼镜。

扮相斯文儒雅，帽檐下的一张脸白皙俊秀。

他漫步穿过布景的大门，看见从另一侧楼梯下来的女演员。

他和绾起长发的赵艺灵对视，脚步停顿，只一眼便道出万千感情。

“好久不见。”她走到他面前，像一个老朋友那样跟他打招呼，“你好吗？”

庄钦只是看着她，把手插在兜里望着她，良久淡淡一笑，说一句：“好久不见。”

她：“我正要离开。”

“一起吧。”

平静背后是汹涌的感情，在短短几分钟内就被推至了高潮。最后，两人终于忍不住紧紧相拥，她说：“你好吗？”

“我只想你好。”平静的情感终于释放，角色的感情强烈地影响了庄钦的表演。

“世钧，我们回不去了。”

表演到了末尾，灯光慢慢地暗了下来，幕布拉下来，演员退场。

庄钦接过水喝了一口，慢慢地调整情绪，重新上台，接受导师的点评。

“好的演员，就是像你们这样的，一下把我们这些观众带到了那个情境里去。”

一系列公式化的台本过后，导师开始各种纠结：“好难选啊。”

“这两个都演得好，都是好演员。”

整个过程比舞台剧表演还长，这是曾导的组，曾导并不参与投票，其他导师正好一人两票，把选择权交到了观众手里。

观众手边两个按钮，倒计时过后，屏幕上方开始跳票，一个直观的统计表上，庄钦直接超过了对手戏女演员。

赵艺灵眨了下眼，很平静地接受了这个结果。

她是个不知名女演员，庄钦是当红“小鲜肉”，而且演技不比自己差。

“跟他对戏，感觉特别舒服。”她在台上这样说，“在后台的时候他特别体贴，我们对戏拥抱的时候两只手都不会挨着我，还跟我道歉，说在台上表演可能会挨着。剧本我研究得没有他好，他对角色的背景了如指掌，真的很厉害。”

“没有没有，您演得特别好。”庄钦说，“刚才真的把我带入戏了。”

李慕就坐在台下角落里，并不参与投票。

对网络社交没有兴趣，但热衷于在网络上看别人夸他家小孩，他花钱做的公关很有用，庄钦的能力被重新审视，他的演技和努力被越来越多人看见，路人也要夸一句：“没看过他演的戏，但是看截图是我的菜，真的帅。”

“看了节目的路人来说一句，他真的没有整容……他没睡醒撞玻璃门上了！鼻子肯定是货真价实的！！哪个整容的敢这么撞！！假体不得飞出来！”

“看节目他有点可爱。”

“看了他的演技，不尬，挺好的啊，为什么老是有人黑？谁买的职业黑？”

“+1，演得挺不错。”

李慕挺喜欢看别人这么夸庄钦的。

他的第二场表演，就是和男演员拍针锋相对的戏了，李慕对这个演员有些脸熟，打开手机查了一下，原来叫郑风柏。

一搜就看见了一些瓜，庄钦以前是给这个郑 ×× 当替身的，后来顶替上位当了主角，传闻二人不和，但表面上他们是“互关”关系，同一个公司，微博还要互动，甚至庄钦还给他探过班。

专嗑相爱相杀的 CP 粉集中在了他俩的替身 CP 超话之下。

第二场比赛一胜，再胜一场就能拿到组内的 No.1 了。如果他输了，他的对手就胜利了。

但是随机到对手，再随机到剧本后，现场却出了一点小岔子。

“对不起导师，我能问一下吗？就是，之前我看有的选手表演用的是原声，不是翻译，车轮战能用原声比赛吗？”

这回抽取到的剧本是个英文剧本。

对手是同组内的一个男演员，叫邵平，虽然每天一起上课，但庄钦跟他确实不怎么熟悉，对方演艺经验颇为丰富，据说是跑了六七年的龙套，然后开始演配角的。

虽然至今也没演过什么让人印象非常深刻的角色，可是肯下功夫琢磨演技，所以演技其实是很不错的。

要求用原声的意思，就是说用英文来对白，而不是用翻译过来的台词表演。

这么做有利有弊，利在于台词不会因为翻译的问题而让观众和演员出戏，而且也更好代入原片；弊在于现场观众不懂英语的话，就听不懂两人的对话，只能看见冲突和表情，看见演员的情感。

节目组没有限制演员的表演方式，所谓的用原声台词来表演，也是允许的。

台下导演也没多想，指示说可以，然后反馈到台上。

“可以是吗？”

那位很喜欢庄钦的女演员导师一下想到了庄钦之前被全网嘲的黑历史。

当时庄钦才出道不久，上综艺也没什么经验，正好有一期节目，讲英语的时候露了底。

后期剪辑原封不动地把这一段放上去。

庄钦英语发音的问题、语法的问题，甚至单词读法的问题都被揪出来嘲笑。

原本只是一个很小很小的问题，艺人英语说得不够好，不是什么失德的事，但网友就是这样，图一乐，似乎觉得这个口音非常好笑。可笑的是笑话别人发音的那些人，自己连高中英语可能都考不及格。加上对家下场黑，这事儿当时就闹得挺大。

后来庄钦就再也没在台上讲过英语了。

那女导师立刻意识到这个邵平是故意的，马上说："说原声台词是可以的，不过准备时间和之前的没有区别，然后你还得问问你的对手戏演员愿不愿意。"

"是，我正要问。"邵平转向庄钦，很礼貌地问："您看看我们是说原声台词，还是用翻译的台词？我觉得原声的更好，这个翻译有些不够精确。不过……如果您想配翻译的台词，那我也没有任何的异议。"

"原声台词吗？我之前没有背过，因为我没拿到原声的剧本，但应该是没有问题的，我愿意试试。"

女导师："你确定吗庄钦？你原台词的剧本都还没看，这才一个小时的准备时间，你怎么背得下来？！"

"这个剧本我记得台词不多，就两三页，没有问题的，老师。"他的语气始终很温和平稳。

邵平没想过他会答应。

没记错的话，庄钦的英文水平被全网嘲就是去年的事吧。

他怎么可能答应说原台词？！

自己要是赢了会不会被他的粉丝狂喷？

他原本就只是打算用这件事来引起话题，他以为庄钦百分百会拒绝，到时候庄钦哪怕赢了，自己也不算丢人，毕竟庄钦不愿意演原声剧本。

现在这样……如果自己赢了，反而不好收拾。

——毕竟庄钦没有提前看过原声剧本，自己赢也会被说成是胜之不武，但邵平不相信他每天那么多活动会有时间学习英语，等到播出了，庄钦英语不好的陈年旧瓜被翻出来，热度就有了。

他安心了许多，两人下台去，邵平问他："你大概需要多久的时间来背台词？"

庄钦关掉麦克风，从编导手里接过原声剧本："我们不如先化妆吧，化妆的时候我可以看看。"他翻了一下英文台词，"我可能要四十分钟的时间来背它。"

编导提醒了句："刚才导演说，给你们多半小时的时间，台上还在录其他的比赛呢，你们晚点上，可以多背一会儿。"

邵平抬了下脸："那你先背吧？"

"嗯，等我背完，我们可以对一下戏，磨合一下。"庄钦对他点头，接着头也不回地进了换衣间，把身上的戏服换下来，换成了下一场戏要穿的服装。

同一时间，以防观众不理解他们的原声台词意思，节目组火速印了中英对照的台词本发下去。

化妆师给庄钦上妆的时候，庄钦垂着眼在看剧本，嘴唇不时微张，似乎是在默念台词。

有些发音他拿捏不准确的，就打开翻译软件输入进去听正确发音，但他没有去看原片，第一是费时间，第二可能他会不自觉地模仿原片演员的表演。

舞台剧需要的妆容要求阴影和高光重，这样才显得立体，而这一场戏里，他扮演的角色是电影《禁闭岛》的男主角，一个患有精神病和幻想症的罪犯。

庄钦需要在脸上贴一些胡须，以制造出沧桑的年龄感，加上东西方人的五官差异，阴影要打得更重。

整个化妆时间，庄钦在飞速地记忆着英文剧本。

到底不是母语，肯定记不了母语那么快，半小时过去，庄钦找了个没人的小房间，端着纸杯，用手机调了闹铃后，全神贯注地记台词。

因为精神高度紧张，捏着纸杯的手指尖都在微微地发着抖。

铃声响起，表示四十分钟过去了，庄钦出去找邵平对台词。

结果找了一圈没找到人，眼看着时间一分一秒地过去了，庄钦稍微有点急躁了，问了几个工作人员，工作人员表示他应该在卫生间。

庄钦在群里找到对方，因为没有聊过，所以没有加好友，他试着去加上好友，但消息也没有回应。

庄钦开始意识到，或许邵平就是故意的。

他回到房间里，继续背剧本，独自念台词，熟悉语调用法。

过了一会儿，邵平回复："我拉肚子，在卫生间里！不好意思，要不等下就直接上，不用对了，你应该记住台词了吧？"

庄钦只回了一个字："哦。"

这招是跟李慕学的。

李慕以前回复人就一个字，经常能把人给气到，实际上并不是故意的。

没有人跟自己对台词，他独自一人在小房间里自言自语，连摄像都被他赶出去了，因为有摄像的情况下，他没办法高度集中自己的注意力。

不过房间里仍然保留了一个没有人控制的机位，随时拍摄他的练习。

庄钦像精神分裂一样，一个人读两个人的台词，用两种不同的语调和语速。

庄钦拿着中文剧本，看对场景和人物神态动作的描写。

半小时后，外面来工作人员通知他上场。

庄钦神经绷紧，在开了空调的情况下都出了好些汗，弄花了妆，化妆师跟着在他脸上补妆，进了候场。

邵平说："不好意思，肚子太痛了，我们没对戏，不影响吧？"

"没事。"

邵平："你背得怎么样？背好了吗？"

庄钦平静地点点头，整理自己的衣服："背好了。"

演播厅熄灯，观众屏息，工作人员快速布景，厚重的幕布缓缓打开。

12

观众席休息时间，有人在翻阅节目组发下来的中英对照剧本，也有人拿出手机，看原片片段补习。

"庄钦要用原声来表演，那他不是完蛋了？"来参加现场录制的观众，多多少少都很关注娱乐新闻，一年前的新闻回想起来，仿佛就在几个月前。

有观众在现场低声地交流："我记得他英语真挺烂的，b站有up主剪辑的视频，你搜庄钦和英语两个关键词，就出来了，播放量好几百万……啧啧，那叫一个车祸现场。"

这一轮的观众是两个小时前来的，刚好看见了庄和郑两人的对手戏，因为恰好演的是针锋相对的戏码，郑风柏拿着道具枪直戳他脑门，面目凶狠，庄钦是纹丝不动，两人演得跟真的似的，演完导师还说："你们俩演这个简直太合适了，气场正好就是对立的啊！在台下关系是不是和台上很像？"

这个提问非常尖锐，郑风柏连说没有没有，甚至搂庄钦的肩膀："大家都知道我们私底下关系很好的。”

那一场庄钦演的角色是在内敛中爆发的类型，让现场第一次来的观众看见了他爆发的神演技，简直震惊全场。

马上要到下一场了，有观众觉得可惜：“他演得也还可以，说英文台词那不是太吃亏了？”

“这个邵平是谁？演过什么？我怎么都没听过……”

“戏也太多吧，非要拽英文台词，欺负观众听不懂吗？”

“我觉得他就是故意刁难庄钦的吧？”

李慕默不作声地坐在观众席的角落里。

听见观众议论庄钦英语差要丢人了，他反而有几分疑惑，因为李慕知道庄钦不是不会说的。

在东南亚也需要大量使用英语，李慕记得他说得很不错的。

之前在网上看见了扒皮，以为是故意黑，都没仔细看。

这回认真看了一遍视频。

果真是车祸现场，惨不忍睹。

再一看视频时间，去年四月到现在，一年半的时间——私底下大概有恶补过。

李慕对他的能力和演技都是放心的。

舞台灯光一亮，演员上台，庄钦穿洗得发白的米色旧病号服，头发微卷，眉眼上的妆让他的五官看起来更清晰漂亮。身上出的汗为他这个角色刚从海中游上来的形象增添了真实感。

连日的幻觉和噩梦困扰着他，不知真假的事实扑朔迷离，他已对一切有了怀疑，平静的外表之下隐含着疯狂的情绪，黑漆漆的眼睛深处有一点坚持的光芒。他指着监狱的典狱长说：“我知道，医生说的精神药物。我找到她了，你们抓不住她！”

两句台词接在一起，全是原声，非常流畅，一点没卡壳，自然到仿佛为这个角色而生——而坐在布景窗户前的，扮演对手的演员邵平，一听他开口，运筹帷幄的心态立刻就有些不稳。

没道理，他怎么会背得这么流畅？

邵平勉强平静下来，接上原声台词：“我不怀疑你，因为她不是真的。”

庄钦这里没有台词，只是表情和眼神出现了变化，变得怀疑，认为他说的荒唐可是心底又有一丝的不确信。

舞台剧为了让观众看得更清楚，这种时候情绪势必要比演电影更夸张，庄钦没有太多的时间来入戏，好在之前就做过研究。

可是要演好一个有精神分裂症的角色，对演员自我的伤害也是非常大的。

但导师都看得见，他的表情和情绪都控制得很精准。

邵平双手交叠："你的幻觉比我想象的严重……你没有吃抗精神分裂的药。你没有吃任何的药。"

"那我的手为什么会发抖？！"庄钦伸出去的手不可控制地颤抖，是长久以来的药物后遗症。

邵平："你来两年了，你是医院的病患。"

庄钦顿了一下。

邵平跳了一段台词，有七八句的台词直接被跳过了。

这中间有个情绪的缓慢转变，变成了突然的转变，庄钦被迫接上台词："……这么多的事实，你真的以为可以让我觉得自己是疯子吗？我是联邦警察。"

"你曾经是。"邵平没想到他接得如此流利，不应该啊，一个半小时背台词，怎么可能记得这么熟悉？

"这一段怎么跳过去了？"

邵平不知道观众手里都拿着中英对照剧本。

此刻观众对照着剧本，都发觉其中一大段不翼而飞了。

但演员演得又毫无痕迹，观众只好以为这是演员自己对剧本所做的改动。

庄钦拿着一张声称是自己的入院表格，快速地对着白纸阅读出声："病患是退伍军人，非常聪明，曾……前联邦警官，有暴力倾向，他否认犯罪，编造出故事，无法面对真相……"

这一段要求语速快，快到让观众听不清，可吐字又得清晰。

搞得让观众以为他是不是照着在念，怎么能读得又快又准确。

他用力一挥，把白纸丢开，不可理喻地道："胡扯！"

情绪从平静到逐渐爆发，那眼神中迸发的疯狂劲，台词流利而语气控制得精准，让邵平被他完全震住。

他发觉到不妙，自己被庄钦压戏了，他开始反抗，试图用更高的音量去打断他。

但仍旧被稳稳压了一头，对方太入戏了，那种精神病人对自己所处世界的怀疑，不能接受突如其来的真相，因为真相的难以置信而悲伤，那些难以言说的复杂情绪，观众似乎能切身地从他的表演上感受到。

到最后，庄钦被推进去，坐在电击椅上，要接受额前叶切割手术。

现场的镜头推到了他的脸部，拍摄特写。

他眼中流露出平静的哀伤，明明没有哭戏，却让人感觉到最极致的痛苦。

现场鸦雀无声。

谢幕，观众鼓掌，非常震撼。

庄钦在后台休整了几分钟。

一般演员很少会试图去挑战这类有精神疾病的角色，倘若一个控制不好，很容易陷入其中难以自拔。

心脏的剧烈跳动稍微平复了一些，慢慢回到了现实世界，只是庄钦抬头，看见邵平在镜头底下对自己说："你演得好棒，太入戏了。"瞬间，只觉得好像又是一个虚假的空间。

"……谢谢，你也是。"庄钦的精神状态受到了一点小的影响，他完美地掩饰了过去，重新上台，接受点评。

敬业的导师，在他们表演的时候，会用笔记录下要点；如果就是来挣个快钱的，这个时候会乱说一通，或者照着节目组给的台本念。

先是公式化的夸赞："两个演员对于英语剧本台词的处理，都远超我们的想象，没想到你们会说得这么好，太流畅了，好像真的看了一场原声电影，如果下面来个字幕给我们现场的观众看就好了——邵平你是英语专业的？"

在场的观众没有外国人，所以哪怕英语很好的观众，听了个七七八八，也觉得演员的发音还挺标准的。

邵平："不是，我在国外读了一年书，回来就开始做演员，跑龙套跑了好几年。"

导师："庄钦你也是？"

庄钦摇摇头："我是表演专业，不过前几个月在东南亚拍戏，多多少少要用一点英语，就经常在学习。"

导师："在东南亚把英语水平练成这样，太不容易了，真的。"

观众哈哈大笑。

然后导师说到表演："原片非常经典，我个人很喜欢，看过很多遍。"

但庄钦的表演和原片是不太一样的，似乎是拿到剧本就开始自我处理，他的表情、动作、语气，全都是自己设计的，而且由于共情和入戏，表演没有痕迹，非常真实。

导师说："你可以打破常规，不模仿任何人，还演得如此贴合剧本，真了不起。"

这个日常夸他的导师，正是那位很喜欢庄钦的女导师。

曾导却提出了另一个问题："你们没按剧本来。"

"我是导演，在我这里，演员可以对剧本做一些自己的处理，但是绝对不能这么大段地跳过台词，你们为什么要跳台词？"他表情严肃，"谁改的？"

庄钦："讨论药物的那一段吗？"

邵平没想到导师会关注这个问题，忙抢话道："这是我们在后台讨论出来的，我担心他背不下那么多的台词，就说要不要删一点点，然后他也好背一点，那段台词有几个专有名词，挺难的……"

在这么多摄像的情况下被颠倒黑白的情况，庄钦遇见过不少次了。

舞台就是战场，这一回的遭遇都还是小 case（小问题），大多时候，他都不能做出反击，只能忍气吞声，以免反击后被媒体拿去做文章。

尤其是现在这种情况，如果自己反击了，媒体会怎么说？

大明星当众欺压小演员？

庄钦脑海中不断浮现苏玟对自己的提醒，提醒他不要惹出事来，人设得稳住，不能给媒体黑他的机会。

反过来，又是李慕的话——

"你这么好欺负，什么都应着，在外面是会吃亏的。"

邵平解释完了，看向庄钦，发现他好像在走神。

曾导看着台上的庄钦，问了句："是这样的吗？你俩一致商量要删的？"

庄钦："……不。"

"那段戏，没有人跟我说过要删，我花了一个半小时的时间在一个人记台词，刚才舞台上是我们第一回对戏，没有提前磨合，所以才会出现这样的意外。"他声音很温和。

邵平一愣——在他眼里，庄钦不是这种会在舞台上反驳人的性格。

他马上就接："我跟你说了要删的，你可能是背剧本太专注了没注意到。"

"有没有可能是你记错了，你忘记给我说了？"

他有些慌张："不可能，我没记错！"

观众开始面面相觑了。

在舞台上争论是很难看的局面。

庄钦没再继续争，毕竟真相是什么，只能等节目播出后才知道，倘若剪辑针对自己，自己的话就会被曲解。

耳机内，导演下达指示，让他们停下。

邵平没敢说话了。

庄钦是什么性格，曾导知道得很清楚。

他一看就知道两个人哪个说的是真话，哪个人说的是假话。

曾导站起身说："我打断一下，乱改剧本这件事以后不能发生了，如果要改剧本，必须事先由两个演员告知导演组，如果要表演原声剧本，临时告知是对其他演员的不公。庄钦拿到英文剧本才一个多小时，他背了那么大一段，换成其他人不一定能背下来。"

这是出来给庄钦撑腰了。

其他导师纷纷附和，要求节目组增加这一条规则。节目组最喜欢的就是争议和矛盾，没有争议矛盾就没有看点，所以哪怕演员使用小伎俩，他们也总是睁一只眼闭一只眼，只要最后节目好看就行了，至于谁输谁赢，都是可以操控的。

观众的节奏也被带走了，纷纷行使自己的投票权，把庄钦送到冠军座上，拿到了豁免牌。

回到后台，庄钦摘下耳麦，换上了日常用的麦克风。他换掉衣服，卸了妆。

一想到时候节目播出，如果剪辑对自己不利，玟姐到时候又要说自己了。

营销号都喜欢泼脏水，而公关是需要花钱的。

明明忍过去了，就什么事都没有，也不会给节目组留下剪辑的素材，但偏偏他就是这一回没忍住。

演播厅换了一批观众，继续录制。

李慕只是坐在台下，看见他平静捍卫自己的权利，跟人争论跳戏的事，就知道是受了委屈。

李慕给他发了消息。

庄钦上台前把微信退出了，现在还没重新登录，他卸了妆就去问人可不可以先回公寓去。

从早到晚地拍摄，还是三段不同的剧本，更有一段是临时背的英文剧本，压力一松懈，累到直不起身，只想倒在床上好好休息。

庄钦去找导演，导演本来想说不可以，结果一看他脸色这么差，马上想起之前庄钦在另一个台节目上由于疲劳过度晕倒，节目组官方微博被粉丝攻击到沦陷的那件事。

导演说：“你还好吗？需不需要给你放一天的假？明天只有一节台词课，可以不来录制的。”

庄钦说不需要放假：“我休息一晚上就好了。”

“真的不用？我看你状态不是很好啊。”

“是拍得有点累，不过没关系。”

他这么说，导演也就没再坚持，放他离开。庄钦去了卫生间，这时才看见节目组发的手机上显示了未接来电。

庄钦没敢在这个手机里存李慕的号码，上两次打完电话都把聊天记录删掉了。

不过李慕号码的数字他却记下来了。

卫生间没有监控，但怕隔墙有耳，庄钦没有回拨，发送短信。

李慕：“我在你们演播厅的广播大楼。”

几分钟后，庄钦原路返回导演总控室。

“马导……”庄钦敲门进去，很虚弱的模样，“我能不能请一天的假啊？我感觉……肚子不太舒服。”

他很少撒谎，但是作为演员，撒起谎来格外有天分。

“刚才给你放假，不是还说不需要吗？”

庄钦脸一红，有些被戳穿的不自在。他捂住肚子，哀求：“我真的有一点不舒服，如果不能请假……”

“好了啊，开玩笑的，给你放一天的假。”

“谢谢马导！”在节目组，一般是制作人最大，但导演也相当有话语权，请假这种事找他也可以。

马导说：“你晚上还回不回来？不回来的话我得跟基地管理员说。”

“晚上啊……”庄钦想了想，“应该……要回来的。”

13

今天的观众总共换了四轮，可以说是从早录到晚，广播大楼一楼底还有少量的粉丝在等着爱豆出来。

庄钦不知道是不是自己的粉，但那几个女生一下就把遮住脸的他给认了出来："是庄钦啊！庄钦！！"紧跟着一个箭步冲上来。

他下意识地想跑，因为身边一个人也没有，但还是好脾气地停住了。

他看见了她们手上的应援牌，发现她们其实是来支持另一个女演员的，但不巧看见了自己。很多人就会这样，只要见到了明星，不管是不是自己粉的，都要上来进行一系列的追星活动，比方说签名、合影。

庄钦给签名，给合影，有个女生拿手机录像，他也只是朝着镜头笑笑。

等配合完了，庄钦才问："我有一点事，要迟到了，能不能先放我离开？"

"好的好的！"

庄钦："时间很晚了，你们注意安全。"

"好的好的！"

庄钦离开的时候，还听见她们在背后尖叫："真人好帅，近距离比今天在台上看见的样子还帅！脸好小好小，皮肤好白，杀死我了！！"

"他人好好啊！！"

庄钦自己的手机放在了助理那里，身上还揣着节目组的手机忘记还回去了，外面已经是夜幕降临，电视台广播大楼外，自然是常年都有狗仔蹲守，但这些狗仔一般不是为了在电视台拍点艺人去录节目的料，而是为了跟车，看见艺人出来，如果是值得爆料的，立马跟上去，看他们住哪里，住的哪一家酒店，有没有什么见不得人的秘密。

他曾经不止一次被跟车。

上车，庄钦不敢大意，让李慕赶紧开走。

李慕拿了个袋子给他。

"什么？"

李慕说热奶茶。

"怎么突然给我买这个……"

"你不喜欢吗？"他见庄钦喝过一次，就想他应该喜欢这个。

"挺喜欢的。"他把吸管插上，注视着两边的后视镜内倒退的风景和车辆，定定地看了好几分钟。李慕经过路口，转弯向右打方向盘，问："有狗仔吗？"

"应该……没有。"

李慕看见路口，再次向右转。

连着转了三次，然后再开导航，换方向。

“不用紧张了，就算有也被我甩掉了。”

庄钦紧绷的身体这才放松了些：“你怎么会来的？什么时候到的？”

“中午到的，来看你比赛。”李慕瞥见他咀嚼珍珠的动作，“肚子饿了没？”

“有一点。”他发现李慕在看自己喝奶茶，甚至没仔细想，握着奶茶杯的手伸过去，“你要喝一点吗？”

做完了动作，他发现吸管被自己咬扁了。

李慕是有洁癖的。

李慕好像不喜欢喝甜的。

“对不起，我忘了你不喜欢这样……”正准备把手收回来的时候，李慕低头含住了吸管，就着喝了一小口——这是电视台附近评分最高的奶茶店，里面加了很多乱七八糟的东西。

李慕：“我不喜欢什么？”

珍珠又软又糯，黏牙得很，的确是他不喜欢的口感。奶和茶相融的味道清甜，但也是他不喜欢的口味。

庄钦把手拿回来，细数：“你不跟人吃同一盘菜，吃饭要用公筷，火锅只吃单人的小火锅。”

还有消毒喷雾棉片不离身，要碰的东西势必先消毒。

“观察得很仔细。”李慕目视前方，前面的车尾灯映照在眼底，“不过，对你例外。”

庄钦低低地“哦”了一声，看向窗外，咬着吸管把奶茶喝完了。

李慕问他要吃什么，庄钦不敢去外面的餐厅，要点外卖，李慕说带他去人少的地方吃金陵菜，几道诱人的菜名一下把庄钦的馋虫勾了起来，肚子“咕咕”地叫了两声。

他问李慕住哪里，什么时候回去。

“住酒店，离你们公寓很近。”李慕拿了卡，把车开进地下停车场，侧头，“你想让我什么时候回去？”

“我……我要录节目。”他没有正面回答，意思是没时间陪你。

“知道你要工作，不放假？”

“我刚跟节目组请了一天的假……”

“哦？”李慕把车停好，庄钦从兜里分了一个口罩给他：“你戴上，你长得太帅了。”会害得自己被人注意到。

李慕一挑眉，把口罩戴上了。

从停车场出来，到餐厅要走一会儿，因为录制节目本就很晚，吃完饭已经是夜里十一点了，这个时间点用餐的人很少，加上是在包间里，而且庄钦特别小心，除了进来的服务员，也没有引起什么人注意。

吃饱喝足，庄钦坐上他的车。

他知道李慕到某个地方如果有需要就买一辆车的习惯，每辆车的车型和颜色几乎都是统一的，买完过后如果离开、不需要了，就会出手卖掉，或是办理手续空运回老家。

听见李慕接听房产经理的电话，庄钦才知道他又打算在这边买房了。买房也没什么，买房等于投资，如果自己有多余的钱自己也买，所以他什么也没说。碳水摄入过多，困意上来，他调整了座椅靠背，有点昏昏欲睡。

城市的霓虹灯透过车窗笼罩在脸庞上，庄钦的眼睛慢慢地闭上了。

“到了。”李慕解开安全带，还没叫他，庄钦就醒了，几分迷糊：“到了吗？”

李慕倾身去帮他解了安全带，揉了揉他的发顶：“今天累了，晚上好好休息。”

庄钦扭头看窗外的建筑，忽然意识到了什么：“……等等，慕哥，我要回节目组的。”

“要回去？”李慕下车，绕过来帮他开了车门，“不是请了假？”

“是，可是……”庄钦犹豫了下，下了车。

庄钦自己都不清楚，怎么一两句就被哄得上楼了。

不是旅游旺季，酒店人很少，庄钦明白要是被人知道自己跟人来酒店是多大的新闻，所以很怕撞上人，更怕撞上认出自己的人来。

但运气极好，几乎没有碰上几个人。

进了房间，庄钦还在说：“我十二点前回去就好。”

李慕看着他揉眼睛的动作：“眼睛都困得睁不开了，还要走？”

他坐在沙发上，李慕从卫生间出来，就看见他眼睛彻底闭上了。

虽然刚刚看着还很精神，眼睛很亮，但李慕知道他是真的累了。看他直接睡着，只留有一股心疼怜爱的感觉。

李慕弯腰把他抱了起来，庄钦似有所察，“嗯”了两声。

李慕抱着他穿过套房的客厅，进了卧室，动作很轻地把他放下，那么站着有两三秒，坐在床边，手掌托着他的脚踝，把他脚上的白袜脱了下来。

人在疲倦过后，睡眠很深，对于外界的感知力下降，可本能地会保护自己。

庄钦下意识地蹬腿，有几分不情愿的意思。

“别乱动。”李慕攥住他不让动。

李慕手掌的力道并不是很紧，庄钦叛逆地翻了个身，脚一挪，从李慕的腿上过去，脚心抵到了大腿上。

李慕表情微微一变，闭了闭眼。

14

翌日大早。

没有摄像敲门喊庄钦，也没有闹铃的声音，节目组发的手机电量早已耗尽，酒店卧室里的遮光窗帘紧闭着，一丝缝隙也无。

过了九点，庄钦的生物钟把他叫醒，模糊之间去床头抓手机看时间，摸索了一阵，没有摸到手机，他闭着眼去另一边摸，手搭在身旁人的胸膛，感受到体温和不太对劲的皮肤触感，庄钦半睁开了眼。

他这辈子，只跟一个人同床过，暗淡无光的卧室里，什么都看不清，他在半梦半醒之间，似乎回到了梦中的状态，以为这是戏班。

“……小刀？”庄钦这么神志不清地喊了一声。

“你在叫谁？”李慕说。

庄钦眼睛更睁得开了些，好像在看他是谁，过了有好几秒，他想起了自己在哪儿，而面前英俊的男性面孔渐渐清晰。

“慕哥……”他喊了声。

他挣扎着起身，去洗漱，李慕也起了床，跟在他后面进去，两人站在宽阔的洗手台面前漱口，李慕问了句：“小刀是谁？”

庄钦扭过头去：“嗯？”

“小刀。”李慕接着说，“你刚醒的时候那么喊我。”

“是吗？”庄钦记不清了。

人总是很快地忘记早上起来的梦，那如同梦呓的认错也很快被他忘掉了。

庄钦吐掉牙膏沫：“小刀是我师弟，是我师父和师娘的小孩，我们一起长大的。”

“你们一起长大。”李慕顿了下。

“我小的时候，戏班还没倒，有人送家里小孩来班子里学戏，住满了人，男孩女孩都有，我和师弟就住一间屋子。小师弟比我小一些，他出生的时候我有……三四岁了，听师娘说，小时候他尿床，我还半夜给他换尿布，哄他睡觉。”

因为是很小的事了，庄钦自己都不记得，若非师娘说起，他根本不晓得这些。

他在大四喜班身份很特殊，有些师兄知道他是捡来的，不是亲生的，小刀出生是他带大的，刚开始小，以为自己是他的亲生兄长，后来有人去告诉小刀，说庄钦是别人不要的小孩丢到他家戏班子门口了。

不知道是从哪一年开始，原本还会叫他哥哥的小刀，只肯称呼他为师哥了。

“你知不知道自己昨晚做了什么？”李慕抓住他的胳膊。

“我做了什么？”

“我给你脱袜子，你踹我。”

给自己脱袜子？庄钦呆了一秒，立刻道歉：“对不起啊，我不是……”

“嘘。”李慕说，“以后少说这三个字。”

“哪三个？”

“道歉的话，以后少说，不需要给人道歉，不用这样。”

庄钦看着他，眼睛一眨。

“你做什么都是对的，哪怕做了错的，也有我在。”

李慕看见了他身上的问题，看他无时无刻不在跟人说谢谢，说对不起。适当的用语可以理解为礼貌，但像他这样太过头了，就是做人太小心，以至于习惯了。

李慕很想纠正他这一点。

冲澡后，庄钦换了身新衣，客房服务在十一点送来早午餐，庄钦找了充电器给手机充电，挨个儿处理消息。

专门处理他身上代言事务的小群里，经纪人发了新信息，有新的广告找上，点开看，是一家专门做房产的分类信息网站。

玟姐对此的评价是：“有点拉低格调，但开价很高。”

庄钦看见价格就有些心动了，因为像这样的网站，它的确缺少品牌效应，所以代言它不是个很好的选择，但这类网站老板往往财大气粗，开价非常高。

他开始看合同里的条款代言范围，基本都是能看懂的东西，李慕也帮他一起看：“你想接这个？”

庄钦点头："有两千万。"

拍广告和拍戏相比，等于躺赚。

一个艺人想在两年内赚到两亿元，拍广告是最快捷的方式，但也不能什么都接，那种一百块的男装品牌，给再高的钱，玫姐都不可能让他接的。

李慕摸摸他的头顶："不用太辛苦去工作。"

"要的，我还差一半就……"

"赚到两亿？"

"你知道我和公司签的协议？"

"知道一些。"

"你是股东，根据条约，我赚钱等于损害你的利益。"他默默地咬着吐司，偷偷地看李慕。

"能损失多少？"全公司上下损失一个多亿，如果是算分红的话，在李慕身上顶多几千万。就当买了辆车撞坏了。

李慕："我是心疼你接这么多工作太累。"

"再辛苦一年，后年一开年，我就自由了。"如果他赚到了，赢下对赌，这两年的收入全归他自己，税后一个多亿。

李慕收购悦动传媒不知道花了多少钱，自己现在得到公平的待遇，也是李慕作为大股东和其他高层争来的，庄钦只能在背后猜测他付出了多少，而不敢直接问。

自己要赚多一点，赚更多来还给他。

李慕不知道他在想还钱报恩的事，中午一过，就开车把他送了回去。

昨天录制一结束，有些有工作的艺人就离开了，庄钦这样离开又回来并未引起太大的波澜。

过了几天一放假，庄钦就回首都和那做房产的分类信息网的经理签合同，又去外地拍了广告，庄钦开玩笑地问："我通过你们网站的渠道买房能拿到低价吗？"

经理接道："那肯定没问题，您要买肯定给您最优价格，我们网站帮几个开发商在全国各地销售房屋，房子是我们在卖，价格也是我们网站自己定的。"

庄钦本来是随口一问，他一听这话，立刻有了想法。

首都房价太高，他稍有些犹豫，倒不是买不起，而是不能现在买，而且买不了大的。他一直都想买一栋属于自己的房子，但一直都没有机会，去年刚赚了一些钱却没有时间看房，何况钱也不多，今年又多了对赌协议……庄钦调出自己去年的日程，大致看了一下。

自己一年到头都在全国各地到处跑，这里录个节目，那里做个商演，在首都的时间除了休息，几乎没几天。然而休息的时间也很少。

庄钦稍微看了自己的日程，然后又向那很懂行的网站经理打听了几句，就差不多定下来了。

他给李慕发了消息，让他不用在南城买房子了。

李慕：“怎么？”他看了几处，本打算发给庄钦看看，问他喜不喜欢。

庄钦没有说自己准备买，只让他先不要花钱，李慕就听了他的。

月底，一结束录制，庄钦坐在保姆车上，小连在一旁看节目组发的最新预告。

“头牌要说英语了，他要说英语了！！下一期我要蹲，肯定巨好笑！！！”

《戏中百味》这个节目组，预告剪辑得很离谱，剪了下期的几个爆点，也就是节目录制中邵平突然提出要用原声表演的那一段，插了一段断章取义，庄钦有些错愕震惊的表情的画面，然后配上导师那一言难尽的表情，以及赛后感想，他们家庄哥又非常谦虚，说自己英语说得烂还需要学习什么什么……

完全是把整期节目的爆点都落在了他身上，小连一看评论就有点头疼，连忙去找玟姐，又去控评。

庄钦哪里知道这些，他什么都不知道，坐车去验了房。

房子完全是精装修，拎包入住，两层设计的别墅，面积不大，只有130平方米，三室一厅，两个卧室一个书房，客厅面积不大，不过是六米挑高的，装修都是开发商的品位，并不难看。

他只是问网站那边打听了楼盘，但并没有通过那边的渠道买，签合同都是小连去帮他签的。

南城房价要低得多，这里均价还不过三万。

庄钦看了眼自己去年的日程表，发现居然每个月都至少要过来几天。而南城最方便的一点是，离首都是一个小时的飞机，而坐飞机去义乌，再前往横店只需要一个小时，甚至可以坐高铁过去。

南城本地的影视基地也很多，城市建设得好，去年自己那部青春偶像剧就是在这边拍的。

庄钦带着行李进去，把衣服挂上，随后躺在主卧的大床，望着头顶的那一盏云朵形状的吊灯。

“庄哥？”小连敲了敲门，“我们还回去吗？”

“我就在这边休息，你航班订了吗？你得回去，回去看看家人，不用管我的。”

“那您一个人在这边……怎么做饭？”

“我知道点外卖的，除了你没人知道我在这里买了自己的房子，过来的时候也很小心，放心吧，我一个人住也没问题的。”虽然房间不大，但完全是属于自己的，这种感觉和租房可不一样，他完全是冲动之下买了这栋房子，买之前也没仔细思考，现在进门了，踏实的感觉就来了。

“那我把饭做了再走吧。”小连订的是晚上的红眼航班，他不放心庄钦一个人在这里，但按理自己放假就要走了，再不放心也得离开。

小连点外卖，采购了食材，给他简单弄了一点东西就离开了。

他人到机场的时候，在电梯与刚从石家庄飞过来的李慕擦肩而过。

按照地址，李慕导航过去，在小区门口登记，车子停在地下车库。

小区里别墅排得很密，李慕只能顺着找，庄钦一边跟他打电话，一边穿外套出门：“我也是今天来的，我对这儿也不熟。”

李慕根据方向找到了他，大半夜的，庄钦出门还戴帽子。

李慕朝他走去。

庄钦看他手上很空：“你没有带行李吗？”

李慕裤兜里只有口香糖。

他跟着庄钦进院子：“你买了这里？”

“是，”庄钦输入密码开了门，“不过这里比较小，可能只有你那里卧室那么大。”

李慕矮身，进了门。

很符合开发商口味的大众设计，挑高的穹顶落下设计感极强的水晶灯，灯影晃在胡桃木的地板上。

15

李慕特意问了一句：“有特意给我准备的卧室吗？”

“对，楼上有两间，今天都整理出来了。”庄钦从楼梯上去，李慕随在身后，上楼，看见两间卧室挨着，面积相当，都有一方阳台。

就在他正要和李慕继续介绍的时候，放在楼下的手机响了。

“我……要接个电话。”

李慕随后跟着下楼，看见他捧着手机在喊：“师娘，您身体怎么样了？有没有定期去体检？”

“体检啦，体检了的，好得很。”国内这边入夜，明尼苏达是早上。

“我给你们买的床垫收到了吗？”

“床垫还没收到，泡脚桶收到了！你师父昨晚就用上了！”

庄钦注意到了李慕，但也没有刻意回避去打电话。

李慕记得清清楚楚，以前这小孩去给他师父师娘打电话，都要跑得远远的。

他一直以为庄钦和戏班里的师父关系不好，但看见他们聊视频，发现关系似乎不错，没有自己想象的那么糟糕。

李慕指了指楼梯，表示自己马上上去，无意听他讲私人电话，庄钦摇摇头，表示没关系。

手机屏幕里，师娘问：“小铃铛，你旁边是不是有别人？”

“嗯……我刚换的新房子，我朋友是来帮我搬家的。”

“新房子怎么样？安不安全？”

“安全的，不过不是很大，”庄钦拿起手机绕了一圈展示一楼的空间，“给你们留了一间卧室，下次你们回国来，就住我这里，对了，房子是在南城买的。”

手机镜头有扫到李慕，不过速度很快，师娘也没看清楚，只看见是个蛮高大的男性。

师娘说：“哎，你师姐起床了，她念叨说想小铃铛师弟了，我让你师姐接电话？”

庄钦说好。

屏幕上出现一张顶漂亮的脸庞，眉眼和师娘年轻时候相似，小刀扮起旦角来，就有几分师姐的风华绝代。

像师姐这么一眼惊艳的美人，庄钦就是在影视业也没有见到过几个。

李慕没怎么仔细听他讲电话，就是听见一个女声在“小铃铛、小铃铛”地喊，问他长高没有，长肌肉没有。

李慕闻见厨房的香味就走进去，发现锅里熬了排骨汤，汤汁都快收干了，便把火关了。

打开冰箱想看一眼有没有食材可以做菜，结果一打开就看见里面有个六寸大小的奶油蛋糕。

——过十二点是自己生日。

李慕没想到他会知道这个，马上关闭冰箱，一副什么都不知道的镇定模样，可厨房光洁的餐具反光却出卖了他嘴角无意识翘起的那一抹笑。

抬手看了手表，已经是晚上十点了，还有两个小时。

庄钦意识到自己是不是打电话打太久了，有点晾着李慕了，就跟师姐说了声再见，然后把电话挂了。

“讲完了？”

“嗯。”庄钦进厨房，打开微波炉，把外卖的菜放进去热。

“你有几个师姐？”李慕帮手。

“两个，刚刚跟我讲电话的是小荷包师姐，她不让我那么叫她，所以她是大师姐，我还有个小师姐，是师娘的二女儿。”

微波炉“叮”了一声。

“这是你们戏班给取的艺名？”两人把饭菜端上桌。

“是小名。”庄钦把那个抓周的故事讲了一遍，李慕眉梢一挑：“所以你是小铃铛了？”

庄钦不好意思地“嗯”了一声，坐在餐椅上。

“小铃铛，问你个问题。”

“嗯？”庄钦用一双公筷把盘子里的炒菜分成两半。

“刚才说楼上的房间有一间留给我，打电话的时候说留给你师父师娘。可你这里只有两个卧室。”李慕停顿，深邃的目光注视着他。

“其实……楼下的书房，我准备改成卧室的。”庄钦咬筷子，看向他，“我师父师娘都六十多岁了，他们就住楼下，留给你的房间我不会让人碰的。”

“你助理来了呢？”

“小连吗？他不会经常来的，而且我这里有沙发床。”庄钦肚子饿了，吃饭速度快但有条不紊。

吃过饭，把碗筷丢进洗碗机，两人都没有管了，冰箱里有什么东西两人都知道，所以没有人上楼去，庄钦开电视点了一部电影来看。

双人座的沙发不大，电影是看过的，剧情早已熟烂于心，但是心里挂记着别的也就没仔细去看。

一个小时过去，电影过半，庄钦问："几点了？"

李慕像个报时机器："还有十五分钟十二点。"

"哦……那我上楼一下。"

"做什么？"

"上厕所。"

李慕心知肚明，并不戳破。

估计还有生日礼物，希望他不会扛个床垫下楼来。

李慕很少会这么期待过生日。

他不停地抬手看表，十二点那一下秒针一过，灯一下关了一瞬，屏幕本来是连接的手机投屏，也被切断了，李慕听见了从音响里传出的笛声，随之而来的有琴瑟之声，专门研究过昆曲的李慕一下就能听出来，是昆曲的伴奏。

唱戏给自己听？李慕倒是没想过这个，他听见了下楼梯的脚步声，起身，一侧头的时候，灯光亮起一束，并不璀璨的壁灯让整个屋子笼罩在一种昏黄的氛围里。

李慕想到了他上楼那十五分钟可能是在换戏服，但哪怕想到了，看见他扮相这一瞬仍有呼吸停滞的感觉。

靛蓝色的华丽戏服穿在他身上，没有戴头饰，头发梳过，不过没有化妆，衬托出白净的一张素脸。

庄钦出声，开始念白，是和平日说话声有区别的水磨调，温软，但却不带任何含义，缠绵委婉，一唱三叹，庄钦绕着他转那么一圈，黑亮的眼始终看着他，这是从小下功夫练的，很少会用到。

李慕是当了称职的观众，极有耐心地等着他唱完，等了有几分钟。

庄钦一唱完，李慕抓住了他的手："怎么突然想到唱戏给我听？"

庄钦："因为……你说你喜欢《孽海记》，然后今天、今天不是你生日吗？生日快乐。"

"谢谢。"李慕把他拉到身前了，能摸到他身上戏服的料子做工极好，也很厚重，"知道我多大年纪了吗？"

庄钦点头："是二十九？"

李慕："马上就三十了。"

"冰箱里有生日蛋糕，你要不要吃蛋糕许个愿？"

李慕始终注视着他："要。"

蛋糕是小连刚离开那会儿庄钦收到的，拿来就放冰箱里了，因为知道李慕不爱吃就买一个很小的，过生日吃蛋糕是一种仪式感，在户口簿和身份证上，庄钦的生日填写的是他被捡来的那个月份的某一天，因为在上户口的时候，师父和师娘都记不清捡到他是哪一天的事了，按着数了个月份日期上去。

小时候他是不过生日的，因为都认为那个日期是随意填写的，所以也没有人在乎，没人记得。有一年师弟生日，师娘买了蛋糕回来，庄钦跟着分了一口，很喜欢，但不敢索要。

他想要的东西太多了，常常都憋在心底不敢言说，最努力为自己争取的一次就是告诉师父，自己不去戏校，不唱昆曲，要去学电影，学表演。

争取了，最后做到了。

蛋糕端上餐桌，把蜡烛插上，关灯，点燃蜡烛。庄钦让李慕许个愿。

李慕自小早熟，很小很小就不玩许愿这一套了，到这个年纪居然认认真真地听他的，在心底许下愿望，要把面前这个人一辈子都绑在自己身边。

“许完了。”

庄钦：“我去开灯。”

“不问我什么愿望？”

“一般是不会说出来的，说出来是不灵的。”

第二天凌晨庄钦爬起来接玟姐的电话：“小钦，还在听吗？”

“在的。”庄钦进卫生间，挤牙膏在牙刷上。

玟姐：“声音怎么这么哑，是不是感冒了？”

“咳，不是……是、是台词课练习得太多了。”

玟姐的声音把他拉回来：“那你注意些别生病了，快换季了。”

“好的。”

玟姐：“我问你，你们节目组的剪辑那个，是怎么回事？”

“节目吗？哪一期？我没看。”

“刚放出的预告，下一期的，你跟人比赛，你怎么想的，同意用原声表演？”

“哦哦，那一期啊。”庄钦想起来，那是半个多月前录制的了。

“你这什么反应！网友都炸锅了，等着看你笑话呢！”她一个身经百战的经纪人，抗压能力一级，看见键盘侠还是气得翻白眼。

庄钦："收视率高，不是挺好的？"

"好什么好！"当初庄钦上节目被主持人坑的那一次过后，苏玟就发誓这辈子都不让庄钦在公众场合说英语了。

那时候庄钦就是个突然一部戏火起来的小明星，被这件事推到了全网嘲的高度，甚至第一次挂了热搜第一，他的某句英语发音成为热词，所有人都知道了庄钦这个名字，虽然黑红也是一种红，而且给庄钦带来了不小的人气，可现在不同于当时了，这种丢人现眼的事，绝不允许再出现第二回！

"没事的玟姐，那一场好像是我赢了的，"庄钦安慰她，"我发挥得不是很差，没有很丢人的。"

"赢了？那网友和水军要说黑幕了！"玟姐说，"我先去安排好公关，以应对节目播出后的声音，你做好被人传鬼畜视频的准备。"

庄钦洗完脸："我那一场表现得真的不是特别糟糕，虽然邵平挺厉害的，但我赢他，绝对不是什么内幕。"

节目有黑幕有剧本，这都是签合同的时候就知道的事了，真人秀也是演给观众看的，别看现场是有观众在投票，但投票器这个东西是毫无作用的，数据都是后台操作谁也不知道真假，顶多《戏中百味》这个节目的自由度更高，但谁输谁赢，大致都在节目组的掌控之中。

庄钦知道自己是节目组花大价钱请来造势的，目的是要捧其中一两个演员，庄钦对拿冠军兴趣不大，他是拿了钱来工作的，顺便上上课，跟其他优秀演员切磋一下磨炼自己的演技。

苏玟却半信半疑，因为知道庄钦英语不怎么样，难道私底下自学了？可他哪有时间自学啊。

她说道："问题不在于你的输赢和表现，而在于节目组会怎么剪辑，那个邵平跑了那么多年龙套也没火，说明多半没背景，但是我看前几期他镜头挺多，网上营销号都在夸这个演员默默无闻演技好，是花了钱的，所以有没有人捧他，不太能确定，如果剪辑对你不利……"

苏玟有些头疼，难处就在这里，她是演员经纪人，无权干涉节目组的剪辑，而节目组是花了两千万请的庄钦，也是要他配合节目组的一切安排。

庄钦："玟姐，如果你担心的话，我可以问问马导，我和他关系还可以。"

"问题在你们那个总制作人身上，他就喜欢搞事情，搞这些乱七八糟的事来吸引观众。”苏玟手底下还有其他艺人被这个制作人制作的节目剪辑坑过。

苏玟说：“你就是没背景，不过你跟宋恪关系不错是不是？他是节目总制作的亲戚，我是听来的，是远房表弟之类的，跟他搞好关系，是有好处的。”

庄钦隐约也知道这个，知道他跟地方台有关系，但不能为了这个去交友。

一听他拒绝，苏玟来气：“这有什么拉不下脸的？又不是让你去求什么，就是问一下，身边有这么个关系你不利用，傻子！”

“如果我跟他是朋友，那我们的关系就不能掺杂其他的东西。”

“真是个榆木脑袋！又不是让你做什么低三下四的事，是真朋友的话，这些事就是举手之劳了。顺口帮你问一句提一下，有什么难的，也不会让你们的朋友关系变得不单纯啊。”苏玟也不知道是该气还是该为他这点坚持和底线欣慰。

“玟姐，不一样的，我和宋师兄就只是普通朋友，也没有到那种份上。”只是个在业内能说得上话，知道对方的人品，不是会背后捅刀的那种朋友罢了。

苏玟也不知道要说什么，庄钦是有底线的人，许多次有大老板联系到她，庄钦都有机会抱上大腿一飞冲天，但他都没有同意。

眼下也只能等过几天剪辑版播出。

参加这种节目有利有弊，利是庄钦的演技有些让人讶异，让观众发现他其实不是什么花瓶，是刻苦学过的；弊就是完全让制作方牵着鼻子走，他们团队只能被动地去公关操作。

很快，庄钦结束了通话。

从房间出来后，看到同样醒了的李慕正站在门口：“你醒了啊？”

李慕淡淡地说：“跟经纪人讲电话？”

“你听见了？”

“听见了点。”李慕语气是冷的，“不用理她的屁话，你背后有我，用得着去求人？”

“慕哥，我们愿意和你做知心朋友，不是为了这些。”庄钦不知道他听了多少。

庄钦坦诚道：“我是喜欢你，才愿意和你做朋友的，如果我不喜欢你，只是因为你能帮到我，性质就不一样了。”

庄钦是这样想的，他把工作和私人关系分得很开，二者不能混淆。

16

一周后，节目播出当晚。

无数前一周看了预告片的网友，八点准时守在电视机前，在庄钦不知道的地方还有他的黑粉群，上千黑粉四处披皮黑。

有的黑粉在看热闹的营销号底下披上粉籍装老粉：“谢谢大家这么关注我们小钦弟弟，他真的超努力，英语进步了超多的！关注今晚八点 ×× 卫视！准时收看，我们一起见证！”

“庄钦是这个节目唯一演技好的了，其他的演得都太烂了。”

“真不是吹，庄钦是这个节目里唯一长得好看的了，随便截个图分分钟热搜，节目组营销的钱都省了。”

“只有我觉得庄钦演技吊打 ××× 吗？”

“庄钦哥哥好帅！”

“庄钦哥哥状态也太好了！太优秀了！这么优秀的演员不管拍什么戏都是剧组走运！”

“庄钦太优秀！演英语剧本用原声对白台词！没有配音哦！好厉害！”

“哥哥厉害，英语原声台词！”

黑和粉混杂在一起，瞬间评论点赞成百上千，路人不明所以，只看漫天都是他的名字，仔细一看科普，才想起去年的头条，接着更是一头雾水：英语那么烂的一个明星，过了一年怎么开始吹英语厉害了？

苏玟早就预料到这种情况了，营销过度必定造成反效果，粉、黑对半分，其中掺杂了各家水军，几方人马下场，看不惯他的，被他无意之中截和过资源、角色的，不小心得罪的，对家公司的，一起营造一出网络大战。

似乎都准备趁着这期节目预热宣传的势头把他黑个彻底。

不明真相的网友，很容易就被带了节奏，加上有旧新闻打底，吃瓜路人守着直播等搞笑画面。

“粉丝尬吹英语说得好，我倒要看看怎么个好法。”

“这些粉丝没脑子吧，真烦！谁还不知道他演得烂了！”

节目会怎么剪辑，苏玟根本不清楚，制作人本质是商人，节目总导演再喜欢庄钦，为了收视率和节目效果，剪辑也会故意设计剧情的。

她忧心忡忡地守着电视机和广大网友一起观看节目。

“还没睡吧？”

“没。”庄钦回复经纪人。

玟姐：“这期节目你要不要守着看完直播，我有点紧张，怕你像上回那样被黑，不过我公关都已经就绪了，一旦发酵立刻撤下去。”

庄钦回消息，下床，李慕见他下楼，道：“去哪儿？”

“看节目，你看吗？”

“看。”

两人并非长时间待在一起，庄钦有工作在身，一个月每周一休就算很不错了，这边节目已经录制到了分A—D组的淘汰赛部分，基本就是打比赛，这么多天过去，终于得空回首都一趟。

庄钦走出卧室，打开了电视机。

节目自从播出后，他也只看过第一期，没看评论弹幕，所有的反馈都是从经纪人和助理这里来的。还会有很不熟悉的艺人来戳他微信，说他演得好好哦。

他听说网友对自己改观不少，认为他是有一定演技的，并且真真正正地凭借实力圈了一波粉丝。庄钦也不知道玟姐他们是不是在哄自己，可听见这样的话，心里要说没有半点触动是不可能的。

电视屏幕上，节目从广告进入开场白，庄钦那即将安装微博的手指又停住了。

算了，还是看完再说，万一乱剪辑，又是一场腥风血雨。

这期几乎全是比赛的部分，很快进入正题，先是庄钦和女演员合作演《半生缘》的那一场，几分钟的登台，让很少认真看这节目的苏玟有点震惊。

庄钦这演技怎么回事，是回炉重造了？他怎么能连张爱玲的小说都演得这么活灵活现！

身上带着旧时候的文人气息，穿着长大衣，戴一顶礼帽和圆片眼镜，身上是真的有种绅士的、少爷的味道。

庄钦和女演员悲恸相拥，氛围被渲染到了极致。

李慕是第二次看见这一幕了。

庄钦看自己的剧会有几分尴尬，只能低头看消息。

玟姐：“世钧这个角色，你演得太好了，真的！如果有导演想翻拍这部小说，男主角非你莫属！”

一被人夸他就容易觉得不好意思，庄钦回复了猫咪的表情包，玟姐对他大夸特夸，想着，哪怕他英语说得再烂，这下也很好公关了，《半生缘》书粉可能都要为他演的这个角色而痴狂了！

随着剧中演员的情绪抵达最高潮，庄钦悲伤欲绝的眼神中，透出深刻的爱意。

因为演得太真，剪辑又是个大特写，李慕看着电视屏幕，对上那镜片背后的漆黑眼眸，有片刻被他拉进去的感觉。

李慕：“这里演得好。”不得不承认，这类角色本身就非常适合他，所以演出来有事半功倍、令人惊艳的效果。

落幕，此起彼伏的掌声响起，庄钦记得这掌声应该是现场收录的而不是预录好的。

他看向电视机，大摆臂镜头有个扫向观众席的动作，现场一百多位观众一览无余。

镜头从第一排的漂亮女观众脸庞上扫过去，向后的时候，忽然跳过，剪切到一个男观众脸上。

这位高冷范的观众，长一张冰山俊脸，英俊的眉眼非常阴沉，一副别惹老子的模样，但非常配合地在鼓掌，并且不是礼节性地鼓掌那么一两下，而是很多下。

镜头起码在他脸上停留了有五秒钟。

很多节目喜欢这样，拍漂亮女观众。

但帅哥是难得一见。

尤其是这样的。

镜头闪回，切给了导师。

庄钦仰头去看他：“你那天去得很早？”

“嗯。”

“怎么不戴口罩？”

李慕：“我坐最后一排。”其实口罩是有戴的，不是怕被拍，而是怕观众尖叫，唾沫星子在密闭的空间内飘浮，那细菌和病毒李慕不敢想象。

结果到现场发现这节目观众相当礼貌，只鼓掌不应援，也不是哪家的粉丝。

他嫌演播厅闷热，就摘了下来。

“没关系。”李慕安慰了句，“没人认识我。”

李慕的帅气是很耐看、很有辨识度的那种，很像是漫画里走出来的那种男人，五官非常标致，眼窝深，眼形狭长，眼神冷冰冰的，加上鼻尖那一点小痣，简直是标志性的，绝对不会被人认错。

“你不懂，慕哥，你不混这行……我们马上还有电影要上，到时候……”庄钦不知道怎么跟他解释有一个群体，她们火眼金睛，能从垃圾堆里抠出糖来，更别说是这种的。

“怎么？”李慕面不改色，“会有一场 CP 粉的狂欢吗？”

“你连 CP 粉这个都知道？”

“偶尔上上网看见的，不是很懂。”

“哦。”庄钦相信他的话，估计李慕连微博是什么都不知道，毕竟这个人生活在芝加哥，却连 FB 账号都没有。

节目进了段广告，继续播放，是其他演员的表演，庄钦看得更认真，毕竟看自己的表演尴尬，看别人的就完全不会，还能琢磨如果自己来演会是什么效果。

一场比赛的内容通常能剪出三期的内容来。

这一期为了预告片里的噱头，把庄钦和邵平的那一场剪到了最后。

等了半天等着爆笑画面的网友发现这节目居然还挺好看，演得挺刺激，跟想象中的完全不同。

直到节目中，邵平突然说：“对不起导师，能问一下么，就是，之前我看有的选手表演用的是原声，不是翻译的台词，我能用原声吗？”

镜头马上切到庄钦脸上。

庄钦记不清自己当时是什么样的，但这里剪辑出的画面，是他显而易见地呆了一下，似乎是没想到。

镜头切给导师，导师提出了异议，最后争议下同意了他的要求。

网友开始沸腾了。

“爆笑来了！！B 站鬼畜区大佬们又有新素材了！！！”

“哈哈哈不是吧，我以为预告假的呢，他真的同意了要说啊？”

“这……我敬庄钦是个汉子，至少说不好英语也没退缩啊，是不是？”

“头牌真的头铁，他真的应战去排练了。”

“节目里说只有一个小时的排练时间，真的假的？庄钦没提前看过原声剧本？这怎么演，得丢人丢大发了吧……”

粉丝都表示不敢看下面的节目了，好紧张。

苏玟紧张到要死的时候，节目再次进入广告。

“庄哥？”

“这个观众，我在你粉群里看见了一张截图，这个观众真的好像李总啊……是他吧？”

小连拿着一张截图给庄钦发消息。

是庄钦的某个粉群，粉丝说：“这真是我有史以来见过最帅的男观众了！！！简直了！！！”

“姐妹，哪一节？我也去看！！”

“就是钦钦跟赵演完的时候，有五秒钟的镜头，我窒息了。”

哪怕是截图，李慕的脸也丝毫不崩。

庄钦发了三个点。

“真的是他啊！”小连看见的时候都震惊了，“庄哥，你上个月录的这一期吧，我也在现场啊，他什么时候来的啊？！”

有那么一瞬间，庄钦都想坦白了，想了下这么做带来的连锁反应，他回复：“他就是路过办事，我请他来看的。”

庄钦怕他多问，就说：“还是看节目吧，马上就到我上场了。”

李慕其实一低头就能看见他的手机内容，看见他在给谁发消息。

节目回到现场，直接进主题。

他听自己说英语也有那么一点别扭，不敢仔细看，可两个人的表演，被镜头无限放大，展现在了荧幕上，谁有瑕疵，谁的台词不自然，一目了然。

邵平跳台词那一下，庄钦显然是愣了几秒，不过很快他就完美接上了台词。台词非常流畅，乍一听几乎没有什么问题。

字幕显现出中文翻译来。

这下换成邵平明显接不住他的台词。

后面是大段的、狂热的飙戏，庄钦的眼神太入戏了，仿佛彻底和角色融为了一体，一对比就看出邵平在摸鱼。

苏玟已经疯了：“你什么时候自学的英语？”

作为经纪人，她觉得自己太不了解手底下的艺人了，明明两人经常沟通，怎么连这么基本的事，她都会不知道？

“就，没事的时候练习一下。”他回。

苏玟不知道说什么好了，庄钦努力到让她觉得感动的地步：“我的宝贝，你怎么这么用功啊，太辛苦了！”

李慕低头瞥见他的手机，脸色瞬间就黑了一个度。

苏玟：“你用实力打脸了，这下是想黑你也黑不起来了。《禁闭岛》这一段比前一段《半生缘》还要好！同时段收视率第一！！已经破4了！！！”

这个角色是矛盾的、癫狂的、极端的，而且后劲十足。

庄钦为了挖掘这个角色，付出的代价也挺大，好在就短短的几分钟片段，若是一整部电影演下来，人得疯掉。

很快，表演到了尾声，庄钦这才敢认真地看一眼电视机，画面定格在他坐在电击椅上等待手术刀切除额前叶的模样，那眼神让庄钦自己都心惊，自己当时是怎么演出来的？

他看着屏幕，眼前却突然黑了一瞬。

李慕用手挡住他的眼睛：“这里我们不看它。”

李慕那天现场看，就有非常压抑的感觉了，要演出来得付出多少代价？体验过一段时间演员生活的李慕不敢想象。

等这一段过去李慕才把手拿开。

导师点评，到自己几乎全是好的，到邵平就有批评和建议的声音，中间那一段两人当台争论谁跳戏的，被全部剪掉了。

这种剪辑方式是庄钦没想到的，他还以为节目组会放出来然后制造一个悬念和话题，然后买一波热搜。

没想到会是这样的方式，庄钦觉得有点不可思议，这种剪辑方式对自己而言是最有利的，因为在台上和其他人吵真的很不好看，会被单拎出来说许多年，还有可能做出其他的解读。

节目组是不是对自己太好了点？

“你有没有帮我？”他看向李慕。

李慕沉默了一秒，说没有。

“真的？”

李慕差点就在他的目光下承认了。

李慕说：“真的。”

庄钦就相信了。

他还是不太敢上网去看评价，但他从其他人那里得到了许多好的反馈。

“演技真好，我鸡皮疙瘩都起来了！”

“他真的好厉害，对不起本来看庄钦的脸我以为是个走偶像路线的花瓶……我跪了！”

“英语专业的表示他发音真的还可以，说得挺好的，学发音都还好，重点是语调，他语调也特别好。”

“演得好牛！”

“这是第一个偶像明星转型做演员让我觉得演技不错的了，真心不错。”

偶尔混进那么一两个“黑子”发言，都被苏玟无视掉了，她很尽职地给庄钦良好的反馈，因为知道他其实很在乎别人对他的看法，非常在乎，刚刚出道的时候因为整天被骂、被误解、被断章取义地污蔑，还在她面前哭过两回。

良好的反馈和赞美有利于艺人的身心健康。

庄钦果然看得特别高兴，看着李慕进卫生间，真是没忍住，在床上滚了一圈。

被好多人夸了，这辈子头一回这样被夸。

李慕在卫生间，也看手机，但和庄钦看的内容不一样。

他发觉已经有人把他给扒出来了。

“震惊到了！《戏中百味》今晚这一期第35分钟的时候，观众席上这个简直是我‘天菜’的帅哥，我终于想起在哪里见过了，几个月前庄钦出现在机场，他是跟着一起的，当时我还感叹过他的颜值来着！就是同一个人！”

配图是机场，李慕戴帽子和墨镜，露鼻梁和下半张脸。

节目截图里，李慕哪怕那么难看的脸色也掩盖不住英俊逼人。

鼻尖的痣就是证据！

就是一个人！

那微博的主人已经疯了：“不知道他们什么关系，是不是庄钦身边的工作人员，或者是朋友？但是真的、真的好配，配一脸，你在台上表演我在台下鼓掌，太好嗑了简直！”

“嗑死我了！”

“po主简直火眼金睛……这都能扒出来……”

博主：“当时就觉得他身边那个帅哥真的好帅啊，像个混血儿，皮肤超白，个子超级高，他手臂一抬胳膊那肌肉简直了！我就存了图，没想到真的有后续！这个大哥哥摘了墨镜更帅了，我没文化只会夸帅啊啊啊啊啊！”

哪怕根本不认识李慕是谁，单是冲着这颜值，就很好嗑了。

他放下手机就大步出去，看见庄钦坐在地上，似乎很疼地抽着气，揉胳膊。

李慕立刻过去：“怎么了，摔下床了？”

庄钦没好意思说是乐得，被人夸得太高兴了，有点得意忘形了。

“我看土味段子呢，一个没注意，就不小心滚下来了……”

“摔哪儿了？”李慕把他抱起来，一坐在床上，庄钦就抽了口气，鼻子都皱了起来。

李慕揉揉他的头发，语气放得很软：“摔疼了？”

他看着李慕，可怜巴巴地发出一声鼻音的“嗯”来。

“趴着。”他说，“我检查下。”

第四章
生存太难了

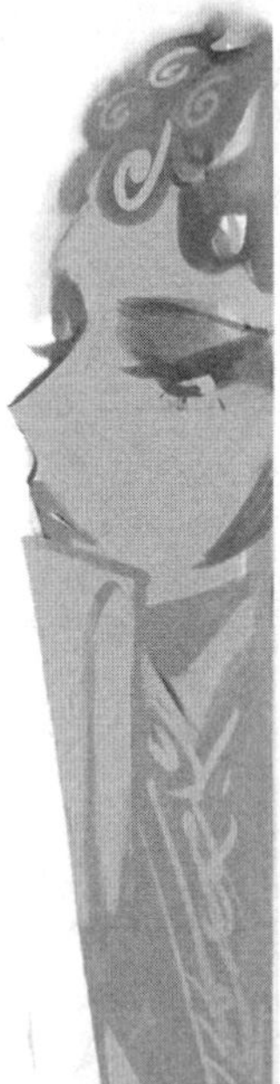

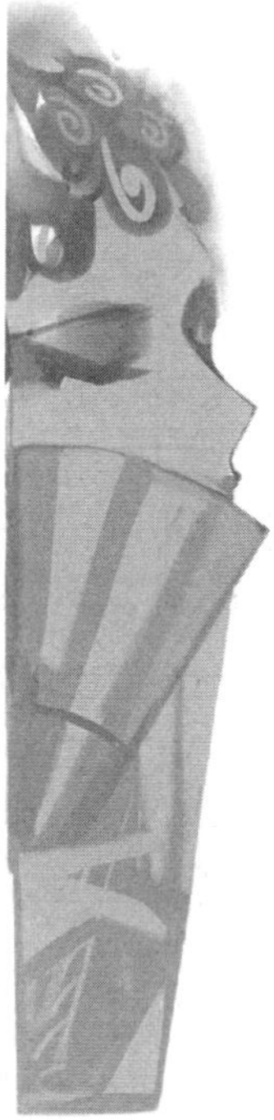

17

庄钦脸红道：“就是摔了一下，我肉多，又没伤到骨，一会儿就好了。”

“那我看看你胳膊。”

庄钦本就打算要休息了，他换了个姿势，倚靠在床头，蜷着双腿，把手抬起来给他：“关节在地板上撑了一下。”

“疼吗？”李慕从另一侧上床，帮他揉胳膊肘，动作非常轻。

庄钦本来想告诉他，自己练武生、练杂技，从小磕磕碰碰惯了，再疼也能忍，何况就是摔了一下。

结果注意到李慕眉心微蹙，眼睛垂着，那之中流露出来的专注是庄钦从未看到过的。

李慕长睫毛一抬，幽深的眼眸回望进他的眼睛：“还是很疼？”

庄钦已经没什么感觉了，却在他面前点了点头，李慕声音低着：“还有哪儿疼？”

“就这儿，然后……”

庄钦的手机提示音恰好响起。

“帮我拿下手机好不好，我够不着。”

李慕伸长手臂给他拿过来，看见是消息：“谁这么晚给你发消息？”

庄钦略过了那些不熟的明星、编剧什么的，先看见的是小刀的消息。

“是我师弟，他在国外上学嘛，早上起来看了节目，就给我来了消息。”

“哦，你师弟。”李慕道，“你有几个师弟？”

“以前是有好几个的，不过戏班子垮了也就没人学戏了，这个是小刀，我上次跟你说过的。”

小刀看完节目，被他展露的演技吓一跳，以前虽然也看师哥演的电视剧，但他那是戴着滤镜在看，觉得他演得好，但这回真不一样，隔着屏幕都能感觉到那股强烈的冲击力和真实感，他还说要拿去给同学看看。

庄钦哪里好意思：“你别给同学看啊。”

李慕从这个角度，只能倒着看他的手机，看他给师弟狂发卖萌的表情包。

“就是那个小时候你给换尿布、睡一张床的师弟？”

庄钦打字的动作一顿：“我还跟你说过这个？”

“嗯，”李慕看着他的眼睛，“还疼吗？”

“现在已经不疼了，”庄钦感觉缓解了很多，李慕的动作很轻，轻揉慢搓，“而且……其实我不怕疼的，以前经常摔。”

还很小的时候练空翻不知道摔过多少次，没把脸摔歪、鼻梁摔断算他幸运。

“不怕疼”这三个字，让李慕心底有一丝的抽疼：“小铃铛，以后哥哥不让你疼了。”

庄钦能够切实地感觉到他说这句话是认真的，不知为何轻而易举地就受到了触动。

庄钦从没跟一个人这么亲密过，师姐会摸摸他的头，师弟会拉他的手，分给他好吃的，师父会看他背不好戏词，气得罚他跪，罚他板子，厚板子打五下屁股，不会到皮开肉绽的地步，却仍旧会疼到两天都坐不稳椅子。

因为记忆太久远，原来想起来是不疼的，只是伴随着李慕的动作，他不知道怎的就想起了这些事。

他想，如果当初有一个像李慕这样的哥哥在身边，像这样来爱他，或许他的人生和性格就会完全不同。庄钦也是最近才发现的，其实不是喜欢一个人待着，其实自己也可以和人住在一起，他分外地喜欢和李慕一起消磨时光的感觉。

在他没注意的时候，手机信息弹出了无数条。

小刀：“师哥？

“还在吗师哥？

“睡了吗？

“怎么睡这么快……

“那好吧，晚安了师哥，我去上课了……

“不行我又看了一遍，你太牛了真的……”

第二天庄钦没有工作，给自己安排的日程是研究《只差一步》的剧本，剧本到手后他只来得及看完一遍。

一大早，他就发现有一些之前加上的选角导演在联系他，询问他的档期。

庄钦有点不明所以，一看经纪人的消息，才知道这回又挂热搜了。

Tag（标签）叫 # 庄钦 演技 #

乍一看路人还以为是吐槽他演技烂的，结果一进去才发现是一片叫好声，吹演技好、演技超神。

演技好？

没记错的话他演技可尬了，又买热搜？评论夸得这么真情实感，水军肯定不便宜吧。

不信邪的观众带着半信半疑的态度点开了视频。

看完后立刻跪了。

观众不是瞎子，演员演得到底好不好，不是营销号随便吹一吹就会跟风信的，同样的道理在业内也是一样，无论网上如何吹，导演和剧组不是瞎子，一个演员演技如何，名气如何，可不是看谁营销买得多、转评赞买得多、粉丝买得多。

苏玟说：“本来昨天给你准备好了公关，没想到你表现真的那么好，给我省钱了，就打算今天一早给你包个热搜套餐，结果一早醒来，就发现你挂在上面了……”

“不是买的吗？”庄钦依稀记得自己其实只有几回是凭本事上的热搜，有一回是女装的鬼畜剪辑火了，还有一回就是上次在节目里讲英语翻车。

“当然不是了！”苏玟说，“有制片方接触我了，最近可能会送一批剧本来，我先筛查一遍，没问题就给你看看，如果你那边有导演、制片，私底下找你的，你自己不要跟人谈，小心被骗了，一定要先给我说！公司帮你去谈合同。”

庄钦信玟姐，但不信任公司。

不过仍然是回复了“好”。

他花了好几个小时去处理消息，后面就没管了，李慕人不在，他下午认真地研究了下部戏的剧本，到了晚上再一上网，发现白天吹演技的那拨网友，已经换掉了。

信息爆炸时代，网络新闻更新得太快了，一个消息跟着一个，群众都反应不过来，就看到反转来了。

[# 庄钦 演技 # 来吃瓜，有《戏中百味》现场观众昨天半夜私信我，爆料说，节目有黑幕，投票是假的。跟庄钦演对手戏的邵平在台上指责庄钦跳台词，故意压戏，是真是假？观众说拍了证据，证据下面放视频。]

视频拍得很模糊，但仍不难看出是录制现场，台上两个演员起了争执，争执的内容却录得有些不清楚，只听见邵平说了句跳台词什么的，然后导师纷纷站起来指责这种行为。

庄钦一看就知道，视频做了处理，把自己的回应剪掉了。

18

这一看就有问题的操作，却偏偏被非常多的人信以为真。

“这？太下作了吧？！”

“是排练得好好的，上台的时候故意这样做的吗？庄钦为了赢也太不择手段了[鄙视]”

“这样的演员怎么还没被节目组踢出去？快点淘汰吧！！恶心。”

“其实，我觉得邵平也演得很精彩，他怎么不火？让这种人赢了？”

大概是经历得多了，看见这种断章取义的歪曲事实，庄钦心情仍然很平静，简直可以说是波澜不惊，甚至还评估了一下这种不实的消息会造成多大的损失，可能会是谁做的。

倒不一定是邵平，也有可能是其他相关人员，自己可能是无意之间挡了谁的路，这个“谁”可能是很多人。

庄钦想了好一会儿，还认真地看营销号说得有多难听，有骂他作弊的，也有更过分的。

接着，他给马导发了个消息，问：“马导，节目组录制的镜头，可以把剪掉的放一小部分出来吗？

“就是上个月十四号那天录的片段，我和邵平一起演《禁闭岛》。

“马导，你睡了吗？”

马导看见了他的消息，但是没动。

作为导演，他也必须得时刻关注网友的反馈，以确定接下来要怎么安排录制，网友喜欢什么，讨论什么，就给他们看什么。

比如说被排挤、骂战、摸鱼不认真，全都可以靠后期剪辑做到，网上有时候出的精彩片段剪辑、搞笑剪辑、鬼畜剪辑，背后或许都有制作方的手笔，谁演得好可以炒一炒，谁演得非常烂也可以拿来炒，只要有人看、有热度、有收视率，这么做完全是在行业规则允许范围内的。

本来总制作要在这一期制造选手之间配合不好的矛盾的，结果赞助商一个电话打过来，导演组就卖了这个面子给赞助方。

马导没有回复他的消息，而是先去上网看。

庄钦是故意被人黑了，转评赞有大半都是机器人刷的。

昨天收视率最高的时候，差不多破 4 了，破 4 是什么概念？要是节目组能保持同时段 2 的收视率，完全可以成为今年大受欢迎的综艺节目。

大半的人气，都是庄钦的那些粉和黑带来的，好多网友是来看笑话的，结果发现节目做得还不错。

马导看这个势头，庄钦可能要被黑惨了。

他干脆放下手机，也没有回消息，等明天再回，安慰他一句，然后慢悠悠地找剪辑，后天或者大后天，等整个节奏到最高潮的时候，节目组再放出原版，出来一澄清，又是一个惊天大反转。

只要节奏带得好，就不缺热度，下一期一播，没准又能破 4。

庄钦没有等到他的回复，一看时间，还不到九点，马导不可能睡这么早。再一看他朋友圈，半小时前还发过新动态，十分钟前还在回复人。

他心里也清楚自己的要求稍微有些不合理了，自己又不是制片的家属亲戚，遇到这种事找导演不管用。

苏玟也不会要他自己出面澄清的，这种事节目组做澄清是最合适的。

苏玟并非一直关注网上，但团队里人多，总有人能第一时间看见，第一时间通知她做出反击。

录制的时候苏玟不在现场，看见这段视频也不清楚事实如何，但她的第一反应就是压下去，而且不能让庄钦知道，那孩子抗压能力不行，一看这种就受不了。

跟业内所有水军团队都打过交道的好处就是，知道哪家最便宜，哪家性价比高，哪家质量最好。

九点钟，苏玟就给他打电话了，并没有说是他被人恶意黑了，只说：“团队维护需要一笔资金，用于宣发的，上次抽的部分已经用完了。”

所以庄钦赚钱虽然快，但红极一时黑料也满天飞，洗白得花不少钱，到现在他也没多少存款。

“我马上用手机银行转过去，但是到账得要一会儿时间，玟姐，我分批次先转一部分过去。”

苏玟听他语气很平静，道：“好，你没上网吧？”

“上了。”

苏玟：“那你……没事吧？”

“没事，习惯了。”庄钦咬了下嘴唇，说，“玟姐，既然要买水军，那内容能不能是谴责节目组恶意剪辑和黑幕？要求节目组给说法，放出原版视频？”

苏玟一愣，旋即道：“还是你聪明，我都没想到这个，这样也用不着花太多的钱了。但是，我们不能做得太明显了，得罪制作人会害得你非常难做。”

“我明白的。”

苏玟深谙其道，节目组名声受害，等会儿就会出来回应。

她完全想象不出是庄钦提出来的方案。

孩子长大了。

现在这个样子，才像一个合格的艺人。

整个公关团队都在运作，庄钦给自己断了网，不再关注后续。

他一个人躺着，打了几盘单机的消消乐游戏。李慕人不在，他回河北去了，似乎是家里有什么丧事，今天一早接到的电话，中午就坐车离开了。

庄钦躺在床上，能闻见很淡的香水味道，他自己在用这香水，但香水这种东西，喷在每个人身上都有细微的差别，李慕身上的味道和自己喷的时候的气味，又有一些不一样。

李慕通常不上网，上网也只是看看新闻，现在还多了一个爱好，就是刷超话。一忙完，上网看的时候，突然就看见了所谓的网友爆料。

临睡前，马导看了眼网上的舆论，发现营销号非常给力，就是有一些在骂节目组、导演、剪辑。不过这都是正常的，他也没太在意，洗洗直接睡了。

开着静音的手机，把制作人的电话挡在外面。

制作人自己在家里咒骂，大半夜的，赞助方的电话把他从热炕头上叫醒，一问什么事，居然是这么点鸡毛蒜皮的小事。

电话打给总导演那边，结果也没打通，制作人就在导演组的群里发了个消息：“明天上班再弄，剪一下发出去，帮庄钦澄清一下。”

“什么事？”

“他被人黑了。”有人发。

“哦，被黑了啊，就这么点小事……”

“闹得有点大，各大营销号都在发，已经沸了，对节目会不会有影响？”

“能有什么影响啊，洗洗睡吧，这么晚了还要剪辑师起来加班啊？小事，明星谁没被骂过，抗压能力也太差了，就他搞特殊？”

一来二去，关注的人越来越多。

晚十一点，正是八卦爆炸的时候，庄钦被人骂惨了，更多地在斥骂节目组，庄钦躺着通了几十关的游戏，卡在一关始终过不去，看似平静心里却老是想这事，游戏过不了，越来越烦。

最后拿出李慕送的眼镜看剧本。

手机断网状态，人在老宅的李慕给他发了几个消息，也没得到回复。

李慕对这行不太熟悉，但明白这其实就是网络战争，因为在网络上，人人都可以想说什么就说什么，而很少有人去追责。

但这些营销号显然是在造谣。李慕联系律师，对方从床上起来，戴上眼镜打开电脑起草律师函。

李慕不知道庄钦有没有上网，有没有看见，问他睡没，庄钦并不回复自己。

李慕越想越觉得他是不是看见了那些恶意和负面的内容，可自己人又不在，没办法确定。

很晚的时候，庄钦听见门铃声，门铃响了好久，他才摘下耳机，有点蒙。

他对深夜的门铃声有些阴影，第一反应是拿手机，然后就看见了邱明的来电和消息。

手机里还有其他的未接来电，包括李慕的。

庄钦看见邱总的消息是：“开门开门，我送个外卖！

“你不开门我输密码进来了啊！

“啊啊啊啊，宝贝快啊，是睡了吗？那我直接进门了！”

庄钦给他回电，才知道他人就在楼下，于是放他上来：“邱总，这么晚了，你来做什么？”

“送外卖啊。”

邱明把酸奶给他：“你家猫。”

庄钦接过猫包，邱明说：“你慕哥哥让我把猫送过来给你。刚洗的澡，干干净净，就是有我妈身上的香水味，我把猫偷出来也不晓得她明天发现猫不见了会不会打我……”

“没吵……”庄钦似乎明白了什么，“谢谢您，大晚上的还跑一趟。”

他今天本来要去接的，邱总说酸奶被他妈妈带出门了。

一下抱到了酸奶，它乖乖地窝在猫包里，显然对庄钦很熟悉，头露出来蹭蹭他的手指。

邱明：“好了，我走了啊，拜拜。”

庄钦把猫抱到了床上去，给李慕回电。

李慕接得很快：“挺晚了，你还没睡？”

“我刚刚看电影来着，没注意到消息和来电……对了，猫……”

李慕本想问他，是不是上网看见了什么，但欲言又止：“怕你孤单，让酸奶陪你睡觉。”

庄钦低头看着怀里抱的小白猫，突然就感觉，消消乐过不去的烦躁，一下子消失了。他一直非常在乎别人看待自己的眼光、对自己的评价，那么多人的斥责批评，说不在乎是假。哪怕以前有了经验，重来一次却仍改不掉。

以前他总是一个人默默地消化，刚开始跟玟姐抱怨，哭了两次，但知道这样不好，也就不再这样了。

他想，李慕可能是看见了，这种方式的安慰比什么都来得奏效。李慕知道自己需要陪伴。

“邱明说酸奶陪他妈妈睡，很乖的。”

他说：“你也乖乖的，我明天就回来。”

19

马导第二天一觉醒来，一上网才发现舆论完全变了风向。

昨晚上都在骂庄钦，怎么睡一觉的工夫，全变成了在骂导演和剪辑？一开始本来只是说恶意剪辑，半夜三更有个十八线女星出来爆料，说他们导演组搞潜规则，她不肯妥协就不能入选。

他一个入行这么久的节目导演，经常见其他艺人被攻击，有时候觉得他们还蛮惨的，但走营销这一条路，被黑太正常了，要想不被黑就自己低调一点，什么事都没有。他一直抱着这样的想法，但还真是第一回被网友围攻。

马导有点受不了了，直觉告诉他有问题，同一时间他也看见了宣发组的消息，说官博关评了，弹幕也在刷，骂的不是庄钦，是节目和电视台。

谁在黑他们节目？有很多种可能性，同台竞争的制作人，其他电视台的同类型节目组，眼红他们收视率。

同时段破 4 的收视可不是开玩笑的，几乎到达今年所有综艺节目收视的一个巅峰了，会有多少竞争对手眼红？

他立刻通知剪辑师："快，把十四号录的那期赶紧剪出来！"

剪辑师也傻了，也没干什么啊，他们又没神剪辑。

剪辑师心里突突地跳，立马到工作岗位上开工。

马导一边跟制作人讲电话，一边出门开车去基地，制作人大发雷霆。

像他们搞制作的，一直退居幕后，火从来都烧不到他们身上。

马导叫苦："哎，昨晚上庄钦找过我，问我能不能帮个忙，我想着为了热度，就没回他，早知道昨晚就叫剪辑那边起来加班了。网友也把我骂死了，我把私人微博都清空了。"

痛到自己身上，才知道痛，原来昨晚上庄钦向他求助的时候是这种感觉。

制作人发火："这事儿是谁搞出来的？谁录的那个偷拍视频？那个邵平？他搞什么？！"

马导开着免提，一面开车一面说："不知道是不是他，有可能是他做的也可能是其他人。"

"管谁做的，这人不老实！下周就给我把他踢出去！"

现在淘汰赛阶段，每周都会淘汰几个演员，邵平有实力，除了那一场输给庄钦以外，后面都没再输过。

马导只能听着说是是是。

选手私底下搅浑水，弄些不实新闻出来，都很正常，制作人这么生气，看来是因为被人扒出号喷了才不高兴了。

制作人觉得很可能是对家干的，心里头窝火，骂骂咧咧地挂了电话，马不停蹄找人去搞对家了。

剪辑师手上剪辑着视频，心里都把邵平给骂死了。

真是有毛病，想火想疯了，乱买营销，搞得他们被老板骂——这种人绝对不能让他火了。

几个剪辑师同时工作，有个剪辑师把庄钦一个人在房间里拿着手机用翻译软件、一字一句练习英语台词的视频剪了进去，把他到处找邵平的部分剪了进去，闪回邵平说“我们是商量好的”那一段，最后把邵平一个人跑没人的地方去自己练习的那一段剪了进去，以及一段给所有观众发剧本的画面，并且配有剧本的特写。

短短十分钟的视频，就把整个事情来龙去脉给讲清楚了。

苏玟一看热度降下去，节目组的澄清和声明出来了，就知道这事儿成了。

她一晚上没合眼，随时盯着数据，后面那个十八线女星，也不知道从哪里跳出来的，跟她是没关系，她只不过做了引导，就引发了滚雪球一样的效果。但苏玟还觉得哪里不太对，好像有其他资本下场了，但她也没在意，反正是友军。

苏玟点开节目组的澄清花絮看了一遍。

节目组的剪辑师很专业、很牛，节奏和煽情把控得非常好。

开头是两人在台上，邵平提出想用原声台词表演，这和昨晚播出的正片是一致的。然后庄钦愣了下，最后同意了。导师问他有没有问题，他说没有问题，问他之前是不是没有看过原声的剧本，他说因为不知道要演原声台词，所以没有看。

然后剪的是庄钦进后台，很着急地拿到了剧本，一个工作人员说：“导演说多给你们半小时，一个半小时够不够？”

“够的。”庄钦和邵平约定好自己先去背，然后四十分钟后对台词，邵平同意了。

庄钦在化妆，化妆师往他脸上抹化妆品，贴胡子，庄钦手里始终拿着剧本，右下角有个小时钟的特效，表示他化妆化了接近半小时，半小时都在看剧本，汗水从额头下来，谁都能看得出他的着急和认真。

庄钦自己找了个房间，坐下来背台词，对发音有疑虑的部分，他一律采用翻译软件来解决。

时钟继续嘀嘀嗒嗒地响，观看视频的网友也跟着有些焦虑，仿佛代入了他的视角，进入了他的困境，自己英语不是很好，但是面对挑战，也得应战。

庄钦出去找邵平对台词，可是找不到人，他着急地逮着人就问，但还是没问到。

观众从这里就闻到了瓜的芳香。

庄钦当时是太急了，苏玟看见视频里他急得冒汗，表情好像快哭出来了一样，特别可怜的模样。

观众开始为他揪心，这个邵平好坏，太坏了，怎么让人到处找他，一点都不敬业，故意的吧！

庄钦好可怜！

澄清视频里马上给出答案，原来邵平躲着练习，其间有看手机的动作，表明并非是看剧本太忘我而忘记去找对手戏演员对台词。

虽然没有明说是故意的，但明眼人都看得出来。

接着是十秒的倒计时。

庄钦独自在房间里排练，他脸上的妆都被汗水弄花了，右下角数到八，化妆师跟着补妆，他说："来不及了，要上场了。"

"等等，等等，麦克风。"冒出的是工作人员的声音。

倒计时数到三，庄钦说："谢谢，能不能帮我看一下这根线会不会露出来太明显了？"

倒计时归零，舞台剧表演拉开序幕。

表演结束，曾导发出质问，两人起了争执，庄钦提出反驳，然后不再说话。

回到后台，他开始卸妆，满眼都是疲累，非常辛苦的模样，还在跟其他工作人员说："辛苦你们了。"

画面停留在他疲惫的眉眼上，淡出，黑下来，视频结束。

"天啊，他也太厉害了，真的好棒！"

原本有些人还在怀疑节目称庄钦是第一次拿到剧本是不是作秀，一看视频花絮，立刻就发现了，这还真不是作秀——

他现场背台词，显然不熟练，甚至还去查单词发音。

"支持支持，庄钦太棒了吧！"

"被感动到了，他真的好牛，演技进步好大。"这里夸他的人，有三分之一都是先前喷他的。

演技如何，敬不敬业，在这儿被对比得更强烈了。演技一流不说，背后的辛苦努力也可见一斑。一条又一条夸奖的声音，全是正面的反馈，少量的"黑子"出现，立刻被删掉。

营销号纷纷开始删博，有的脸皮厚，当作无事发生，有的一看新消息更火爆，便复制了最新的。

最开始声称有人爆料的那位大V，不仅删博，竟然还公开致歉，表示对庄钦的歉意，用故意处理过的视频来博取眼球，对庄钦的名誉造成了损害。

卧室里，庄钦抱着猫睡得正香。

酸奶开始舞着爪子打他，肉垫挠他的头发：“喵——”

这猫平日很安静，偶尔才会叫两声。

酸奶趴在枕头上，霸占了庄钦的另外半边枕头，尾巴在他脸上扫来扫去。

庄钦昨晚跟李慕聊天聊得有点晚，他很少见地跟人倾诉了一些负面的东西，李慕一直不停地安慰他，让他开心一点，庄钦说：“知道，我现在就很开心，我抱着酸奶呢。”

他困得厉害，被猫尾巴一扫就眯着眼醒了：“酸奶……不要吵哥哥睡觉。”把猫尾巴拂开，庄钦翻了个身继续睡。

后面庄钦真的受不了要醒了，隐约听见了开门的声音。

嗯？

庄钦睁眼，还没起身，就又被猫屁股坐了一脸。

庄钦开始挣扎。

李慕拧开门。

“跟酸奶在打架？”

大概是看见了另一个主人，酸奶就跳下了床，跑来蹭李慕的裤腿。

李慕回来得挺急，是参加一个叔伯的丧礼，李慕并不熟悉。他穿一身合身的黑西装，进门的时候把外套脱下，里面是白色府绸的衬衫，领带还没松。

昨晚上电话里，庄钦非常少见地对他流露出了那并非阳光的一面，他也有烦恼，李慕便是希望他有什么都说，有烦恼，有觉得难过的事，都可以告诉自己。这个目标似乎已经打开了一道门缝。

他没有理猫，径直走过去，庄钦躺着没有起来：“它好不乖，今天一大早就起来，趴在我脸上叫我起床，喵个不停。”

李慕：“那它不乖，你还抱着睡了一晚上？”

“嗯，抱着很暖和。”天气已经开始凉了，酸奶在邱总家里养得非常好，皮毛柔顺，而且很软和，在秋冬时节抱着睡觉手感一流。

20

庄钦抽空去了剪辑室那边，剪辑师还在忙碌，他一待就是半天，和郭宝箴一起选了电影配乐，郭宝箴就去联系买版权。

郭宝箴问他：“你跟李慕商量好没，你俩的裸身戏，哪些镜头可以留？”

庄钦一时不知怎么回答，郭导说：“别装傻，我知道你们私底下有联系。”

他避开了这个问题，道：“拷回去的镜头素材我全部看了一遍，也记录了下来，具体要看在成片里所占的比例是多少。”如果这些戏太多，后面那些精彩的打斗动作戏就都删。

拍摄的素材超过六百分钟，要删掉六分之五左右，郭宝箴原本也是准备要删很多的，他不满的只是李慕那一声不吭直接一刀切的态度，早说要全删还拍什么。

郭宝箴道：“那回头把你剪后的版本发我一份。”

庄钦点点头，又道：“郭导，其实也不是一定要保留那些镜头，我觉得，李慕后面的这些镜头，一定可以成为经典的。”他开始讲自己心目中的这部电影。

庄钦怕的是如果郭导的剪辑思路一变，这部电影的味道也就变了，或许拿不了奖，也入不了电影节的竞赛单元，而且这么多的改动，上映会变得非常困难。

一开始决定要拍的时候，他都没想过真的要和李慕拍摄那些戏份，后面也不知怎么回事，稀里糊涂地就杀青了。

现在想起来才担心起蝴蝶效应的事。

郭导听他说完剪辑思路，看他的眼神都变了：“庄老师，你是演员，你要想按你说的这么剪，你的戏份就全都没了，你可是男主角！”

哪个演员不想要自己戏份多？郭导弄不懂他到底在想什么，心底反而有种不舒服的感觉。

“这只是一个思路，我想，这样剪或许……能让电影获得更大的成就。”庄钦补充。

“行了行了，就按我的想法剪！”

庄钦“嗯”了一声说：“我听导演的。”

郭宝箴目光注视着眼前的几块屏幕，冷不丁地说：“我说句话，你别嫌我讨厌。”

“您说。”

郭导也不看他，眼睛倒映出屏幕流走的光：“你跟李慕要是做交心的朋友，你小心一些，我说这些，都是为了你好。”

庄钦不吭声，对于郭导看出他和李慕的事，他也不是很意外，也没有想着否认。

郭宝箴以前是做记者的，很多人在他眼里，基本都能一眼分析出来，是做什么的、什么阶层、已婚还是未婚、有没有小孩……

庄钦在他眼里就是本质上很简单单纯的一个小孩子，成熟而又纯真，这么说有些矛盾，但郭宝箴就是这么想的：“我不可能干预你的生活，你听得进去就听，你跟他感觉不像一类人，李慕会不会有一天觉得你和他交朋友另有所图，你懂我的意思吧？”

什么意思？

庄钦不太明白。

“你只是一个演员，而李慕有钱可以捧你，给你资源……”郭宝箴说着也说不下去了，挥挥手，“算了，当我没说。”

他三十多岁，是活得比较现实一些，如果和庄钦关系不太好，也不会这样直白地说出来。

“我明白您的意思，”庄钦应道，“不过，我觉得李慕不会这么想的。”他觉得郭导是不是对李慕有点意见了，本能地在维护他。

郭宝箴瞥见他认真的表情，心里叹口气，又有点触动。

没再跟他谈论私人问题，二人回到工作上，电影将在明年二、三月完成后期工作，然后拿到柏林去送展，走的是邱总找的路子。

庄钦回到节目组，没两天邵平就淘汰掉了，还正好是在跟庄钦同组的情况下被踢走的——表面上来看是抽签，实际上是节目组安排的，邵平淘汰那天就隐约有了感觉自己是不是要陪跑了，但不死心，最后爆发了一次演技。

庄钦觉得他的对手这一场演得很好，但导师还是一致选了自己，观众投票也是一面倒的情况。

收拾东西离开的时候，邵平走到大厅，庄钦在楼下接水，两人对视了一眼，邵平就那么冷冷地盯了他一眼，拉着行李箱走了，摄影师一路跟拍，上车了还在拍。

连续录制了一个月，同样的事发生在了庄钦身上。

马导特意找到他：“下一场比赛的时候，不用演得太认真。”

他拿到剧本三四天了，已经把剧本吃透了，庄钦知道自己早晚得淘汰。

“不是要淘汰你的意思，你手上有一张豁免牌，拿着这张牌……到现在都还没输过，这张牌你肯定得用出去，不用出去到最后一轮再用那咱这节目就不好看了，”马导看庄钦的脸色有些不太好，很累的模样，道，“到时候就说你是生病了，你是不是真的生病了？”

庄钦摇摇头，录制是很忙，忙得脚不沾地，因为他有认真地看剧本比赛表演，昨晚还熬夜看了半宿。

“看你气色不太好，那等会儿就拍一段你生病了吃药的内容，这样你发挥不好，输了也说得过去，台词你自己编啊，等会儿我让助理给你找瓶维生素来。”马导说，“这一期结尾是打算把你淘汰了，下一期马上说你复活了，你看怎么样？”马导都能想象出那节目效果来，观众一听庄钦淘汰了，肯定马上说：“他淘汰了？我不看了！”

然后手拿复仇剧本回来，把节目最后一期的结尾推向高潮，再牺牲掉他捧其他演员做冠军。

庄钦说好。

马导问怎么样，可不是商量的意思，自己是签了合同拿了很高的片酬来工作的，不是真的来比赛的，节目组的奖励他也看不上，但导演组怎么说他都得照做。

可庄钦不想故意失误，至于导演怎么安排的，导师怎么点评他管不着，故意失误这样的事他做不出来，要演生病，拍他吃药，这没问题。

结果台上他发挥得太好，对手演员被完全带着走了，在戏里被他压到喘不过气，一演完回神了，才惊觉他演技居然这么“恐怖”。

曾导非常坚定地投了庄钦，其他导师都按照剧本来，宣布他输的时候，现场观众都一脸蒙。

这场表演庄钦完全压制对手，长眼睛的观众都会看出谁演得更好，这幕后操控得也太明显了！

曾导的表情肉眼可见地黑了下来，忍无可忍，直接起身离席。

主持人看见了，有点慌了，但耳麦里接到了通知，立刻问庄钦有没有要对这个舞台说的。

庄钦只好发挥演技，说：“这个舞台对我而言是很特别的，在这里认识了很多朋友，很多优秀的演员。在教室排练很累，真的很累，但是非常充实，五位导师都……”

他演技太煽情了，观众席上有人开始偷偷地擦眼泪。

庄钦下台的时候，对手戏演员难过地抱了他一下，其实平时两人话也没说过几句，他回了幕后，听见那演员还在哽咽地说：“跟庄钦对戏……”

晚上偷偷地接听李慕电话的时候，李慕很快就听出了他的声音不对：“感冒了？

怎么哑的？”

“没有，我今天录的这一期是被淘汰的剧情，然后导演让我煽情一点，掉两颗眼泪，可是我演得太过头了，到现在还没缓过来。”

“淘汰了？”

“不是淘汰，后面要复活的，不过最后还是要淘汰……”节目组花了重金在他身上，不比请导师花销小，肯定要让他录到最后一期，发挥最大的价值。

不是说没意见，但行规就是这样。

李慕停顿了几秒，问他：“想拿第一吗？”

“不想。”

“嗯？”

“那个冠军奖励我不喜欢。”

“你喜欢什么奖励？”李慕问，“有没有想要的？”

“没有，”庄钦蹲在卫生间角落里，“我想早点淘汰回家，这个月看了十几份剧本，幸好过两天就结束了。”

“没有？”李慕的音调显而易见地上扬几分。

李慕倒是想给他更多的奖励，但是他从来不问自己要：“想去北欧过圣诞吗？带你去追极光。”

“极光？”他立刻就心动了，“可是圣诞……剧组就开机了。”

“推到一月了，还不知道？”

“啊……统筹老师也没给我说，你怎么……”

李慕平静道：“我投了你电影。”

庄钦：“……”

“你眼光好。”李慕说，“上次你让我投吴导的片，我看了，很成熟的商业片子，能赚钱。”

庄钦就没说话了，自己接的这一部，未来票房上的确能赚一些，但赚得不算很多，不过李慕肯定不会亏钱就是。

“那就这么定了。”

庄钦没有想太多，直接应了。

站起来的时候头有点晕，第二天小连也觉得他像是生病，要带他去医院做检查，庄钦说：“还有三天就拍完了，拍完都放假了。”

庄钦在极其疲惫的状态下坚持录制了三天，最后一天收尾，跟着节目组吃了一顿，被迫还喝了点酒，一群人闹腾，冠军春风得意，闹得他头疼。

深夜，小连把他送到他在南城购置的别墅，本来自己应该放假了，但小连看他精神差很不放心，摸了下他额头有点烫，赶紧跑去药店买了体温计回来。

一量发现有点低烧，就更着急了，庄钦要打发他走也不走："庄哥，您这样我怎么放心得下，万一吃了退烧药也不退烧怎么办？我得留下陪您啊！"

"就是低烧而已……再不走要赶不上飞机了。"

"那也没人管您啊，小马白天就走了，就留我一个人在这儿。"

"我也不是没人管的，我有……"庄钦怕他留在这儿碰上等会儿来的李慕，不能让他知道，"我有个朋友正好要来看我，你赶紧去机场吧。"

"那我走了您会用这个电饭煲吗？别吃沙拉了，那个太冷，要吃有营养的……"

他碎碎念得庄钦头疼，庄钦躺在沙发上，小连弄了会儿姜汤，蹲在沙发旁边看他："要不我还是不走了，今晚留下来陪着您，明天您退烧了我再离开吧？"这段时间庄钦录节目有多累他看见了，明星也是人，赚钱是要拼命的。

之前庄钦也生过病，生病的时候才发现原来他家里人都不在，他在这里没有朋友也没有家人，小连熬着夜跟其他工作人员在医院照料他。

所以这个时候就更放心不下了。

"没关系，有人管我的，你快打车去机场，这段时间辛苦你了，好好休息一下。"庄钦说。

"不辛苦，您才是辛苦了。"小连不知道他说的这个朋友是谁，但也没多问，他也没觉得庄钦是在骗自己，犹豫了会儿，看着时间来不及了，小连叮嘱他几句，匆匆打车离开。

庄钦是真没觉得很严重，他觉得自己需要休息，吃过药再睡一觉就没问题了，躺在沙发上，十二月的冷风灌入窗户，把窗帘拂起。

李慕到的时候已经很晚了，输密码开门，进去，看见屋里亮着几盏小灯。

他以为庄钦在楼上睡觉，换了鞋，开灯的时候才注意到他在沙发上躺着，身上穿一件白色毛衣，正蜷着身体，自己抱着自己，好像很冷的样子。

李慕蹙眉，把灯又关掉了，直接大步走过去。

他知道庄钦晚上是跟节目组吃了才回来的，所以他安排好了行程，过来住两天，等他休息好了就带他去玩。

“怎么在沙发上睡了？”李慕见他迷迷糊糊地醒了，摸了摸他的脸，有点烫手，“也不盖被子。”

“我好像生病了。”他脸色通红，以往有神的眼睛有些涣散。

“什么时候？看过医生没？”李慕去摸他的脑门，庄钦又要别过头，被他摁住了，李慕挺严肃，“别躲！”

庄钦马上就不动了，睁着眼睛看着他。

李慕：“吓到你了？”

“不是……”庄钦乖乖地不动了，呢喃，“就是觉得，被你管着也挺好的。”

21

其实这段时间庄钦忙着录制，电话都是偷摸在打，更多的时候就是发消息，因为不是自己的手机，每回连发信息都只是聊剧本，前两周放假的时候他两个助理跟着过来了，庄钦就没让李慕来。

李慕意见已经很大了，尤其打电话听出他很累的时候，恨不得动点手脚给节目组施压。

现在见到他是真的累到生病，李慕心就是一揪，声音放得更轻：“量过体温了吗？多少度？”

“就是低烧，不严重。”

“药呢？”

“小连给我买了药，我吃了几颗。”

李慕注意到茶几上的药，拿起来看说明书，但不放心：“带你去医院看看？”

“我不能去医院……你知道的，就是小病，以前发高烧我都自己挺过来了，我身体很好的。”

“发高烧？多大的事，没人管你？”李慕弯腰把他抱了起来，往楼梯上走。

庄钦不是不能下地自己走，但是发现被他这样抱着的感觉有种懒洋洋的舒服，好像回到了那一年：“我背不好戏本，师父罚我跪了一晚上的祠堂，特别冷，我冻了一晚上。没人知道我生病了，我自己也不晓得，后来师娘发现我不正常，师父才抱着我去了医院。”

李慕问："你那时多大？"

"好像不到十岁。"

他依稀记得，那天在医院里，师娘把师父劈头盖脸地骂了一顿，让他以后不能这样惩罚小孩子了，庄学久自己是那样从小被罚到大的，原本罚跪、罚板子他都不认为有什么不对，而且自己小的时候被罚都知道要偷懒，夜一深就躲着睡觉了，谁知道庄钦真那么老实，就那么跪了一整晚。

那天被妻子骂了一顿，庄学久就暗自记下了，不再罚他。

只是不再惩罚后，小庄钦每回背错或是演错了，都自觉去罚跪，庄学久摸不着头脑，问："师父都不骂你了，还跪着做什么？"

幼小的他跪着回答："我犯了错。"

庄学久问他做错什么了，庄钦说又背错了，庄学久道："那以后你就不要再背错了，不就好了？"

打那以后，庄钦再也不犯错，做什么都变得更小心。

李慕把他抱到了床上："你还那么小，你师父怎么舍得？"

"师父对我很好的，"庄钦下巴压着被子，"但师父毕竟是师父，他太想把徒弟教出名堂来了，所以严厉了些。"

"严厉了些，罚你跪一晚上？"

"没人要我，他们要我，给我一口饭吃，送我去上学，师父还……"以前在他最难的时候甚至把戏班那块地卖出去帮他还了天价的违约金。这些庄钦没办法说出口。

李慕很少会有这种酸涩的情绪："你只要不往外跑，只要我们还是好兄弟，要什么都给你。"

庄钦一下就想到了前段时间郭导说的那些，垂下眼睫，往下缩了缩。

"晚上还喝了酒，是不是？"李慕看出他躲避的态度，"几点吃的药？"

"回来就吃了，是九点。"他还能清晰地思考。

"我去给你倒热水。"

把他照顾着换了睡衣，李慕也洗了澡休息去了。

这么一夜过去，李慕并未睡好，因为不放心外卖的质量，早上起来给他煲了粥，端到床边喂给他吃。最后一次量体温，庄钦烧已经退了，但感冒症状又严重了，喉咙发痒甚至咳嗽，李慕不敢给他乱买药，电话问诊了家庭医生，把庄钦的所有症状事无巨细地告诉医生后，医生开了西药处方，李慕亲自到药店去买的。

如此吃了两天的药，庄钦病就好了，他要出国玩的事身边的助理和工作人员全都不知道，庄钦甚至没有跟玟姐报备一声，苏玟是看见了机场照，才发觉有点不对的。

庄钦去机场的时候是运气不好，按理说他遮成那样，一身穿的全是平价，也没有穿增高鞋，可偏偏在节目热播后，他曝光量激增，观众三天两头在电视上看见他，这下不巧，正好碰见一个特别迷他的女粉丝，认出了他的鞋和书包来，掏出手机先偷拍了几张，才大着胆子上来问："是……庄钦吗？"

庄钦一愣，变了个声音说："我不是。"

他台词功底有，音色变了，那粉丝近距离看他，看见了他大框眼镜背后的清亮眼眸，非常确定就是庄钦："能不能给我一个签名呀？"说完还看了和他在一块儿的男人一眼，怀疑他是哪个明星——这么好的身材，和工作人员根本搭不上边。

李慕眼神不善，隔着墨镜都能感觉得到冷漠气场，那女粉丝也不敢仔细看。

庄钦意识到自己是真的被认出来了，要是继续否认，对方继续纠缠，引起更多人注意就不好了。

"你别大声说，我忙着赶飞机。"庄钦从书包里拿了便笺和笔，签了名字，还问她叫什么，给了一个 TO 签，"你刚刚拍了照是不是？不要发网上了。"

"好的好的。"小粉丝接过便笺纸，激动得不行，"我好喜欢你啊！"

"谢谢你喜欢我。"

"你那个节目，我跟我妈每天都追！还给你投票。能不能告诉我一下最后你是不是冠军？你演技好厉害，肯定是吧！"

节目拍完了但还没播完，要再播个两周才结束。

"谢谢喜欢，不过我快要赶不上航班了，下次有机会再聊。"

粉丝小鸡啄米似的点头："好的好的，我也去过安检了。"

苏玟在网上看见的内容是一个网友截图了朋友的朋友圈内容，说："酸了，别人去机场都能偶遇明星，我呢？"

配图是偷拍的那几张照片，庄钦和另一个一身黑衣的高大男人戴着同款棒球帽，推着机场的手推车，上面只放了一个不大的行李箱和一个手提包。

最近庄钦靠着这档节目，是真的火起来了，他和其他演员同台表演的视频被一遍遍地拿出来传播。本来庄钦也挺火了，但那是借着营销造势的黑红，和现在这种用实力拼出来的实红可不一样。

网友评价大多是："以前当他是个花瓶……没想到看了节目突然被圈粉了。"

“他真的沉淀了好多，我都忘了他上部戏演技有多烂了，现在变得太厉害了！”

“路转粉，庄钦认真对待每一个剧本的样子太戳我了，而且三观很正，优质偶像！”

这么多正面评价，加上适当的控评、水军，苏玟原本打算这段时间让庄钦好好休息，听说他在南城那边买了一栋房子，也就想着让他自己休息一段时间，没想到会在今天看见网上传出这样的消息！

他去哪儿了？回首都还是去别的地方？他身边的那个男人也是苏玟不认识的，网上在猜博主是不是偷偷给图片P腿了，怎么会有人腿这么长，这么优越的头身比，肯定是业内人没得跑——

有人猜是不是宋恪，因为是在南城的机场，算一下《戏中百味》节目正好录制完了，两个人在节目里看起来关系很好的样子。

“宋恪只有一米八四啦，你们看节目截图，比庄钦高不了多少，他还喜欢穿增高鞋，图片上这个明显有一米九啊，除非庄钦是一米八〇的身高作假。当然我觉得他身高报得很诚实，绝对没作假，因为 ×× 自爆一米八五结果上节目穿增高不说，看起来还比他矮……”

有人把图片放大，但也只看见一个高鼻梁，口罩遮着嘴，墨镜遮着眼，别的只能看见修长的脖子和性感的喉结，所有露出来的条件都很优越，网友爱八卦，所有人都很好奇这个九头身的帅哥是谁，是哪个明星，怎么两人单独出行。

有神探在放大后高糊的像素中扒出了李慕的鼻尖痣。

从而扒到了其他几张图。

原来这真是个大帅哥，还来现场看过庄钦比赛——两人之前也一同在机场出现过。

八卦群众倒没有想那么多，但帅哥谁都爱看，所以越扒越深。

苏玟看见那些照片，立刻给庄钦拨过去，但电话没能打通，因为他人已经上飞机了。

虽然庄钦拍戏的时候苏玟没去过泰国，但不代表她连对方演员长什么样都不清楚。入行这么多年，苏玟一下就嗅出不对来了。

她盘问了平时跟着庄钦活动的两个助理，小连看见照片也吃惊，因为他一看就知道那绝对是李慕。

“玟姐……”

“问你话呢，你不是说拍完戏庄钦就不跟对方联系了吗？”

拍的是小众文艺片，苏玟始终对这个不看好，而且庄钦明显和对方私交过度了。

小连硬着头皮道："是的，没怎么联系了，他们就只是朋友，一起去机场也……没什么吧？"

"你知不知道他们去哪里？这个李慕，他哪家公司的，他经纪人是谁？"

"他其实不是演员，是电影投资人。"小连怕玫姐生气，把李慕是谁交代得明明白白。

苏玫一听不是抱大腿的小白脸，稍微镇静了些，再一冷静想，可能就是和朋友出去玩，没告诉自己而已，自己没必要这么敏感。

怕只怕未来那部电影上了，这些东西会被翻出来惹人猜测，被媒体过度解读。

苏玫给庄钦打了好多个电话，发了许多条消息都没有回应。

庄钦起码是过了十二个小时，才在中转机场看见了她的信息。

他和李慕拿着登机牌直奔下一趟航班，庄钦给玫姐回复说自己是找了个地方去度假，没告诉她是因为不想她操心。

苏玫看见他终于回复了，一个语音电话直接打过去。

"去哪儿了？"

"我是……去三亚了。"

"三亚飞那么久？你学会骗人了？"

庄钦老实道："我在国外了，您别担心，我跟朋友一起的。"

"我知道你跟朋友一起，你们……算了。"苏玫最后也没有骂他，"到什么地方，哪个酒店，必须告诉我，不许一声不吭玩消失！还有，跟你一块儿出去的演员，我也不认识，你现在找个背景干净光源干净的地方给我发张自拍，后面拍一个穿着很普通的路人，等P图师把小连P上去你再发出去。"

"哦。"庄钦听她的话，知道这么做是为了以后好澄清自己不是单独出去的，有助理跟着。

李慕看着他开始找自拍角度和表情，因为刚才听见他打电话了，没有去凑热闹。

他连上网，打开APP看了下偷拍是不是被发出去了，怕偷拍得不好看。

两人上了第二趟航班，这趟时长很短，而且头等舱很大，两个座位挨在一起，中间的隔板可以在起飞后拆下来，飞机上还有Wi-Fi。

22

庄钦从背包里拿出线圈装的剧本。

《只差一步》这部片子，讲述的是患有学者综合征的独居男主角不小心目睹邻居被人杀害，根本不与人接触的他想要报警，却被杀人犯盯上后，发生的一系列戏剧性的故事。

所谓学者综合征，是指患有认知障碍却在某一方面拥有着超乎常人表现的自闭症，这类人可能智商超群，可能拥有极强的艺术天赋，被称为“白痴天才”，剧本当中的男主角就属于智商奇高的类型。

影片是犯罪题材，但基调却是喜剧。

那天去见组，导演一眼就看中了他干净的气质，在没有剧本只提供关键词和人设的情况下，认可了他塑造人物的能力。

“装自闭”庄钦会，高智商和天才却是他的知识盲区，不过他已经从李慕身上找了不少素材了。

从剧本里抬起头，庄钦看向他。

李慕：“嗯？”

“如果这个角色给你，你会怎么演？”

“我演不了这个。”剧本虽然没看完，但梗概他是看过的，这种从外表就有些异于常人，常常盯着某一处发呆，陷入自我的世界，可能连汽车来了都发觉不了，会让外人产生一种“他有精神疾病，不能靠近”的角色，李慕演不了。

“但我有认识的人，患有这种病，我们请他来开发程序，他非常聪明。”

庄钦已经找过机会去了解这个群体了，但环境不允许他去深入了解对方，飞机上，李慕对这个角色做出侧写：“他独居，房间应该非常简陋，只有一张床和必要的物品，他有一些强迫症，会很在意一些对他而言有特殊意义的东西。强迫症也包括，在某个时间段必须睡觉，窗帘要遮到哪里，听着特定频率的声音入睡，大多时候只听一首歌，坐同一辆公交车。但这种人想要独居是非常难的，会和邻居有很多的矛盾，他缺乏同理心，没办法对人感同身受，所以你说的剧本里，他看见邻居的死决定报警，是不太正常的。”

李慕很少会一口气说出这么多字，庄钦听得特别认真，眼睛越来越亮：“等等，我拿笔记一下，你再说一遍。”

李慕：“不困吗？休息会儿，别看剧本。”从南城机场过海关开始，庄钦几乎就一直没睡。

“不不不，你继续说。”庄钦掏出笔和笔记本，期待地看着他。

“我说你记。”

庄钦手里拿着笔，膝盖上摊开了笔记本：“嗯，你继续。”

李慕：“这个人……”

李慕在完全不了解的情况下，根据剧本梗概做出的侧写，却有着极高的正确率，而这些对角色在生活习惯上的分析，是剧本上不会完全告知的东西，得靠演员自己去丰满他。

很快，飞机广播提示开始下降，能从舷窗看见外面正是夜晚。

李慕说得有些口干了，庄钦端着水杯喂他，李慕就着他的手喝了口：“好了，下飞机再说，剧本发我一份，帮你看看。”

落地，庄钦穿上厚羽绒服和围巾，照例是戴帽子，把脸遮起来。

李慕身上只有欧元，他在机场取了一些当地货币克朗。

他常年一个人旅行，享受的是旅行的过程，也经常一个人租车在陌生的国度自己开到目的地，有时候是租个越野，有时候是直接买房车，花一些时间把房车塞满，独自开车到无人之境，在无人的荒野拿出单板滑雪，吃的全靠冰箱存粮，提前计算好油量，在即将燃油耗尽的时候开到房车营地去补给，这种旅行方式很适合他一个人的时候，但这回是带了人的，所以有些不同。

机场出口，有司机驾驶一辆高大的白色房车来接他们，庄钦给玟姐发了自己的定位，表示自己安全落地。

“冷不冷？”

李慕拿毯子给他披在身上，摸了下他手的温度：“有床，可以睡会儿。”

“嗯嗯。”庄钦第一次坐这种房车，拉开窗帘能看见外面的大雪，刚才出机场的时候差点把他给冻坏了，好在他身上穿了好几件，还有围巾挡风，而且车上很暖和。

庄钦脱了鞋，坐在车尾巴的小床上，脸挨着冰冷的车窗看外面的奥斯陆夜景。

他到现在都还没问过到底要去哪里，李慕说走，帮他办好了签证，订了航班，他也没仔细思考就跟着来了。

“我们现在是去哪里？”庄钦问。

“去酒店休息。”

“要开多久？”

“二十分钟。”李慕不想安排紧张的行程让他很累，他带庄钦跑这么远来，是为了让他放松，而不是搞得更累。

车子行驶到海岸线，能看见在夜色下倒映着雪中的城市灯火的深蓝色海面，庄钦鼻尖贴着窗户，看了好一会儿，他喜欢录像拍照，但有的时候，遇见很好的风景反而不喜欢拿出手机拍了，而是选择用眼睛去记住。

李慕坐在床边，挨着他一起安静地看这座港口城市的夜景。他来过不止一次的地方，这一次却意义不同，稀松平常的景致也变得格外迷人。

到了酒店，庄钦感觉很累，是私人酒店，不大，连电梯都是常在电影里看见的那种，小小的、透明的门，像个小篮子，非常精致。

行李送到房间，管家要介绍这个超大套房的各个设施，被李慕打发走了，庄钦脱下羽绒服，趴在床上差点眼睛一闭就睡着了，李慕看他躺下了就没作声，去另一个卫生间洗澡。

庄钦还算有些意识，如果是自己一个人没准就这么睡了，但他考虑到李慕的洁癖问题，强撑着翻开行李箱，拿出电动牙刷和洗脸巾洗漱。

他困得眼睛都快睁不开了，李慕简单冲了个澡过来，看见他光着两条腿，只穿了短裤，修长笔直的双腿曲着，在床上把毛衣脱下来，一副抬手都费劲的模样。

李慕过去帮他把胳膊从袖子里弄出来。

庄钦：“我想睡觉了。”

“那就睡。”

“可是我还没洗澡。”

“困的话就睡，不洗澡也没事。”

“可是我在飞机上待了很久。”庄钦嗅觉要比常人敏锐一些，消过毒的机舱在他鼻子里就能闻出皮革的臭味和其他乱七八糟的气味，他还有晕车的问题，坐交通工具时间一长就会身体不舒服。

庄钦抬起胳膊，低头闻了下自己：“我身上是不是有味道了？”

“好了，是香的。”

庄钦躺在枕头上，眼睛彻底闭上了：“你觉得我香，是因为我在秋衣上喷了你的香水。”

李慕没在他身上闻到什么香水的味道，只有一种独特的温暖香气："乖了，睡吧。"

庄钦鼻音发出一声几不可闻的"嗯"来，几秒钟就陷入了熟睡。

庄钦有些小毛病，不爱整理东西，东西到处乱放，但庄钦知道自己的问题，在李慕面前格外注意。李慕见行李箱开着，很多东西都散乱着，强迫症发作，把衣服都整理挂起，还点了香薰放在衣柜。

一觉醒来已经是下午了，昨天是半夜到的，庄钦睡够了十个小时，是被饿醒的。

23

因为带的行李很少，到了第二天李慕就带庄钦去吃美食，买衣服，最后庄钦去刷的卡，要买来送他，李慕并未拒绝。

调整好时差后，两人坐飞机到另一个城市，这里离追极光的北极圈更近。庄钦这辈子第一次经历房车旅行，这辆白色房车比第一次的更大，功能齐全，有卫生间，有床、衣柜、冰箱、台面桌和热水壶，外置了燃气炉可以做饭。

由于车上没有更多的沙发，只有硬邦邦的椅子，庄钦和李慕不得不挤在不大的床上，白天窗帘拉开，车上暖气十足，车子匀速行驶，他一面翻剧本，和李慕探讨，一面用相机录下沿途风景，休息的时候用平板电脑一起看电影。

进入北极圈后，峡湾公路旁，半边是海，半边是雪山和城市，深灰色的公路蜿蜒，白色房车逐渐化为一个小点。

"庄钦，到山顶了。"

庄钦迷迷糊糊地眯了一会儿，就听见李慕喊自己。他立刻睁了眼，手抬起来要去拉窗帘："有极光吗？"

"太阳还没下山。"李慕看他醒了，便把窗帘拉开，"我们得等一会儿。"

到的时候是下午四点，天色隐隐已经有了快要暗下去的趋势，透过一整面的车尾窗户，夕阳赤红色的光笼罩在连绵的雪山之上。

这边山顶人非常少，没有商业化，也没有缆车可以方便地上下山，离城市很远，没有咖啡厅没有观景台，不过有一个停车补给的营地，提供热水和速食以及简便的住宿。所以这里晚上光亮很淡，极光光带近在咫尺，普通相机也能拍到。

司机要下车去上卫生间，李慕跟他说了两句话，汽车熄火。

“他去哪儿了？”庄钦问。

“司机说等下天就黑了，晚上开车下山不太安全，今晚可能会下雪。”李慕看见他拉上窗帘在睡衣外面套毛衣和羽绒服，说，“你这么穿还不够，”李慕把防寒服给他，让他穿在外面，“山上气温很低，看一会儿就得上车。”

庄钦把围巾绕着脖子戴上，几乎遮住全脸，低头戴上皮毛做的帽子：“那就明天下山吧！这里有住宿吗？”

李慕把护膝给他。

“有，不过条件一般。”窗外就是连绵不绝的雪山，风景倒是很好，但因为没有人为开发，住宿条件简陋，简陋也罢，李慕在乎的是卫生问题，“今晚你可能得在车上委屈一晚。”

前几日两人都是白天在房车上休息，晚上在酒店停靠休息，整个旅途节奏很慢，加上时不时地补给换新，车上洁净如新。

庄钦点点头说没关系，穿好了鞋：“那你呢？”

“我跟你一起。”

旋即两人下车，一下去庄钦就感觉到刺骨的冷风，这里海拔并不是特别高，但气温奇低，起码是零下三四十摄氏度。雪地靴踩进厚实的雪地里，发出嘎吱的清脆声响。李慕手臂从他后背绕过去，搭在他的肩膀上，把他搂在怀中。

这个动作在这样厚实的装备下，其实是感觉不到怀抱带来的温度的，庄钦原本是冷的，但突然就感觉到了从心底油然而生的那种温暖。

两人快步走入餐厅，吃了一顿简单却昂贵的速食。

“今晚会有极光吗？”庄钦最外面穿着蓝色防寒服，裹得像只蓝色的熊，捧着一杯热的速溶咖啡，李慕用打火机点烟，两人坐在餐厅外的长廊座椅上，隔着半防风的玻璃窗，注视着夕阳的余晖。

“或许有。”

“如果没有怎么办？”

“我们可能得再待一晚。”李慕指尖夹着烟，侧脸在深红色的余晖下轮廓分明，“如果你待不下去，明天一早我们就可以离开。”

“那怎么行！上山就开了这么久的车。”

“我的意思是，可以去其他地方看。”

“有什么不一样吗？”

“极光带一样，不过那边没这么冷，可以坐缆车，住山脚。”李慕唇间吁出一缕烟雾，侧头看向他，“晚上上去看完再下来。”

“那我们住房车不是一样的？”

庄钦白天已经在房车的床上睡过许多次了，他觉得多住两个晚上，和雪山星空相伴，应该也不会难熬，顶多是浴室小了些，洗澡间挤了点，车子的隔音或许没那么好，但这里也没几辆车，他还有耳塞，不会吵到他睡觉的。

说话的工夫，天色已经完全黑了下来。

下午五点半，漆黑昏沉的天幕上出现了很淡的极光光带，一直看着天边的庄钦一下就看见了，眼睛“唰”地亮起，本来是懒懒地坐着，这下立刻站起身，戴着厚手套的手拽着李慕的胳膊：“来了来了，你快看！”

“嗯，看见了，”李慕嘴角微微一翘，“等会儿会更亮。”

这样的风景李慕看过不少次了，新鲜感仍然有，这次同行的人不同，就感觉格外不一样。

庄钦掏出怀里捂着的相机，从房车内冲了出去，蓝白色的极光透亮。面对取景器，庄钦却发现肉眼能看见的极光带，这次带的SONY微单拍不出来，镜头带得不对。

极光出现的时间很短，庄钦发现拍不到，索性不拍了，站在零下四十摄氏度的雪地里，仰望着蓝白色的北极光消失。

两人下车的时间不短了，回到车上，李慕把车窗关上，重启暖气。

庄钦把外套脱下，但车上太狭窄了，几件厚衣服一脱，挂钩就全被挂满了，李慕看他要脱了毛衣，说：“冷，等温度上来了你再脱。”

下车的时候他关掉了暖气，开窗通风，现在车上温度还没上来。

庄钦坐在床边，看李慕在收拾衣服，特别不好意思，想去帮忙，被李慕赶回去坐着，因为空间太小，两人一起站着做家务连转身都麻烦。

“晚上还看剧本吗？”李慕把衣服收拾好，把车上好好地消了一遍毒，点了香薰，洗干净手，才一件一件地把身上的衣服脱下挂在窄窄的衣柜里，他换上睡袍，从外侧坐上床。

床头安装的小台灯和壁灯都亮着暖黄的光，庄钦把剧本合上了，摘了眼镜说：“这光太暗了，看这么小的字费眼。”

“那明天再看。”这几天李慕也通读了剧本，扮演了数个角色陪他对戏。可今晚李慕不想陪他对戏了。他帮庄钦把剧本搁到一旁，把平板拿来，挂在铁架上选片。

车上温度还没上来，但庄钦还是把毛衣脱了下来，他怕把枕头上弄得全是羊绒，虽然脚冷，但还是把袜子脱了下来。两人盖着一条羊毛毯和羽绒被，挤在一起倚靠在大靠枕上，选的片子是一部很老的文艺片。

清晨，北极圈的白天和夜晚没有任何区别，最亮的时候也像黄昏。李慕下车去抽烟，庄钦还在床上酣睡。

昨夜又下了雪，地上的积雪埋得很深，白色的房车顶部堆积了雪，整体看起来犹如一个大雪糕。

背后的门打开，李慕回头，看见庄钦披着防寒服下来了。

“醒了？”李慕把烟掐灭，“多穿两件，我们去吃早饭。”

庄钦开始加衣服，两人处理了垃圾，去餐厅解决早饭，不太合胃口，但庄钦带了“老干妈”，搅和奶酪面条勉强能下肚，李慕说：“今天回市区了，就带你去吃合胃口的。”

在挪威过了一个圣诞节，庄钦提前接到通知，说 31 号晚上有跨年的红毯，这种红毯礼一般是当天开办，工作室连夜修图第二天发通稿，红毯是女明星的天下，一般没男艺人什么事。

由于苏玟想让他接蓝血的代言，最近的活动都是帮他准备的瞄好的 D 家的服装，因为是借来的，大多时候都不太合身。

苏玟打来电话问他是几号回来，要安排机场路拍：“到时候我们保镖和工作人员先把你接到了，然后再出来。”

她可谓是煞费苦心，摆明了是帮庄钦澄清这次旅行其实是有助理保镖，很多人一起去的。

庄钦应了，苏玟又告诉他在机场要背 D 家的包，戴他们家的帽子，最好再穿一件单品。

这种做法是很能博得品牌方好感的。

庄钦一一应了，说：“我这就去买新的。”

他的衣服大部分都是品牌方的和几件撑场面穿的，那些衣服基本上穿一次就不能见光了，庄钦舍不得卖舍不得丢，放在衣柜里用防尘袋保护。

他自己倾向于买平价商品，但是买了那么多，那家似乎也没有让他代言的苗头。而那么多明星穿顶奢，也不是每个都会被品牌青睐的。

李慕听见打电话的内容，马上出主意，乘飞机去了巴黎。

他自己经常跑秀场淘款式，喜欢的衣服下秀场就买了，除了正装和礼服他也不爱特意定制。

十二月底没有什么大秀活动，庄钦没有参加过时装周，也是第一次来巴黎，他以为只是跟李慕来买两件衣服的。

结果李慕把他带到了品牌的老店里面，见了设计师，一群人簇拥着给他从头到脚地量了尺寸，连颈围都标注了精确到小数点的数据。

李慕跟老设计师说了一句什么，是法语，庄钦听不懂，那设计师就让助理去给庄钦量了指围。

“怎么还要量手指啊？”庄钦偷偷问他。

“要给你做戒指。”

庄钦也觉得既然要代言这家，多定制两个单品，没准品牌方会更高兴，直接看上他邀请他参加时装周呢。

定制的流程除了量身以外，还要选礼服的颜色和款式，每个细节都可以自己定，包括外衣用料、衬衣用料以及领带的用料和花色。

庄钦还是第一次接受这种服务，他也觉得亲自来这种店里的机会难得，不过周围这么多人服务，他也懂点门道，知道肯定是价格不菲了，就用中文偷偷跟李慕说：“他们太热情了，可是我只做两套衣服啊。”

“没关系，我也要做。”李慕说，“先看看什么颜色好看。”

他从助理设计师手里接过他们刚从模特身上扒下来的款式，不同的衬衫样式，有不同的领口和袖口设计，男人的正装看起来似乎都是一模一样，但里面学问很大，李慕恰巧还算懂这个，他先拿了一件纯白色的燕尾服，在庄钦身上比了比：“去试衣间换一下。”

庄钦接过来，他之前穿过类似的，但通常都是造型师帮他弄好的，所以一拿到手就有些头大，主要是别人家的模特衣服，不敢给人弄皱巴了。

他拿着衣服进了试衣间，很小心地换上，基本是合身的，打领结的时候遇见了麻烦，索性没有打领结，从试衣间出去：“我不会打这个领结。”

李慕看见他的一瞬间眼睛就亮了，跟助理说：“这个款的设计，黑色和蓝色、鼠灰、米色的，都来一套。”

庄钦站在大镜子前，不是很适应自己穿这样纯白的礼服，他抬手整理了自己在飞机上睡醒就没怎么梳理的头发。

“好看吗？”

“好看。”李慕在他身后，手绕到他的脖颈处，亲手为他打了领结。

24

庄钦只试了几件衣服，他自己没选出来，觉得都还挺好看，李慕索性全要了，因为全程法语沟通，庄钦什么都不知道，问他选了哪两套，李慕随口答："一件黑的，一件白的。我让他们赶工用成衣帮你改出一件。"

"为什么赶工？"庄钦记得做高级定制的工期都很长，一般都要排队，像这种百年老店的设计师，一般要排两年以上才有档期。

"你要回国参加活动，是不是？"

"那我们不用排队吗？"从店里出来，庄钦戴上了帽子。

"不用。"李慕往鼻梁上架上刚入手的墨镜。

"是不是要加钱？"

"不加。"

"那为什么我们可以插队？"庄钦注意到他们从店里出来后，门上挂着的"close"银制标牌被取了下来，重新开店迎客。

李慕："你兄弟我有钱。"

庄钦："……哦。"

哪怕是临时赶工的衣服，质量仍然可以保证，藏蓝的面料沉稳低调，是不出错的颜色，李慕对这件衣服不能说是满意，只能说中规中矩，穿上至少不丢人。他退订了机票，约了私人飞机，庄钦上去后才知道这一趟航班就两个人。

而李慕给出的理由是："你的衣服不能折叠，要挂起来。"

普通航班的头等舱无法提供类似的服务不说，他们乱买了很多东西，还有特色的灯具和雕塑等装饰品，这种东西托运贵且容易受损，李慕很少会用家里的私人飞机，这次是临时约的小机型。

飞机机舱不算非常大，有个调酒的吧台，座椅不多，只有他们两个乘客而已，庄钦不敢问这是不是他买的，也不敢问飞一次要多少钱，是不是很贵。

可是当他躺在放平座椅上，注视舷窗外的云层，他忽然就感觉到了，其实自己和李慕根本不是一个世界的人。李慕可以跟他一起在东南亚吃苦拍戏，一起在街头吃平价的小吃，窝在房车里吃泡面和老干妈，但归根究底，两人之间有难以逾越的鸿沟。

过几天就要进组了，庄钦在飞机上看了几个小时的剧本就睡下了，以便迎接下飞机后的接机活动。

飞机快下降的时候，庄钦就提前醒了，开始找衣服，换衣服。

除了定制，他还在巴黎的那些门店里买了几件单品。

“帽子太花了，不好看。”

庄钦把印花的渔夫帽摘下来，换上黄色的无框墨镜，墨镜是最近出的新款，标志性的设计让人一看就知道是哪个品牌的。

因为价格不算很贵，庄钦买了好几个色。

他挨个儿试了，背上印满 logo 的爆款胸包，一副生怕别人不知道这是什么牌子的架势。这是新出的男女同款，潮流人士必备。

庄钦不喜欢这样的，但还是硬着头皮买了。

李慕抬眼一看，蹙眉：“你买这么丑的包做什么？”

庄钦：“玟姐让我穿两件或者三件 D 家的单品。然后她说，logo 越显眼越好。”

“你经纪人真这么说？”李慕简直无话可说，吸引品牌的注意，也不是这么个吸引法子吧。

庄钦点头，照镜子：“是不是很丑啊？”

“衣服丑，和你没关系。”李慕虽然喜欢设计感的衣服，但从来不买爆款和印满 logo 的东西，他极度不喜欢跟人撞衫的感觉。

李慕说：“帽子、胸包、卫衣，都丢了，早知道你买这个我就该阻止你。”他一看就知道，庄钦自己显然也不喜欢做 logo 怪，但是很听经纪人的话。

“那我把它脱了吧。”庄钦并未把他嘴里的“丢了”放在心上，又找了找其他的单品，李慕都不满意，认为丑到了他的眼睛，自己上手找出了几件款式很适合庄钦的衣服来，交给空姐去熨烫。

“你穿这样就好看。”最简单的设计在他身上，反而能取得最好的效果，看起来清爽又干净，有种蓬勃的少年感。

“但玟姐说……”

“别听她的了。”李慕打断道，他对庄钦那个没见过的经纪人，积攒了几个月的不满，现在被这些充满 logo 的印花设计辣到了眼睛，挑战了审美，终于忍不住爆发。

“如果你对做代言大使感兴趣，过两天我就帮你牵线。”

“其实我……不感兴趣的。”庄钦实话实说，“顶奢代言听起来是很厉害，其实他们根本不掏钱，是免费给人做苦工，不过也是互惠互利的好事，我拿不到也没什么的。”

和公众认知不一样的是，越是大品牌，代言费也就越少，庄钦拿到的那几个价格很高的代言，都不是什么一线品牌。

通常拿这种代言，前提就是合品牌方高层的眼缘。

最后，庄钦还是听了李慕的，他说不好看，自己就不那么穿了。

下飞机，他回了电话给玟姐，玟姐问他："你是哪个航班的？之前问你的航班号怎么不对。"

"这个航班好像是……没有号码的。"

"有号码，"李慕说，"但只有塔台知道。"

庄钦也不明白这些，对电话里复述了一遍。

"什么……塔台？"

"我也不知道。"

苏玟知道他迷糊，也没继续追问是哪个航班："从哪个出口出来？我也进去一起接你，再一起出来。"

"好……我东西有点多。"庄钦把几个大箱子推出来，李慕本来想让人直接一步送到家，临时又改了主意。

留了一些很难搬的大件让人送上门，其他的行李和旅行袋，李慕两只手抓着，他脸上戴着茶褐色飞行员墨镜，推着行李跟庄钦并肩从飞机上下去。

苏玟和助理，还有四五个保镖就在那个出口，看着他们下来。

隔着透明的巨大落地窗，苏玟看见了停靠着的小飞机，她打量了李慕一眼，瞬间有一种移不开眼的惊艳，哪怕看过照片，也没想到本人居然长这样，九头身的身材，穿中长款米色大衣，里面是同色的高领毛衣，哪怕戴着墨镜也能清晰地看见那极度优越的五官轮廓。

就是看起来冷冰冰的，穿这样暖色系的衣服，也掩盖不住的冰冷感觉。

她听小连说，这是个富二代，给那部叫《藏心》的电影投资了七千万。

"你们从巴黎回来的？怎么是那么小的飞机？"苏玟指着玻璃窗外。

庄钦手里抓着箱子，小连主动帮他提了包，庄钦解释："那个飞机是……他、私人的。"

苏玟愕然，看李慕的眼神又不一样了，在他们两人身上扫视几眼。

李慕对她的眼神感到不舒服。

紧接着苏玟注意到，庄钦身上没穿品牌的衣服。

“你怎么又乱穿，我不是让你买D家的单品换上吗？通稿都给你写好了！”

“玟姐，对……”

李慕的手在后面拍了他的背一下，很轻，却很警醒人。

庄钦那句下意识的“对不起”就没有说出口。

李慕把手里拖的两个30寸大箱子一起拉到苏玟面前。

他面无表情，微微垂首，带来极强的压迫感：“买了几件，好像在这两个箱子里，你找一下？”

两个黑色行李箱被推到了自己面前，苏玟张了张嘴，又去看了庄钦一眼。

庄钦感觉到了氛围不对：“玟姐，我不方便换衣服。”

苏玟借着台阶下：“那算了。”

本来她是安排了公司的保姆车把庄钦接走，结果眼睁睁地看着庄钦坐上一辆豪车，连不准的话都说不出。

苏玟拖着一只巨大的行李箱坐上公司的车，这是刚才那个男人给她的，让她帮忙拖着，就这么使唤——她竟然连反驳的话都说不出口，从气势上就被压制了。

庄钦坐在后座，朝后面的挡风玻璃望了一眼，已经看不见保姆车和扛着摄像机的媒体人了。

“我们是不是有个行李在玟姐那里？”那个行李箱里，装着挺贵的一系列单品，帽子卫衣包包，全都是李慕说丑的。

“你经纪人这么喜欢这个品牌，送给她让她穿。”

第五章

你破坏了规则

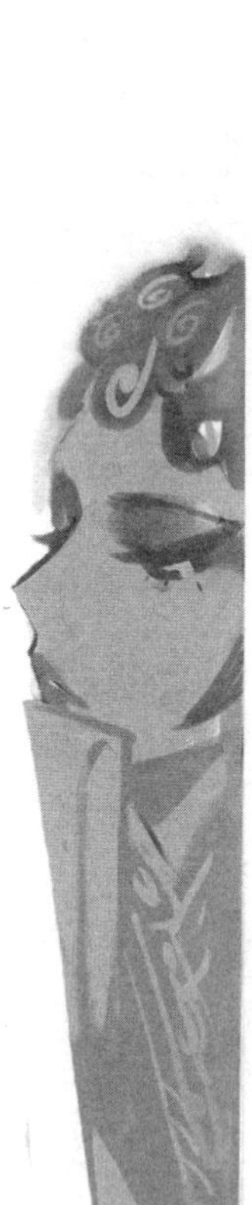

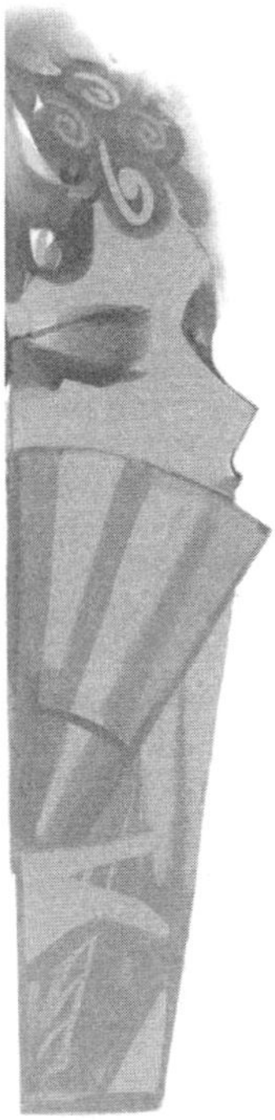

25

年底的那天，庄钦要去红毯礼，得知李慕给自己请了一位管家。

理由是总吃外卖和沙拉不健康，李慕说：“辉叔一直照顾我外祖父和外祖母，照顾了三十多年。他们去美国生活的时候辉叔也跟着去了，我外祖母走得早，后来外祖父也去了。因为我不需要私人管家，辉叔就回国打理我外祖父的老房子。他一个人住好几年了，过来照顾你，我们还能陪他说话。”

庄钦问：“那他多大岁数了？”

李慕想了想：“有六十多了。”

庄钦一开始脑补的是年迈到走不动路的老管家，心想这怎么好劳役别人，但李慕提了，房子也是李慕的，那请他过来住，不让人干活，也不是什么难事。

结果辉叔被接过来那天，庄钦看见的是一个精神抖擞、穿着笔挺整洁的西服的中年男人，外表看起来最多不过五十岁，留两撇胡子，瘦瘦高高，连头发都特意梳理，极为整齐。

李慕请他来的时候就说明白了，庄钦是谁，跟自己是什么关系。

辉叔上次见李慕已经是好几个月前了，李慕来他外祖父的老宅里看过他，辉叔这几年一直是一个人，也没有人如何关心他，连自己的子女，也不如李慕这个和他毫无亲缘关系的小辈来得勤，李慕甚至会定期问他的身体情况，帮他续保险。

所以李慕一提，他几乎没怎么考虑就同意了。

辉叔是上午过来的，庄钦才刚起，李慕为他作了介绍。

庄钦见到他很礼貌地打了招呼，他跟辉叔握手，辉叔向他鞠躬，把庄钦吓一跳，自己是草根出身，什么时候受过这样的待遇，庄钦忙扶他起身："您不用这么客气。"

庄钦请他坐，带他去房间，家里门铃又响了，这次来的是经纪人玫姐、助理小连和造型师，造型师来了两个，一共四个人。

两个造型师都是庄钦认识的，之前活动也是他们帮自己化妆，其中一位单手提着借来的成衣进门，非常小心翼翼。

玫姐本来是不需要来的，她自己还有别的艺人要管，但前天下午庄钦回国的时候发生的事让她警惕了起来，当晚她把行李箱带回家，给庄钦发消息，庄钦说行李箱里的东西是送给她的礼物。

一打开来，苏玫看见了一大堆以前自己也不是很舍得买的那些品牌单品。

李慕告诉庄钦："就明确告诉她，你不喜欢，不需要强迫自己接受自己不喜欢的东西。"

庄钦以前绝对不会做出这样的事来。

可是这回却听了李慕的，但是语气委婉了许多，告诉玫姐，其实自己不喜欢这些设计，也不想做这样的营销。然后让她消消气，说那个行李箱的东西都送给她。

苏玫本来是很生气，一看一箱的包，箱子还是日默瓦的，瞬间就没气了。

一想起来庄钦搬家的事自己甚至都没工夫管，连他搬到了什么地方都不知道，这次是她第一回来，刚进小区就被震惊了一把。

楼层只有十几层，绝对不算高，中庭的花园非常大，还做了人工湖。

从外面都看不见，要进来才看得见这些设计。

在首都市中心做出这样大的中庭花园，可见这个楼盘有多么财大气粗。

小连："庄哥说是租的，好像就是从……"

"那个李慕租给他的？"苏玫眉一蹙，"这不就是借着出租的名义实际上……"她话没说全。

小连挠挠头，也不好说。

庄哥的私事他也不能插手，但违反了公司的规定，小连只能尽力帮他瞒着，不让其他人发现。

左边客厅里，庄钦坐着，造型师把面膜贴在他脸上，随即把借来的成衣拿出来，用自带的熨烫机熨平小褶皱。

造型师不时抬起头去偷看站在旁边的那位气质不凡的老先生。

老先生自称是管家，穿得很正式。

庄钦今天本来也是第一天见到辉叔，就介绍他的名字，辉叔自行给上门的几个客人端了热饮，托盘上是两个珐琅壶，脸上是得体的微笑：“中午好，请问您要红茶还是咖啡？”

“红、红茶……”

“红茶暂时只有大吉岭，要加奶吗？”

“加、加一点吧……”造型师慌到脚趾抠地，这年头还真有这种英式管家啊！

庄钦躺在贵妃椅上，偷偷用苏玟带来的时尚杂志遮住了脸。他没想过辉叔才刚来，就已经适应了这里，几分钟就能准备好茶和咖啡出来待客，整个人哪里像六十岁，简直充满活力。

庄钦不想要他辛苦，就出声道：“辉叔，你去休息吧，我们很快化完妆就出门了。”

辉叔微微躬身：“好的。”说完收走托盘，迈着优雅的步伐转身离开。

小连憋不住了，因为没怎么见过，所以他一直在憋笑：“庄哥，您上哪儿找的这种管家，好专业啊，能直接去出演《唐顿庄园》了吧……”

“他好像是在英国培训过两年的……我也不太清楚，不是我找来的。”

造型师把衣服熨烫完毕，拎着衣架递给庄钦：“庄老师，要先试穿一下吗？”

苏玟抱着胳膊站在一旁，看见庄钦起身，对造型师说：“我差点忘了，我红毯不穿这一套。”

苏玟道：“你不穿这套穿什么？这是好不容易才借来的新款！”

面对玟姐的强势，庄钦大多时候都是好脾气地应着、配合着。这回他却说：“玟姐，我那有一套可以穿的，是我从巴黎带回来的定制，所以很合身，上身效果应该要比借来的这一套好。”

他脸上贴着面膜，也看不见表情。

苏玟站在一旁，和他对视了一会儿，说：“那你衣服拿给我看看能不能行。”

她手底下掌控着很多个新人，庄钦也是新人，和其他新人不一样的是，这位是刚出道就运气极好地爆红了，苏玟原本把他拿捏得好好的，也不知从什么时候开始，庄钦不受控制了，最近甚至不听自己的话了。

庄钦回房，把衣服拿出来给她看，后领没有缝标签，但用料一流，苏玟检查了一番，才终于在外套内缝看见了很小的标签。

他化妆的时候，李慕全程在书房看书，庄钦刚才化妆，全程被人看着，中途偷跑进来看自己两眼，李慕没出去，理由是不想见到外人。

但实际上的理由是，不想传出对庄钦不好的新闻。

中途辉叔把午饭送进来给他，李慕问他这里怎么样，辉叔实话实说：装修老气，品位俗套，厨房太小，不够清净，没有私人花园，毛病一大堆。

但是地段位于中心区域，交通和工作都很方便。

辉叔第二次进来，李慕坐在角落的温莎椅上，从落地窗透过的冬日阳光落在他的侧脸上，眼神垂落在书上："走了吗？"

"都已经走了。"

李慕点了下头，辉叔感觉他心情不是很好，沉默地出去了，自己刚来，别的都还不了解，和李慕又是很久没见，什么都不好说。

庄钦进了电梯，陪他们到了一楼，忽然说自己肚子有点痛，想回去上个厕所，让他们在车上等自己十五分钟，就上楼了。

他觉得李慕不肯出来，可能是在闹什么脾气。

因为上午玟姐他们抵达门口，门卫联系到他的时候，庄钦说了句："怎么办，玟姐带着造型师上门来了，不能让他们看见你……"

李慕说："我也不想看见他们，我去书房看书。"

庄钦原本觉得他是有点闹脾气的意思，但李慕的情绪起伏实在是太小了，表情也总是那样，几乎是要靠猜才能猜到。

庄钦输密码进门，脱了鞋穿过走廊，书房设计在很隐蔽的位置，五百平方米的大平层，虽然不说像迷宫，但也不小了。

他敲了敲门，拧开门把手，朝里探头。

李慕听见动静，抬眸。

庄钦："我要去会场做准备了。"

"不是下楼了？"李慕的眼神些微波动，"怎么回来了？"

"我说我肚子疼，就上来看看你，跟你说一声，晚上我会晚一些回来，红毯礼过后还有酒会要参加……"

李慕"嗯"了一声，看见他身上的穿着，一身藏蓝的定制，头发做了造型，弄了卷，定型在头顶，这种带着古典气质的发型很适合庄钦清隽温和的长相，脸上化的是淡妆，几乎不怎么看得出来，但上镜时会更立体。

“那……我走了啊？”庄钦站在门口。

李慕叫住他：“你来。”

庄钦推门进去，李慕拉过他的手，把他拉到了身前来，看了眼他手上的表。

“你戴我这个。”李慕把他手上的表摘了下来。庄钦说：“这是品牌那边赞助的……”

他身上有手表的代言，按理说，一些重大场合都理应戴该品牌的手表。

可问题就出在他代言的这个牌子只是轻奢，最贵的表不过几千块，便宜的七八百也有。

在红毯一众男星百万豪表、千万豪表的衬托下，难免会显得寒酸，甚至会被拿出来肆意评价。

庄钦会戴这个，也是因为玟姐这次没借到非常贵的合适的表，干脆就拿品牌商送的赞助来给他戴上，虽说寒酸了些，可也有正当理由，是帮品牌做宣传，所以也不至于尴尬。

李慕把自己的表摘下来，慢条斯理地扣在他的手腕上。

庄钦看了眼，隐约记得看过盘点，他也不知道是不是自己认错了，但李慕的东西，肯定不会便宜了。

“慕哥，你这个……太贵重了，我怕给你弄坏了，我还是不戴……”

“戴好了，别取。”

“嗯……那我小心一些。”

26

李慕有些后知后觉：“晚上是慈善晚宴，是不是？”

庄钦点头：“一年有好几次这种晚宴，这回是修希望小学的。”一般情况下苏玟就让他象征性捐几十万得了，去蹭红毯、还一毛不拔的人大把的是。上一回参加类似的晚宴，苏玟让他捐二十万，庄钦加了一点凑到五十万——最后没想到他竟然是那天晚上捐得最多的人。

李慕思索道：“那你代我捐一点吧，我也做点好事。”

“好啊。”

“打到你工作室的账上？我去找找支票簿。”

“那个没关系的，现场只是作秀，打到慈善会那边，你以自己的名义捐赠就可以了。”

这种说着是慈善会的，确实也能筹得一些善款，但还是一毛不拔的居多。

李慕应了声，庄钦手机振动了起来：“玟姐在催我了，我得下去了。”

李慕点点头：“晚上来接你吗？”

“不用啦，那边媒体很多，司机送我回来就好。”

回到车上，苏玟问他肚子好点没有，庄钦本来就是撒谎，有些不自在地说好了。

“你身体最近越来越差了，是不是在国外吃坏肚子了？”

“有可能……”

苏玟道：“肚子不舒服，晚上酒会少吃一些，对了，我打听到D家的亚太区品牌媒介总监Shawn（肖恩）今晚会来，典礼的时候得看位置，如果你跟他坐得很近倒是可以聊两句，晚宴过后的酒会倒是自由了。”苏玟从平板里翻出这位总监的照片给他看，给他详细介绍自己严密调查来的这位总监的喜好，“他很喜欢红酒，这些资料你先拿去看看。”

庄钦收到了有关红酒知识的PDF，他其实很不喜欢主动巴结人，明明是自己不了解的领域，却要装懂行跟人搭话。

苏玟说：“别的也不求了，在Shawn面前混个脸熟，能交换联系方式最好……”

她有尽力在帮庄钦去拉品牌的青睐，奈何这家太高冷了，眼光太高看不上营销的偶像，毕竟偶像一拿到这样的代言，身价几倍地往上翻。

有知情人士向她透露，说品牌方也注意过庄钦，她这才敢有意地瞄准，品牌这么高冷，要等人家主动来找，不知道要等到猴年马月，自己去接触是最好的。

哪怕不喜欢这种行为，庄钦还是很认真地看了红酒的资料，多看一点学习也无所谓。

到现场，进后台，庄钦见到了不少认识的艺人，交情浅薄，只能做些表面功夫来聊天，今晚宴会的格调较高，很多“电影咖”，各大电影节的最佳演员，巨星云集。

庄钦这样的营销偶像到了这里，是很被看不起的。

他甚至还遇见《定东风》剧组的几位主创，男女主角、导演，都在现场。

饰演女配角的梅清秋跟他关系不错，含糊地告诉他：“六月拍一场火戏的时候不小心发生了火灾，停工整改了两个月才继续拍，剧组哪里耗得起，后面演员档期错不开，十月的时候还在补拍，不过前面的已经剪完了，拿去送了审，终于定了档，估计二月就能排上号开播。”

只不过几个月没见，屈导看起来精神大不如前，估计是忙前忙后为剧组奔波累的。

虽然知道屈导对自己有怨气，但庄钦还是很礼貌地跟他打了声招呼。

屈导淡淡地“嗯”了声。

梅清秋偷偷说：“别看这老头子这样，前两个月你的那个综艺不是在播了，他惊讶你演技进步了好多。然后我也去看了，哇，你进步好夸张，偷偷拜师了？”

两人交头接耳半天，庄钦拿到顺序名单，几个保镖护着他去了红毯那边，为了容纳更多的媒体，红毯设在室外，女明星肩膀上都披着披肩，可仍然冷得发抖，庄钦里面穿的马甲是羊毛的，加上他身体好，倒也不冷。

工作人员推他入场，庄钦完全调整好了状态，朝着右侧的媒体挥手点头，微笑示意，镁光灯咔嚓地响动，走到签名墙，他签上了自己的大名就进去了，巨星云集的场合，他就是小鱼小虾，倒是位置排得还挺靠前的，左右都是年轻男星，但都已经是演过几部电影的人了。

庄钦夹在中间，因为不是很熟，只能点点头，简单聊了几句，加了个微信。坐在他右侧的艺人付燃以前也是营销的偶像，后来转型成功，演技飞跃，三十岁的年纪，已经是“电影咖”了，而左侧的男明星尤睿甚至还未成年，出道很早。

女明星的斗争一般在礼服和珠宝上，互相争奇斗艳。

男明星也会竞争这个，男明星的竞争一般在手表上，不会明着炫耀，但抬手间必须抖两下袖子，把腕间的百万豪表露出来。庄钦稍微找了一下品牌媒介总监 Shawn。

现场人多，这位男总监个子不是很高，打扮很时髦，庄钦一下就把他找到了——就坐在自己前面，第二排的位置，相隔得还不是很远。

坐他右侧的付燃也注意到了 Shawn。

两人攀谈起来，看起来有几分熟络，Shawn 问他有没有档期来二月的巴黎时装周，说亚太区有三个名额。

付燃说：“您都这么问了，那我肯定是有时间的，再忙也要抽空来啊。”

庄钦就在旁边，但没好意思去搭话，他脸皮薄，心想要不就算了，倒是坐他左侧的尤睿，直接拉着庄钦对总监说：“庄钦刚才还跟我说想去现场看秀。”

根本没提过时装周的庄钦：“……”

尤睿：“我告诉他今年二月我才去过一次，在你们秀场买了好多衣服。”他抬手露出手上的戒指，“这个戒指就是当时在秀场购入的。”

总监看向他说：“你的衣服也是我们家的吧，很经典的设计。”

“是你们家的，我参加活动一直都穿你们家设计的。”

“你很有眼光。”总监看向他的戒指，同时看见了手表，说，“这是朗格的腕表。”他语气充满赞许，“我有一个同型号的。”

媒介总监收入颇高，加上他爱好收藏名表，家里专门做了一个房间来收藏表。

“不过这个，不太适合你的年纪，你太年轻了，这个表啊，是我们这个年纪才戴的。”

尤睿说：“是我从家里随便拿的。”

尤睿说话很快，庄钦甚至一句话都没来得及说，就听见他凑过来热情跟 Shawn 交谈，庄钦被挤在中间，尤睿问他：“能不能换个座位？”

庄钦：“啊？”

“我们俩换个座位吧，等会儿开场了再换回来？”

现在后面的女明星还在红毯入场，要过一会儿才开场。

庄钦明白他的意思，被挤在中间说话也挺难受的。

换座位并非什么过分的请求。

尤睿又问了一次，抓着他的手臂晃了下，问小庄哥可不可以。

庄钦想他这个样子真可爱，“好奶”，难怪这么多女粉，虽然有些小心机，但不妨碍这个媒介总监也喜欢他。庄钦暗自记下他的表情，每一个可爱的笑容，每一次眼睛弯起的弧度都很有学问，他觉得没准可以偷学一下。

“好。”庄钦略一起身，两人在座椅之间的空隙内换了座。

“谢谢你，小庄哥你太好了。”

“没事的。”庄钦手臂抬起的时候，腕间的钻石反射出耀眼的光芒。

那媒介总监的眼睛突然被闪了一下，定睛一看。

这个手表的款式设计非常独特，表盘上镶嵌一枚 15 克拉的蓝色钻石，和 11 克拉的白色钻石，另有 260 克拉的祖母绿切割钻石，装饰性大于功能性，萧邦亲自设计，匠人手工打造。

因为钻石的克拉数高，净度很难挑选到合适的，造价离谱，导致不能批量生产。

全球限量不过二十枚。

总监就那么盯着他的手看，眼看着袖子把表盘遮住了，他心痒难耐，直接问庄钦：“你的手表……是萧邦设计的那款吗？”

“好像是的。”刚才在车上怕被玟姐发现自己换了表，又问东问西，庄钦也没仔细看，但是他依稀记得在某个网站看见过这款表，价格非常贵。

“能让我仔细看看吗？”

庄钦愣然一秒，心里想的却是，玟姐的消息有误啊，这位总监显然十分喜好手表。

他抬起手，那总监半个身子都越过了座椅，很仔细地看，不过没有上手摸，举止很礼貌，但感觉他眼睛都长在那块手表上了：“我在一个收藏家那里见过，他是在佳士得花了两千万美元拍来的，你的和他那个一样。”

发售的时候价格为一千万美元，但因为稀少这一特点，更引得富豪竞相收藏，好不好看都是其次，关键是限量啊！

庄钦也是一愣，他以为几百万美元，都特别特别小心了，没想到价格还要翻几倍。

他感觉手腕烫得厉害，好想把表赶紧遮起来，回家还给李慕，戴了一栋加州豪宅在手腕上，那总监眼睛热得可怕，让他随时有种要被抢劫的感觉。

刚刚和他换位的尤睿，跟身旁的付燃对视一眼，二人面面相觑。

总监大夸他的品位，尤睿问：“小庄哥，你的表在哪里借的？”

“是……我朋友借我的。”自己什么出身网上扒皮都扒烂了，价值上亿的豪表肯定不可能是他自己买的，自然不能说是自己的来显摆了。他也是太实诚，说了句：“戴完要还给人家的。”

尤睿“哦”了一声，总监还想说什么，就发现主持人开麦了。

他只得转过身去，四面八方的音响传出开幕的音乐。

晚宴上安排了歌舞表演，一段歌舞过后，公布一列名单，请代表的明星上台来，拿着一个慈善捐款多少多少的牌子和山区小朋友共同合影。

尤睿虽然年轻，但捞金能力不容小觑，而且他这种艺人类似家庭作坊，赚到的钱根本无须跟公司分成。

庄钦的八十万捐款，夹杂在一众十万二十万里，算非常高的了，他日常也做些慈善，不起眼的一笔笔捐款连苏玟都不知道，他怕苏玟知道了，就要给他买营销做宣传了。

尤睿和主办方关系似乎不错，上台跟小朋友合影，他捐款也是大手笔，直接捐了一百万。庄钦正好在他的批次里，被压了一头，尤睿到底年纪比较小，嘴里抱怨两句：“我说捐两百万的，工作室怎么报的一百万上去。小庄哥，这个慈善会靠谱吗？”

“应该是靠谱的，”庄钦应了一句，“不过主办方办活动的费用，要从善款里扣除的。”

他就等着晚会结束，还有个酒会，吃点东西就回家。

结束时，大家上台去拍照，这个站位也讲究，女明星挤来挤去，谁都想站“C位”，白眼翻得飞起，庄钦就很无所谓，没空位给他他就主动站在最侧边。

守着看手机直播的李慕，发现庄钦连“C 位”都挤不进去。

主持人宣布，现场一百三十位明星，总共筹得善款两千多万。

现场实况转播，正好把庄钦那副被迫营业、就等着回家吃饭的模样拍了下来。

拍完照，主持人最后念名单：“感谢 ××× 为山区捐赠了二十万人民币，五千瓶饮用水，感谢……感谢庄钦捐赠的八十万人民币，感谢……”

她口播很顺，又快，是照着提前就准备好的台本念的，念到最后，耳机里突然收到了导演的消息。

“感谢……庄钦为贫困山区捐赠的一千万人民币。”

肚子饿了，正准备下台跑去隔壁酒会蹭吃的庄钦，猛地被主持人那洪亮的声音给叫住。

谁？

他以为听错，周围人也纷纷看着他。

“纠正一下，是念错了。”她说完，大家都露出了“果然如此”的表情。

主持人激动道：“是三千万人民币，非常感谢庄钦先生的慷慨馈赠！！”

27

从出生起，庄钦就没这么高调过。

他不觉得是喊错了……这个捐钱的人，大概是李慕吧。

主持人喊道庄钦的名字：“留步，要合一下影。”

庄钦快速调整好表情，拿出演员的修养，在众目睽睽之下，从容不迫地朝舞台中央走去。

他有意识地遮住手上的表，不让它暴露在摄像头底下。

台上两个小孩今晚已经陪着拍了几轮的照片了，主办方给他们穿了新衣服，但仍然可以从黑黑红红的脸蛋、乱糟糟的头发上，看出生活的窘迫。

合影后，庄钦下了台，多问了两个小孩两句："你们多大了？"

大的那个是姐姐，姐姐说不好普通话，说自己八岁了，指着弟弟说，弟弟六岁。

刚才主持人介绍过，这两个都是留守儿童，庄钦在没人注意的情况下，顺手把自己的电话写给了他们，那小女孩很聪明，立刻就把那张小字条收了起来。

庄钦去了顶楼的酒会现场，在电梯里，庄钦给李慕的消息没能发送出去，手机上的消息很多。

玟姐不解。

"别乱跑，等我跟你一起上去！"

苏玟刚刚也在现场，因为她在后排，所以离场得早一些，本想在外面等着庄钦一起上去，结果就听见出来的艺人在议论什么……三千万。

庄钦捐了三千万，他好有钱、好舍得……

苏玟心里一个咯噔，想他是不是疯了，他哪有三千万那么多钱！而且这种场合，大家都捐几十万最多不过一百二十万的场合，他捐这么多，不就等于花钱买头条，把其他人的通稿全压一头吗？

打扮得再漂亮、穿的礼服再贵，哪怕和别人撞衫、在红毯上摔倒……也不敌捐赠三千万，盖过今晚全体筹得的金额来得让观众感兴趣。

毕竟 × 演员夫妇一共加起来都才捐一百万。

庄钦会成为众矢之的的。

庄钦发消息告诉她，自己在电梯里，马上上去，在入口等她。

他自己心里也清楚，李慕的做法会对自己带来什么样的影响。其他明星会被单拎出来说，赚这么多钱怎么就捐这么点。

因为他而被人说抠门，大家都会看他不爽，甚至是排挤他。

至少在出电梯前，庄钦是那么想的，心中惴惴不安，甚至想着要不然不去了，直接离开算了。

只是犹豫的工夫，就到了，庄钦出电梯，拿出邀请函。

顶楼露台分为两个空间，露天和室内，室内是强化玻璃盖起来的半圆形屋顶，摆放了大量高大绿植，在灯光下营造出夏夜 party（派对）的轻松氛围，长桌上搭着白色的桌巾，放着各式甜点、水果塔、香槟塔，衣香鬓影，觥筹交错，一股纷杂的香水味飘散其间，女明星雪白脖颈上的珠宝在灯光映照下分外耀眼。

冬天室外太冷，大多数人聚集在室内，谁和谁相熟、抱团，谁又是人群焦点，受人追捧恭维，一目了然。

庄钦进去的时候，有不少人注意到了，窃窃私语弥漫开。

他特别敏感，依稀能感觉到是在议论三千万的捐款，那种孤立无援的感受瞬间包裹住他。

庄钦知道这时候不能躲起来玩手机或是逃跑，神色自如地从侍者盘中拿了一杯香槟，找到餐桌，拿餐盘和叉子，夹了两块蛋挞和三明治，打算先填饱肚子再说。

就在众人看他一个人开始吃东西，觉得他可怜又可笑，甚至还有人嗤笑出声"得罪人太多了，连个朋友都没有"的时候，有个穿着黑色晚礼服，肩膀披着同色皮草、拿着银色手包的女人从电梯间出来。

议论的声音瞬间就小了，有个男明星想上去攀谈，走到面前喊了声"周总"，对方只是淡淡一点头。

她环视了一圈，朝长桌走去。

拿着餐盘在庄钦身边夹了几块水果，自然地搭话："小钦，你最近是不是忙着录节目？好久都没有见到你了。"

庄钦一愣，众人愕然。

——这个披黑色皮草的女人不是别人，正是今晚时尚慈善晚宴的主办方 boss（老板）周莉。

周莉是谁？

说她是站在整个时尚界金字塔尖也不为过，她创办的杂志是国内首屈一指的时尚先锋，手底下有自己的时尚品牌，夫家背景深厚，以至于她在各界都人脉广阔——她目中无人的高冷也是出了名的，谁搭上她的资源，就等于星途光明。

从来没见过哪个明星有这种待遇，被她这样主动亲热地搭话！

庄钦还是很愣："Lily 姐……"

周莉英文名 Lily，许多人叫她周总，或是直接叫英文名。

周莉笑着，熟络地道："Tiffany（蒂芙尼）说想你陪她玩游戏，等过几天有空了来我们家玩，我亲自下厨招待。"

Tiffany 是她的小女儿。

庄钦云里雾里："好的，不过……"

"怎么，是不是有事忙？"

庄钦说过几天剧组要开机了。

周莉就说："差点忘了，那等你什么时候剧组放假了，就过来玩，提前打声招呼，我让司机过去接你。"

关于周莉老公是谁，业内有靠谱传言说是位富豪，姓李，有心人只要查一下她背后靠着的慈善机构法人，就知道这位李姓富豪李潮升是谁了。

这个营销出来的偶像怎么会认识这种级别的大佬，还一副很熟的模样？！

大家都好想问他是怎么抱的大腿，再一联想庄钦捐了三千万，三千万可不是小数目，哪怕是当红的明星，算上和公司分成，一年也不一定能赚到这么多。

可庄钦不是……普通出身吗？没听过有什么背景啊。

难道网上的扒皮都是假的？

也没有人怀疑周莉是在演。

甚至连庄钦自己都迷惑，自己是不是真的认识 Lily，但自己的记忆有些混乱，所以记不清了。

苏玟上来的时候，看见的就是庄钦被人团团围住，一圈人跟他加微信，热络地叫他的名字的场面。

态度又礼貌又热情，甚至有的是恭维，庄钦认识在场所有人的面孔，包括他们拍过什么电视，全都记得，所以场面一热起来，他也能对答如流，活脱脱一个社交老手。

眼看着时间越来越晚，庄钦喝了大量的香槟，感觉到头晕了，假装接电话离场，说有点事，旁人邀请他一起跨年，他也委婉地拒绝掉了。

苏玟把他扶着上了保姆车："我刚听别人议论，你认识周莉，你怎么认识她的？"

庄钦捏了捏太阳穴，面颊酡红，没吱声。

这问题他没法回答。

小连把卸妆巾递给他，庄钦慢慢地擦了脸，苏玟有些不满，说："是不是你认识什么人，跟什么人交往，我都管不着了？"

"你今天这样打别人的脸，捐了三千万，你问过我没有？"哪怕最后庄钦没有遭人白眼，而是出人意料地受了追捧，但苏玟对于他擅作主张的举措，仍然非常不满意。

庄钦没办法解释，本想道歉，话到嘴边又止住了。

他换了一张卸妆巾，把眼、唇的妆也卸干净了，苏玟的声音恍若隔世一般浮现在耳边，窗外是灯红酒绿的大都会夜景，今年的最后一天晚上，路上车流稀少。

"只要你合约在一天，你就是我手底下的人！什么事都瞒着不说，老娘还得给你扫尾。"

“有些事我可以听你的，我没意见，有些事我能自己做主，”他声音极度平静，“我和什么人交朋友，都是我自己的事。”

保姆车上，小连见他们有史以来第一次针锋相对，大气都不敢喘一下。

往常都是苏玟说两句，庄哥好脾气地应说知道错了，然后照着她的说法做，从出道至今，向来都是这样，他一贯地接受安排，只有接《藏心》，拒绝《定东风》的时候两人吵过一次，庄哥给玟姐送了好些礼物哄她才哄好。

苏玟气急：“那你现在就给我下车！”

小连心想，司机的工资好像是庄哥在付。

庄钦好像是懒得和她吵，拍了下司机的肩膀：“在前面路口停一下吧。”

司机沉默了下，偷偷从后视镜里看着他们：“还有一公里就到了，我把您送到家门口再停吧。”

苏玟脸色一阵红一阵白，不由分说地让司机停车，踏着高跟鞋直接下去了，小连一脸茫然，庄钦对他说：“小连，你帮我把玟姐送回家吧。”

“身上有没有现金？”

“有的，那庄哥……我下车走啦，你注意安全。”

庄钦点头：“辛苦你了，谢谢。”

他早料到会有这么一天，玟姐控制欲太强，自己早晚会跟她闹起矛盾，但没想到会在今天这种情况下，只因为一件小事。

不……也算是大事了。

车子安静地行驶，司机也不说话，车厢里一片黑暗寂静，只剩下手机的光芒映在脸上。

两个小时前，庄钦问了李慕三千万的捐款，李慕说是自己所为，他给李慕说了句自己在酒会没法拿手机先不说了，后面庄钦就没继续给他发消息了。

但是李慕还问了他几句，问他酒会什么时候结束，让他少喝点酒，还说：“Lily会来找你。”

李慕是今天查周莉的时候才发现的，原来周莉嫁给了他的一位叔伯兄弟。李潮升的妻子十年前飞机失事去世了，没多久娶了周莉，但李慕对这背后有什么秘密都不感兴趣，只知道这个慈善会是李潮升做的，捐多少钱也就无所谓了。钱是从他的账户上出去，但留的是庄钦工作室的名字。

虽然说是一家人，不过并不算熟悉。

李慕在国外长大，是因为他出身于本家的一个分支，但又因为外公季崇恩当时是大学的校长，当代文豪、书法家，所以李慕七八岁的时候被送回国在外公身边养着，学习国语。

和非常显赫的家族亲近了一些，本家人希望他对家人有更多的认同感，加上认可李慕的能力，也想把家业做到国外去，便常常联系他，让他回家来团聚。

李慕找到了这位堂兄的电话，打电话过去表明来意，李潮升二话不说爽快点头。

庄钦给他回了消息，说到家门口了，马上上来。

李慕马上出去开门，就站在门口接他。

小区电梯间装修得十分豪华，庄钦靠在电梯壁上，和玟姐吵的那一下，他有些放松，又有点懊悔，他压抑太久，觉得摆脱她的控制是他想要的，可仍有种难过的情绪。

身边的人总是这么一个个地离开了他。

电梯一开，李慕穿着拖鞋就走过去，本来很高兴的，结果看见他醉醺醺的样子就蹙眉："怎么喝这么多？"

庄钦咬了下嘴唇，漆黑的眼睛和平日不同的是有些涣散蒙眬，说："那三千万，我会还给你的。"

李慕眼底的笑意瞬间就消失了一半。

"我是做好事。"李慕说。

"我知道你是做好事，但我以为……你就是说说而已，只是捐个几十万，结果你捐了这么多，钱……已经转了吗？"

"转账要 24 小时。"李慕说。

"那……能让银行撤销吗？"庄钦仰着头看着他。

"不行。"李慕说，"捐了又不给钱，你的脸面不是脸？"

"你不用担心。"李慕简单地告诉他，这个慈善会创始人其实是他的一位堂兄，"我的钱没那么好拿，他不用到实处，我可不管他是不是兄弟。"

"真的？"庄钦这才好受多了，如果钱真的拿去资助贫困，他就一点都不心疼了。

李慕说："真的。现在心情好了吧？"

"嗯……"他点头，"但钱，我还是要还你的，我不能借你的钱去博名声。"

"为什么不能？你不把我当朋友？"

"我没有……"他低头，"因为有你，我才想公私分明，钱的事，不能欠着。"他说着，去拨弄腕间的手表，"对了，这个……还给你。"

李慕眉目一敛，有了怒意。

“对不起……我不是故意的。”

李慕正要训他，让他不要再动不动说这三个字，就看见他很可怜地望着自己，眼里的眼泪都快出来了：“我怕你以后会不再和我做朋友……”

28

李慕从没有过这样的感觉。

他放软了声音，小声哄着道：“怎么会，我说过，只要你把我当朋友，我就永远不会离开你，你是不是不把我的话当真？”

庄钦哪里敢当真，这种悲观是他天生的，无论李慕怎么说，他最多只能相信当下。

庄钦不说话，李慕拿他没辙，也不说什么。

辉叔听见声音，从房间里出来，就看见庄钦醉酒的模样。

他咳了一声：“请问要煮醒酒汤吗？”

李慕面不改色：“辉叔，您去休息，我照顾他就好。”

辉叔有些惊异，旋即点头，悄无声息地回了房间。

来李慕这里住，李慕的意思大概是要帮他养老，也不用他辛苦操劳，只让自己帮忙照顾下他养的小孩。

辉叔不过是第一天来，但已经发现了，李慕对这个朋友是真的好。

李慕把庄钦带回了房间，把他身上沾满乱七八糟香水味道的衣服脱了丢在地上，庄钦忽然听见一声清脆的响，立马清醒两分：“手表是不是被你丢地上了……”

李慕无奈，起身去捡，还特意给他看一眼：“捡起来了。”

“我看看摔坏没有？”

李慕就把手表给他，庄钦仔细地检查，看有没有裂痕，钻石的碎光迷住了人眼，走针悄无声息地转圈，庄钦把表还给他：“没坏，你收好。”

“你喜欢？”李慕说，“送给你。”

“我不要。”

李慕无奈说：“什么都愿意给你，你还是不信我。”

庄钦失神了，趁着醉意很快也就睡着了。

李慕发消息让邱明明天把猫送过来，现在辉叔来了，酸奶待在家里，也不至于两个人都忙的时候没人照顾。

邱明就在附近跨年，看见消息直接回复："那新闻是不是你搞出来的？"

邱明："那三千万是你捐的对吧，还是庄钦自己赚的？他挺能赚啊。"

李慕打字："是李潮升办的，他是我堂兄。"

"哦对，李潮升，他也是你们家的啊。"邱明知道他家大业大，家里人口很多，闻言明了，但他表示，"虽然三千万在你眼里就是一辆车，捐了也就捐了，但庄钦这回可就得罪太多人了，不过得罪了……就得罪吧，也没人惹得起你。"

李慕："嗯。"

"虽然说有你护着没人惹得起他，但要是以后你们兄弟反目，他就是墙倒众人推……"

李慕让他闭嘴："你也觉得我们会闹掰？"

"只是有这个可能性而已。"

李慕："滚。"

"我也不是咒你啊……就是实话实说。"

李慕一边看消息，一边想起有一次庄钦说："他们不要我，师父和师娘要我……"

可是他的师父和师娘，也都不在他身边了。

李慕心里又开始生疼，叹口气，把邱明打发了："不说了。"

邱明的传媒公司做大后，消息更灵通了，这个跨年夜注定不能平静。外界都在传庄钦背景深厚，和先锋时尚集团的Boss周莉关系亲络，甚至还去过他们家，跟他们家小女儿玩游戏。

一夜之间，对他背景和身份的猜测越发众说纷纭了，但有一个说法是一致的，这个"小鲜肉"有点背景的，不能惹。

昨晚的直播不少网友都看了，但大多数就是把前面的红毯看完了，后面作秀也没多少人追着看。

但捐款的名单出来后，突然热度就一下起来了。

"这个3080万，是我看错了还是官方多打了一个0？"

如果整个名单都是上千万，网友也不觉得如何新鲜，关键是第二名某最佳男演员才一百二十万的捐赠，让网友感觉到天差地别。

"是的，明星拍一部戏就有了，倒是我很好奇下面那些捐十万五万的，都怎么想的，我还看见了几个眼熟的名字？这么抠门的吗？他们买个包都不止这个钱了吧？"

“楼上的……你自己不捐也别说别人抠门好吧，别人好歹还捐了几万，你能捐什么？被你敲碎的键盘？”

被骂抠门的那几个小明星真是要骂人了，心里恨死庄钦了，要不是他捐了三千万上热搜……也不会带上他们。

早知道不捐了！这样名单上连名字都没有还要好过点。

庄钦跟玟姐置了两天的气，主动发消息和解。

苏玟问：“李慕什么来路？哪儿来的富二代？”

庄钦一个个地回答：“……他好像收购了悦动的很多股份。”

苏玟：“……”

她想起那个未曾露面的神秘股东，能在公开信息里查到股东的名字，不叫李慕。

那是股权代持？

她立刻联想到庄钦一度被雪藏的待遇，团队差点都被解散了，又一夜回春。

李慕老早就看这个不专业的经纪人不爽了，给庄钦安排的工作、活动，都让他觉得没水准。

但这小孩很念旧，李慕只能用迂回的办法，给苏玟安排更多的艺人，手上人一多，没工夫管庄钦了，就能顺理成章重新找人来接手。

解决完跟苏玟之间的矛盾，庄钦就要收拾进组了。苏玟原本说要陪他来看看，结果被工作绊住脚，根本走不开，只能放他的鸽子。

《只差一步》这部电影的棚刚好就搭在南城那边，在郊外，占地非常广，厂棚内景光是建设就搭了小半年进去。

这个摄影棚是电影制作公司自己造的新棚，才刚刚投入使用。

进组第一天，庄钦到附近的酒店入住。酒店条件很普通，是个很老旧的四星级，设施全都老化了，墙角甚至还有些霉点。

庄钦开窗通风，又看了一遍场务老师发来的演员表。

每个角色对应的是哪个演员，都一一标注了，每一个庄钦都提前仔细地搜过。

两个助理也跟着他，就住在楼下的房间里。

小连敲门进来了，手里拿着杀虫剂，说：“庄哥，这酒店里有蟑螂的……地毯也好脏的，我给你喷一下，喷完我们出去待一会儿，回来通通风，让酒店拿吸尘器来吸一吸，晚上就好睡觉了。”

环境的确一般，剧组一视同仁，给所有演员的标配都是大床房或者标间，要想住好的可以自己加钱。

庄钦一个人住大床房，楼层也合适，觉得倒也没什么，没跑去加钱住大套房。

剧组上下的工作人员，对他的态度都很微妙，有一种距离感，又有点捧着他，偶尔会跑来跟他献殷勤。

庄钦知道，这可不是因为自己是男主角。

拍戏之余，姜导脾气看起来还好，就是严肃了些，谁演戏认真、NG少，他就给人好脸色，谁演得烂、爱摸鱼，他也不顾颜面当场让人滚。

而庄钦的用功和天赋姜导全部看在眼里，也不管外界有什么八卦，反正他对这个年轻小演员是和颜悦色的，有栽培的意思。

他还不知道庄钦整天问他问题，其实是在偷学导演技巧。

庄钦还听见了工作人员私底下传八卦，三千万什么的，猜他到底是哪路神仙，是怎么进组的，有人就说："正儿八经试镜进来的，有实力。我们姜导的戏，再有背景也没可能让带资进组的人当男主角吧？"

他们还喜欢偷窥他的私生活，但庄钦保持剧组和酒店两点一线的生活，打电话都是背着人的，绝不让人抓到八卦。不仅如此，还有工作人员扒他的穿着，看起来普普通通，又很显气质，不知是什么品牌。

有眼力的就看出来："人家身上那都是高级定制，没牌子的。"

庄钦什么也不知道。

他衣柜里确实多了一些衣服，看起来很朴素低调，是他的风格，一问辉叔才知道，是辉叔特意去置办的。

庄钦要给他单独拿钱，辉叔说不用了："李先生每个月都给我一笔钱，有一部分啊，是专门给您的置装费。"

庄钦问他衣服哪里买的，辉叔说："我随便找裁缝做的，您随便穿，穿烂了还有新的。"

衣服是真比买来的舒服，磨损得也快，拍戏拍了一个多月，衣服穿坏了两件，都是不小心用洗衣机洗坏的。这还是平日拍戏全都穿戏服的情况下，庄钦看它一洗就坏，还以为真的很便宜。

二月中旬，场务通知下来，说了放假日期，从小年开始放假，放到大年初十回组继续拍摄。

庄钦看了眼档期，后面他还得抽空跟着《藏心》剧组去柏林。

现在片子刚匆匆剪完，已经送去柏林电影节初赛单元了，据郭导的口风，进入竞赛单元肯定没有什么问题，拿不拿奖就不一定了。

片子剪完后，庄钦还没看过。

因为要过年了，小连和小马提前就订好回首都的机票，问庄钦要不要一起回去，庄钦说要考虑一下。

他不知道去哪里过年，小连问他是不是要回美国，庄钦摇了下头："没几天时间，回去遇见暴雪，像上次那样回不来的话，错过回组时间，会耽误剧组进度的。"庄钦想，等自己解约后，就专门去美国，陪师父和师娘住两个月，给自己放个假。

"那……庄哥，您今年过年，不会就一个人在家吧？"

"不会的，就几天时间而已，我有房子，又不是没有外卖吃。"庄钦想，李慕是不是得回家，他跟自己不同，他有一个很大的家庭。

可去年……过年那会儿，李慕在国外滑雪，那他过年回不回家？

思来想去，庄钦也没好意思问李慕春节要怎么安排，索性让司机把自己送到自己购置的别墅，叫了阿姨帮忙打扫干净，晚上的时候，庄钦接到了他的电话。

庄钦拍戏的这一个半月里，两人就见了六七次，剧组放假时间很短，放一天两天就赶紧开工，李慕知道他演的这个角色会给他造成很大的心理压力，所以每晚都给他打电话，开视频。虽然电影他有投资，但投资的份额不多，只加了几千万进来，所以也没有干预剧组对演员的安排。

李慕问他："我听说你们剧组已经放假了？怎么不跟我说一声。"

"今天是小年。"庄钦道。

"所以？"

庄钦："所以……我以为你应该是回家去了。"

"有叫我回家，不过我没走，等着你放假。"李慕在电话里问，"想在哪里过年？"

庄钦："我都可以。"

"想怎么过？"

庄钦说吃饺子。

李慕在电话那边笑了，说自己包给他吃，又问："放几天？"

"差不多半个月的样子。"

"那你在家等我。"李慕看一眼手表，"我去安排航班，大概要两个小时后到。"

"对了！"庄钦道，"辉叔是不是也是一个人啊，你要不要带他一起过来啊？"

“什么，我没听清？”李慕把手机拿远了。

庄钦：“我说，辉叔……”

李慕：“信号不好。”

庄钦：“……”

“我知道你听得见。”

李慕只好道：“辉叔有小孩的，我让他们来接他过年。”

“哦，这样啊。”

29

从那通电话开始，庄钦一直看时间，想着他应该到机场了，应该上飞机了，他先把房间四处角落都消了毒，想着李慕过来会不会饿，打开冰箱才看见没几样东西，除了鸡胸肉就是牛排和鸡蛋，都是一些营养师建议他吃的肉和粗粮。

手机屏幕亮起，庄钦以为李慕下飞机了，拿起一看，是上回慈善晚会认识的品牌总监。

那天他微信上突然多了一大堆人，有一大部分还是以前加不上、没资格去加好友的那种，加上好友后，有的自报家门想跟他聊两句，有的什么也不说，一看朋友圈都把自己屏蔽了。

那品牌总监问他：“亲爱的，你下个月月初有没有时间？要不要来时装周看秀，秀场前排给你留座，要的话，我把邀请函寄给你。”

这是苏玟一直想要他接触的蓝血，顶级的时尚资源就摆在面前，一般而言，品牌发出时装周邀请函，离做品牌大使也就不远了。

虽说这样的资源可以大幅提高身价，可下个月月初他要拍戏。

看时装周哪有拍戏重要？

但他记得，李慕喜欢逛秀场买东西。

回复了总监，庄钦看见悦动传媒要办年会，请自己去，小连还说收到了很多品牌要给他送礼包的消息，寄到公司，到时候转寄给他，还得拍视频配合宣传，除了广告视频，还有过年祝福视频也得拍，除夕夜晚上放出，宣传让他不要穿睡衣，不想化妆可以不化，录完后官方会帮他加上春联的特效。

不仅要拍祝福视频，宣传还问他要不要开个四十分钟的直播，粉丝很久不见他的动态，很想他。

庄钦想到了年底事情会很多，但消息还是有点处理不过来，大过年的助理和商务经纪也帮他加班，应付各家品牌的公关。

李慕下飞机是打车过来的，进门，全屋的灯光都开着，看见庄钦架着手机，背靠着墙，对手机拱手："在此祝您新年快乐，恭喜发财，吉祥如意，阖家欢乐。"

模样挺正式。

庄钦听见了声音，抬起头，李慕在暖气十足的室内脱下外套，换了鞋走过来，庄钦按了暂停。

"在录视频？"

李慕一眼过去，就发现他拍戏又拍瘦了，穿着宽松的马海毛毛衣，暖融融的米白色，衬得脸颊更瘦。

庄钦拍戏那段时间，李慕来探班都是非常低调的，大多数时候就是送东西来，全剧组都送，用的是庄钦的名义，有时候帮全组点上百杯咖啡，有时候点全家桶，还有的时候直接叫米其林的厨师做好了送过去，就是为了让他多吃点，加点餐，别饿着。

李慕凑过来看他的手机，庄钦说："是新年祝福视频，我录了好多个，但不知道选哪个，你正好帮我看看。"

李慕便点开一个，庄钦一听自己故意做得很欢乐的声音，稍微有些尴尬："我去上个厕所，你帮我看看哪个能用，剩下不要的都帮我删掉吧。"

李慕应了一声，看他跑上楼去了，便在沙发落座。

一个视频很短，也就十几秒，他看完往后翻，不小心翻到了照片。

是剧组的生活照，李慕手指一顿，意识到一个问题。

手机是很私密的东西，它藏着很多秘密，庄钦就这么拿给自己看，也不怕自己乱翻？

他好奇心提了起来，想知道庄钦在剧组都拍了些什么照片，想看他有没有自拍，有没有偷拍过自己，但李慕并没有去看。

"你看完了吗？"庄钦在楼上问。

"选出来了。"

"那我下来了。"

李慕指着其中一段说："这个好一些，字正腔圆。"有一段李慕更喜欢，庄钦平时上镜都会上妆，不带妆的时候一张小脸干干净净，眉眼清澈明亮，很有清纯少年感。就是庄钦笑得太甜了，李慕不是很想发出去被那么多网友看见。

庄钦直接把他选的视频发到宣传对接的群，李慕问他："你把手机给我，不怕我看吗？"

"有什么好怕的，我里面又没有存不能见人的东西，"他坦诚地说，"有笔记，剧本什么的，别人不能看，你可以看。"

庄钦看向他："你要不要看一下？"

"不用。"

正常来说，手机里多多少少会存着一些秘密，或是照片视频，或是聊天记录。

庄钦手机里定然不是没有的，只是李慕从他话里得知，他现在很信任自己。

庄钦："公司让我回去开年会了。"

"什么时候？"

"明天，我坐飞机回去，早知道就不让你来了。"

"不想去就不用去。"

"不行啊，我得给大家发年终红包。去年我就没去年会。"每年一到这个时候，红包嗖嗖嗖地发，他觉得员工都很辛苦，一发几十万就没了。

"去年没去你怎么发的？"

"手机发的……不过有些人拿了红包，过完年就离职了。"

"跳槽了？"

"好像是吧，被其他公司挖走了……"

"说你的黑料怎么办？"

"我没有黑料啊，英语不好算吗？我已经练好啦。还有我穷，穷也不算什么黑料吧？"

庄钦最后没有去参加年会，李慕动用了股东职权帮他推了，这回很奇怪的是，玟姐居然也没来说他两句。

大年夜，庄钦看着春晚，照例给大家发年终奖红包，一个个地私戳转账，一视同仁，他团队里的所有工作人员都在他这里拿了10000元红包，还在群里抢了一大堆红包，李慕接到了家里的电话，去旁边打了一会儿，过会儿回来，给了庄钦一个红包。

庄钦从其乐融融的群消息里抬头，眼睛看着他说："可是我没给你准备欸。"庄钦本来想说给他发个微信拜年红包的，哪知道李慕这么正式，居然真的给纸做的红包。

“拿着吧，我不要你红包，我又不是小孩了。”

“那你给我……”

“你还小。”

庄钦接了过来，发现很薄，嘀咕道：“你不会给我塞了支票吧，那我不要你的。”

“不是支票。”李慕很无奈，“就是给你的压岁钱。”

庄钦把红包打开，如果是支票，他要当场退给李慕的。

没想到一打开，里面就是几张百元人民币。

“跟你说了不是支票，这么点够不够？”

庄钦是真怕他给自己开一张支票当压岁钱，现在这样，反而叫他很开心，眼睛笑得弯了，说够了够了。李慕见他高兴，心想自己的做法对了，说：“以前过年，外公就给我两百块，让我去买糖吃。”

“我想你比我爱吃糖，就多给一点。”

30

“可我一年也吃不了八百块的糖啊。”

“花不掉的放进存钱罐，以后每年都包给你。”李慕问他，“以前收过别人给的压岁钱吗？”

“收过的，小时候师娘会给我。”庄钦记得小红包里就几块钱，因为在广州压岁钱就是这么多，师娘比较大方，给五块，师父很抠门，给一块钱，庄钦把钱一笔一笔地存了起来，他也不花，许多年过去也没存几个钱。

存到一笔钱后，庄钦就拿去给师父和师娘买礼物了。

庄钦说：“现在都是我给他们发红包了。”

还好有线上红包这个功能，庄钦打开手机，给师父转账，给师娘转账，给小刀转账，还给两个师姐转了，统一都是8888，他知道小刀创业要辛苦一些，转了几个两万过去，具体是几个也没数。

结果最后一个红包还没点下发送，一通视频就直接打来了，庄钦转账点击速度太快，一个手滑，按了接听。

李慕本来是想躲开的，结果他眼尖，看见庄钦给转账的备注是小刀。

是他那个师弟？

李慕静静地挨着庄钦坐，脸朝他这边微侧。

小刀的网速卡了几秒，屏幕上出现师哥的脸。

哎……等等，怎么旁边还有个人？

小刀看清楚了李慕的脸，是张中世纪古典油画般英俊的脸，高鼻深目，轮廓堪称完美。

怎么挨那么近？

小刀感觉不太对："师哥！你在别人家过年吗？"

"啊……是。"庄钦拿着手机转了半圈。

小刀看见他家里的陈设，又觉得不对："这不是你买的房子吗？背后那花瓶我还认识呢。"

"我请了朋友来家里跨年。"

"哦，这样啊。"

"都是演员。"

小刀"哦"了一声。

难怪他看出现在师哥旁边的男人帅得有点犯规，肯定是整的啦，娱乐业那么多整容的人。

"既然你不是一个人过年，我就放心了，你给我转了好多钱，我不要钱，别给我转了，你赚钱不容易。"

"小刀，跟师哥不用这么客气，你知道现在邀约我的电影出多少片酬吗？"

"多少？三千万？"

庄钦："……"

庄钦："你是住在微博了吗？"

小刀笑道："我偶尔上上网，就看见啦，说你做慈善，是大善人。"

出于外放的缘故，他的声音也自然是传到了李慕的耳朵里。

李慕花钱做的公关毫无痕迹，网上一边倒的赞誉之声。

庄钦一次捐三千万，周莉看见一些质疑，晒出了转账记录，并表示庄钦和他们一家是好友，请网友停止对基金会、对庄钦的恶意造谣，否则将以侵害名誉权的法条起诉。

周莉交游甚广，业内大佬纷纷转发。

工作室随即也发了通稿，说这三千万是庄钦几乎一年的净收入。

如果算上和公司分成，他确实可以拿到差不多三千万的年收入，但实际上开销就占了一半，所以是拿不到那么多的。

庄钦提过两次要还给李慕，话题都中止了，李慕和他观念是不太一样，李慕认为，既然是做慈善，捐都捐出去了，以谁的名义都一样。

而且李慕很不喜欢庄钦身上的“勤工俭学小可怜”人设，让他再也不用万事小心翼翼，无论是不是自己做错了，第一件事就想着给人道歉。

后面庄钦也没提要还这三千万，他知道李慕可能根本不在意这些钱，所以还是换成他喜欢的礼物送给他吧。

小刀平时聊天话就多，一打开视频通话就停不下来，他俩从小一起长大，同睡一间屋，一张床，两人说话的语气就更显得亲昵——李慕是从来没听过庄钦这么跟别人说话，语气里含着一种宠溺。

虽说是过年，可到底不是休假，大年初一就要开直播，跟粉丝互动，没几天就要跑外地做商业活动，然后就回组了。

年后开始上班。

庄钦突然得知一个消息。

“玟姐离职了？”他非常愕然，过年的时候，他给玟姐发了一个大红包，玟姐还收了，说了声“新年快乐”。

怎么忽然离职了？

小连说：“我在公司听其他人讲的，玟姐跳槽去其他公司了，还带走了好几个有潜力的新人……”

“我没听她说过，她是被挖走的吗？她怎么会同意离开？是哪家公司？”

“这个我还没打听到，反正开价肯定不低。”

另一边，邱明也在给李慕吐槽这个苏玟。

“费了我好大的力气，她可真敢开价，开口就是要股份分红。她也不看看自己配不配。”

李慕本想直接给庄钦换掉经纪人，怕他多心又念旧，干脆用其他战术，让经纪人主动放弃庄钦。

苏玟很精明，手上捏着庄钦，只要他争气，自己的事业就有保障。

李慕就想办法让她知道了对赌协议，这么大的事，苏玟作为经纪人居然不清楚，一听完这个消息，再联想到他对自己保密了将近一年，公司里绝对还有其他人知道，却没有一个人告知她这回事。

可见她平日就在公司树了太多的敌人。

苏玟想到庄钦这一年里有些古怪的态度，他很不听话，毁约了屈成益的《定东风》，接了一部叫《藏心》的电影。

庄钦的对赌协议现在已经完成了一半多了，赢的可能性很大，一旦对赌胜利，他一解约，自己怎么办？

结果突然有猎头来挖她了。

苏玟对自己的新公司和新合同都满意，光是底薪就比悦动的底薪加奖金多了。

庄钦去联系她，她还说："你解约后，可以来我这里，我们还是朋友。"

庄钦问她是哪家公司，苏玟说是华娱电影。

这家公司很厉害，庄钦知道的，于是发消息，祝福她前程似锦。

新经纪人来了，是个空降兵，叫叶飒。庄钦在这边拍戏，她亲自过来见他。

叶飒是李慕最近一个月研究经纪人行业时千挑万选才选中的，他面试了好几个，自己把关。

叶飒和她的名字不同，圆脸，微胖，长得很温和，说话也温和，但手段一点也不温和。

对方是个老牌经纪人，曾捧出过最佳演员，但最后都出于一些原因不欢而散，被带火的艺人一脚踹开了。

叶飒看中庄钦的原因很简单，知道他年轻、有演技，还有人捧，不火都难。

但叶飒签的经纪合同却是试用的，老板钱开得再高，她也要看看艺人人品好不好，人品好才愿意带。

两人就在房间里交谈，叶飒进门看见酒店房间环境很一般，问他："拍戏到现在两个月了，是不是一直住的这里？"

庄钦说是。

叶飒想，至少不是个出门必须总统套房的二世祖性格，加分项。

庄钦还特别礼貌，又是一个加分项。

叶飒围观了他拍戏，看见姜导对他的态度，看见他自己拍戏的状态。

演技好，下苦功。

总体而言，都让叶飒很满意。她决定先带一段时间看看。

庄钦去柏林参加电影节，叶飒提前知道，火速去办了签证，跟随剧组一起过去。

剧组整个主创团队，制片人、导演、副导演、两个男主角，还有配角，全都一同前往，还特意带上了造型师。而庄钦带上了刚刚开始合作的经纪人，就没带小连。

飞柏林要十几个小时，机票是制片人订的，邱明没搞大排场，没弄私人飞机那套，就订熟悉的航空公司 A380 大客机，一人一张头等舱票，位置还特意提前选好，该在一起的在一起，该分开的分开。但李慕要龟毛一点，特意让人从英国送来定制的两套礼服，一路手提着到柏林，再送到他手上。

叶飒是李慕聘请的，她知道两人的关系，但签了保密条款，一副第一次见他的模样，还问庄钦："你们竟然是朋友？"

庄钦沉默了一下："嗯。"

"对了，我比你就大一点，"四十岁的她笑眯眯地说，"不用一口一个您，不用那么尊敬，搞得好像我是老妈子一样。"

庄钦点点头，乖乖道："好的飒姐。"

"叫我小飒吧。"

"好的……"庄钦挠挠头，"你真的比我大吗？看起来只有十八岁。"

要不是因为在机舱里，大笑会打扰到其他客人睡眠，她真是要狂笑了。

这小孩有点可爱。

飞机落地的时候是凌晨了，但机场人偶像不减，各个标牌都印上了代表着电影节的柏林熊标志，以热烈欢迎在三月前来参加电影节的、来自世界各地的游客、演员导演和各界媒体人。

李慕手里拖着一个小行李箱，他没睡醒，有点起床气，一米九的高个子，穿黑色长风衣，冷冰冰的一张脸，周身弥漫生人勿近的冷气。

第六章

柏林电影节

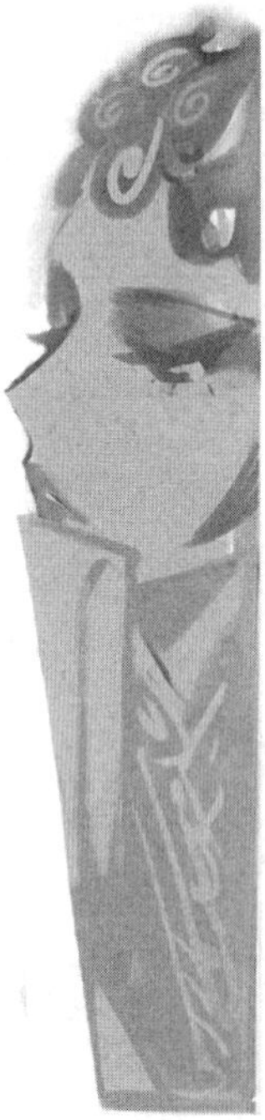

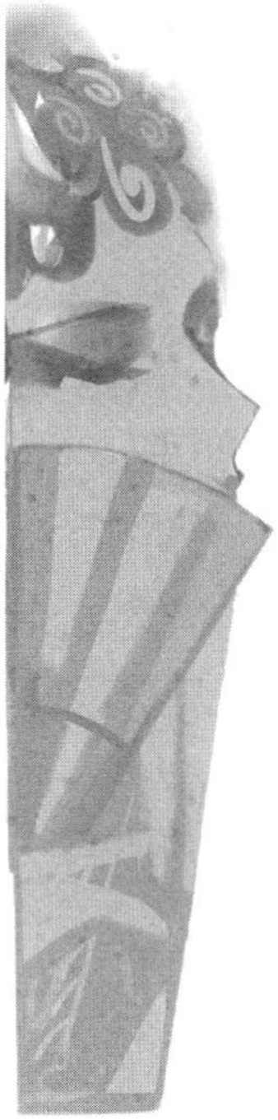

31

叶飒从包里找出折叠的渔夫帽来，递给毫无演员自觉的李慕：“遮一遮。”

李慕没接，把领口的墨镜戴上了。

庄钦对叶飒解释：“他没睡醒，不爱搭理人，等他醒了就好了。”

他分明地记得去年的春节，自己在飞机上看见他了，礼貌地跟他打了声招呼，李慕压根儿就不理。

现在想起，当时李慕应该是在补眠，补完后没睡醒，对外界的感知要迟钝一些。

三月的柏林仍是天寒地冻，夜晚飘着小雪，一出机场大家都把外套加上了。

邱明安排的不是什么大型商务车，而是加长轿车，庄钦也是第一回坐。

这车型两排座椅对坐，因为车上还有其他演员、助理和造型师，庄钦和李慕只是挨着坐，李慕手里玩着他帽衫的绳子，庄钦默默地听郭导讲解本次电影节之旅的时间安排。

开幕式安排在明天，全体主创都要走红毯，演员的任务就是配合宣传，一共三个红毯要出席，一是开幕，二是首映日，三则是闭幕，闭幕那天就是评奖日。整个电影节为期两周，庄钦本想着参加了首映回国继续拍戏，姜导听说他出演的片子入围了柏林影展的主竞赛单元，就让他闭幕过后再来。

而导演和制片在这两周的最大任务，则是去找片商推销片子，把片子卖到海外去。

下车后，庄钦偷偷问郭宝箴：“郭导，电影首映礼后，我能不能离开几天？”

“你去哪儿？要回国吗？”

庄钦老实回答：“有品牌邀请我去巴黎参加时装周，我答应说会到场去看秀。”然后李慕还说顺路去巴伐利亚买咖啡豆。

“哦哦，时装周啊，那你去吧。”

庄钦：“我带上李慕一起。”

郭导：“他也被邀请了？”

庄钦：“他……买衣服，您要不要买点衣服，我给您买两件回来？”

“我就算了，时装周的衣服我欣赏不来哈哈哈，太前卫了，我都三十了搞什么潮流 fashion（时尚），老了老了，不行了，再年轻点还可以赶赶时髦。”

正好走到他们后面、人已经睡醒了的李慕，碰巧听见郭宝箴的话，脸色就是一黑。

他把郭宝箴挤开，把庄钦拉走了。

开幕式当天上午，造型师来房间给庄钦做头发，化淡妆。

下午，一行人乘坐加长版的豪车去柏林电影宫参加开幕式。

柏林电影节并非巨星云集，但聚集在此处的名流红人并不少。

超过 30 万张门票售出，以及多达 500 万的观影人次，是全世界观众人数众多的电影节，有四部华语片入围本次电影节单元，庄钦还看见了一些熟人，但《藏心》是这一届唯一一部入围竞赛单元的影片。

电影宫外的媒体区，大多是外媒，也有一些亚洲面孔，不比在国内受欢迎，在国外压根没人认识庄钦，前方走过的是某个好莱坞女星，闪光灯在她身上停留了很久，到他们剧组的时候，就平静了许多。

开幕影片是德国本土电影，是德语字幕，他们的座位靠后，庄钦看不懂字幕，只能猜剧情，李慕在公众场合看电影一般不爱出声，但他发现庄钦听不懂，就用手机打字实时给他讲电影剧情。

“你怎么还懂德语啊？”庄钦打字问他。

李慕：“学的。”

庄钦：“……”

李慕打字：“想学我可以教你。”

庄钦：“我听说要学十年。”

李慕："用不着。"

李慕："你很聪明的，学五年应该能跟人交流。"

庄钦感觉到了降维打击，不再跟他说话了。

李慕："生气了？"

庄钦看一眼他的手机屏幕，指了指屏幕，表示让他专心看电影。

李慕再一次打字："如果你认真跟我学，我保证两年把你教出来。"

庄钦心想自己学德语干什么，但还是敷衍地点了头。

李慕低声说："晚上我教你？"

"晚上不是有饭局？"是邱明邀请他们到驻外大使馆吃饭。

"那种饭局用不着我们去，请了翻译的，不需要我。"

庄钦拗不过，说："好好好，学德语。"

影片结束，观众陆续退场，嘴里都在议论这部开幕影片。

入围竞赛单元全凭本事，能不能拿奖，却要看很多因素。

邱明最近正在拉拢电影节评委，但他的背景关系在国内好使，在国外就不怎么运作得开了，倘若李慕不屑用这种手段去博得评委好感，拉一点友情分，《藏心》得奖的概率就更小了。

和驻外人员吃过饭回来，邱明端着一盒古巴雪茄，去敲李慕房间门，李慕挺专心地在教庄钦德语，因为庄钦正好人在德国，决定学一点简单的，也很配合他。

邱明说："那个，庄钦，郭导找你有事。"

"好。"他也没换衣服鞋子，穿着拖鞋就去隔壁找郭导，郭导问主办方借了小型的放映设备送过来，在套房的客厅里放映影片。

"你来了啊？"郭宝箴看见他道，"电影剪出来，你还没看过成片呢，正好让你过来看看。"

"您在飞机上不是还说，首映日在电影宫观看吗？"郭宝箴昨天还再说，要在电影宫观看第一次放映，效果最佳。

他咳了一声，说："先看看嘛，让你心里有个底。"

刚才邱总让他把庄钦拖住，说他有事跟李慕讲。

想来想去，郭宝箴想不出其他的法子能把庄钦拖着不让他走了，只好使出大杀招，对待庄钦这种电影迷，只能放他没看过的电影给他看。

"那我去叫李慕过来看？他也没看过。"庄钦说。

“哎，就你跟我，我们两个人看就好了，别让他来。”

庄钦看向他，郭宝箴解释：“他脾气大，等会儿这里不满那里不爽的，又要臭着张脸，搞得像我欠他钱一样。”

“那我给他说一声，这个剪辑版多长？”

“一百四十分钟的版本，你别回去了，制片人跟李慕估计有事情要谈。”

随即关灯，两人坐下，电影开始放映。

片头直接开始叙事，李慕扮演的杀手一角在狭窄的泰国小城街道逃亡，身上穿的西装勾勒出高大的身材，修长的四肢被高级布料包裹，他的装束和脏乱嘈杂的东南亚环境非常不搭调，西服外套被血浸润得颜色更深，晃动的镜头凝固在他汗湿的脸庞特写上，刀锋般的两道浓眉下是深邃的眼窝，他英俊的长相是东西方都认可的，非常抓眼球，让人看了就挪不开视线。

连郭宝箴这个平日喜欢骂投资人的导演也不得不承认这点，李慕是个演艺新星，可他也是不容置喙的天才，还有这得天独厚的天赋，这样的长相，绝对是千万人中才能挑出一个来的。

那双直视镜头的眼睛做过后期处理，黑得犹如夜色般沉静，他眼神中有着超乎寻常的冷静、训练有素，穿透了屏幕，似乎能看见屏幕外坐着的观众，能看到他们的内心深处。

音响里，是李慕那沉着的喘息声，微一眯眼，瞄准，枪声响起，一朵血花在大银幕上绽开，德语翻译的片名碎片化地浮现，随即是中文片名。

闹市中，镜头通过主视角，拍摄狭小热闹的街头环境，街上卖什么的都有，东南亚人独有的长相特征和泰语丰富了镜头语言，镜头一切，是庄钦戴着黑色墨镜，从楼下杂货铺买到新鲜鸡蛋，镜头给了招租的广告纸一个特写。

他提着一篮子的鸡蛋，胳膊抱着一大盒的牛奶，摸索着走进后方庭院，上楼，用钥匙打开铜绿色的、生锈的铁门。

门一关，铜绿色调的屏幕下方浮现出白色字体，分别是导演名字，出品人名字，还有演员的名字。

屋子全景，摘下墨镜的少年，眼睛像是黑色的玻璃珠，顶尖的漂亮却无神，电风扇摇晃转圈，收音机里播的是中文歌，一首粤语老歌。他穿着宽大的、洗得发白的破T恤，拿着水壶给阳台的花浇水，阳光照耀在他的脸庞上。

虽然是自己出演的片子，看着确实不免会尴尬，但庄钦还是不由得被吸引了。

电影的剪辑方式，从片头开始，就和之前有了些微的区别。

变得更艺术、更出色了。

镜头一切，又换成了李慕的视角，李慕逃进了这座二楼小院，四周晒了大量的衣服，住着许多户人家。

他穿过这些晾晒的衣服被子，手指在光洁的白色被单上留下了血指印。

手持着枪站在铜绿色的门口，他听见脚步声，浑身气息更加危险，就在即将拔枪的那一刻，门开了。

那少年穿着旧衣裳，身材很瘦，头发很短，就那么站在门口望着他，没有一点害怕，像一只无畏的雏鸟。

32

绿色调的影片，透出一股生机勃勃的气息。

电影看到一半的时候，隔壁谈完了，李慕过来要把庄钦接走，一进来看见他和导演坐一块儿看电影，可能是穿得太少有些冷，庄钦双臂环着腿，下巴搁在膝盖上，眼睛被屏幕的光所点亮。

李慕望向放映屏幕，他也是第一次看成片。

电影进度条拉到中段，李慕看见自己的角色，走到银行，职员带着他进去，并把钥匙递给了他。李慕打开柜子，里面躺着几册不同颜色封皮的护照，代表着所属国家不同。

随手翻开一本，上面有李慕青涩的照片，这都是后期做出来的。除了护照，还有一大沓一大沓的美钞，最底下抽开，是一把俄制手枪。

镜头一转，来到照相馆，两人一起拍了照，杀手拿着照片找到了一家卖香料的小店，香料店开在最热闹的地方，外面人头攒动，呼啸着小摩托的喇叭声，香料店放满了一桶又一桶的不知名香料，弥漫着天蓝色的浓烈烟雾和刺鼻的香料味。

老板也不看客人是谁，用泰语问要买什么，李慕用英语和店老板对暗号。

李慕把信封放在玻璃柜台面上，老板摸了一把，像是在数钱，然后把信封收到了下面，说：“要三天时间。”

镜头一切，锅内沸腾着熬煮成糊的汤，热气氤氲，床上是两个人，一个靠着另一个，是独属于朋友之间的拥抱，少年平和地问他是不是要离开了，什么时候离开。

郭宝箴相当擅长用克制平实的镜头语言讲述暗潮涌动的故事。

李慕并不出声，绕过去坐下，庄钦全神贯注地看着屏幕，甚至没发现李慕来了。

直到自己的角色在一百分钟出头的时候“领盒饭”，滂沱大雨中，李慕抱着他的“尸体”，影片流露出强烈的悲伤情绪，绿色调转换为灰色，庄钦眼前忽然一黑，被一双手捂住了眼。他一闻味道就知道，是李慕抽的雪茄。

什么时候来的？他怎么不知道？

李慕感觉手心微湿，庄钦情绪太丰富，看到这里的时候，已经哭了。

只过了几秒钟，李慕把手放下去，庄钦自己演“尸体”的那一幕已经过去了，变成了李慕的复仇副本。

李慕偷偷地给了他两张纸。

后面半小时剧情保持着高质量的爽片节奏，是观众完全能猜到的发展，影片结尾，杀手带着一张在照相馆拍的合照永远离开了东南亚。

虽然后半段很爽，但掩盖不了电影是悲剧的事实，注定了像杀手这样的人，只能孑然一身。

郭宝箴不知道是看第几遍了，但这是第一次放给演员看，他打开灯，问他们：“怎么样？”

庄钦还沉浸在电影中不可自拔，似乎那不是电影，而是一个人的一生，又因为是他演的，看电影的时候更有一种回忆的、恍若隔世般的感觉，似乎那些事真的发生过一样。

他很轻易地就把对李慕的感情代入到了电影当中，为此感触更深了。他想不到自己的第一部电影就这样出炉了，有种苦尽甘来的感觉，因为在那么长的时间里，庄钦都只能一个人在黑暗中演戏、看着电影模仿，没有镜头对准他，只有一束不那么明亮的光。

“郭导，能演你的电影，我真的好幸运。”他认真地说。

这一句话比什么吹捧都来得真诚，让郭宝箴感动得一塌糊涂，差点没忍住去抱他了：“你接我的片子，我也很幸运。”

庄钦眼神明亮，因为刚才哭了一下，眼尾发红，眼睛带着水光：“咱们电影一定能赚钱。”

郭宝箴抓住他的手摇晃：“一定能够赚钱的，一定能拿奖！”

庄钦心情非常复杂，又感动又激动，可不确定它能拿奖，甚至不确定它是否能在国内公映。

庄钦跟郭导告别，回房间，问李慕："你跟邱总在房间里抽了很多雪茄吗？"

他还能嗅到那股残留的气味，李慕手指上也带着淡淡的雪茄味。

"抽了两支。"李慕说着，去洗了手。

"哦……他跟你说了什么，跟电影有关吗？"两人站在卫生间里，庄钦顺便开始漱口。

"让我帮忙联系一下发行商。"李慕顿了下，问他，"想拿奖吗？"

他咬着牙刷，含混地说："想啊，刚才看了一遍成片……我觉得，应该能拿？"金熊奖商业和艺术并重，比较多元化，不像戛纳那么看重艺术性，也不像威尼斯电影节更强调个人化。柏林电影节对电影题材很宽容，且一直以来都发散出一个信息，那就是他们对犯罪题材很感兴趣。

像《藏心》这样艺术和商业并重的犯罪题材，简直是对准了金熊奖的口味在拍。

李慕道："拿不到怎么办，会难过吗？"

庄钦说："会有一点难过，做演员不想拿奖是不可能的，但是能入竞赛单元已经很好了，毕竟是我第一次拍电影，还是跟你一起合作的。"他望着李慕："和你一起拍电影，我真的很幸运。"

"你刚刚对郭导，是不是也说过这句？"

庄钦一边洗脸，一边解释："你是优秀的演员，他是优秀的导演，和你们合作，是我的幸运。"

李慕："算了。"

庄钦抓住他的手腕："你别生气，你怎么老生气啊，导演也只是导演，一起合作，受我尊敬的人。你跟他们是不一样的啊。"

"我哪里有生气？"李慕先是气得否认，又问，"我哪里不一样？"

"你是我认定的朋友，一辈子的朋友。"

李慕睫毛微颤，目光闪动。

在影展电影宫开办首映礼的当天，来了很多媒体，记者们早已阅读过电影的简介，感兴趣的、想报道的自然会来。

第一场首映都是邀请记者和影评人观看，邱明故意煽风造势，放出消息，找了很多影评人来。虽然造了势，引起了关注，但也冒着被这些言辞犀利的影评人恶语相向，甚至是口碑坏掉的风险。

邱明对影片质量有信心，可比起一些热门影片，这一部由不知名导演拍摄的处女作，显然不那么被看好。

不过入得了柏林电影节竞赛单元，说明必定有其过人之处，这些记者原本都是抱着可看可不看，随便看看的心情拿着票入场的。

电影宫坐满了业内人士，演员和导演等主创坐在前排座位，电影开场，灯光熄灭，德语字幕，中文原声。

李慕前几天只看了一半，今天才算是真的看了一遍。

当他完整地看完它的时候，就知道庄钦为什么会哭了。

记者放映会结束，全场鸦雀无声，静谧了许久，才爆发出掌声。

一大堆记者过来采访导演和演员，有些记者迅速联系到报社，把自己看电影时写好的评价发回去，要求马上发表。

突然，这部影片变成影展的大热门，当天索票的人拥挤在外面排队，堪称一票难求。

采访的图片登上了一些电影评论网站的首页，关于导演的专访，演员的专访，被排得满满当当的。电影的海报登上了一些知名影评人的个人主页，大呼精彩。

电影节重要刊物《每日银幕》也对《藏心》打出了颁奖前所有竞赛单元影片当中的最高分——2.35 分。

没多久，邱明就得到消息，听说评委大为赏识他们的影片。

在评选现场，22 部影片还未播放完毕，组委会就已提前通知，让《藏心》主创人员留到闭幕式，国内记者蜂拥而至，想要采访演员，结果只碰见了导演——算了，导演也可以，郭宝箴自己做过好几年的记者，应付记者的经验足得很。

消息传到了正在巴黎参加时装周的庄钦耳朵里，秀场上来往着高挑身材的模特，庄钦和李慕同时收到信息。

庄钦心脏重重地一跳，差点站起来了：“组委会要我们留到闭幕式的意思是？”

李慕：“最佳影片的金熊，或者最佳男演员的银熊奖，总要拿一个的。”

33

电影庄钦看过不少，电影节却是第一次参加。更是头一回听见留到闭幕式这种说法。

听李慕说这多半是要拿奖的意思，要不是人在秀场，他真的要起来跑三圈了。

这场秀很快结束，设计师出来谢幕，李慕低声问庄钦："有看中的吗？"

庄钦压根没认真在看，刚才偷偷地给郭宝箴发消息问具体的情况，郭导隐晦地说："可能性很大，我们是黑马，但竞争对手很强。"

庄钦摇头说没有，李慕就随便预订了几件喜欢的款，还顺便订了两套，一个自己的尺码，一个庄钦的。

两人从这个相对而言不是那么火热的秀场出去。

外面零星的外媒记者站在寒风里，看见身着 JL 当季新款的李慕，以为是刚下秀场的男模，指挥着摄影师马上拍他，李慕感觉到有人在拍，第一反应不是避开去躲，而是侧过身把庄钦挡着。

他带庄钦来的都是自己比较喜欢的设计师风格的秀场，是小众品牌，没那么多人。李慕是打电话拿的邀请函，没有拿第一排的座位，要了两张离媒体区远的、第二排座位的秀场门票。

庄钦以为他是不习惯被拍，说道："记者可能误会你是模特了。"

李慕身上带一种疏离的贵气，有些顶尖男模在秀场上，就有他这种令人惊艳的高冷气。

庄钦用围巾把脸围上，把八角帽借给他："等电影公映后，你就成明星了。你以后得习惯被偷拍，除非你记得随时遮住脸。"

但李慕显然没这种自觉，看秀穿该品牌当季新款，设计招摇前卫，一张俊脸毫无遮拦地暴露在外，好像根本不在意别人是不是在偷看偷拍。

正好看见司机开车过来，停在路边，便打开车门，让他进去。

戴着礼帽的司机问李慕目的地，李慕用法语报出地名，庄钦听不懂，司机发动礼宾车。

很快，汽车在一栋老建筑下停下，庄钦正觉得这里有点眼熟，就看见叶飒裹着黑色大衣，戴一顶经典的网纱帽，脖颈佩戴白色的珍珠项链，涂着鲜红的口红站在路旁。

司机绕过来打开车门，两人下车。

这个季节，巴黎街头人烟稀少，地上仍有积雪，只有少量的汽车和过路人。

庄钦：“这是哪里……我们还要看秀吗？”

时装周的秀场地点也是千奇百怪，有的甚至设立在郊区工厂内。

李慕：“做好准备，你要面试了。”

庄钦：“……”

“面试……什么？这是……”庄钦抬头仔细地看，终于看见了D家的路标。

这栋古老的建筑是品牌总部大楼——一栋拥有两百年历史，近年来修缮过的大楼。

“面试模特。”李慕言简意赅，“是你经纪人帮你找的路子。”虽然有自己在背后托人找关系，但他并没有揽这个功劳。

叶飒满脸带笑，冲庄钦招手：“你看完秀了吧？走吧，我带你进去，总设计师在里面等着的。”

她看向李慕：“你也陪同？”

“我当翻译。”李慕说。

三人进门，外表古老的建筑，入内也是法式古典的奢华装潢，但很多摆设和设计都非常现代。

庄钦低声问叶飒：“这是怎么回事？”

“你不是对D家的代言感兴趣吗？我托人打听了下，后天的时装秀他们有个东方模特受伤住院了，还偏偏是腿伤，临时到处找模特，我一听见消息立刻递你的简历啊。他们亚太区的品牌总监Shawn不是给了你秀场邀请函么，说明他们品牌喜欢你啊，这不，我就帮你拿到了面试资格，走吧。”

坐着老式的电梯上楼，庄钦对她的话竟一点怀疑都没有。

因为叶飒语气抑扬顿挫，整个事件在她嘴里有头有尾，庄钦也不得不信，但他还是不免担忧，毕竟给了他邀请函，也只是给的二排座位，而且也不止他一个人被邀请，他一看朋友圈，上回慈善晚会坐他旁边的两个男星都来了，还来了女明星。

庄钦：“是总设计师面试我？我身上穿这身行吗？我没做过模特啊……”

“可你是专业演员啊。”叶飒不在意地说，“刚刚才看过一场秀出来，演个模特还不简单吗？”

庄钦看向身旁完全是男模身材的李慕，一看差距，叹气：“那我也不够高啊……”

“别紧张。”李慕揉了揉他的头发，发现给他弄乱了，又动手帮他梳理。

“别这么不自信，迎难而上。”叶飒说，“你要相信自己的能力，面试而已，你不是跟我说你经常见组然后面不上角色吗？过不了就算了，进品牌总部的机会多难得啊！等会儿我们去他们服装部参观一下，看看有没有新款可以卖给我。”

她这么一说，庄钦马上好受了些，没那么紧张了。因为他本身对这个代言并不执着，只是之前玫姐一直喜欢他们家，想让庄钦接而已，如果在他们秀场做模特，比拿到秀场邀请函还要离品牌大使进一步，后续谈合作也就更简单了。

让他觉得诧异的是叶飒的能力，说面试就面试，连点准备时间都没给他留。

面试的地方在设计工作坊，一些设计师在这里工作，宽大的工作桌上是散落的凌乱布料，台面上有缝纫机，角落摆放着假模，墙上也挂着上百种的布样。另有个20米长的T台，是用于设计好服装，让模特直接穿上走秀看效果的，通常人家也不在这里面试，大多时候是在总部的门店内。

庄钦这回是破例。

他自己也不知道自己是特例，见面先用刚学的法语跟设计师打招呼，叶飒懂少量的法语，给他介绍这是谁这是谁，对设计师介绍庄钦的英文名Charles（查理斯）和中文名。

庄钦在完全没有准备的状态下只能拿出自己最好的水准，态度礼貌，温和有礼。

李慕只在叶飒听不懂的时候充当翻译，他那冷冰冰的态度对谁都一样，对着总设计师也只是简单传达友好的意思。

结果那长得像喜剧演员的总设计师、时尚界的风云人物，看了眼庄钦，又看向这个更高的男人，目光凝固在他棱角分明的脸庞上，最后扫视他宽肩长腿的九头身身材、犹如雪山一般的气质，语气明显感兴趣：“你也是模特吗？”

“不。”

设计师更感兴趣了：“那你有兴趣做一次我的秀场model（模特）吗？”

“没有。”李慕非常反感，但还是忍耐着，对设计师说，“Charles才是今天的面试主角。”因为用的法语，他也不担心庄钦能听懂。

庄钦不知设计师的意思，但能看出来，他似乎对李慕很感兴趣：“设计师说什么了？”

“没什么。”

设计师继续追问：“你叫什么？Charles可以面试，你也可以面试，你们完全可以竞争。”

李慕已经开始不耐烦了：“不。”

“那他一定是你的朋友，”设计师在两人身上扫了几眼，以毒辣的眼光看出来，“你可以和你的朋友一起来我的秀场走秀，我非常欢迎你们共同的参与。”

李慕锋锐的眉梢不明显地一挑：“意思是再加一位模特？”

“再加一位模特也不是不可以，这里还有这个系列的服装，我们还没找到合适的模特。”

只需要把音乐在最后延长个二十秒，就不需要改变前面模特走秀的定点和节奏。

设计师在他们人进来的时候已经观察过了，这两人走路姿势都不错。

面试看的不过是身材能不能穿下服装，能不能穿出他想要的效果，正常情况下男模走秀都不可能摔倒，只需要学习一下定点，让模特注意一下背景音乐，出差错概率极小。

李慕考虑了几秒钟，如果单独让他来做模特，自己不可能答应，如果是和小钦一起……

庄钦低声问：“又说什么了？”

叶飒听懂了一半，并不说话。

李慕简短地道：“他想让我们走同一场秀，你走压轴，我是最后。”

庄钦已经猜到了是不是设计师觉得李慕更好，心里七上八下的，觉得自己是不是外形不够好，设计师根本看不上他，算了，他想如果李慕能面上，那也挺好啊。

现在听见他说，原来是让他们走一场，还是倒数一二的顺序，庄钦马上就道：“我觉得可以，你觉得呢？”

李慕蹙眉：“如果他们设计的衣服丑，我不会穿。”

34

两套衣服被推进了换衣间，一套是黑色皮质浴袍样式的外套，领口是红色刺绣，没有内搭，下着黑色西装材质长裤，以及厚底的马丁靴。

这一套已经开始挑战李慕的审美了，另一套更奇葩，直接叫李慕不忍心看。

内搭是很正常的鼠灰色西服三件套，白色衬衫黑色领带，皮鞋面上却镶嵌了零碎的铆钉，外套最是浮夸，哪怕是李慕这样的身高穿上，也长及脚踝的大衣，面料是挺括的红色，内里是厚厚的人造皮草。

李慕看见衣服的那瞬间整个人都不好了。

尤其是听见推着衣服进来的助理说红色那套是给他的以后。

庄钦站着看了一会儿这两套衣服的设计。

剪裁没的说，黑红的配色，估计是今年他们品牌的主题，红色的衣服庄钦之前上节目被安排穿过几次，这样颜色的衣服不能说不好看，得看什么人穿。

李慕极少穿这样艳丽的颜色。

庄钦审视了一会儿，说："不丑吧？"

"不丑？"他这辈子都不会买这种衣服，给他钱都不穿。

庄钦："我觉得不算丑，你穿肯定不会丑，换个人穿肯定穿不了的。"

尤其是这件红色的皮草长大衣，身高低于李慕的，恐怕穿上都得拖地，只能是模特在秀场上穿一穿。

李慕眉头深锁，庄钦提起衣架给他："你换上试试，你看这两件，它们是一个系列的，配色都是一样的。"

李慕："是吗？"

他完全是被庄钦推着去换的，极其不情愿，庄钦也去换上了衣服，他这件穿上合身，李慕那件穿着要紧一些，模特身材要求非常瘦，李慕显然不是那种骨瘦如柴的身材，他四肢修长有肌肉，比大部分男模要健硕一些，衣服不是定制，穿上自然就紧一些，不太能伸展得开。

但是他一穿西装，气场就完全不同了。

庄钦看着他倒三角身材完美地被勾勒了出来，从肩到胯，再到那双长腿，布料很紧地贴合着他的身材。李慕穿着不合适，想脱下，庄钦却把外套给了他："不穿上试试？"

"不。"李慕别过眼。

"也不是很丑吧？主要是，你的这件我穿不了，太长了，不然我们也可以换一换的。"

这件大衣太重了，虽然皮草很浮夸，但外层布料没有其他多余的设计："你穿上试试，要是丑就不穿它了，好不好？"

庄钦哄了两声，李慕耳根子被他哄软了，才勉为其难地接过来，手伸进袖口，穿在身上。

大衣上身，李慕面向镜子，庄钦后退一些看他的全身造型，眼睛凝在他身上好半天也没移开。大毛领搭在肩头，大衣外翻，没有系纽扣，暖融融的蓝灰色皮草露了出来，李慕似乎很不满，一张脸木着，又很无奈，扭头看向庄钦，眼神似乎在说：听了你的穿上了，可以了吧。

穿上之前，庄钦不知道会是什么效果，但李慕穿上后，他才知道原来有的人真是什么衣服都能驾驭得了，就这样的设计，在李慕身上却犹如气场强大的吸血鬼亲王。

李慕正要脱下，庄钦又不让他脱："你不穿上出去给设计师看看吗？"

"不，你的工作我不掺和。"他不做明星，也不抢庄钦的风头。

庄钦望着他的眼睛："为什么不啊，我们这是……算是第二次合作，我喜欢跟你一起工作。"

李慕低头看他这身。

他嫌弃衣服设计丑，可庄钦穿上也不难看，腰带扣在腰间，把腰身掐了出来，庄钦皮肤白，黑色更抬他的肤色，又有种古典气质，而这件有些日式元素在身上的设计，和他自身气质相契合，柔软又硬朗。

庄钦又道："我不是比那些男模矮一些嘛，你高，你走在我身后，我就不会怯场了。"

李慕注视他几秒钟，妥协："别的我穿，这双鞋。"

他指着那双全是铆钉的皮鞋，一字一句："不、可、能。"

两人一前一后换完衣服出去，李慕没有换鞋，庄钦换了。

那总设计师长得原本就很像庄钦以前看过的一部老电影里的喜剧演员，两人从换衣间出来的时候，设计师的表情变化非常夸张，用法语感叹了几句什么，庄钦听不懂，自行脑补他在喊上帝。

李慕是很帅，他想，设计师这副表情也不夸张，毕竟他看见的时候，也愣了几秒钟。

结果走近的时候，那设计师直冲他而来，在众目睽睽之下重新帮庄钦系腰带。

他用英语轻言细语地说："应该是这样。"那腰带不是系的，是要一种比较特殊的扣法。

庄钦有点愣，说谢谢。

他还以为这个设计师不喜欢自己。

没想到设计师目光灼灼地看着他，连说了三个"Perfect"，显然是满意的意思。

这件衣服庄钦穿很合身，没有过长或者过短，设计师看重的不是谁长得好看，而是谁能穿出他衣服设计时原本想体现的东西。

衣服融入了日式和服元素，所以找模特的时候，找了一位东方模特。

原本模特在去年就已经找到了，临近大秀开场，母公司那边突然递过来一份简历，又是个空降兵。

庄钦像做梦一样，突然被通知加入大秀成为男模中的一员，临时开始培训，李慕像被迫营业一样，被拉着一起学，但他学得很快，弄懂了时间顺序，卡好秒数，就完全没问题了。

当夜的晚餐是叶飒安排的，知道他想吃中餐，特意去的一家有口碑的中餐厅。结果在餐厅庄钦意外碰上了从国内来的团队，尤睿年纪小，工作室的人都是自己的亲人，被一群女性簇拥着，冷不丁看见了庄钦，就喊他："你也来看秀？"

庄钦这一桌就三个人，很低调。

"是哪个品牌邀请的你？"

庄钦如实说了，心想，尤睿上次见了自己，还管自己叫"小庄哥"，这回怎么不叫了，是不是因为餐厅没有媒体？

尤睿就笑眯眯地说："原来我们是看一场秀，明天我们一起去呗，你住哪个酒店？"说话间尤睿看了眼他这桌的其他人，一个女性，大概是经纪人，另一个是男性。就是他这样整天被粉丝夸，在业内什么样美色都见过，也没忍住多看了几眼。

庄钦看了李慕一眼，又看了眼叶飒。

明天他们要很早就到秀场，恐怕没办法和尤睿一起。庄钦觉得不好意思拒绝，就道："明天我们人多，如果不在一个酒店可能不太方便，你看完秀之后，好像还有个派对，派对过后我请你吃饭，我昨天吃的一家，感觉你会喜欢的。"

尤睿经常发朋友圈，庄钦知道他喜欢西餐但团队不让他吃。

李慕一听他要请这谁吃饭，扫了一眼，不感兴趣地继续吃自己的。

"哎呀，你误会了，我不是说一起去啦，我们在秀场里面碰面？你的秀票是第几排的？"

"票在第二排。"

"您这么红怎么能坐第二排看秀？这样被拍到多尴尬。"

庄钦好像感觉出点什么了，很淡地笑了一下，说不尴尬。尤睿道："肯定尴尬呀，我坐你前面，被拍到了网友不知道要怎么说我，其实我觉得，如果去了也是尴尬，倒不如不去。”

被邀请来看秀等于是大家都在竞争这个品牌大使，尤睿想当然地觉得自己胜算大，后来约见了几次那位媒介总监，那个手表发烧友，尤睿从朋友那里借了几只表跟人家搭上了关系，顺利拿到了一排的秀票。

他甚至觉得自己这种劝退对方，让对方不要白费力气的行为很好心。

庄钦还没说话，李慕开口，叫来了服务生，服务生是中国留学生，李慕说：“把这桌菜撤下去。”

服务生观望好半天了，她认出了庄钦来，也靠着拍照片发给朋友认出了尤睿，还偷拍了李慕，只是这一位就没有人认出是谁了。

她见到明星难免激动，结果被招呼过去，居然是让她撤菜。

“好的客人，”她应了一声，又问，“为什么？菜哪里不合口味吗？”

“菜没问题。”李慕顶着一张男神脸，“有人把口水喷进我们菜里了，有细菌。”

庄钦：“……”

叶飒也是一口水差点没忍住喷出来。

李慕丢筷：“我没胃口了。”

尤睿脸色马上一变，年轻人沉不住气，正要骂时，李慕轻飘飘瞥过去一眼，那冰冷得毫无感情的目光，让尤睿浑身一缩，背后的几个工作人员把他拉走了：“小睿，别挑事，别挑事……我们走吧。”

尤睿就那么被拉走了，叶飒又看了李慕一眼，一开始她可真没看出这位帅哥是这种性格。

她问庄钦：“你哪里得罪尤睿了吗？”

“应该没有吧？”庄钦想了一下，“可能是因为我们有过竞争？上回在晚会上，他还挺可爱的。”

庄钦：“他好会撒娇。我知道这只是他的人设，不过他在外面人设从来不崩，所以他圈粉很快。”

叶飒：“他还没成年，可以走这条路子，当然了，你也才二十岁出头，本来也可以走奶一点的路子，不过以后早晚要转型的。”

庄钦说：“我刚出道的时候，团队就给我立的这种人设，后来因为我实在不懂卖萌撒娇而不了了之……”

两日过后，大秀当天，来自世界各地的媒体集中在凡尔赛宫外，叶飒应付过各种状况，陪同艺人走大秀却是第一回。

清晨他们便坐车过来彩排，李慕皮草里面的那身西装因为不太合身而换了一件更合他身材的，款式一样，白衬衫黑领带，挺括的鼠灰色西服，外着大皮草，脚蹬一双胶质的马靴，黑发侧分，用定型水弄湿，抓乱。

尤睿跟国内一家杂志社有合作，上午街拍，下午进场看秀，他拿着秀票进去坐在第一排，身旁是另外两位国内女星。秀场是在金碧辉煌的长廊，墙壁和天花板上布满各种神话的壁画和天顶画，或用锦缎裱糊。因为秀场太长了，他看了一圈也没看见庄钦，倒是看见了很多时尚名流、设计师、网红，以及一些顶级大明星。

庄钦经历了彩排，而后换衣化妆，到点要上台了，工作人员点人数，庄钦走压轴，李慕披上红皮草在最后。李慕脸上的妆容很简单，是个很白的底妆，浓眉深目，嘴唇却很有血色，是设计师亲自给他选的色号，一种比外衣颜色暗一分的红，叶飒知道这叫姨妈色，涂在李慕的嘴唇上，呈现出一种干涩的血红，像刚吸完血的吸血鬼。

李慕不喜欢抹这种东西，用纸擦掉了，结果快上台前，被设计师看见了，又给他涂了一层。

李慕全程僵着脸，庄钦看出他已经到了忍耐的边缘了。

T 台全长有六十米，要绕一圈，模特前后间隔两米左右。

快到庄钦上场时，工作人员检查他的腰带和鞋带，庄钦看设计师没注意，背过身去，偷偷帮李慕擦了擦他嘴上涂抹的口红。

庄钦身上腰带容易掉，昨天就掉了几次，别了回形针在上面扣着。

前面的模特被推出去，过了几秒钟，庄钦也被推出去，虽然他不是模特，更是第一次走秀，可演员天生的本领让他哪怕在不熟悉的领域也绝不露怯。

大理石的地面倒映着宫殿的巨型水晶灯，庄钦在背景乐中找到了节奏，根本不看两旁掏出手机狂拍的观众。

他也不曾注意到经过了哪几位国内明星，不知几人看着他走过，面面相觑的惊愕表情。

到定点处，像彩排一样站定三秒，面对的是浪潮一般的镁光灯，全世界各地的媒体都高举着摄像机在对准他，拍摄这位陌生的东方模特。

李慕走他身后，隔着两米左右。他更随性，懒散地闲庭信步，并不刻意去踩点，平日怎么走现在就怎么走，满身的傲慢，本就是来玩，不过是走在庄钦背后，看着他发光罢了。

从定点处返回，要转一圈再次上场，这次模特们挨得更紧，间距不超过一米。

庄钦来不及喘息，就被赶着上场，李慕就走在他后面半米的位置，是在最后。

走到一半的时候，庄钦感觉到腰间突然一松。

他意识到回形针肯定是不小心开了。

庄钦怕腰带掉下去，下意识地去抓了下，腰带就那么松在手里，日式浴袍样式的黑色皮衣突然敞开，仿佛要掉下去了。李慕反应很快，迅速脱下身上的大衣，露出里面修身的鼠灰色西服，极品身材一览无余。

足有十几斤重量的红色长大衣被他披在了庄钦的后背。

庄钦感觉到了，只是一愣，也没敢回头，那衣服很长，在他身上拖了地，只感觉到眼前一片狂闪，是铺天盖地的镁光灯。

职业素养不允许他在这样的强光下眯眼，他表情无波，神色岿然不动，似乎不曾为腰带松开感觉半点紧张或难堪。

赤红的拖地皮草在李慕身上如血族亲王，在庄钦身上，则犹如一位即将出征、睥睨天下的年轻国王。

35

金碧辉煌的凡尔赛宫，镁光灯和秀场下方的手机闪光灯都在疯狂闪烁，候场的设计师和其他工作人员惊呆了，看秀的观众也兴奋了。

秀场发生演出事故，是所有媒体喜闻乐见的，他们就喜欢模特摔倒，鞋子飞出去，身上配件掉下来还能临危不乱走完整场秀的场面，有时候失误会造成灾难现场，有时候也会铸成经典。

眼前这个更劲爆！堪称大秀历史上头一回！虽说是“事故”，救场手法算是加剧了事故的严重性，可为什么会这么好看！！

庄钦肩膀搭着沉重的长袍，面不改色地跟随前面的模特走完整场秀。进后台的那一刻，嘈杂和乱糟糟的环境让人瞬间释压。

设计师直冲他们俩而来。

庄钦下意识地快一步去道歉，他只会讲英语，对设计师说自己并非故意：“腰带上的别针不小心掉了，对不起，毁了你的秀。”

“这不关你的事！”他气愤不已，精心策划的秀出现这种事故，要怪还得怪亲手把自己的衣服为前面披上的那个人，他指着李慕用法语大骂他的不专业，李慕也没有反驳的意思。

庄钦好几次要插嘴，被设计师骂让他滚一边去。

设计师把所有人注意力都吸引过来了，李慕面无表情地打断：“抱歉，给你的秀带来了不必要的麻烦，我会解决好问题的。”

对设计师而言就是自己的秀不受自己的安排和控制，只因为母公司安排了空降兵，以及自己居然请了不专业的人来走秀的失误。

对方一说会解决好，设计师本人也意识到自己的失误，冷声重复：“再也不会有下一次了。”

不知道是说给模特听还是说给自己听。

他甩手走掉。

一些设计师脾气固执古怪，通常不会有人敢去惹他们，尤其是身处时尚界的人们。

一位东方男模在后台被总设计师劈头盖脸大骂的消息很快传出去，马上传到了尤睿耳中，四周几个国内明星都在议论庄钦的资源，他和品牌关系怎么这么好，语气是有点惊讶的羡慕。

一听他因为失误被设计师大庭广众之下责骂，不由得心中快意，但各怀鬼胎面上不显，尤睿甚至来了句：“好可惜，不过庄钦也是第一次走T台吧？出错也挺正常的，希望他不会被品牌封杀……”

早在庄钦出场的时候，神通广大的媒体们就知道了他的身份，尤其是混在一群外媒中的国内杂志社，立马就把图文视频传回正是清晨的国内：“头条！头条！快发！我们要做首发！”

再一看拍到的图片和视频，那一段英俊的男模亲手为庄钦披上“皇袍”的画面，堪称完美的视觉盛宴！简直太养眼了！收到图片和视频的杂志社女编辑们一下就炸了，她们不认识李慕，以为是国外的男模，但庄钦她们认识啊！他怎么突然跑去走秀了？

每年都会有一两个国内艺人，受邀前去秀场做模特，庄钦的时尚资源一直不怎么样，拿得出手的杂志封面都没拍过几个。

怎么忽然，时尚资源这么顶尖了？

被邀请去看秀，可以说是公司运作，杂志合作拿到的资源，毕竟一场秀上百座位，秀票相对好拿，但亲自受邀上T台走秀则不一样，说明他和品牌私交甚笃，才有可能拿到这种机会。

在现场看秀的叶飒知道这场面多半会引炸网络。

像这样的场面，她一下看见了都招架不住，李慕的行为简直是酥断腿，庄钦的临场反应也很优秀，像训练有素的顶级模特，他收起温和气质、板着脸目无旁人地走秀，带一种君临天下的气势，让叶飒看见了他身上更多的发展空间。

她拿着大老板给的资金，有条不紊地叫醒团队公关和宣传，让他们起床干活，大新闻要来了。

配合两天后的颁奖礼，如果能拿奖，这热搜看来要飘一周了。

李慕说会解决问题，果真去解决问题了，为了让媒体的注意力分散到大秀本身，他不得不联系到了母舅家。

李慕自己虽然买衣服逛秀，但他并不曾涉足时尚行业，顶多在几家喜欢的设计师店因为买得太多成了 VIP……李慕的外祖母年轻时来中国游学，才遇见了他外祖父，而后嫁给他。

他外祖母出身欧洲名门，外祖母从小看到大的弟弟，也就是李慕的舅公，因为爱好烈酒，多年前投资酒庄，入股了 D 家的母公司。

舅公很喜欢 Henry，因为他比自己的子女出色，还动过让他成为继承人的想法，除了这两次，Henry 可从来没有问他提过什么要求。

有了他的帮忙，母公司制造了大量赞美 D 家本季设计的新闻，起初有一些作用，但时装周那么多场秀，这一场并非最让人惊艳的。

等到庄钦和李慕离开巴黎，时尚界的新闻又变成了他们俩的头条，标题大多打着大秀名字加完美救场的大字——两个外籍人居然能在时装周期间占据法媒一天的头条版面，令人不可思议。

庄钦不太上网，但已经有不少人发消息提醒他了。

那段秀场视频，已经毫无时差地传回国内并且传开了，在一天时间的发酵下，引爆了全网。

“人在柏林上学的同学表示，这几天柏林电影节的新闻，大热门电影好像就是他们共同演的……”

一夜之间，庄钦多了好几百万的粉丝，不排除有塞的“僵尸粉”，但“活粉”也很多，他认认真真拍节目都没这样的效果，旧照自拍被翻出来，评论：“新粉报到！哥哥好帅！加油！”

庄钦哪里还睡得着。

李慕看见他抱着手机发呆。

正在这时，房间电话铃响起。

庄钦马上坐起身。

是隔壁房间郭导打来的内线电话。

“原来真的会塞一封信到门缝里啊！”电话那头传来郭宝箴大笑的声音，“我以为是假的，没想到是传统！！”

因为他们住的酒店并非官方酒店，组委会为了不打破传统，真的是特意找过来，把信从门缝底下塞进来。

庄钦隐约听见了什么，凑过去仔细听。

李慕问他信上写了什么。

郭宝箴：“哎呀，写的德文，邱总也是个半吊子，我们就看懂了电影的翻译名，好像有庄钦的姓名拼音，是不是银熊啊？不然给你打电话干什么？我拿过来给你看看？”

李慕：“别来，拍照发我。”

郭宝箴用手机拍了照片发给他，李慕跳过那些废话，直接看见了重点。

李慕道：“最佳影片金熊奖。”

“金熊吗？”庄钦也蒙了。

李慕一出声，郭宝箴兴奋到几乎要尖叫，直接跳起来：“真的？真的吗？”

“两个。”李慕淡定地看着图片，“还有一个是最佳男主角。”

他听说组委会很难抉择，以为是在两部电影之间犯难。想不到评审团纠结的其实是该不该给同一部影片颁发两个重要的奖项。

但柏林电影节一直都比较任性，没有一部影片只能获得一个奖项的说法，一个剧组同时包揽三大奖项的事迹也曾有过。

李慕看向旁边竖着耳朵拼命听电话的庄钦，唇角有了一丝弧度：“你的。”

36

庄钦一下更蒙了。

虽然电影往上报的时候，他也是领衔主演，但戏份肯定不如李慕。

“……我吗？”庄钦看他手机上的图片。

李慕放大他的名字拼音给他看：“如果不是闹乌龙，这封组委会上的信上写了。”

李慕把郭宝箴的电话挂了：“拿奖了，高不高兴？”

“嗯……”

“我也高兴。”李慕问，“想笑还是想哭？”

“嗯。”庄钦模糊地应了一声，该庆幸不是那种欢呼的场面，不然当着那么多人的面，他要怎么去控制自己的情绪？

他心脏剧烈地跳动着，眼眶酸涩。

“想哭的话就哭，这里没有别人。”

昏暗的酒店卧房，只开了一盏床头灯，现在也被李慕伸手关掉了。

庄钦眼前一片湿润，却没有出声，他曾幻想过拿奖，渴望过掌声，现在没有掌声也没有奖杯，却叫人激动得难以自抑。

李慕安慰他：“小心明天上镜眼睛肿了。”

庄钦实在是过于兴奋睡不着，他太亢奋了，想了很多问题，想他为什么能拿奖，为什么是自己，明天领奖怎么办……虽然获奖感言早就写好了也背好了，万一是个乌龙怎么办？拿了奖回国会不会片约不断……想的问题一多，神经全都在跳，更不可能睡着了。

次日上午，造型师过来给庄钦做造型，郭宝箴和庄钦二人皆是有些茫然的状态，两人坐在一起，面面相觑。

郭宝箴：“电影拿奖了。”

庄钦点头：“是，恭喜您。”

郭宝箴：“你也拿奖了。”

庄钦：“是。”

郭宝箴：“恭喜你。”

叶飒进来看庄钦气色很红润，就是眼下有些乌青的黑眼圈，从包里拿了面膜给他，又问郭宝箴：“郭导要不要敷，品牌商送我的，我觉得这个还挺好用的，成分简单。”

郭导茫茫然地点了下头，拿来面膜敷上。

下午，坐车赶往会场，要走闭幕式红毯。

天色渐暗，天上开始飘起小雪。

庄钦身上穿的那套是去年年末做的定制，才刚刚做好，从巴黎带过来的，颜色是最正统稳重的黑色，佩戴领结，正好适合颁奖礼这种场合。

《藏心》在首映礼后变成了热门，但昨晚许多媒体都蹲守在另一部电影导演房间里等待通知，这封信的传统不少人都知道，而且组委会会在半夜打电话通知制片人，免得他们真的看不懂信上的内容。

那些媒体在另一部大热门蹲守了到了凌晨，等来了信。

是最佳女演员的银熊奖。

那最佳影片花落谁家？

这些媒体都是消息灵通的，知道多半是那部中国电影《藏心》。

他们坐的车是加长设计，全剧组主创都穿着礼服坐在车上。

下车的时候，雪落在了身上，庄钦脸上有些凉意，李慕抬手，手掌放在他的头顶上方，微微倾斜向着雪吹来的方向，邱明看见了，咳了一声提示他不要这么明显，李慕也没理。

四周的中外媒体全都蜂拥而上，镁光灯几乎照亮半边天空，麦克风黑压压的一大片，各自大声询问着各自的问题，几人都没有回答，保持着微笑，一路在媒体护送下走到红毯。

红毯走到头，会场台阶上，是德国国家电视台的记者。

记者用英语访问导演和主演，问的是电影相关的问题，郭宝箴应付记者经验十足，这个专访在室外进行了有十多分钟，记者才放他们进去。

庄钦的手指已经在外面冻僵了。

组委会给他们安排的位置靠前，方便出去上台。

现场到处都是摄像机，虽然还没正式开场，可庄钦也不敢做太多的小动作。

李慕看他偷偷地握着手心，指尖冻得发红，知道他冷，好几次想让他把手拿给自己，都忍住了。

李慕站起身，出去了一会儿。

过会儿拿了一杯在自动贩卖机买的咖啡回来："抱着暖手。"

庄钦惊了："……你怎么带进来的？"这种颁奖礼现场，显然是不让人带食物和水进来的。

李慕轻描淡写："让工作人员跑腿帮带进来的。"

手心一下就暖了，庄钦两只手握了有几分钟，把咖啡给他。

李慕："我不喝。"

"你不冷吗？"

李慕面无表情："难喝。"

"你抱着，不让你喝，怕你手冷。"

"我不冷，你拿着就是了。"

在会场的暖气下，庄钦抱着一杯热咖啡，心底暖洋洋的。

不多时，晚上七点，颁奖典礼准时开始。

国内是凌晨两点，各大电影博客、贴吧、论坛，都在实况文字转播奖项，以往除了电影发烧友，国内很少有人会去关注柏林电影节，顶多在网上看看女星的红毯照，看网红在柏林的街拍……

结果今年——

前两天庄钦的秀场高清图、视频一出来，引发的热度是空前地高，至少他出道这么久以来，还没有获得过这么大的关注。

以前"吃不下"他颜的，突然通过秀场照片理解到了他的气质。连李慕这个压根就没出道的，都被网友狂扒，只是扒来扒去，也只扒出他和庄钦关系近，李慕借此圈了他明星生涯中第一批粉，庄钦也圈了一批。

二人主演的电影在参加颁奖礼，正好赶上秀场照的热度，借此获得了很大的关注，电影迷开始无奖竞猜，庄钦的粉丝连电影预告都没看见，但已经开始疯狂"打 call"了。

评审团主席是美国的最佳女演员，还有德国的现象级演员，英美的制片人、策展人、影评人，以及一位著名导演，还有中国香港的演员，邱明来柏林前就拿到了他的联系方式，前些天整天请人出来唠嗑。

最先颁的是短片类，接着播放主竞赛影片的精选片段，片段是组委会自己剪辑的部分，多达二十部影片，一部部播放，但到达现场的剧组只有八个。

从银熊开始颁，杰出艺术成就奖，最佳编剧奖，然后是……最佳男主演。

庄钦在李慕的提示下知道马上就到他了，他努力克制情绪，心提到了嗓子眼，听见颁奖的女演员用不通顺的中文念到自己名字，庄钦不知道该站起来还是怎么，颁奖礼他不是没去过，可那些什么话题男星奖、红人奖……跟拿柏林最佳男演员，是完全不同的感觉。

摇臂摄像机对准了他的脸，会场屏幕上浮现出他的模样。

庄钦的位置在最里侧，李慕抬了下他的手臂，庄钦站起身，弯腰在众目睽睽下抱了他一下。

李慕有些意外，回抱他，约莫一秒钟，拍拍他的后背，头侧着，嘴唇在他耳朵边缘，声音很低："去吧。"

"嗯。"

庄钦走上台去，从女演员手里接过奖杯："谢谢。"

他还有点做梦的感觉，表面上却很冷静，捧着银色的柏林熊奖杯，用英语说出提前背好的获奖感言："感谢大家，感谢组委会，完全想不到能得这个奖，《藏心》是整个剧组孜孜不倦努力的成果，感谢我们导演，是你让我成为站在这里的人，感谢李慕，你在银幕上才华横溢，我们合作的时光很愉快，谢谢所有合作者，衷心感谢大家。"

庄钦看不清台下人的脸，真有种眼花到眩晕的感觉。

后面郭导上去拿金熊，也是差不多的感言。

北京时间清晨六点钟，庄钦发了条微博："把小熊带回家了。"

配图是他手握银熊奖杯，没有露脸。

凌晨三点半，消息传到国内，大家都在睡觉的时候，报社媒体已经被叫醒了，都想做独家："《藏心》讲什么的？拿了一个柏林最佳男演员，一个金熊？"

"哦……犯罪题材的。"

一些媒体想方设法地联系到了制作人公司，想找到导演和演员约个专访，庄钦人在巴伐利亚陪李慕买咖啡，也收到了不少演员同行的恭喜，以及记者的消息邮件，问他有没有时间做线下的专访，庄钦一律交给叶飒来做。

叶飒的态度是："现在做专访，浪费了你的人气，等到定档了再做专访宣传，事半功倍。"

拿奖过后，各国片商都知道了，他忙着陪片商看片子，和片商谈出价。

邱明也在运作关系，看看能不能安排公映。

国内院线已经在接触他们影片，只等定档，就能马上排片。

到五月，庄钦在姜导剧组的戏份拍摄到了尾声。

《藏心》的版权在海外市场卖得很好，美国来了几个片商出价，最后用六百万美金买走北美市场的版权，欧洲各大市场加起来也卖出了数百万欧元，到目前为止，电影的成本已经全部收回来了，郭宝箴也看得开，既然回本了也无所谓了，反正金熊拿了，国际声誉有了，基本盘也有了，下部片子的制片人投资人也都到位了。

刚刚离开《只差一步》剧组的庄钦，收到曾导的消息，他的片子在筹备当中了，问庄钦："有没有时间来看看？"

"您要我客串吗？"

"不用你客串，是配角的试镜会，让你这个柏林最佳男演员来给我做出题评委的。"

庄钦拿到柏林最佳男演员后，一反常态地低调，工作室只是发了条祝贺，并未大肆宣传，连他偷偷签了D家代言的事也没官宣。

可哪怕低调，该知道的还是知道了，他的活粉、业内人，知道他拿的银熊，分量不小。

因为他是华人的第三个柏林最佳男演员，还是最年轻的那个。

有些人实在好奇这部片子讲的什么，还特地飞国外去看了，影评人看完回来，表示："电影版权卖出去很多了啊，回本肯定没问题，还拿了这么重要的两个奖，庄钦拍这部片子值了，直接从偶像转型做了最佳男演员，太值了，他的演技真的很厉害，我都不敢相信他演过《青春纪念方程式》这种剧。"

《青春纪念方程式》，豆瓣评分3.4。

坐飞机回首都，李慕来接机，庄钦走VIP通道出去，在保镖护送下，上了李慕的私家车。

叶飒说了，这段时间一定要低调，二人能不接触就不接触，庄钦拍戏的时候，李慕也没来看他，只是打电话，或等他放假的时候才能见一面。

一上车，庄钦摘口罩，发现李慕还戴着墨镜和黑色渔夫帽。

"你在车上把脸遮住做什么？"庄钦把帽子摘了。

五月渐渐热起来了，初夏的日光透过车窗镀在他的脸庞上。

"刚准备下车去接你。"李慕取下墨镜，"那天出门吃饭被人认出来了，问我是不是那个模特。"

"如果电影能上映，你以后出门肯定要全遮住，你跟我不一样，你太高了，我还能在人群里藏一藏，你藏不了……"庄钦拍戏很辛苦，马不停蹄坐飞机回来，"不知道什么时候才能上。"

"给你说个事。"李慕把手摁在他的头顶，怕他激动跳起来了。

庄钦懒洋洋地发出一声鼻音。

"过审了。"

李慕声音很平静。

庄钦马上要跳起，被按下去。"别撞着头了，"李慕目光注视着他说，"定档九月。"

第七章

电影院不见不散

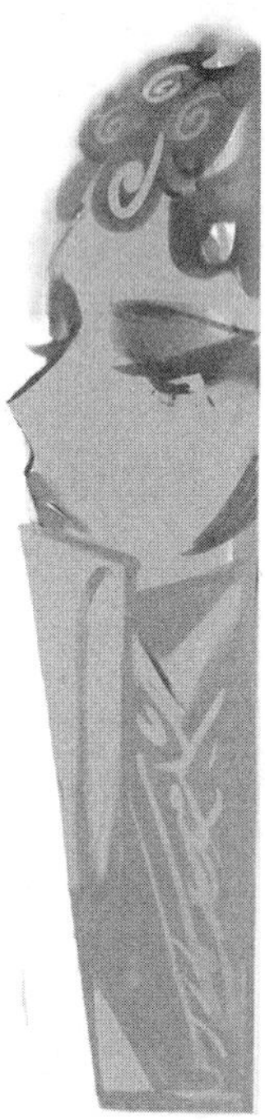

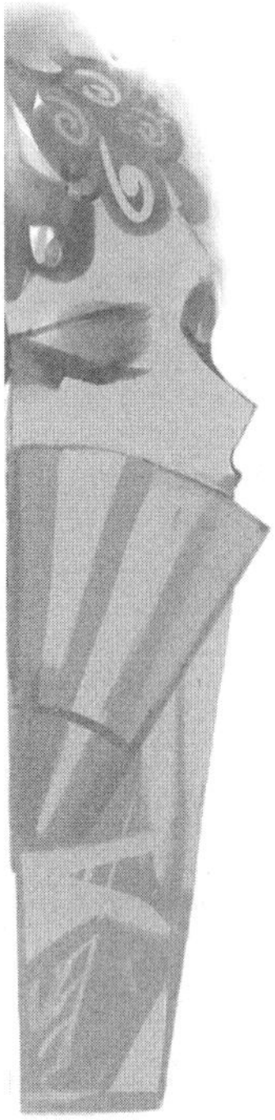

37

庄钦本以为要拖好几年才能公映，没想到这才拿奖两个月，就直接定档。

“是明年九月吗？”

“今年。”

九月学生开学，票房会迎来一个低谷期，加上国外上得早，怕提前宣传盗版就满天飞了，邱明预估国内的票房市场不会非常好，李慕倒是无所谓票房高低，只是庄钦拿柏林最佳男演员这件事，他希望最好是曝光到人尽皆知的程度。

车子开回停车场，庄钦回到家，发现家里的装潢大变样，家具几乎全换了，连一部分硬装都改了。

李慕换鞋，道：“你不在的时候，辉叔重新整理了一遍。”

入口处象征着花开富贵的玉石镶嵌的牡丹墙被磨平，换了旧的青石板镶嵌上去，挂了一幅字，写的是“多福”。

虽然不太懂书法，但庄钦只觉得那字写得好，便凑近了看。

酸奶听见主人回来的声音，从猫爬架上跳下来。

因为猫毛的问题，李慕并不是经常抱猫，因为抱一次就意味着要洗澡，但庄钦爱抱。

“这个落款，季……”落款是个印章，字体是龙飞凤舞的草书，庄钦抱起猫，仔细地看，终于辨别出来，惊异，“季崇恩？啊，是那个书法大家！”

辉叔过来说：“前些天回老家收拾东西，看见了这些压箱底的字画，我那不孝儿差点给我拿去卖了，我索性全部带回来了，得空我自己做了装裱，挂上一幅大的在客厅里。”

庄钦看向他，心里有些打鼓：“这些……都是真迹啊？”

他其实没看过季崇恩写的字，但是看过一篇郭宝箴写的报道，知道这位大师是谁，同样了解他的名声多大，一幅字画有多值钱。

“辉叔，您花了多少钱买的，有没有被骗？我听说很多仿品在市面上流通。”

李慕在旁边笑了一声：“辉叔精明，不会被骗。”

“你还不知道啊，老先生是李先生的外公。”辉叔笑道，“家里还多着呢，你要是喜欢老先生写的字，改天让李先生带你回老宅选两幅好看的、喜庆的。”

庄钦愣了有几秒钟，想起李慕的外公已经去世了：“不、不用了……也没有人跟我说这个。”

“是我忘了告诉你，”李慕说，“你有时间了，我带你过去，我小时候跟着外公住了有几年，有个我的房间。”

辉叔做了晚饭，吃完，回到房间里。

庄钦看见房间的窗帘、床具、家具，全部都换了一通，风格完全不同了，比之之前的奢华更低调沉稳，墙上挂一幅字画，画了两个柿子，写着两个字：“圆满”。

庄钦进衣帽间，换下衣服，突然回头问：“慕哥，你知不知道，郭导以前其实是做记者的。”

“嗯。”

“你知道对吧？其实他还采访过你的外公，不过那篇报道，好像出于一些原因，没有公开发表。”

“回答正确。”李慕想到得奖了也没送庄钦礼物，“你现在是最佳男演员了，有奖励的，想要什么？”

“我不要什么。”

李慕：“说一个。”

庄钦想了一会儿，说：“曾导让我去他的试镜会担任出题评委，我没经验，不知道怎么出题，你陪我一起去吧？”

李慕诡异地沉默了几秒。

“就这个？”

“再帮我看看剧本，写几个题目？”庄钦想曾导的试镜会，起码是几十上百个演员来见组，他也不知道曾导为什么让自己来出题，用意在哪里，但庄钦也没仔细问，他习惯了听导演的话，导演怎么说，他就怎么做。

李慕声音里隐含着一份难以置信：“没有别的要求了？”

庄钦努力地想，其实他没什么好要的，什么都不缺，工作上虽然有些压力，但叶飒知道他的对赌条款，最近帮他谈下两个广告，直接入账几千万的广告费。

38

过了一会儿，庄钦轻轻地说：“慕哥，下回拍戏，你来看看我吧。”

李慕愣了一秒，说：“好。下次你有什么需要，直接说。”

“嗯。”

李慕问：“拍戏压力大？”

“有一点。”尤其是他新方法掌握得不够，有时候导演要求一高，他一用老方法，入戏一深，压力自然而然就大了，经常做梦自己都是剧本里的人物。

“还想做演员吗？”

“想……小飒给我发了好多剧本，还没来得及看。”

经纪人筛选了一些剧本，发给了他，但庄钦还没时间看这个，他得先把曾导发来的剧本看一遍再说。

虽然曾导也不给他工资，但跟着这样的导演一起面试演员，是个不可多得的学习好机会。

庄钦趴在地台上看剧本的时候，李慕找了个角度，给他拍了一张：“你是不是很久没发微博了？”

“小飒说要低调……”庄钦头也不抬。

“现在不用低调，我帮你发？”

“嗯，你发吧……你知道怎么发吗？”

“知道。”

李慕把图片上的地点信息抹掉，发出去。

庄钦抬眼瞥他在用自己的手机，问："你还玩微博啊？"

他记得李慕是不玩这些的人。

庄钦再次低头："你有账号吗？"

"有一个。"

"可以弄个演员认证，或者不认证也可以，回头宣传电影的时候带上你，我们互动，就能涨粉了。你账号叫什么？"

"一段数字。"李慕对涨不涨粉什么的，都不在意。

庄钦说："你改个名字。"

"改什么？"李慕拿出自己的手机，发现自己的名字已经被占用了，有好多叫"李慕""演员李慕"等类似的ID，顶着他的脸做头像，甚至粉丝都还有好几万。

李慕心里骂脏话。

庄钦："就用中文名，加英文名，再加个符号……"

李慕把名字改好了，他只有去年抢他生日会票的时候转发过一条微博，现在也已经删掉了，他多个心眼，还查了点赞记录，全部取消后，整个账号干干净净，除了庄钦就没关注其他人了。

李慕问他："我能用你的账号关注自己吗？"

庄钦"嗯"了一声："你关注吧，反正过两个月就开始宣传电影了。"

九月电影才上映，宣传太早片源就流出来了，他知道好像已经有盗版传到了国内，邱明临时组建了一个负责《藏心》版权的法务部，正在疯狂打击盗版电影。

过了一会儿，李慕刷新自己的手机："我涨粉了。"

"几个？"

"……涨了几十个。"再一刷新，"一百多个了，还在涨。"

庄钦看一眼他手机，发现他的号是个连头像都没有的三无账号，结果眨眼间就上千粉丝了。

去曾导试镜会那天，庄钦在车上再一问了，李慕已经涨到了十几万的粉丝量了，庄钦有点吃惊："你连个头像都没有，怎么能一下涨这么多？"

"都从你那儿来的。"他一条动态也没有，但私信箱很满。

庄钦提前告诉曾导，自己带个人一起来，曾导以为是助理一类的，也没仔细问。

试镜会地点在曾导自己的导演工作室，是郊区的一栋白色两层小楼，庄钦戴着帽子口罩，正要进去，被门外工作人员拦下，拿出名册问他："请问您是哪个公司的？"

"悦动传媒。"庄钦把口罩向下拉了一点，工作人员马上把他认出来，又看了眼跟他一起来的另外一个，戴着墨镜看不清脸的帅哥，道："我先找找您的名字。"

名单足有三页，登记了姓名公司和电话号码，有上百个演员，试镜不同的角色。

往里看去，一楼的大堂内有个方正的小庭院，庭院是下沉式设计，天花板是通透的玻璃，围绕着小庭院坐着几十名演员，有男有女。

"不好意思……好像名册里找不到您的名字。"工作人员也觉得是不是搞错了，说，"我再找一遍。"

"我……"庄钦正想告诉他自己可能不在名册上，后面突然传来一个声音："小庄哥？"

他回过头，是身边带两个小助理的尤睿，笑眯眯的样子喊他："你也来试镜啊？"

"小睿，"庄钦也喊他，"……曾导叫我来的。"

"我们不会要竞争一个角色吧？"

庄钦仍然温和："不会。"

李慕眉头一蹙，墨镜后的眼睛冷冽地扫了那个小明星一眼。

尤睿感觉到了，忽地一瞥，就马上想起来了。

在法国的中餐厅里骂他的那个，T台上跟庄钦故意作秀炒作的那个。

他马上后退一步。

工作人员又仔细翻看了一遍："庄老师，这儿真的找不到您的名字。"

"找不到名字吗？"尤睿似笑非笑，"你该不会是没报名就跑来了吧？这个要过审核的，你没交资料还是没通过？"他转向工作人员，仍是笑呵呵的，"帮我找下我的名字，我先进去看会儿剧本，太阳有点大。"

庄钦平静地道："是曾导通知我来的，所以名册上应该没有我们的名字，我给他发个消息吧。"

工作人员点点头，客气地说："您要不先进来休息吧？"

庄钦得柏林最佳男演员的新闻没有大肆宣传，但行业内却是传开了的。

一个二十岁的、去年还在演3.4分的偶像剧男二的小演员，怎么变成柏林最佳男演员了？当真是戳瞎人眼！

工作人员认识他，自然不会刁难他。

两人站在门外，庄钦给曾导发了个消息，听见尤睿边走边跟身边亲近的助理说：

“名都不报就来试镜，他要是跟我争一个角色……”

助理：“那怎么可能争得过你！什么柏林最佳男演员……也太没含金量了，电影都不敢上映，2.9 分笑死人了！”

他身边工作人员全是他亲戚，自然全都很向着他，又捧他，尤睿音量还没怎么大，他助理的声音比他还大。

“什么 2.9 分？”曾导从楼上下来，看见庄钦，和颜悦色：“你来了啊，来。”

助理一喜，推了下尤睿：“导演叫你了。”

尤睿一蒙，向前走了几步：“曾导。”

曾导喊庄钦：“我听谁说什么好笑，2.9 分？”

庄钦朝他走去：“说的应该是《藏心》在柏林电影节的评分。”

曾导看了一眼长得很高大，但是遮住了整张脸，气场一看很显然不是什么助理经纪人之流的男人，马上就有点认出来了，是不是跟他一起拍拿奖那部电影的男演员？曾导也没问，说：“2.9 分，我记得是本届柏林电影节竞赛单元最高分了吧？”

那评分机制并非 10 分制，所以 2.9 分是非常高的分数了，尤睿看见他电影拿奖，很不可思议，出于某种心态也没去看新闻，只有他助理帮他看了，告诉他这部电影才拿了 2.9 分，他全程就只记住了这个 2.9。

尤睿眼睁睁地看着庄钦二人跟着曾导上楼去了，气急地瞪了助理一眼。

另一边坐满了来试镜的演员，曾导一出现就吸引了他们的注意，一看试镜会还没正式开始，居然就叫庄钦上去了，整个大堂不由得充满了窃窃私语声。

“庄钦……他刚刚拿了柏林最佳男演员。”

“什么电影？没看过啊……”

此时不由得有人这么去猜想他，又暗自讨论：“曾导不会是要给他开后门吧？演员表里没有他吧！”

“那可难说……庄钦和曾导在综艺节目里合作得不是挺好的吗？看着关系不错啊。而且人庄钦还去巴黎时装周给 D 家走秀了不是？太风光了，资源太强了。”

尤睿一下就忍不住了，说：“上次巴黎时装周啊，我也在，我在第一排看秀，其实事情跟你们想的不一样啊……”

工作室二楼分为几个房间，一间会议室，一间是用于演员试镜的，建设了舞台和灯光，还有观众席，不过这个观众席和剧院就不同了，只有两排座位。

庄钦一进去，看见里面还有其他人，曾导挨个儿介绍说：“编剧老师。”在场三个编剧，还有制片人，两个选角导演，全都在场，几乎坐满了一排。

庄钦完全把帽子摘了下来，挨个儿点头问好，曾导说：“刚刚跟大家说了，庄钦是我找的外援，他呢，一起参与给演员出题，打分。”

他的电影，他是老大，曾导还提前说过，自然没什么人有异议了。

曾导看了眼跟着来的李慕，跟庄钦说：“你朋友的话，坐二排旁观吧。”

李慕到现在脸还全遮住，坐到二排后才摘了帽子，露出鼻子呼吸。

这段时间出门被认出来的概率有些大，他自己也特别注意。

庄钦坐下后，看资料，曾导说：“这次没有规定说哪个演员必须试哪个角色，我们放了两个男配角，两个女配角出去，今、明两天面试，演员上来了，演员自己报想试哪个角色，咱们根据他的气质、长相来出题，你出了哪些题目？”

“我写在纸上了……”庄钦从书包里拿出资料，李慕坐在二排，看他跟旁边的导演、编剧，一起认真探讨工作。

编剧有点纳闷，不知道曾导在搞什么。

庄钦又不是他们这部戏的主演，怎么请他过来当评审？还亲自教他。

很快，试镜会正式开始，工作人员开始叫演员排号准备，庄钦坐的位置在曾导左边，那个演员一进去，上舞台，灯光亮的时候，他看见台下坐的一排人。

庄钦在一众导演编剧当中，自然是格外显眼，那男演员惊得眼睛都瞪大了，愣了好几秒钟，编剧直接提醒，问他：“你面试哪个角色？”

他才反应过来，自报家门：“导演好，编剧好，我叫……身高 181cm，毕业于中戏，演过……”

这是见组的流程，演员先看外形，这些庄钦也都清楚，但是第一回坐在这个角度看。

大堂里，一些演员在专心看小传，尤睿在那里跟人讲八卦：“我是听见了啊，说什么完美救场，根本不是那样，设计师在里面骂他了，他算是把品牌得罪死了！”

“不说了，我得看小传了……”这次试镜没给他们准备剧本，有详细的人物小传，把小传吃透了，现场出题。

里面叫了候场的演员进去，先前那个出来了。

因为都是不同公司的，大家也不太方便问，但还是忍不住：“里面都有谁啊？老师多吗，出的题难吗？”

“里面……”都是竞争对手，那演员也不太想说具体了，道，“反正庄钦在里面，他跟导演编剧一起出题。”

其他演员：“……”

39

先前都以为庄钦是竞争对手，还是走了后门，比他们有优势的那种，故而哪怕在背后讲他的八卦针对他也没带怕的，现在一听他竟然是制片方的一员，全体瞬间鸦雀无声了。

演员一个个地进去表演，曾导经常要问庄钦：“你觉得要出什么题考核他？”

演员表演完了，还要问他的意见：“他哪里演得不好？哪里演得好？”看得出曾导很喜欢听他的意见，表演的演员们面上不显，心里却泛起惊涛骇浪，也不敢在试镜会讲他的八卦了，只能私底下发消息求证：“庄钦什么来头！主演又不是他，怎么那么有话语权，选角导演权力都没他大吧！”

实则不然，虽说曾导要问庄钦，但也只是问问而已，决定谁来出演，最终还是要在第二遍看录像后，和选角导演一起开会讨论。

电影和电视剧不一样，电视剧可能选角导演自己直接就能定下配角演员，但曾导自己的电影，他全程参与选角。

尤睿在外面，拿着人物小传也看不下去，他坐立不安，本来这个角色他是十拿九稳的，私底下也和剧组选角导演接洽过，对方透露要他来参加试镜会，并且给他看了部分剧本，表示会保他进组。

很快，他就被通知要进去了，工作人员打开门说：“从这边台阶上舞台，面对舞台表演就行了。”

尤睿看见里面是个小型剧院，下面沙发坐着两排人。上舞台，旁边摄像机录像，尤睿站在中间的时候，看不太清下面，但依稀能分辨得出，庄钦的确是在下面，正看着自己。

他接洽过的选角导演给他递了一个“不要紧张”的眼神。

尤睿定了定心神，自我介绍：“各位老师好，我叫尤睿，身高……”

从身高、体重、年纪、毕业院校到参与过的制作，都事无巨细，其中最重要的自然是参与过的项目经验了，尤睿年纪虽小，演戏经历却很丰富，加上是童星出道，拍的片子比庄钦还多，虽然电视剧拍过不少了，但还没正式拍过电影。

曾导问："你要试镜的角色是？"

尤睿报了角色名，这是个重要男配角，台下众人交流，很快给了他题目："战俘营被攻破，你得救了，你面对一个帮助过你的敌人。"

题目是剧本当中的一段，这是战争题材的影片，尤睿的外在形象是适合这个角色，因为这个角色心地善良、单纯，十几岁就上了战场，人还没杀过一个就被掳做了战俘，在面对帮助过自己的敌人时，该做什么样的选择？

剧本里给出了答案，但只看过人物小传的演员是不知道的，题目考核的就是演员对角色的把握以及应变能力。

尤睿心神一下就稳住了。

这段剧本……他刚好是看过的，还私底下演练过，稳了。

很快，他做好准备开始表演，一开始，他的表现还让曾导惊艳了几秒，觉得这个演员，把人物小传吃进去了。

结果越看，越觉得有点问题。

曾导低头看剧本，沉思。

尤睿的表演很模式化，像是看过剧本的，但台词和剧本倒是不太一样，可是人物情绪的起承转合，都很贴合剧本节奏。

庄钦看得很认真，表演有精彩的地方，他也顺手记录在了本子上。

尤睿表演结束，曾导问了他几个问题，为什么这么演，是怎么理解人物的，他也都答得很好。

曾导觉得他表现得不俗，暗自点头，但和剧本太相似这点，始终让他在意，谁会把剧本透露给这个演员？

曾导翻到剧本的那一页，问尤睿："你看过剧本吗？"

"……没看过。"他问，"曾导，怎么了？"

"没，你表演得不错。"

编剧也低声说："挺好的，有灵气。"

选角导演："外形也很合适。"

曾导问庄钦："你怎么看？"

他对庄钦的要求是："假设你是导演，你今天来选角，你会怎么选？"

庄钦知道他也只是听个参考，就如实地说了些优点。

曾导："你觉得，他哪里演得不好？"

他说话声音不大，但准备下台的尤睿却听见了。

庄钦沉吟，低声说："要说问题的话，他年纪小了些，知道要试的角色是战俘形象，但穿得太干净了，不过后期化妆、定妆，全都可以解决。"

尤睿没听见，但心里认定庄钦在讲自己的坏话。

工作结束，曾导请庄钦留在自己工作室吃饭："你朋友也跟我们一起吧？今天没带助理？"

"没。"

"那就一起。"曾导去看李慕，李慕下午坐在后面旁观，就摘了帽子和口罩透气，因为坐在角落，灯一关就没人注意，灯一开，倒是有人要看他，他让人看习惯了，大大方方的，也不在意。

曾导心道这演员外形太好了，是演艺界特别匮乏的气质，高、精神、身材好、体格宽，满身贵气。

不过挑演员不是选美，不是帅就行了，英俊过头的演员，戏路也窄。

"你拿奖的电影我还没来得及看。"曾导把他留在工作室的食堂里，跟他说，"今天的演员里，有没有看好的？"

庄钦专门记了名字在纸上，曾导一看，每个角色后面跟了两三个演员的名字。

"这么多？"

"我看见他们身上有好的点，就把名字记下了。"

"跟我想的人选也差不多。"曾导把纸收起来，"你做导演，眼光没有问题，你导过戏，自己拍过片子没有？"

"自己剪过电影，拍倒是没有拍过。"

"你手机像素怎么样？"曾导说，"给你布置个作业，用手机，16 ∶ 9 的比例，拍一部二十分钟的短片。如果有更专业的设备，想用更专业的，也可以。"

庄钦呆住，心重重跳了一下。

曾导继续说："选个剧本，不用自己写，选好找几个演员，剧本有几个演员你就找几个，当然你也完全可以自导自演，拍完剪好发我。"

这是曾导以前在导演学院进修的时候经常做的作业，每学期都要拍几部，但大多是五分钟时长的短片，只有毕业的时候拍了二十分钟的。

后来经常磨砺，就拍到现在，两个小时的片子，花一两年的时间筹备，三四个月的时间拍摄。

曾导："有没有问题？"

"没，"庄钦说，"曾导，我什么时候交作业啊？"

"想什么时候交就什么时候交。你工作忙，有空的时候拍就行了。"

曾导也并非要收他做学生，不过是看见了一个好苗子，有心栽培、训练他一下。

六月一日这天是庄钦生日，今年的生日会和去年规模差不多，但送的礼物又有所不同。

叶飒和D家谈了合作，请设计师为庄钦设计了一个热气球标志，结合品牌20世纪C和D连在一起的logo，做了一款万用黑色皮质手环，可以戴在手上，也可以挂在包上做挂链。

在庄钦的生日会上，配上注有非卖品的包装盒，赠送给在场的一千名粉丝。

生日会最后到了尾声，大银幕放了一段电影首发预告，庄钦说："我的第一部主演的电影将在9月初上映，我请大家看电影。"

生日会一结束，叶飒马上安排了热搜。

"哥哥好大方，天啊，人生第一次拥有奢侈品……没想到是'爱豆'送的！"

"想和庄钦弟弟谈恋爱，他好会宠粉！"

"没抢到粉丝会门票……酸了。"

"这个手环没在专柜见过，官网也没有，是假的吗？"

"怎么可能，肯定是限量定制品啊！"

皮环颜值很高，黑色小羊皮配金属链条和锆石做的"碎钻"设计，戴在手腕上衬得皮肤立马白了一个色号。

D家马上联合发布通告，手环是本季限量新品，亚太区品牌大使庄钦和设计师一同设计的限量款，官网售价2199，各大专柜即将开售！

消息一出，时尚行业也惊了，庄钦怎么这就成品牌大使了？而且这么快就出了联名款设计单品，简直是闻所未闻的事！

演艺界上下也惊了！

什么？！真的假的？！

哪怕影片得了金熊奖，但上映仍然是一件很难的事，如果拖上几年，没准还有机会等班子换人，怎么就这么快宣布定档了？！

几个热搜一起空降，#庄钦 宠粉##庄钦 粉丝待遇##庄钦 电影##庄钦 CD#

多个 tag 在积攒了几个月的能量后，一下爆炸地狂涨，不认识他的路人看见他给粉丝送的小礼品也酸了，一听说生日会竟然不要门票钱，更酸了，这是在倒贴钱补给粉丝啊！

“不管了，我要粉他了……”

“听说电影上映，工作室请持有生日会门票的粉丝看电影？是有票根的都有吗？”

“电影预告有吗？听说是双男主角啊，要上映了耶，想看！”

制作方很快就公开发布了第一个电影预告片，并 @ 全体演员。

预告非常短，开片是李慕受伤，一身染了血的黑西装，黑发刺短，一双眼睛毫无温度，开枪时更是冷静。

两人相遇的镜头一闪而过，画面再一转，是李慕在厨房里做饭，一边切菜一边耍刀，刀工很漂亮。

“尝尝。”盘子往桌上一丢，庄钦睁着一双缺乏神采的漆黑眼睛，闻了闻说：“闻起来不好吃。”

李慕面无表情地拖过盘子，自己吃。

水龙头滴答一声，一个男人在门外凶恶地拍门，用泰语喊他的名字。

画面转到下一个场景，庄钦脸色煞白：“我杀人了。”

场景飞速快进，李慕冷静地站在海边，深蓝色的色调下是他轮廓分明的硬朗侧脸。海浪声很大，冲刷着黑沙滩，高大的棕榈树树叶摇曳，他回到车上，少年仍很惊惶，微微发抖。

“处理好了，”李慕点了一支烟给他，“别怕。”

火苗擦亮的一瞬，画面陷入漆黑，白色的片名浮现。

九月六日，全国上映

领衔主演：李慕

领衔主演：庄钦

郭宝箴专门通知了要转发。

庄钦想了会儿文案，转发说：“能参演这部电影我很荣幸，感谢导演和各位演员以及剧组人员的辛苦付出！九月六日零点，电影院不见不散！”

李慕是从庄钦这里转的，他不知道发什么，从来没发过这种东西，随手打了个 1

转发了。

庄钦这边看见他的 @：“发个 1 什么意思？”

李慕：“已阅。”

40

这几个月庄钦没忙别的，除了品牌活动，还在做曾导给的作业，筛选剧本，以及接手叶飒给他安排的几支不同品类的广告。

自打成为 CD 的品牌大使后，庄钦身价一下就上去了，哪怕品牌大使本身没多少钱的代言费，甚至出联名款赠送给粉丝还倒贴钱了，但身价一上去，立马代言邀约不断，加上他刚拿了柏林最佳男演员，广告费也提了不止一个档次。

广告也都不用去外地，基本上一两天拍完就休息，叶飒除了偶尔上门来找他，其他时间都是发消息联系。

最近庄钦的名声已经在她的经营下扭转了，不再是以前的黑红，柏林最佳男演员加持 CD 品牌大使，格调完全上去了，在爆炸式的信息轰炸下，已经没有人记得他那几个甚至不能称之为黑料的黑点了。说他英语不好，在节目上露了一手，原声对白说得极为流利；说他演技不好，刚拿了柏林最佳男演员，未必都是黑幕。

叶飒轻松愉悦地算了一笔账：“你还有票房收入没计入对吧？”

“对，电影投资有我的一部分。总投资七千多万，我占七分之一。”庄钦知道，光是海外版权加起来，已经超过一个亿了，等于国内票房是纯利润。

“最近暑期档，电影票房最高有十亿的，暑假一过，我们电影一上，估计最多只有三分之一。”叶飒一算下来，觉得对赌基本上可以在电影上映分红后完成。

“有没有想过，和公司解约后去哪里？”

“我还没有找下家……”庄钦最近看了大量的剧本，其中有一些他知道是能赚钱的，有些闻所未闻，他的机遇就包括手里这些剧本，不说去参演，只要他去掺一脚，投资一点，总能赚到钱的。

“我能不能，不找下家了？”他自己想了很久，“我想自己单干，不给人打工了。”

叶飒：“只要你给我发工资，随便你去哪儿。你自己有团队了，以后拍戏、拍广告、接通告，通通不用分成，是好事。”

庄钦没告诉她，自己不是想单独成立个人团队工作室，他还有其他的想法，又怕叶飒笑他，也没好意思提，庄钦低头看着A4纸上最近画的大量分镜图，他花钱买下了一册剧本，自己改编成了短片，做了新剧本。

可始终没有开工，自己一个没上过导演课、也没学过摄影的演员，凭什么去做导演？

“还在画？”李慕敲门，立在门边，“还是思考？”

“没画。”庄钦的思维被打断，看着书桌上乱七八糟的图，连忙收了一下。

他没学过画画，画的图其实都是简笔画，寥寥几笔示意这个镜头是什么构图，垃圾桶已经堆满了废纸。

“写作业这么认真，这么晚了，帮你关灯？”

李慕知道这是那个导演给庄钦布置的作业，庄钦为此付出了大量的心力，经常熬夜在画这个，有时候吃饭、睡觉，突然来了灵感就马上拿纸笔涂几下，别人也都看不懂，只有他自己能看懂。

“先别关。”庄钦把桌上的纸挨个儿罗列好了，“我还得整理一下思路。”

“工作十二个小时了。”李慕走到他旁边去了。

庄钦道：“我只是太想快点把这件事做好。”

李慕：“不是没规定时间？”虽说很喜欢他身上这股拼劲，但这样拼并不是很好。

“是，不过我现在正有热情，要趁着有热情的时候把它做完。”庄钦刚站起来，就发现腿麻了，他手撑着书桌，一下就不敢动了。

李慕：“腿麻？”

“嗯，走不动了。”

李慕蹲下：“上来，背你回去。”

庄钦犹豫了下，趴上去了：“好像从来没有人这么背过我。”

“这么说我是第一个？”

“嗯。”

“你师父呢？”

“师父也没背过我……”除了生病那回抱他去了医院，就没再抱过，师父对他严厉，背小孩子上街这种事，只会发生在两岁前的小刀身上。

李慕看不见他的表情，只能通过他的语气来揣摩，道：“那以后我都背你，什么时候不想走了，就趴在我背上。”

“我很重啊。”随着李慕走路的动作，庄钦一颠一颠的，感觉更高了，整个世界都不一样了。

“还行，再重点也能背。”从书房到卧室要走一会儿，李慕站到门前，庄钦伸手开门，李慕进去把门踢上，把庄钦放在沙发上：“腿还麻吗？”

“不麻了。”

“我给你放水。”李慕去浴室给他在浴缸里放满水，拿毛巾。

庄钦看着他进去忙，侧身靠在沙发上，眼睛都快闭上了。

李慕出来：“要睡了？”

庄钦站起来：“我去洗澡。”

“泡十五分钟我叫你。”

庄钦躺在浴缸里，昏昏欲睡。

李慕过十五分钟进来叫他。庄钦躺在床上，李慕给他穿睡衣袖子，弯腰给他系扣子。

庄钦呆呆地盯着他看了一会儿：“慕哥。”

李慕：“嗯？”

“我觉得你，像我家长一样。”

还没满三十的潮男李慕：“……”

“就是……像，我也没有过，也不知道，但我觉得如果我有，他应该会像你一样好。或者妈妈，你给我穿衣服。”

李慕：“……”

他无奈，知道他这种心理叫什么。

“你还小。”李慕关了灯，让他睡觉。

九月六日这天是周六，电影没有在国内举办首映礼，直接全国院线统一上映，而在此之前的点映会，评分已经稳定在8以上了。

邱明把盗版控制得不错，很多人都没找到资源，盗版的视频APP也没找到，想看的就只能上电影院看。邱明投资电影又不是做慈善，他才不管是不是删减和未删减，电影花了那么多钱、人力、时间拍好，怎么可能让资源流出去。

要做免费的也得等到年末，先把票房赚完了再说。

首日票房在零点就破两千五百万，大多是女生结伴去看，首日过后，口碑就一路走高，邱明花钱请了一些影评人来推，也买了水军，而且这种题材的片子，演员演技好，长相养眼，本身就很吸粉，“自来水”一波接着一波。

“不是糖水片！还有点虐，不剧透，演员的演技太好了，他的脸和演技真的经得起长时间的镜头凝视！”

“好像删过，但一口气看下来很流畅，表示不影响电影完成度！这个叫李慕的演员是新人吧？没了解过他的演艺经历，真是一张电影脸，高级，帅。”

“五月在挪威看过一次，回国看见电影院上了，买了张票跟朋友一起去的。”

“电影摄影、剪辑、美术、打光、动作设计……还有配乐，都是一绝，东南亚的氛围配上清凉的蓝绿色调，看起来特别爽口，没错，就是爽口，看得我想下楼买椰青。这个电影情节设计得太戏剧化也太特别了，犯罪题材，导演是个新人？很强！”

“演员也都是新人，两个主演都是，一个才二十一？拍这部电影的时候才二十岁，只演过两部电视剧。另一个男演员闻所未闻，可是导演真的很厉害啊，太会选角了，要窒息了。”

庄钦上网看了一些评价，大部分是四星、五星，也有三星、一星，评价让人无言以对：“前面挺好的，后面虐死了，不建议看。”

也有批判情节的，认为剧情不现实的，也有说出不对的来，对导演拍摄手法指手画脚，对演员某些表演也指手画脚，觉得他这样拍不对，应该那样才对。

“没有恶意，只是提个意见，觉得这样拍更好，导演还需努力，演员演技有些生涩，还可以更好。”

电影是庄钦投入了几个月时间拍的，郭宝箴更是前后准备了几年时间，虽然知道一千个人眼中有一千个哈姆雷特，但看见的时候难免不舒服。

“看完这部电影，表示泰国哪里有电影里这么美，电影把它拍得过于美了一些，沙滩和海哪有这么干净的。”

“两个男主角颜值绝了……太帅了！！李慕是梦中情人！！”

“我的年度最佳！！拍得太美了，深蓝色的海、浅蓝色的天空、深绿色的棕榈树、黑色的沙滩、躁动的夏夜。前半部分是艺术，后半部分很有商业套路，但依旧不失为一部佳作，导演的电影处女作，我给一百星也不够！！”

删减后的版本，李慕的戏份还要更多，突然他就爆火了。粉丝量每天都在狂涨，仅有的那两条配合转发的微博底下是新来的粉丝表白，他不看也不理。

“破亿了！”电影上映第六天，庄钦就从电话里得知了这件事。

票房周末连着两天过两千万，工作日差一点，但也过千万，一周过去票房成绩成为这一季同期上映电影最佳，郭宝箴做梦醒来都下意识地去看票房到什么数了。

电影拿奖了，挺好，但票房成绩才是实打实的履历。

院线方看电影大受欢迎，做活动邀请演员来宣传，没请其他人，就只请了两个主角，通过剧组联系上的，虽然是合作对象，但院线方也并没有一毛不拔，象征性给了通告费。

李慕并不在意通告费的多少，既然庄钦要去，那他也去好了。

九月十五日，电影见面会活动当天，在后台做准备，庄钦把麦给他戴上，告诉他这个用法："麦克风打开后，就不能随便说话了。"

李慕点头表示明白，晃了晃手机，表示手机联系。

"现在是关闭的，你可以说话。"

李慕："嗯。"

庄钦："你在台上还是得说话，不然会冷场，如果是不想回答的，我会帮你回答。"

这时，工作人员敲门进来了，递了两张单子给他们："庄老师，这是等会儿主持人会问的问题，还有活动流程。"

现在外面是歌舞表演，已经聚满了围观群众，有的是来商场逛路过，看见有演出，有的是听说了消息专门赶来的，除了电影海报，还有庄钦的人形立牌，不少小姑娘跑过去跟立牌合影。

庄钦分了一张单子给李慕，说："参加一次过个瘾，下次就没必要参加了。"他知道李慕根本不喜欢这种场合，"我等下会给主持人说，让她少 cue（提）你。"

李慕应了一声，看单子。

单子上有十几个访谈问题，还有现场你画我猜小游戏，整个见面会流程大概就二十分钟，参加完就走人。

庄钦把一些不好回答的问题划掉了。

在现场看了两个小时歌舞表演的观众已经开始躁了："怎么还不来啊？"

"时间不是到了吗？"

"好烦，主办方搞什么！"

就在这样的质疑中，人群中突然响起了女生的尖叫声："啊啊啊！来了来了！！！"

只见不远处，一圈穿黑衣的保安，中间围着的男人比四周保镖还高，也穿一身纯黑西服，却和周围的保镖是完全不一样的气场，那是一种隔着几十米脸还没看清却能清晰感觉得到的强大气场。

李慕这张上镜无死角的面瘫脸，出现在人群现场，堪称核弹效应，有粉丝看见了庄钦，大喊他的名字：“庄钦！！庄钦！！”

有一半还在喊李慕，全都拿出手机狂拍，拥挤，却被保安推开。

主持人在台上说：“大家冷静，不要拥挤，让我们演员上台来，不要拥挤。”

李慕面无表情，庄钦倒是笑着跟粉丝打招呼，让她们小心一些。

上台后，他自我介绍：“大家好，我是庄钦，在电影《藏心》中饰演安可。”

李慕拿起话筒，沉默了下道：“李慕。”

庄钦补充：“他在电影中饰演江琢。”

台下充斥着啊啊啊的尖叫声，整座商场全是人，被堵得水泄不通，连楼上都挤满了人，在往下看。

主持人：“欢迎两位，两位请坐。”

座椅是高脚转椅，这种椅子能够分散舞台上的人的紧张情绪，坐在椅子上转一转，会不那么尴尬。

男主持坐上去，脚有点够不着地，他尴尬地把脚放在脚蹬上，像个小学生。

庄钦坐上去，脚点在地上。

李慕坐上去，腿弯着。

主持人：“想问问现场观众，你们看《藏心》了吗？”

“看了看了！”

“好看！！”

“我也看了，刚还去二刷了。”主持人拿出一张电影票表示自己真的有看，随即道，“没有看过的也不要紧，可以在我们院线的电影院买票观看，等会儿活动结束有抽奖，可以抽取免票。”

接着，主持人拿着台本问问题：“两人是第一次合作，李慕是第一次拍电影吗？”

“是。”

“那对对方的演技怎么评价？”

李慕：“柏林最佳男演员。”

主持人问庄钦：“庄钦怎么评价他？”

“他是天才型的演员，我第一次跟天才型演员合作，压力很大，因为无时无处不在感觉被他吊打，他是那种……”

庄钦回答问题的速度慢，一个问题回答很久，这是他故意想的对策，他话一多，活动很快结束，两人就能下去了，李慕也不至于坐着一直尴尬。

后面问了五六个问题，时间就差不多了，两人站起来玩你画我猜，李慕画，庄钦猜，二人默契十足，很快玩完游戏，活动结束，李慕全程大概只说了三十个字。

离开的时候也是在尖叫声中，三层保镖护送下坐上的车。

李慕拿到了人生中第一笔通告费。

活动视频被人发到了网上去。

“真人简直了！比电影里帅了一倍不止，好高好高，我带着小姐妹一起去看的，真的，眼睛都移不开了，太帅了，感觉没化妆，但是皮肤很好，超级超级帅，词穷了不会形容！真的像油画一样，气质逆天，还有这个大长腿啊，看我的抓拍！”

“都是神仙颜值！我一个爆哭，我没了！”

坐飞机回首都的航程中，李慕手里还拿着一张访谈的单子。

庄钦看见了，问他：“不是说不好玩吗，还拿着这问题表做什么？”

“有几个问题。”李慕看完整个表格的问题，对上面某些问题很感兴趣。

庄钦探过头去，李慕指了一个：“这个。”

“初次见面时对对方的感觉……”

李慕想到的是男孩坐在雪场的咖啡厅外，给自己买了一杯拿铁。拿铁好像是被自己丢了？

“第一次，就是滑雪场那次吧，”庄钦认真回答，“撞了你，挺不好意思的。你呢？”

“被你撞得差点骨折。”

庄钦：“……”

李慕：“很庆幸你撞上来了。”

李慕看着他的眼睛：“不然冒失的小朋友怎么会弄丢护照，被我捡到。”

41

除了这一次院线的见面会以外，别的通告李慕觉得没有意思，不好玩就没去了，都是庄钦自己单独去的。

电影口碑上升，自来水多，买票观影人数更多。

制片方算满意了。一个月票房过三亿，和院线分成后有一亿，这种题材的片子获得这样的票房成绩，整个业界都震惊了！

十月初，曾导的剧组正式开机，给庄钦来电："有个角色，没找到合适的人，有时间来客串一下吗？"

"我最近只有通告，没有别的安排了。"他最近通告多，每天都在赶。但叶飒也说了，忙完今年可以让他休息半年。

"就是个配角，剧本你看过的，那么点戏份，你半个月就可以拍完回家。"

这部片子，庄钦有印象，不如曾导以前的片子，而且因为是纪实战争题材，和院线的合作有些问题，加上年轻人不爱看这种沉重的主题，最后票房平平，但口碑很好。

庄钦问是哪个角色，曾导一说，他想起，似乎是上次他去试镜会，见到尤睿面过的那个男配角，是个很抢手的角色，人物有深度。

"曾导，我不要片酬，您愿意给我角色，那我就演。"半个月就能拍完，对庄钦而言几乎没有什么压力。

"不要片酬？"

如果说庄钦只是个寂寂无名的小明星，想在他的片子里露个脸，不要片酬还说得过去，但现在的庄钦今时不同往日，他已经是柏林最佳男演员了，零片酬出演根本说不过去。

"那不行，拍戏多辛苦我知道，你不要片酬怎么行？"

"您教了我那么多，我也没有地方报答，有用得着我的地方，在您电影里客串，是我的荣幸。"人情是最不好还的东西，庄钦想从曾导这里学东西，不付出怎么行。

他认真地道："您如果想让我演，那我就不要片酬了。"

曾导在电话那头沉吟片刻。

二人要说关系好，也只不过是在真人秀节目里当了几个月的老师和学生，庄钦是唯一一个看得过眼的学生，曾导对他本就有提携的意思，认为他缺个让大众看见他演技的机会。

现在庄钦都拿最佳男演员了，票房号召力也有了，哪里还用得上自己帮忙，若非真找不到心里觉得合适的演员，曾导也不至于给他打电话。

"行，那我就不给你片酬了，你把日程安排一下，腾出半个月的时间进组。"

尤睿收到选角导演消息，告诉他角色换人的时候，正准备收拾进组的他蒙了："不是说曾导属意我了吗？"

“曾导觉得，可能其他演员更适合这个角色。”

“谁？”

选角导演含混地发消息：“具体我也不是很清楚，这个角色你没中，可以考虑一下其他角色，还有两个空缺，但是戏份要少一些。”

这部片子需要的演员极多，有些战争场面，可能要大量的群众演员。

尤睿一心想着自己的角色，他练习了那么久，以为是板上钉钉的事了，怎么说换人就换人？要是换个角色，他才不干，就要那一个。

“我的角色被谁抢了？”

对方没回答，尤睿换了个问法：“这角色戏份也不多，您是导演，怎么不能定了？谁抢了我的角色，他演得比我好吗？”

“我也不是总导演！选角也不是我一个人说了算，我选了你，其他人不认可你，我有什么办法？”

“谁不认可我？曾导吗？”尤睿灵光一闪，“庄钦？”

对方参与到制片团队选角的事，还历历在目。

“是不是他？他给曾导说不要我的？那我的角色给谁了？”

“应该不是，你就是运气不好，我要上工了，先不聊了。”

把消息撤回，那选角导演就消失了。

本来应该是自己的角色被人抢走了，换哪个演员都不能忍。不行，他得查清楚谁不长眼抢他的角色。

庄钦又要进组了，这回为期半个月。

曾导的剧组，待遇和姜导的差不多，因为是战争片，棚景和外景都偏远，附近连个好酒店都没有，住宿环境相当恶劣。

进组第一个晚上，庄钦和要演对手戏的几个配角演员围读剧本，因为他身份和“咖位”已经不同了，组里其他演员、工作人员，都对他有种莫名的尊敬。

和庄钦以前在其他剧组里感觉到的不太一样。

在其他剧组，工作人员表面上或许恭恭敬敬很礼貌，背地里却爱议论他有什么背景，当面一套背地一套地让人看不起。

到曾导这里就不一样了。

能感觉得到，是真的对他现在的成绩和实力有敬畏，甚至是诚惶诚恐，或许还有嫉妒，但再也没人会觉得他年纪小就好欺负了。

去上通告的时候也能感觉到这种由身份不同带来的变化，但庄钦还是和以前一样，勤勤恳恳上工拍戏，收工请工作人员喝饮料，少 NG 不要大牌，对谁都挺客气。

除了拍戏庄钦还跑去曾导那里偷学他的分镜，曾导也乐意教他："给你布置的作业做了没有？"

"剧本改好了，演员……我不知道找谁，分镜写了，分镜图画了好多，要明年才能交作业了。"拍电影太复杂了，和拍点小视频完全是不一样的。

演员的每一个走位都要经过设计，走到什么地方，打光要跟着，剪接也不连贯，因为随着摄像机的移动，人物的走动，会产生各种需求。出现的是多个移动的空间，并非单一空间，难度就更大，庄钦钻研的时候才发现有多难，要考虑每个空间中的元素构图怎么安排，各个空间彼此的呼应……拍出来是一回事，拍得漂亮又是另一回事。他还只是在试验阶段，就感觉到了烧脑，更别说拍了。

"这个不急，一口气吃不下个胖子，胃口小一点，不要太大。你看看这个镜头，能看出什么吗？"曾导指了下屏幕。

庄钦一看，道："远景。"

"按照剧本这里应该有个特写，我为什么只拍远景？"

全本的剧本他都看了，庄钦记得这个镜头的描写，是逃出生天后，战俘跑到了山坡上，黎明的光芒亮起，枪响过后，战俘倒地，他被击中了。

按理说这里是有个特写的，曾导给删了。

庄钦沉吟片刻道："画面静止不动，整个压抑的氛围就出来了，远景比特写给的留白更多，人就应该站在画面里。"

"是的，寓情于景，你很懂嘛。"

每个导演都有自己不同的拍片风格，半个月的拍戏时间，庄钦从曾导这里学了不少的实战经验。他演的是个悲剧式人物，压力很大，还要兼顾着学习拍电影，每天只睡四五个小时，李慕有时候跟他讲电话，讲着讲着，听见他打着电话就睡着了。

李慕知道他睡过去了，不出声，也不挂电话，就安静听着他睡觉的呼吸声。

庄钦提前完成了拍摄任务，本来还想多待两天学习，但因为李慕的生日他赶着要回家就没继续待了，曾导表示，有空他随时可以来围观拍摄。

"杀青回家，给自己放个小短假。"

庄钦甚至难得地更新了自己的微博动态，也没说在哪里拍片，什么电影杀青，发的是在飞机上穿黑色连帽衫，半遮住脸的一张自拍。

以往都是工作室帮他弄账号，如果经纪人不要求，一年也未必发一张图。

飞机起飞后，庄钦就开了飞行模式。

李慕知道航班号，自己开车出门去接他，想到他还有个助理，便叫了公司司机，他早早到了机场，没事干，一直看手机，看消息提醒飞机落地没有，结果突然看见他发自拍，穿的衣服是自己给他选的。

李慕忍不住，就去评论了一条。

飞机落地，小连拿了行李，两人走特殊通道低调出机场，去停车场。

小连被安排坐保姆车，专车送他回家，庄钦坐上了李慕的 SUV。

“肚子饿吗，夜宵吃吗？”李慕发动汽车，开出停车场。

“吃。”庄钦说想吃花胶鸡，李慕找了导航，开车过去，庄钦打电话预订座位。

两人在车上，一个开车，只能聊些剧组的事，庄钦嘴里十句有八句不离曾导，李慕就是：“嗯，嗯……”

“快到了，这里左转弯。”庄钦看着导航，突然收到了叶飒的消息。

一张截图。

“你让他发的？他什么意思？”

庄钦点开截图，原来李慕顶着大号在他评论区发了个系统表情，可就是这么一个表情，两个小时被赞三万多条。

庄钦和叶飒有一样的疑问：“你评论个糖果的表情是什么意思？”

“哦。”李慕看一眼，神色自若，“发糖。”

42

除了那一次院线邀请的通告，后来别的综艺、见面会，李慕就再也没去过了，但偏偏网友的兴致就很大，拼命去扒他，最后还真的扒出来点东西。

“我惊了！他是麻省理工毕业的，来演电影？”

“应该有三十好几了？奔四是真的看不出来……身材状态、皮肤状态都太好了。”

具体生日没扒到，但是扒到了他的入学年份和毕业年份，从而推断出年纪，殊不知他念 MIT 的时候也才十六岁不到。

李慕非常介意这种猜他年纪的。

尤其是他真的明天就要过三十岁生日了，结果今天看见网友那么一说，仿佛就真的四十岁了——庄钦才二十出头，心里还觉得自己像他家长。

李慕面沉如水，听见庄钦问他“明天生日你想怎么过”时，脸色又黑了一分，也不说话。

车厢光线暗，庄钦就去看他的表情，哪怕看不清晰，也能从周围气场嗅出他的不悦来，怎么又不高兴了？庄钦摸了摸鼻子，试探着道：“你要过生日吗？”

“随便。”

“你要办派对吗？请点朋友、家人，你家人有在国内的吧？”

“不请。”

李慕顺着导航找到了餐厅，在停车场熄火，这个点吃饭的人少，庄钦戴好了帽子和口罩，李慕摸出一副新墨镜。

两人衣帽间各自分区，李慕的衣服远比庄钦的要多，光是墨镜都有上百副，他对别的饰品，手表、项链、戒指什么的，兴趣都不太大，但尤其爱好买新墨镜。

两人上楼的时候，因为打扮太奇怪，好像被前台服务员认出来了，目光小心翼翼地在两个人脸上飞快地瞄。

进了包间，点菜，服务员也看他们，庄钦索性摘了口罩，比了个“嘘”的手势，服务员秒懂，一脸兴奋：“好的好的，我不会说的！”

在首都见到明星的概率挺大，但还没有这么近距离地看过，服务员不好意思死盯着李慕那张透着一股“别惹我”的臭脸看，就只好看庄钦。

素颜，睫毛好长啊，说话语气也好温柔，她觉得庄钦真是不上镜，真人比电视上怎么能好看这么多！可以说是她这辈子见过的最好看的男人了。

庄钦点好菜，要了新鲜椰青，跟她说谢谢。

包间门一关，庄钦伸手把他的墨镜摘了，露出李慕微蹙的深邃眉眼，好像受不了顶光源一样。庄钦把墨镜挂在自己领口：“谁又惹你啦？”

怕包间隔音不好，他说话很小声。

李慕答：“网友。”

庄钦：“……”

“你不会在网上跟人吵架了吧？”

“没。”

庄钦以为是批评他的，说他演技不好之类的被李慕看见了，道：“我上网看过了，没什么人骂你的，都夸你帅啊，身材好，演技也好。如果真有那么一两个，那也是千万分之一的键盘侠，跟键盘侠置什么气？”

“嗯。”李慕想想算了，没必要生气。

他告诫自己要少看点娱乐八卦，明明以前都没这个爱好，跟庄钦接触久了，才养成了习惯，看见他的黑粉会觉得生气，差点叫律师发律师函，有那么几个言语过激的，还真的被他发了律师函，而其他的大部分李慕都只能忽略掉，他知道庄钦一直以来的努力，不过是想摆脱在观众眼里一无是处的既定形象。李慕知道他这么努力，就更不喜欢有人批评了。

花胶鸡端进来，服务员敲门进入的时候，李慕一张脸毫无遮拦地露在外，顶上几个光源堪称死亡打光，能把人五官的瑕疵都暴露出来。

可哪怕是这种死亡打光，坐在庄钦对面的男人依然能招架得住，好像大师手底下精心雕刻而出的希腊雕塑，英俊的面孔经得起各个角度的考验。

那服务员也没拍照，就偷偷地看，看完就悄悄地出去了，一出去就开始搜。

很快就顺着庄钦的名字搜到了李慕的名字，原来他们一起拍了一部电影啊，还没去电影院看过。可哪怕没有看过，从旁观者角度，也能感觉到这两个明星关系很好。

吃完饭，庄钦留下了签名才离开。

他也不是怕人爆料，两人在外面吃饭而已，现在网上鱼龙混杂爆料的那么多，也没有真的落下实锤，谁爱信就信。

第二天上午十点，李慕才醒。辉叔煮了长寿面给他吃，因为季老先生爱吃面食，辉叔做面食面点的手艺一绝，最近还在学着做粤菜，因为知道庄钦在广州长大，爱吃点甜的粤菜。

辉叔问两人今天有没有什么安排，庄钦就说：“你问问他。”

辉叔看向李慕。

李慕抖开金融报：“没安排。”

辉叔就道：“那我打电话订点食材过来。”

李慕：“订个奶油蛋糕。”

辉叔意会到了，他知道李慕的口味，所以这个奶油蛋糕，应该是给庄钦吃的。

李慕还在等他给自己送生日礼物，他不知道庄钦要送自己什么，像去年那样唱戏吗？唱戏也很好，但是得让辉叔早点睡，不能让他听见了。

庄钦睡过午觉醒来，看见李慕在书房看书。

李慕翻动书页速度快，发现他几分钟看完，把这本放下，换了另一本。

仔细一看，那好像不是普通的书，有的是线圈本，有的是A4复印本，地上还堆了一摞，看起来更像是……

剧本？

“你在看剧本吗？”庄钦出声。

“随便看看。”李慕说，“帮你看看有没有好的。”

“你从哪里搞的剧本，那么多。”

“买的。”

“买的？”地上少说有二三十册。

“不知道你要什么题材，都买了一些，书房里还有。”李慕是看过一部分剧情梗概才买的本子，这会儿在仔细地看。

“你买这么多……”庄钦已经懒得问他花了多少钱了。

李慕：“你不要的还能卖出去。”

庄钦随手捡起一本，片名很陌生，没见过，但翻开后，依稀对角色名字有印象，再认真看一遍剧情，马上想起来了。

这部电影是不是拿了个金鸡奖？是最佳男主演还是最佳女主演来着……

庄钦记不清了。

“上哪儿买的？”

“托人联系了编剧，就随便选了一些。”

庄钦看了他一眼。

李慕的眼光真不是盖的，随便选个大纲都能买到货真价实的金鸡奖作品，还想好了自己不拍能卖出去赚钱……这种剧本，是肯定能卖掉的。

他来了点兴趣，就坐在地毯上，一本一本地看。他阅读速度没有李慕那么快，二三十分钟看一本的梗概，从中挑出部分来，挑到后面，忽然见到一册封面。

剧本名字熟悉到他一看就认识。

庄钦看这本时两眼都在放光，李慕注意到了，问：“喜欢这个？”

“嗯！”

庄钦：“这个男主角，太适合你了。”

李慕愣一秒：“不。”

“你喜欢的话，可以做导演，我给你投资。”李慕胳膊撑在沙发扶手上，下巴搁在小臂上，低头看着坐在地毯上，背靠着墙的庄钦，“或者你要主演，我也投。”

“我演不了……你才能演。”

李慕：“拍了一部就够了，我不演戏了。”

“你肯定会……”庄钦怕说多了蝴蝶效应，把剧本放到一边，“这个剧本，好像就是为你量身定制的一样。我有预感，你如果拍这个，肯定能拿最佳男演员的。”

既然是过两年才会上映，那应该是明年才会开拍，虽然还不认识导演，但业内就那么些人，想找个导演多容易的事。

李慕：“我对拿最佳男演员没兴趣。”

他伸手捡起剧本扫了一眼：“如果你真的这么看好，怎么不自己去拍？”

“我不行的，你适合这个角色。”

李慕对角色的兴趣不大，闻言道：“你做导演？”

“我……我哪会啊，我导，就成烂片了。”庄钦有那个想法，但还没落实，手上的短片都还没拍出来，何谈拍电影。但他确实是有这样的想法了，从幕前转到幕后。想着如果自己做不成功，就去做制片，别的不说，什么东西能火，近几年的趋势他全都了解。

李慕专注地凝视着他，慢慢地说：“不会可以慢慢学，没有人是天生什么都会的。况且，你这么聪明。”

“……那我慢慢学。”

庄钦不再提剧本的事。

这一天庄钦都没上网，也提前跟叶飒打了招呼，说自己断联一天。

到晚上，晚饭是辉叔做的一桌子大餐，南北几种菜式的集合，辉叔一把年纪，对下厨情有独钟，往日自己做给自己吃没什么意思，现在有人吃他做的饭菜了，这才有意思。

订的蛋糕很大，庄钦不能吃太多，李慕就意思意思吃了一口，三十岁的钟声在他脑海里敲响，李慕吃完就跑去漱口了，这个三十岁生日，太没意思了。

庄钦打开衣帽间的门，里面有个带指纹锁的柜子。

他把给李慕准备的礼物握在手心里，一时有些烫手。礼物是前几个月定做的，但他考虑了很久，不知道该不该送出去，也不知道未来会怎么样。

庄钦看他去洗澡了，先是把礼物放枕头底下，但意识到李慕可能不是豌豆公主，便拿出来放在床头，铂金的材质在床头阅读灯下分外惹眼，庄钦把东西装回盒子，塞到床头柜里，接着拿出来，放在被窝里。还在犹豫，要不要送这个？

正当他到处找地方藏的时候，李慕洗完澡出来了，一眼就看出他在藏什么的样子。

李慕故意弄出了点声响。

庄钦往背后一藏，转过头去。

李慕面不改色地走过去：“给你放了水，要泡澡吗？”

“我不洗澡了。”庄钦手心攥着小盒子，几乎出了汗。

“好吧。”李慕侧着坐在床边，冷冽的眉眼在暖光灯下显得柔软许多，“有什么要说的吗？”

“说、什么……”

“没有吗？”李慕把手伸进去，找到了他的手腕，捏住。

庄钦知道躲不过去了：“给你买了小礼物，你别嫌弃啊，就很普通的……”

“你送什么我都喜欢。”李慕还想听他唱两句。

庄钦把盒子打开，把东西塞给他：“你拿着玩。”

李慕感觉到是小饰品，想可能是袖扣、领带夹什么的，但从来没有想过，他会给自己戒指，毕竟自己去年就定做好了，到现在还没送给他。

第八章

独立工作室

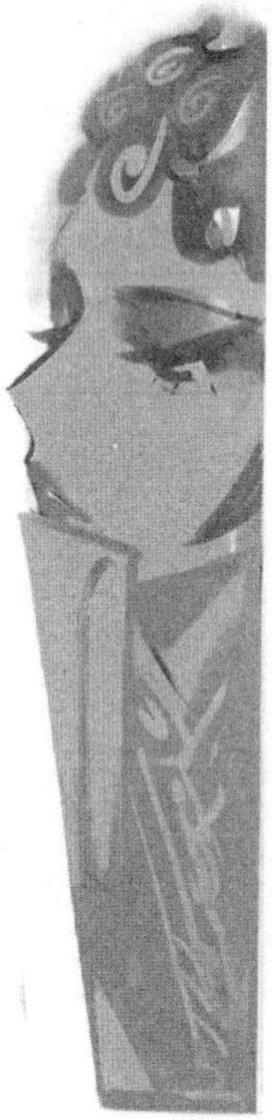

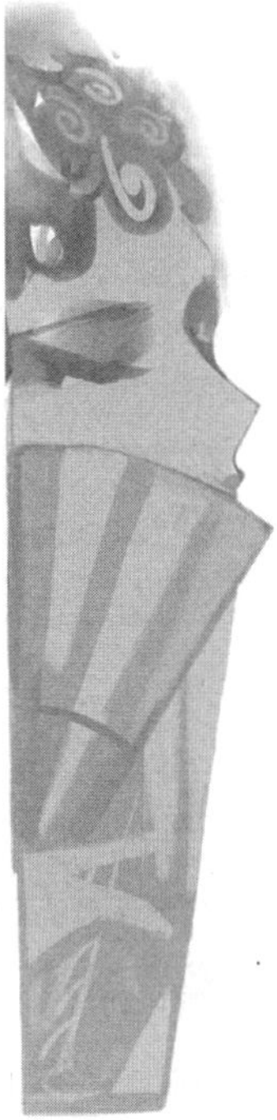

43

庄钦断网了几天，在家里没事就和李慕窝在一张地毯上看剧本，不上网不看新闻电视，工作手机也关机。

几天后，他的私人号码接到了叶飒的电话。

“我知道不该打扰你放假，但是有两个消息，你必须听一听……”

“什么？”庄钦进了影音室讲电话。

“一个好消息一个坏消息，好消息是，清算出来你去年今年的收入已经有两亿了，不过这是税前，你抽个空在十二月接几个通告，就算是你的对赌提前完成了。坏消息是，悦动高层在搞你。接下来会有一些小风波，你得准备好了。”

“是发生了什么吗？”

庄钦听见“悦动高层”，马上就知道是其他高层，也知道他们会用什么手段。

或许是泼脏水，让他赔偿大笔的违约金给代言的品牌，所以他最近签的广告合同都只是一个季度。

他们会抓住一个很小的污点，无限地放大这个黑点，制造舆论淹没他。

和公司对赌要完成了，就等于自己卷走这两年里公司应得的分成，一个亿不是什么小数目。悦动高层怎么可能眼睁睁地放他离开？但他也不可能不做反抗。

“不是什么大事，你上个月去曾导的剧组拍戏，那个角色是尤睿试镜的角色，他当你抢他角色了，之前你拿了CD品牌大使，可能那会儿就憋着了。昨晚发了微博指桑骂槐。他也是被人当枪使了，现在已经删微博装死了。”

叶飒联系到他们工作室，想公关一下，让他们发个声明，没想到尤睿工作室的员工这么趾高气扬，说删都删了，就当没这事儿，让他们不要欺人太甚。

叶飒看谈不拢就算了，也不太严重，澄清一下就行了。

但她没想到事情发酵得这么快，一看就知道不对劲，是有人在背后故意给庄钦扣帽子泼脏水。这事说大可大，说小也小，她反应速度很快，但对方显然也是有备而来，舆论有些控制不住地发酵，热搜花钱撤了又上，撤了又上。

叶飒一查才知道，背后好像有庄钦经纪公司的身影。

她说：“一切有我，千万别出来回应。

“可能对你的生活会有些影响，不过不大，你别上网，在家看看剧本、电影，打打游戏，实在不行出国玩几天。”

“我没什么的，我就是怕，这个会不会把李慕牵扯进来？”

“你担心他做什么？他又不当明星，跟你不一样。”

“会有人骂他的。”李慕那么骄傲的一个人，可能不会在意这些不友好的声音，但庄钦并不想让他受牵连。

“我的乖乖，老担心这个做什么，别发声就行了。我打电话就是为了提醒你这个，你得相信我和团队。”

叶飒混迹业内多年，什么大风大浪没见过，带的第一个艺人就是出了名的硬刚，脾气差到极致，有回被媒体问了极其羞辱的问题，气得抓起话筒砸过去，她身上黑料不少，现在还不是风风光光地当一姐？原因就是有大佬撑腰，无人敢动。

类似的事情她见过不少了，所以不希望庄钦有不好的下场，目前看来赢面很大，只是悦动掌握了不少庄钦的私人信息，怕爆出一些私事来打得他措手不及，但也只能兵来将挡，水来土掩，见招拆招了。

庄钦挂了电话，另一台手机开机。

他没听话，还是上网看了一下。

尤睿虽然年纪小，可粉丝量却不少，粉丝把他当成宝贝，一听有人抢宝贝的资源和角色，哪里还能忍？

庄钦坐在影音室的皮沙发上，尽量心平气和地看下来。

尤睿原话是："你介入制片方，踢掉了我，这我都忍，我为了这个角色付出这么久，凭什么你一句话就顶替我，凭你有背景吗？"

不到一分钟他就后悔删掉。

奈何网友手速太快。

昨天半夜，大家还在猜是谁截走尤睿的角色。这么大一个瓜，当夜就登上热搜。

今天一早，突然来了拨"知情人士爆料"。

"那个角色是某个大导正在拍摄的电影，最近几个月开机的。尤睿拿到了角色，结果Z姓小鲜肉，拿了最佳男演员那个，直接介入制片方把他辛苦拿到的角色抢走。"

小鲜肉，姓Z，拿最佳男演员。

叶飒暗道不好。

这下可完了，尤睿的粉丝，庄钦的黑子和水军全都来了，骂声非常难听。

她自然不想让庄钦上网看见这些东西。

庄钦没有看很久，心里一阵一阵地刺痛，没办法不去在意，在备忘录里打了半天的澄清声明，最后都删掉了。

他退出软件，给曾导发了个消息。

"我刚看见。"曾导不玩年轻人玩的东西，他回复，"什么垃圾玩意儿，对自己演技没点数吗？！等会儿，我帮你做个澄清。"

庄钦不知道说什么，只能说"谢谢您"。

曾导："小事一桩。他这一给你泼脏水，不是连着我一起骂了么？毁我声誉，给我等着。"

他发完消息马上就去找当初的试镜视频，让工作室剪辑师快速剪出来。

他速度太快了，没一会儿就编辑好了内容。

"我导戏这么多年，合作过的都知道，我的电影不看你是什么咖，你有什么背景，我只看你演技好不好，能不能演好我的角色，演不好的我都懒得理。当年有一桩逸事，孔莱来试镜我的男主角，我觉得那个角色不适合他，但男二适合他，给了他男二的角色。然后他拿了最佳男配角。后来都知道，他演我的男主角拿了最佳男演员。所以，你又是什么咖？大学四年读完没有？我说你不行你就是不行！好好上学，跟着老师学学演员的基本修养！@尤睿。"

他很少玩，让助理帮忙操作的，助理删了几个"滚"字："曾导，不能这样发，要不要把孔莱打码啊？"

“打什么码！发发发！”

曾导情绪激动，助理心想算了算了，曾导这个脾气就这样了，尤睿是踢到铁板了。

这条微博还配了一个视频，就是尤睿试镜的剪辑，但因为涉及下部电影的剧透，所以剪辑的重点并不在他的表演上，而是他表演的时候，台下坐着庄钦，庄钦看得很认真，还做了笔记。

他演完下台，曾导问庄钦有没有什么意见，哪里演得不好，庄钦的回答是：“要说问题的话，他年纪太小了些，知道要试的角色是战俘形象，但穿得太干净了，不过后期化妆，定妆，全都可以解决。”

明显是肯定的意思，哪里像是要抢角色的。

“发好了，是这样吧？”曾导发了截图给庄钦。

庄钦一看也蒙了，万万想不到曾导会帮他做到这个地步。

“好像没什么人理我。”曾导说，“我就二十万粉丝，等下，我打电话叫人。”

曾导又消失了。

庄钦自己坐在没有开灯的影音室，有些发蒙，鼻子还有点酸。突然就有种，其实自己并非孤立无援的感觉。

另一边，李慕也接到了叶飒的电话。

叶飒说：“你知道他听见我说，悦动传媒高层要搞他，他担心的是什么吗？”

李慕：“我？”

叶飒：“……是，他担心给你带来不好的名声，会有人骂你。我让他别担心这个，让他别上网了，你带他出门玩半个月好了。”

李慕发现庄钦人不见了，一边打电话一边出去找。

家里面积虽然不是特别大，但房间多。

李慕开了一个门，没找到人，又开了另一个门。

叶飒：“那悦动高层……要是还准备有后招怎么办？”

“吞并掉。”他本来只收购了一半的股份，钱已经花了不少了，用的是股权代持，把剩下的全部吞并，所谓的高层就瓦解了。

李慕找了好久，打开影音室的门，在黑漆漆的房间里看见他拿着手机坐在那里看。

李慕挂电话，开灯。

庄钦忙把手机一藏，像个偷偷上网被家长抓包的小学生。

“在上网？”

“嗯。”他整理情绪，吸了吸鼻子，垂着的眼睫毛有些湿润。

“手机没收。”李慕拿过他的手机关掉，注意到他的情绪起伏，意识到他肯定是被那些造谣的新闻给影响了，“收拾一下，护照拿上，带你出去玩。”

44

“啊？”庄钦有些许的茫然，“现在吗？”自己才刚刚跟叶飒讲完电话，李慕就来了，速度怎么这么快。

“先收拾，今晚就走。”李慕得安排航班，“想去哪里？”

“都可以……你先把手机还我。”庄钦望着他。

李慕拒绝：“眼睛都红了还看。”

“我不是哭的，我没受影响，我就是，”庄钦觉得，这种情绪比较复杂，很难形容，笼统来说应该是感动，“慕哥，把手机给我吧，我要给曾导道谢。”

“曾导？”

“他帮我澄清了，让好多人转发。”等于是把原本集中在庄钦身上的火力，转移到自己身上了，曾导原本根本没必要这样做的。

庄钦打了一大段的文字，最后发了一段语音：“以后拍您的戏，我都不要片酬。”

曾导回：“一码归一码，这事儿也是因我而起。”他也是没想到有人会试个镜就理所当然地把角色当成自己的了，而且剧组的选角导演泄露剧本的事，也让他万分恼火。

一开始曾导发现自己没几个粉丝，而尤睿的小粉丝哪里认识他是谁，一看他才二十万粉丝量，一条微博点赞的人都没几个，就让他爬远点，别碰瓷他们家尤睿。把曾导气得不轻，马上打电话叫人，朋友圈发了，又群发消息，让人来转。

没一会儿，就来了演艺界的半壁江山，全都是几年不营业的德艺双馨老艺术家，但转发的口风倒不是帮庄钦说话，只说曾导的为人，被提到的那位演员回应：“谢谢曾导当年的赏识，才有我的今天。”

某国际知名女演员：“曾导的剧组，不是说一般人能进，哪怕你没演过戏，合他眼缘，觉得合适，女主角都给你当。咱们演员演戏，都有个过程，试镜见组什么的，太多太多的演员可能见一百个组也不见得有一个要你。现在的小演员，太傲了，还缺点沉淀。”

一些营销号一看风向不对，又出来笑尤睿作妖：“试镜是什么意思都还没搞清楚，试个镜就把角色当自个儿的了，还夹枪带棒攻击别人，人家好歹是柏林最佳男演员，论演技这是越级碰瓷啊。先把大学读完再演戏吧！”

打得尤睿工作室一个措手不及，这才手忙脚乱地发声明，说尤睿是被盗号了。回应到这个地步，再买个营销，估计也就差不多了，网络更新迭代快，没两天所有人就会忘掉这事儿。

结果没想到第二天，之前谈好合作的品牌，突然发消息，表示不再跟他们合作。

一些谈好的角色和剧组，纷纷表示角色黄掉了，不能让尤睿演。甚至连签了合同的，都主动付违约金。

彼时庄钦人正在飞机上，手机被李慕没收，关机不让他碰。

私人飞机上明明有 Wi-Fi 的，李慕就是不让他上网，专门给他放了电影看，看了两部，睡了一觉，结果庄钦老是惦记着曾导，一会儿又说：“尤睿的粉丝战斗力很强的，曾导被骂了怎么办？”

曾导那个脾气，可能会直接开骂，一骂就一发不可收拾。

“我应该发消息提醒一下他，让他别上网的。”

“好了，现在凌晨，导演早就睡觉了，哪里像你！”

“可是我睡不着。”庄钦在座椅上躺平，李慕坐起身，从行李箱里翻了个盒子出来。

机舱里灯光全熄，李慕找了插头，连上电源。

庄钦感觉到光源，一下睁了眼，入眼是映照在狭窄机舱天花板上的星空，星空凝固出了静寂的美感，流星快速划过，一行英文字浮现，意为：“遇见你们，我是如此的幸运。”

庄钦睁大眼：“你怎么还带了这个啊！”

“随便带的。”

“我以为你早丢了……”两张座椅都放平，中间的扶手压下去，宽度约莫是一张一米三的床。

蓝色的光芒星星点点地映照在李慕的眼底：“怎么会丢？”

这是庄钦去年生日会前夕送给他的礼物，李慕以为是单独为自己准备的，他对这种虚假的美好幻想本来不感兴趣，毕竟他什么美景没见过？可当晚他把这个星空投影仪开了一整晚，感觉到了一种特别的对待。

没想到在生日会上，发现所有粉丝都有。

李慕那时候就知道，庄钦心底其实装着很多人，比如现在，他三句话不离曾导，都是曾导多好多好，指导他什么什么，他在曾导身上学到了什么什么……

李慕耳朵都听得起茧了，还得忍着，想告诉他自己也做了些什么，但最后还是没说，他不想给庄钦什么压力。

十多个小时的航程过后，庄钦睡醒，在飞机上用了餐，飞机落地，基督城正是下午，十一月的新西兰正是春末夏初，巍峨的雪山依稀可见一点积雪，快要全部融化了。

庄钦其实都不知道自己要去哪里，过海关的时候海关问了，李慕说新西兰。

他坐在车上，也不知道要去什么地方，在这种天气下穿一件薄款卫衣，拉开车上的窗帘，看窗外的风景。

庄钦想拍照，问他要手机，李慕给他了，庄钦拍了一会儿，问他："我能上网吗？"

"不。"

"我就看看，真的，我保证不看不好的东西，好不好？"

李慕无奈："给你玩十分钟。"

李慕监督着他玩，庄钦切换的是小号，搜索的关键词也是曾导的大名。

结果发现，事态完全扭转了，尤睿的粉丝在被科普了这位导演是谁后，发现是位大佬，彻底不敢说话了。而曾导的言论也引发了一系列的思考。

鼎鼎大名的演员、导演站出来痛斥现在这种行业现象："为什么以前能拍出很好的片子？一九八几年的时候，那时候我们演员只领基本工资，每个人都兢兢业业，现在有的电视台还在播当年的片子，怎么现在拍出来的东西完全不对味了！"

庄钦甚至看见，连姜导也出来公开发表了自己的想法："我合作过的演员很多，什么样的都见过了，片酬就不说了，该拿的没什么好说的，今天要说的是敬业的问题。

"庄钦演我电影的时候还没拿奖，但他在我剧组，是最少 NG 的，从来不吃'螺丝'，我就说他，说你这么勤奋好学下去，早晚能出头。说完这话他就去国外电影节拿了个最佳男演员。我意思是，如果现在我们的年青一代的演员，能够把心思放在拍戏上，而不是营销啊、骂战啊，早晚也能做出成绩。我们老一代的导演选角，不是看粉丝量如何，转评点赞多少，那都是虚的，虚的东西我不看，只看实在的。当然可能是我跟不上时代，等新生代起来了，我们老的退休，少了坚持的人，演艺行业可能还会发生剧变。”

李慕提醒：“十五分钟了。”

“等下我给姜导发个消息……”庄钦说，“再给我一会儿时间。”

姜导正好在线，庄钦说谢谢他帮自己说话，姜导说自己就是不吐不快。

两人一聊上，时间就过得特别快，李慕看他只是在聊天也没看其他东西，就不作声提醒。

庄钦听姜导的话很有感触，跟李慕说姜导有多好：“还有曾导也特别好。”业内有些导演确实有人品问题，可他遇上的这两个却不然。

李慕：“一个小时了。”

“等等，我马上跟他聊完了……”

庄钦有种考试要结束还没做完题的抓狂：“好了好了，姜导说他有事！聊完了！”

他跟人聊天从来不是掌握主动权的那一个，不知道怎么去结束话题，尤其是跟导演这种对象聊天，因为庄钦对对方是有所敬畏的，导演不喊停，他也不敢叫结束。

庄钦把手机还给他，双眸漆黑明亮，看起来精神状态好了不少。

“我不玩了还不行吗？”

李慕唇角微微一翘：“嗯。”

“跟导演聊天，怎么能聊这么久？”

庄钦：“姜导他对我……在剧组……”

李慕漠然地听着他说别人这里好那里好。

半天后打断：“就这么好？”

庄钦停顿一秒说：“你也好。”

“哪里好？”

“你带我出来玩！”

李慕本来有些不爽，觉得自己做得也不少，怎么没有姓名，可庄钦这么一说，瞬间心就是一软。

庄小钦童年缺少的东西，他会一样一样地弥补回来。

汽车停下，司机开车门，两人下车，脚边是行李箱，有几个穿白色制服，看起来像当地人的员工接待他们。眼前是一望无垠的绿油油的高地，入眼处人迹罕至，连空气中都弥漫着青草的香气。

“这是哪儿？酒店吗？”庄钦想申请一下拿手机拍照。

“牧场。”李慕坐上摆渡车，因为窄，两条长腿无法伸展。他戴上墨镜，长臂懒洋洋地搭在庄钦肩膀上：“我的。”

45

牧场位于基督城和皇后镇之间，可以从牧场搭船到皇后镇泡温泉，同理，游客可以从皇后镇搭船到牧场来玩。李慕跟他解释自己一年也不一定来一次，所以其他时候，这里其实是作为一个私人景点对外开放的，但价格也收得颇高。

庄钦：“所以你开这个牧场，没有亏钱？”

李慕说：“没，你喜欢吃的蜂蜜就是从这里来的。”出于产量原因，牧场生产的肉类蛋类，每个月都会空运一些到国内，李慕这里三个人住，吃不下那么多，就运送到本家。

庄钦又问他：“你这么多乱七八糟的产业，明尼的滑雪场不会也是你开的吧？”

李慕说不是：“我投资的在丹佛，很小一个，人多。”

李慕不乐意去。

庄钦：“……哦。”

李慕：“想滑雪，一月带你去哥伦比亚山脉，或者，去看看你师父师娘。”

庄钦低着头想了一下，应了。

虽然牧场已经被商业化了，但一点看不出商业化的痕迹，庄钦可以躺在多汁牧草形成的高地上，什么都不干，穿一套棉质外套长裤，平躺着看天空、看远处羊群，就这么看一整天，迷失在这样的纯净当中，思想延伸得很远很远，穿越高山密林，脑袋放空。有时候牧场的人在远处工作，有羊脱群跑过来了，工作人员过来赶羊，会跟他打招呼，说早上好。

庄钦跟羊玩了一会儿，又躺回去。

李慕会蹲下来，问他在看什么，他就指着这朵云说：“像不像一只大象？还有那个，像不像……”

这脾性简直像是几岁大的小孩，李慕却是躺了下来，在他旁边，从他的角度观察：“你说那个吗？”

“不是，是这个。看见没有？”

李慕其实没看见，或许庄钦眼中的大象和他眼中的不同，不过自己还是回答看见了，满足庄钦泛滥的童心。

在牧场过了几天与世隔绝的生活，连住也是住在小木屋里，白天在牧场闲逛，晚上在浴缸里泡精油澡，仰头能看见点满繁星的夜空，用投影仪放一部电影。

这半个多月，庄钦几乎没怎么上网、接触业界，最多就是看看消息，倒是小刀给他来了电话，告诉他："师哥，你之前拿奖的事，是不是没给我爸说？"

庄钦应了一声。

小刀讷讷地说："他今天突然问我了……"

他今年刚毕业，创业正值机遇转折期，根本抽不开身回国，但总是会时不时地上网看看庄钦的近况。

知道庄钦遇见麻烦，会给他来个电话关心他，会化身他的粉丝在网上帮他怒怼"黑子"，这一次也不例外，最后结果是尤睿工作室公开道歉，大快人心。

几个月前，小刀就在美国看了庄钦主演的电影《藏心》。

因为拍得太真了，好像两个角色是活生生的、真实存在的人物，是真的有感情一样。

小刀就说："我爸他听我姐说你拿了一个最佳男演员，特意看了你拍的电影。你知道的，他们思想有问题，理解不了你电影里讲的东西。"

庄钦拿奖的时候低调得很，如果不是特别关注柏林电影节的观众，可能不会知道这件事，小刀都是因为密切关注他微博才第一时间知道他拿了银熊、电影拿了金熊的。

当时小刀问，庄钦就说了："这部片子的题材比较……特殊，小刀，你可别告诉你爸他们。"

没想到到底是瞒不过去。

庄钦一时不知道怎么接话："师父他……还说什么了吗？"

"没，就是没好意思问你，他觉得演艺界乌七八糟的，乱得很。"小刀说，"我告诉他要把电影和生活分开，而且你演的电影拿了奖，是艺术。他也明白，但就是担心你。"

小刀说："他可能会来问问你，又是老一套的，让你转行。"

"我知道了。"

庄钦难以对他撒谎，沉默了一会儿道："小刀，先别给师父师娘说，我会处理好的。"

他不希望师父因此跟自己隔绝往来，更不希望师父为此气闷生病。可始终没有一个最好的方式，他怕伤害到至亲。

小刀“嗯”了两声，说有事，得挂了。

庄钦玩了大半个月才回国。

他一直在等师父的消息，既想收到消息，又不想收到。他想回避，可知道回避不了，不可能一辈子瞒着。

一回国，就表示着与世隔绝的短暂生活结束。

叶飒给他安排了新的通告，庄钦离开的这段时间，她趁机把敬业演员人设给庄钦立稳了，格调往上抬了不止一个层次，把那些常常被拿出来跟他相提并论的小鲜肉远远甩在身后。

每天都有一大堆的剧本送到叶飒的办公室，接不完的电话，看不完的邮件，眼花缭乱的工作邀请，片约不断，各大综艺，四大杂志的封面，往日没资格接的珠宝代言，以及电视台的邀约……这种风光程度，说是立于顶峰也不为过。

她把筛选出来的工作单独列出来让庄钦挑选。

庄钦先看片约。

其中不乏某些曾经非常想要合作的导演，他目光在那些片子备案的名字和导演上停顿片刻，用笔轻轻一涂，划掉了。

叶飒惊讶：“不演戏了？”

“不演了。”

叶飒可惜那些好剧本：“算了，你休息一段时间也好，但是不能休息太久，久了观众就忘记你了。有些电影明年年底才开机呢，不考虑接洽一下吗？”

庄钦沉默了好一会儿，要说对这些片约不心动，是不可能的，曾经的他做梦都在想。

他太想拍了，可是电影制作周期太长，他怕他们的电影受到自己的影响，会被一些观众抵制。

“……不考虑了。”

他把代言也全部划掉。

“广告也不接了？ VAC 邀请你参加品牌活动，机会可遇不可求啊！”

“活动我参加，代言不接。”庄钦看了这些通告的档期，只要档期合适的，他就一一勾选上。

叶飒拿起表格看，忽然明白了："电视剧电影全都不演，代言一个不接，只接活动和节目，你这是……想退居幕后了？"

"是。"庄钦抬头看着她，两只漆黑明亮的眼中显出坚定的执拗，问，"可以吗？"

46

"可不可以这个，你肯定也不会听我的。"叶飒看出他是下定了决心，还以为他是跟李慕商量好的，无奈道，"你要想清楚了。"

"想清楚了。"

"准备什么时候？挑个吉日？"

"不，得等曾导和姜导的电影都上了，不过明年一年我都不碰代言了。"

叶飒这才算稍微好受一些。

庄钦这样的做法，等于是切断了退路，在如日中天的时候为隐退转幕后做准备。按照他现在红的程度，接广告和代言会有多赚？

虽然不打算拍电影了，庄钦是打算投资一些，不过都得等到解约后恢复自由身的那一天。

整个十二月，他被工作给淹没了。有几台综艺想请李慕，但是没有他的联系方式，只能通过联系庄钦的经纪人叶飒去找到他，叶飒知道李慕什么态度，也不问就给回绝掉。

跨年这一晚，庄钦和李慕在南城别墅，庄钦是刚好前两天在这边录节目，录完就直接过来，也没离开。两人坐在一张沙发上，庄钦穿着袜子盘着腿。电视机开着，正在放某台的跨年演唱会。今年不少的跨年演唱会都邀请了他，要他唱歌，庄钦说自己唱歌跑调，那边根本不在乎："提前录制好，修音，到时候现场不给您开麦克风不就好了？"

就是假唱的意思。

庄钦回绝了，唱歌跑调都不丢人，假唱要是被发现了就太丢人了。

他在微信上给团队的每一个工作人员都发了大红包，搞得大家都以为是年终奖："哇，庄哥好大方！新年快乐！"

庄钦说不是："年终奖要等到大年三十那天再给你们。"

一旦他和公司拆伙，团队可能也要散开，或许有些愿意继续跟着他，有些则不一定，但无论如何庄钦都觉得他们辛苦一年，发个红包是应该的。

他的举措自然让人心安，现在整个公司上下都是人心惶惶，觉得自己要失业了。因为悦动都被人给并购了，高层大换血不说，连老板都换人了，听说他们要并入一家叫暮光传媒的公司，成为他们的旗下分公司。

不只给团队所有人发了红包，庄钦还给一些朋友发了新年祝福，给郭导、曾导还有姜导他们，以及一些熟悉的编剧，甚至于玟姐他也发了，他不清楚苏玟在新公司干得怎么样了，两人好长一段时间没有发消息。

苏玟说："忙死了，一群练习生，什么都要我教，哪有以前带你那么轻松？"

带庄钦的时候确实轻松，因为庄钦是说一遍就能懂的脑子，这群练习生无论自己说几遍他们都不懂，还很喜欢触犯规则，说了不让做什么，偏偏要做什么。

庄钦："是不是练习生年纪太小了？"

李慕看见他在发消息，知道他今天收到的消息多，也不说什么，偶尔扫一眼他的手机屏幕，自己玩自己的。

"小什么小？最小的那个十七岁，大的二十四了。只有一点倒是很好——没有人气，在路上抽烟谈恋爱都没人拍。"

庄钦："你告诉他们，现在不注意，等红了……"

"我说了！我怎么没说？有些倒是有上进心，也还算听话的，就是缺点机会。"苏玟打字，停顿了好久，又发来一条，"这是我带的一个艺人。"

她发来一张图片。

庄钦点开一看，是张摄影棚拍的艺术照，干干净净的打扮，有些青涩但帅气的长相，笑起来有两颗小虎牙。

"不错啊。"他回复。

李慕正好扫到他的屏幕："这什么？"

"玟姐现在带的艺人，她给我看呢。"庄钦并不避讳，还拿起来给他看。

"哦。"李慕不感兴趣。

苏玟："是不错，才十八岁，真人比照片好看十倍，跳舞唱歌这些常规的，都练习得不错，十四岁就去韩国做练习生了，十六岁回来的，去年被我接手。"

"他叫什么？"

"叫罗瑜威。"玟姐说了个电视剧名字，"他演了一个男主角的少年版，去年的剧了，当时这个 IP 还很火的，可就是没人找他拍戏。”

苏玟从一众练习生中挑中他，公司分下来的资源大多对提升名气没什么效果，现在练习生那么多，很多经纪公司都在做这一块，但是能出头的却不多。

庄钦能感觉出玟姐跟自己说这个是什么意思。

果不其然，苏玟提了：“你跟蓓蓓关系比较好，她台里有个新节目，瑜威拿到了参加的名额，年后就开始录制了，但他完全没有人气……”

庄钦上过几次蓓蓓主持的节目，但要说关系多好那倒也不是，只能说表面关系，没什么私交。

“好的玟姐，我找到机会了就给她提一声。”

苏玟说了谢谢，庄钦回：“你我没必要那么客气的。”

她又问，能不能带罗瑜威上个节目，给他两分钟时间打歌，庄钦也应了，不过说的是要先问导演组。

苏玟知道这就是答应的意思，导演组再怎么也会给庄钦面子的，他现在太火了，这就是举手之劳而已。但是要他开口却比较麻烦，庄钦的性格就是不太喜欢开口求人，所以苏玟问他这个，也是短期内没办法了。

接着，苏玟又问了他解约的事：“小钦，解约后，你要不要来我这里？只要你想，合约我能帮你谈到最高分成。”

庄钦说自己有别的打算，暂时不和大公司签约了。

“打算单干了？单干也不错。”

一个晚上，庄钦都在处理人际关系，有太多的人给他发消息祝福了，不管是不是认识的、熟悉的，庄钦一一都回复了，还怕漏了谁，又仔细地看了一遍信息。

李慕眼睛垂着一瞥：“还没发完？”

李慕的人际网就干净得多，不加无意义的人，逢年过节也没有乱七八糟的消息，哪里像庄钦这样？不管是哪里来的他都要搭理，理由是：“我不回的话，背后说我高冷大牌怎么办？”

“他们还敢当面说吗？”李慕说，“没必要在意所有人。”

“话是这么说……”庄钦告诉李慕，这个人是哪个剧组见过的，这个又是谁，“回一句‘你也新年快乐’的事，我都是复制的，也不费力，动动手指而已，很快的。”

李慕漠然。

不知道是谁拿着手机发了三四个小时了，还说不费力。

“那什么时候放烟花？”

“才十一点半呢。”庄钦看一眼时间，“好了好了，我还得给师父打电话。”

李慕把电视音量调得小了一些。

美国那边正是上午，庄学久刚刚起床，推开窗户，雪已经堵住门了。

红色雪佛兰上一层白色积雪，又要除雪了。

师娘在里面喊：“小铃铛打电话了！”

庄学久喊：“手机拿来给我！”

“你自己来拿！”师娘接了电话，亲切地喊小徒弟的小名。

“师娘，”庄钦问她，“身体怎么样了？这个月有去体检吗？”

“上个月去了，挺好的。”有些小问题，她都不说了，“你呢，你工作那么辛苦，有没有去做体检？”

“约了医生，过几天做。”

体检一般都是公司安排着来的，一年一次。

师父在旁边说：“你讲完没有？电话给我。”

“等会儿，你先一边去。”师娘继续问庄钦，“工作忙不忙啊，什么时候有时间过来玩啊？”

“春节我没什么安排，准备到时候过去。”

一些小问题过后，师父夺过电话跟他讲。刚才师娘问过的每一个问题，师父又问了一遍，什么身体啊、工作啊、忙不忙、春节来不来……

庄钦说要来，顿了顿又说：“我可能要带个朋友来。”

“没问题的，家里有房间。”庄学久还以为是之前见过的助理，说，“阁楼我明天就去收拾出来。”

庄学久：“你四月还是几月，是不是拿了一个柏林的最佳男演员？怎么都不跟我们报个喜？都是这个月，你师姐说起我跟你师娘才知道的。”

“是因为……那部电影的题材，怕你们不接受。”

“是啊，刚看的时候，有点不太适应……”

“别听这个死老头说，他古板。”

“我看不惯怎么了！”师父嚷嚷。

庄钦心一颤，瞬间感觉到屁股生疼，好像被师父的大板子招呼上了。他不自在地在沙发上换了个姿势，李慕隐约听见一些那边的声音，意识到他电话里的话题有些不对头，看见他调整了坐姿，抱着双腿——这是一个自我保护的姿势。

庄学久跟师娘吵闹几句，在电话里说："不过呢，你拿奖了，师父心里也高兴，为你感到骄傲，就是以后啊，别拍电影了。"

"师父，"庄钦忽然喊了一声，声音带着试探的起伏，"如果我不答应，您要打我吗？"

那边沉默了几秒钟，庄学久冲他发难："你要是还这样，大四喜班，没你这个徒弟！"

"好了好了，没听出来小铃铛就是开个玩笑吗，生什么气呢？"一阵嘈杂过后，师娘接管了电话，说："小铃铛啊，你也是，没事开这种玩笑气你师父干什么，你不知道他什么脾气吗？完了，老头子跑出门了！"

师娘打开门，看见庄学久很愤怒地拿着雪铲在门前铲雪，很用力，白花花的雪飞溅而起。

听见庄钦那边说："师娘，我不是开玩笑的。"

"你……"师娘愕然，"你这孩子。"

"我放假会过去，跟师父好好谈谈的。"师父的反应完全在庄钦的预料之中，他没想在电话里说的，他本来想当面说，这样师父生气了，他就去雪地里跪一跪，以前都是这样的，只要他一跪，跪一整晚，第二天师父就消气了。

师娘一时半会儿也难以接受，喃喃："我也以为你开玩笑呢……"

"不是的。"

"这，改不了的是不是？"

"嗯，改不了了。"

师娘说："我劝劝你师父。"

电话挂了。

庄钦还保持着握着手机的姿势发呆，双目流露出悲伤来。

"讲完了？"李慕从他那里把手机拿了过来，电视屏幕亮着，开的是静音。

庄钦后知后觉，看向他："嗯。"

"还会继续吗？"

"嗯。"庄钦把头埋进了膝盖。

"来，我跟你一起面对，你师父要揍你，我替你挨揍。"

"他那个揍法……你肯定没见过，这么厚的板子。"庄钦比画，语气尽量轻松，"打屁股，用力打十下人就没命了。"

“我能挨二十下。”

“你也挺不住的。很疼的。”庄钦本来都忘了有多疼，师父一说要打死他，他立刻就想起来了那种感觉。

李慕看着他的表情，手臂收紧了：“小时候挨过板子？”

庄钦：“嗯，就几下。”

戏班里规矩就是这样，没人能破坏，但庄学久也不是真的想把他打死，所以每次就打三四下，也不会非常用力。

这是一种李慕不能理解的教育，可他能够理解庄钦的感情，虽说受惩罚，但戏班为他遮风挡雨，养育他成人。

李慕也清楚，师父和师娘对小孩有多重要，如果庄钦的师父真的不同意呢？李慕甚至不知道他会怎么选择，但他也不问。

零点已过，外头依稀可听见零星的烟火炮声。

庄钦抬头：“我们出去放烟花吧？”

庄钦买了一些小的，几十块，买来玩的。

李慕不曾玩这种东西，穿上羽绒服陪他出去在院子里放了一会儿。

跨年夜许多人都在放烟花，南城的夜空都被这些五光十色的焰火所点亮，庄钦仰着头，漆黑清澈的眼底倒映着耀眼的火光。他一动不动，睁大的眼睛感觉有些酸了。

也不知是不是幻听，李慕听他好像声音微弱地说了一句：“我只有你这个朋友了。”

47

一月庄钦没有多少工作，他只有解约的事需要操心，按照当初和悦动签订的对赌条款，精算师当面清算庄钦去年和前年两年内的每一项工作与进账。

一件一件地算下来，税前收入是两亿三千多万。

“庄先生，”对面律师推了下眼镜，“按照合同规定，对赌条款完成后，您和悦动传媒自动解约，并且两年内收入无须和公司分成，这是解约合同，您看一下。”

庄钦看了一遍，就交给自己带来的律师。

一个小时后，庄钦签上自己的名字，盖上悦动传媒的公章，解约立即生效——

长久地悬在心头的巨石瞬间落地，身上背负的压力、枷锁，顷刻间就解开了束缚。

他如释重负地向后一靠。

这则解约合同代表着，以后无人能干预他的工作和私生活，他转型去做导演，也没有任何人可以阻拦了。

整个团队分为几个小群，庄钦在每个群里都分别发了一条信息："今天起，我和公司正式解约了，愿意和我成为同事今后共事的，我的工作室欢迎大家！"

工作群里安静了起码有一分钟，直到有个人发了一句"恭喜"，陆陆续续，大家都恭喜起庄钦来。

在事业最红火的时候和公司解约，就代表着把资源和人脉全都带走了，吃了公司的红利但无须和公司分钱。

"庄哥是要做个人工作室吗？算我一个！"

"也算我一个吧！像您这样的好老板可遇不可求！"

"我！我也来！"

"加我一个！"

从严格意义上来说，庄钦不算是他们的老板，他们受雇于公司，但庄钦平时给他们发的红包和奖金，这些可都是实打实的。

脑子没有问题的都知道怎么选，庄钦一走，他们还前途未卜呢，不如赌一把跟着脾气这么好的老板跳槽。

庄钦解释了一下："我做的是电影工作室，具体工作呢，和现在大家做的也都差不多，底薪比公司高百分之二十，奖金这些，待遇也都和以前一样。"

庄钦没有讲太多，大部分的人都表示要跟他，庄钦就让他们去找叶飒："我春节期间没有工作，你们也正好放假，回家多陪陪家里人吧！"

二月初，春节前夕，庄钦只是在上飞机前跟师娘说了一声自己买机票回来了，也没说航班号，他知道师父肯定不愿意来接自己，到时候肯定还是要打车过去。

他和李慕的衣服一起装了两个登机箱，坐上飞机后是漫长的航程，在芝加哥落地，转机，仿佛前年今日再现。

在芝加哥奥黑尔准备转机的时候，却被告知航班因暴雪天气临时取消，李慕打电话询问航司，得知今天或许无法安排起飞后，也打消了动用私人飞机的念头。

既然是天气原因，也就是不可人为干预的。

航司那边表示如果能安排起飞会提前几个小时通知他们。

两人在机场打车，李慕报地名，在暴雪天里，红色出租车驶向他位于繁华大街的顶级公寓。

师娘来电话了。

庄钦接起，她大声问："小铃铛，我在机场了，你是不是快到了啊？"

"您在机场了？"庄钦马上坐直了，"您一个人吗？"

"和你大师姐一起的，她开车载我来的。"

庄钦这才放心，给她解释了自己因为航班延误被绊在芝加哥了，可能过一天就安排起飞，也可能要等两三天甚至一周。

师娘说："慢慢来，不着急。"

"您怎么去机场了……我没告诉您航班号啊。"庄钦一说，鼻子就开始发酸。

"以为你一个人来的，算了算时间，差不多这个时候到，就让你师姐送我来了。"

他对师娘感情很深，在这种时候，甚至是一听见她的声音就有想哭的冲动。

"我和你师姐在旁边找一家酒店住一晚，回去也挺远的，明天再来也不方便。"

庄钦憋了回去，说："您和师姐回家吧，明天还不一定能起飞呢。我到了，我就打车过去，您放心吧，我不是一个人。"

师娘不干，说是酒店也订了，回家也晚了，天气太差了。

庄钦也就随她去了，但是让她明天白天就回家去。

出租车抵达目的地，庄钦一边下车，一边跟师姐讲电话。

公寓的门童出来提行李，李慕搂住他的肩膀带着他进去。

大师姐和师父关系就没那么好，从小犟脾气，常和他吵架，如今好了一些，但还是经常因为一些小事闹。

大师姐给庄钦支了一些招："他说要断绝关系，你管他呢！看那个老头子舍不舍得，要真舍得，你也别理他了！看他能忍多久，我不信他真的不要你了！"

庄钦是真不敢赌这个，怕把师父惹住院了："我还是乖乖回家罚跪吧。"

"拜托！小铃铛，都什么年代了，还来罚跪那一套！"

"我也可以挨板子，只要师父……原谅我。"

旁边的李慕来了句："你没有错的。"

电梯到了，李慕用指纹开锁，推着两个行李箱进去。

他差不多一年多没回来了，可这套房子依旧崭新整洁，在他没住的时候都是每天有人进来打扫。

师姐道："你又没犯罪，要他原谅你干什么！"

庄钦："……"

"好啦，明天见见你朋友，是不是像电影里一样帅？"她是从她妈妈那里听来的，说庄钦带了这个朋友一起过来。

庄钦看一眼站在正在自动关闭的窗帘前面的李慕，暮色下，他的影子在光洁的地板上被拖得老长。

"比电影里帅。"

"是吗？"师姐咯咯地笑，"对你好不好？"

"好的。"

师姐问什么，他就答什么，两人一问一答，李慕在旁边一句话都说不上。

庄钦后来放下电话去洗漱，李慕在外面收拾，把行李箱打开，把里面的衣服一件一件地拿出来挂上，点了香薰。

这时，庄钦的手机铃声又响了，李慕看了一眼来电，一看是叶飒，就帮他接了。

"什么事？"

叶飒正准备说话的声音一停："是李总啊，你和小钦在一起吗？"

"他不方便，要转告吗？"

"没什么，就是问问他安全落地没有。"

李慕言简意赅："嗯。"

叶飒："还有啊，刚刚有个剧组联系我了，我之前已经帮他拒绝了好多个了，可是这个真的……是王志安导演正在筹备的本子，剧情梗概、人物小传，我都看了，给他的男一，真的不好拒绝，您劝一下他？"

"王志安？"

是李慕听过的导演，一个在好莱坞混得风生水起的华人导演，十年前就拿过奥斯卡最佳导演了。

"他怎么会不同意？"

"小钦说不管谁来，什么剧组，他都拒绝，等等，您不知道的吗？"

李慕眼睛一眯："你说。"

叶飒沉默有几秒钟，索性全部交代了，说庄钦目前不接代言和片子，是因为准备在曾导和姜导的两部片子上映后退居幕后了。

庄钦这样做，势必会迎来大规模的脱粉……

他就是预见了什么后果，所以选择承担这个后果。

可想到他的性格，也不是完全不能理解。这是个好孩子，不愿辜负家人，更不愿意辜负粉丝。

叶飒还没说完，李慕就明白了，他非常意外，根本没想过小孩会背着自己这么做——放弃演戏，做电影工作室，想和师父各退一步。

“电影的事，我会和他说。”

“只能靠您劝他了，机不可失，国内有几个明星能让那种大导演青睐啊？这是多大的殊荣！他太坚持了，那么固执。”

第九章

庄导的电影

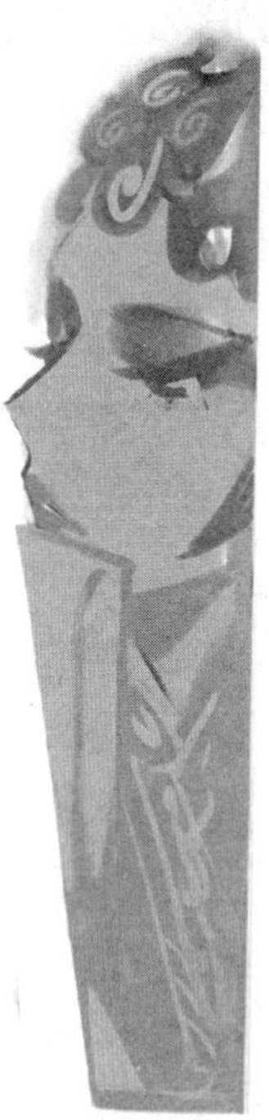

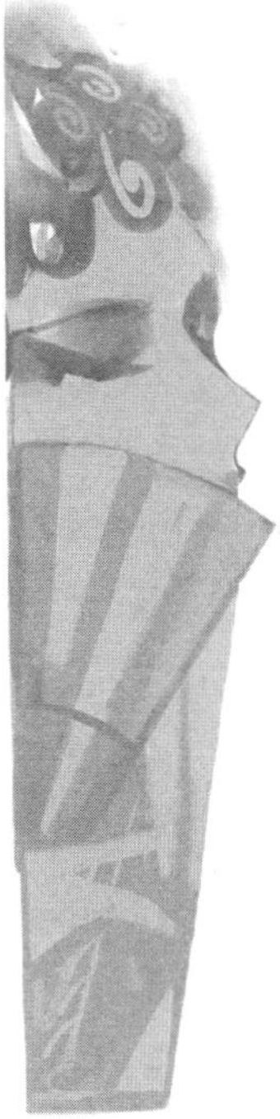

48

不一会儿庄钦穿上浴袍出来，没看见他，在房间里到处找了一会儿，李慕这里太大了。

庄钦一间一间地找，推开房门看见他坐在一间昏暗的房间里。地上铺着红色的地毯，李慕一个人穿着藏蓝色睡袍坐在黑色皮沙发上，指间夹一支棕褐色的雪茄，脸庞的神色笼罩在烟雾中，晦暗不明。

庄钦站在门口，嗅见这间房间有很浓烈的雪茄气味，想来应该是专门存放雪茄的房间，因为没见过，就多看了几眼。

“洗好了？”李慕把雪茄剪了，丢在一旁。

庄钦摇摇头，走进去。

“你怎么心情不好？”李慕异于平日的状态让他有些在意，庄钦朝他走过去，“还抽这个，不睡觉了？”

庄钦认真地看着他的表情：“是不是有什么事啊？”

李慕非常擅长控制自己的情绪，无论遇到什么情况都能维持神色不变，可到底庄钦是很细心也很了解他的，能从李慕那几乎看不出情绪的脸上分辨出他心里有事。

“是有一件。”李慕答。

庄钦有些小心地问："我能听吗？"

"跟你有关的。"李慕已经思索有一会儿了，"刚才你经纪人来电，我帮你接了。"

"啊？她说什么了？"

"她说有个电影。是你喜欢的。"

李慕告诉他导演是谁。

庄钦愣了一会儿，眼睛有了波动，语气也高了几分："是邀请我的吗？"

"是，是个试镜的邀请，机会很难得。"李慕审视他的神色。

庄钦的眼睛亮了一下，慢慢地又暗了下来。

李慕道："试镜会应该在近期，我可以陪你一起，想去吗？"

"可是……"

这部剧本才到选角阶段，离开拍最少还有半年时间，上映更是遥遥无期。

"不想接吗？"

"这只是说让我试镜，没有说导演就确定是要我来演。"庄钦埋头，"我去了也是浪费时间。"

"你今年多少岁？"他忽然问了这么一句。

"身份证上快二十二了，怎么？"

"还是个小朋友。你知道我二十二岁的时候，想的是什么吗？"

"什么？"

"二十二岁，我尽情去做自己喜欢的事。"

要他在那个年纪为了什么人放弃热爱的事，是绝不可能的。

李慕接着说："你这么喜欢演戏，不去试试吗？"

拍戏是很辛苦的，尤其是庄钦这样爱钻研的，又是演主角，对身心都是很大的挑战和折磨。李慕自然不希望他那么辛苦。转行做幕后，似乎也是一个不错的选择，但这样一个天生热爱镜头的演员，是真的想去做幕后工作吗？

庄钦听明白了，埋头不语，片刻道："她跟你说了啊？"

"你经纪人以为我知道，看得出她有些怪我。"

"怪你什么？"

"怪我作为朋友没有好好劝你，正当红的时候就想好了怎么隐退。"

"关你什么事……"他低声说，"都是我自己做的决定。"

李慕心底弥漫着一种说不出的复杂，他在庄钦身上甚至看见了一种燃烧自我的力量，这小孩这么冲动做这种决定，到底有没有仔细思考？

可他发自内心深处地能感觉到他的付出。

李慕微不可察地叹口气，低声说：“怕你以后后悔。”

“不会的。”他小声辩解，“慕哥，我不小了，你别老觉得我做事不懂轻重，其实我都想清楚了。都是我自己的事，我有分寸的。”

庄钦已经想好很久了。

等他拍的两部片子全都上，那应该是明年的事了，所以今年，他会好好地学一学怎么导戏，假设此路不通，那还有别的路可以走。没准再过几年，师父想通了，他还会去演戏。

他认真地说：“我知道自己做的是什么决定，我是成年人，后果我都能承担的。我只是想让你知道，让师父知道，我也是认真的。而且，这也不影响我什么。你不也说过，我可以去做导演的，对我来说这两样工作没什么分别。”

钻研一个角色，深入一个角色的内心，就仿佛进行一场冒险，而做导演，则是更全局化地进行这场冒险。他终究还是会去尝试的。

李慕定定地看了他一会儿，庄钦眼睛黑白分明，瞳仁深黑，眼瞳的界线颜色区分不大，这种眼睛很像小孩子，加上他性格的缘故，所以李慕也经常会产生这是小朋友的错觉。

可是现在，李慕才发现，这个小朋友很有自己的主意，在一些大的决定上，可以说是杀伐果断。

两人进行了一次全方位的谈心，李慕没再继续质疑他的决定。

庄钦才二十岁出头，这个年纪总是一年一个想法。可无论是怎么想的，只要他愿意，李慕都乐意纵容他。

航司第二天白天就通知可以起飞，收拾好行李登机，一个小时后，飞机在双子城落了地，庄钦这才跟师姐联系。

李慕拖着两个行李箱，看着庄钦冲出去抱他的师娘，两人都穿着厚实的羽绒服，庄钦还戴着毛线帽，抱着师娘差点跳起来，欢快得像只松鼠：“师娘师娘师娘！”

他兴奋得不行，脸上挂着笑。

“小铃铛，怎么脸又瘦了？”师娘抓着他的手臂，端详着他的脸。

庄钦说没有没有：“比我上回来的时候胖了的。”

“我看你的节目，哪有这么瘦？”

师姐在一旁插嘴："电视上看起来是要胖一些的，电视把人拉宽了嘛。而且我看他精神挺好的，妈，你就别操心了。"

雪今天小了一些，可仍然是纷纷扬扬，天地都被染成了白色。

李慕手里拉着行李箱，轮子在雪地上划出两道长长的痕迹。

庄钦招手，让李慕来。

"这是李慕。"他介绍了李慕给师娘和师姐认识。李慕收起那股冷冰冰的傲气，叫师娘、大师姐。

他仍然很礼貌，而且没有那么不近人情了，甚至带着彬彬有礼的温和，让人对他第一眼印象就极好。

这是他和长辈打交道常用的招数。

大师姐打量着他，心想真是个大帅哥。

大师姐说："我们找个地方坐一会儿，小铃铛，你师弟等会儿也要到了，正好载着他一起回家了。"

"小刀也回来了吗？"

"是啊，昨天给他一说，他马上就买了票。我看了航班通知，快到了。"

四人在机场等了一会儿，师娘只是看李慕，但并不怎么说话，倒是师姐，有些乱七八糟的问题，怎么认识的，拍电影吗，李慕就："嗯。"

十个问题他有七个会回答"嗯"，剩下几个问题回答字数会多一些，算有问必答。

师姐偷偷给庄钦发消息："他话平时就是这么少吗？"

"平时比这个还少。"

等了没多久，小刀就顺着纷杂的人流出来了。

小刀只背了个旅行包，师姐大声喊他，小刀飞奔过来，师姐张开手臂，就看见小刀从自己身旁错身，撞进了庄钦怀里。

"师哥……"小刀用力地抱他。

庄钦莫名其妙地被他撞了一下，抱得紧紧的，怔愣一两秒，拍了拍他的后背："这么多人呢。"

小刀吸吸鼻子，他比庄钦高一点，今天还在鞋子里垫了增高鞋垫，头垂在他的肩膀上胡乱地蹭了几下说："我好想你的。"

"哎呀……"庄钦把小刀推开，"我师弟，庄金裁，叫他小刀就行了。小刀，师哥之前跟你说过的，这是李慕。"

洁癖晚期在家长面前伸出手，是要握手的姿势，被小刀无视掉了。

穿着三厘米增高鞋垫，外加老爹鞋自带的气垫增高，忽然有了一米八九的小刀，发现自己和对方似乎差不多高，没有矮很多，有些后悔没有再加一个鞋垫。

李慕把手收了回来，神色自如。

大师姐叫大家在路边等自己，随即抓过小刀陪自己去停车场，暗自叮嘱："臭小孩，你对客人怎么那么无礼，礼貌一点啊。"

小刀冷哼一声。

大师姐："你今天怎么忽然高了这么多？"

她穿了恨天高长靴就有一米八了，按理说和小刀差不多高，谁知今天矮了这么多。

小刀很不自在地推开她。

大师姐说："你穿这么高的鞋子，里面是不是还垫鞋垫了？"

"没有！"

"你穿了，最少六厘米。"

"你烦不烦！"

师姐找到了自己的车，发动汽车，慢慢地朝路边开。

轿车刚好容纳五个人，师姐打开了音响放歌，把声音开得很小，说回家要开车两三个小时。大概是李慕的缘故，师娘根本不说话，只有小刀缠着庄钦问东问西，庄钦谈到了最近在制作的一个电影短片，差几个演员。

"差不差女主角？"师姐插嘴，"你看我行吗？"

"……行啊！"庄钦坐在后座中央，能看见驾驶位上大师姐的侧脸，大师姐完全继承了师娘年轻时候的美貌，妆后风情万种，长得特别像曾经的一位港姐。

小刀马上说："我也要演！

"什么电影？什么角色啊？"

庄钦大致地描述了这个短片的内容和题材，是个相对很难制作后期的科幻题材，剧本被他改得有点像《太空漫游》的快进版。

汽车在路上慢慢地驶了三个小时，话题也持续了三个小时。

到现在李慕才发觉，庄钦告诉自己和师父一家关系好，其实不是骗自己的，关系的确很好。

到了镇上，师姐才说："现在全家人都回来了，那个，家里还有个阁楼，有一张床可以休息，不过你俩住阁楼，天花板太矮，怕你们磕到头了。"

小刀："他们住阁楼吗？"

大师姐："把你的房间让给你师哥也可以。"

"我和师哥睡一间，客人住阁楼啊，这样多好，反正我和师哥小时候就是一张床睡到大的。"

"我……不住家里了吧。"庄钦问了句，"师父在家吗？"

大师姐："谁知道他在不在，管他在不在呢！你回家了还不能住吗？不住家里那住哪儿？"

庄钦说："我订了附近的酒店，就是雪场的那家，开车过来十分钟。"

"哦，那家酒店啊，等会儿我把你们送过去吧。"

"这怎么行？都回家了……"小刀嚷嚷着抗议。

师娘说："好了。"

小刀就不说话了。

"麻烦师姐了。"李慕出声。

他原本就打算让酒店开车来接的，结果谁知道庄钦的师姐载着师娘亲自跑来了。

小轿车停在了门前，熄火。

师姐说："你师父的车在那儿停着呢，他多半在家，下去看看吗？"

庄钦点点头，李慕打开车门，下去透气，庄钦也下车，李慕低头看着他说："我跟你一起进去吧？"

庄钦犹豫了一下："那我先进去给师父问声好，看看他反应好吗？你在车上坐着等一等我。"

"他要打你呢？"

"那我肯定要惨叫的。"庄钦倒希望师父打自己几下，打了就消气了，"如果你听见我惨叫，进来就是了，不用担心我，师父好多年没打过人了。"

"那我等你二十分钟。"

李慕没有坐在车里，他站在外面的冰天雪地中，天色已经有些暗了，他来了烟瘾，裤兜里也没有香烟和打火机，只能作罢，两只手插在兜里。

李慕不怀疑庄钦的勇气，但怕他在这件事上会受伤。

师娘站在门口，喊他："那个，你进来坐会儿吧，外面冷。"

李慕摆摆手，表示不用。

师娘说："小铃铛和他师父在房间里，你进来，我们聊一聊。"

李慕弯腰，进了这栋老房子的正门。

房间装潢很老旧，看得出有些年代了，美式的家居融入了大量中式的小玩意儿，师娘提前就买了新拖鞋：“不知道你穿多大，按着小铃铛尺码买的，全新的。”

“谢谢您。”李慕把鞋换上。

客厅里还坐着两个人，有个李慕没见过的，应该是庄钦说的二师姐。

上楼的时候，师娘看见小刀趴在房门口偷听，马上大喊：“庄金裁！”

小刀一个激灵站起来，一下看见她背后的李慕，表情就是一变。

师娘把李慕带到了一间空的起居室：“你坐。”

李慕恭恭敬敬，让她先坐。师娘问：“你跟我们小铃铛，认识多久了？”

“有一年半了。”

“他跟我说，说你对他很照顾。你肯定也清楚，小铃铛是我跟他师父在戏班子前头看见的，捡到的时候两三岁的模样，一句话也不会说。”

本来她要把小孩送到福利院去，庄学久不愿意，因为这个两三岁大的小孩太懂事了，原本是什么都不懂的年纪，为了留下来学着其他戏班学徒的模样给他下跪，问他为什么，一直像个哑巴也不说话的小孩喊了一声师父。

“我们跟他不住一起，他的事业都在国内，有你呢，我也就不担心他一个人了。就是他师父，肯定还是不想他在演艺界待久了。”

另一个房间，庄钦跪了很久。

深夜，庄钦和李慕回到了酒店。

“你师娘跟我说，你师父那个脾气，现在接受不了，你做出妥协，也退居了幕后，估计过几年，慢慢就接受了。”

庄钦“嗯”了一声。

李慕忽然想起他在去年年底那天晚上，半梦半醒间对自己说的那句：“我只有你这个朋友了。”

第二天，庄钦又回去了一次，师父不让他进门，师娘喊他进来，说庄学久：“过年了不让小孩进来吃饭吗？”

“我不吃饭……我就是进来看看你们。”

这个春节，的确过得不好，庄钦还给他们买了很多的东西，都被师父丢出去了。

半月后，离开的时候，是酒店的车送的。

庄钦坐在飞机上，透过舷窗看见双子城渐渐缩小了。

日光耀眼，庄钦把挡板拉下来，问李慕去哪里，李慕说拉斯维加斯，庄钦："那个赌城？"

庄钦反正是解约了，短期内都没有工作，索性跟着去玩。

49

虽然考虑到居于幕后的事了，但该赚的钱却不能含糊，通告该上的就上，代言活动要出席的都得出席。闲下来了，庄钦低调地带着助理跑了几回各大电影学院。

太阳当头，庄钦钻进电影学院的礼堂看学生的表演。

"那个好像不错？"身旁助理指了一下。

庄钦看了一会儿，摇头。目光在舞台上表演的演员身上停顿，寻觅着能吸引他注意的年轻演员。

电影工作室开起来后，庄钦找了路子，花了几千万去投资了两部他知道票房一定会爆的电影。

但工作室目前还没有开始签约演员。

多跑了几次，还真让他找到了不错的苗子。

只是有些科班出身的，心高气傲，一看只是个小电影工作室，听都没听过，自然是看不起，但一听说是庄钦解约后自己开的，马上表示感兴趣。

而且庄钦给演员的合同是很优渥的，同样是三七分，在悦动是艺人三成公司七成，更苛刻一些的艺人只能拿两成。

可在庄钦自己的工作室，却是艺人拿七成，剩下三成以维持工作室日常运营费用。

他的动作并不大，物色的演员也并非全是长相帅气或美貌的俊男美女，不乏几个长相普通，但很有辨识度，庄钦也对他们有印象的年轻演员，因为他最近风头太劲，关注度高，解约也没出现什么风波，也没有发表任何声明，普通路人观众自然不清楚，只有铁粉或是业内人，才知道他解约后自己开了电影工作室的消息。

庄钦和悦动对赌的苛刻条件，以及他成功赢下对赌后解约卷走公司两亿的传闻在坊间流传开了。

八卦消息在各个业内小群里散开。

"庄钦这才几岁，二十岁出头，赚这么多钱，还从给别人打工成功变成了老板……"

“偶像晋升最佳男演员，转身自己成了资本，营销小生第一人！”

“这下完全自由了，名气有了，钱也有了，他公司岂不是亏死了，辛苦捧出的艺人卷了两个亿跑了……”

“没听说么，悦动已经被暮光给收购了，高层大换血，如果不是因为大换血这个混乱契机，他也不一定能成功赢下这个对赌吧？我要是悦动高层我早就放黑料把他捏死了，哪可能给他这个机会！”

业内认可的，说他努力上进；不认可的，说他不择手段。

业界就这么小，风言风语传了一圈，又传回庄钦耳朵。

也没多少坏话，他就当听故事了。

签了几个他欣赏的年轻演员后，庄钦先给他们发了自己的微电影剧本：“有片酬，每个人的戏份大概一周就能拍完。大家看一看剧本，感兴趣的就来找我，不感兴趣我再安排你们去其他剧组试镜。”

“这是个微电影吗？庄老师，导演是谁啊？”

庄钦沉吟了下，把不好意思的情绪压下去，说：“我。”

“您做导演啊……”

“第一回，剧本分镜都弄好了，就练练手，你们也当成是练习吧，不亏待大家。”

“那电影拍完，能在网上播放吗？”

庄钦：“拍得好，我会联系视频平台全网播出。”

就不到一周的拍摄时间，老板第一回导戏，还给高价片酬，这哪里好意思拒绝？

庄钦记得师姐说想来演戏，给旗下签约演员分配了角色，就打电话给了大师姐，问她有没有空。

“你要做导演，拍电影啦？”大师姐马上说，“什么时候？我要去玩！”

“就是个配角的角色，戏份不多，超级大美女，一周就能拍完。”

如果让正经演员来拍，戏份两天就能拍完，但考虑到师姐没有演戏经验，可能两天还拍不好，庄钦就给她说的一周。

师姐马上同意了。庄钦把具体的剧本都发过去，请来几个摄像师，跟他们沟通了许久，每一个镜头都事无巨细地交代清楚。

虽然第一回做导演，但庄钦已经从合作过的导演那里得到了不少的经验，上手非常快，前期准备工作很快就完成了。

李慕听他说师姐要过来，请人收拾了一间客卧出来，精心准备了床品和洗浴用品。他对庄钦的师姐印象不错，但很讨厌庄钦的师弟。

李慕亲自开车，载着庄钦去机场接人："你师弟不会来吧？"

"我没给他说。"庄钦说，"应该只是我大师姐一个人。"

李慕到了机场停车场，两人都不方便下车，庄钦看APP上说航班落地了，就给师姐打电话，问她："师姐，你东西多不多？要不要我们来帮你拿？"

"就一个行李箱，你别下车了，小心被拍到了。"

庄钦说好，给她指路："我们在停车场，G区这里，黑色大切，车牌号我发给你。"

师姐一边跟他发消息，一边出机场找他的车，等了有十几分钟，庄钦在后视镜里看见了大波浪卷的师姐出现在拐角，李慕按了下喇叭，开了双闪。

"师姐！"庄钦在电话里喊，"我在你的三点钟方向！"

紧接着，他就注意到一个穿荧光紫球鞋，推着两个行李箱的身影。

庄钦："小刀？"

李慕看向窗外。

师姐说："啊，小刀听见我说你拍的微电影，马上要求跟着我来，忘记给你说了。"

李慕关闭了双闪。

师姐："好像看见你们车了，没开双闪啊。车牌是不是京A×××××？"

庄钦脑袋探出去挥手。

李慕打开后备厢，小刀把行李箱塞进去，坐上车，喊："师哥。"

师姐解开开衫的扣子，说："你们这边怎么五月就这么热了。"

庄钦："今天太阳比较大。"

李慕发动汽车，先开到餐厅，四人一起吃饭，随后李慕开车把他们送到了酒店门外："帮你们订好了两间套房。"

师姐看向庄钦："不是说住你家吗？"

"我家里……太乱了，哪有酒店方便，早、午、晚餐都给你提供，每天还打扫。"庄钦也没料到李慕会这样，只能配合他睁眼说瞎话。

师姐点点头，问："小铃铛，你的电影什么时候开始拍？"

"我今晚排戏，明天你和小刀可以出去玩儿，逛逛城里，后天开拍，你可以观摩几天，看看其他演员怎么拍的。"

小刀插嘴："师哥，有我能演的吗？"

李慕说没有。

小刀还是看着庄钦，眼神很执着。

庄钦接了句："下次正式拍电影了，我再提前通知你。"

小刀这才笑了，重重点头："那，明天你有时间吗？带我们去玩？"

"我明天要去摄影棚，主要是我出门逛街，容易被人认出来围观。"逛街的地方人流很大，漂亮女星打扮低调一些，还可能被人认作网红，他这样的更不行，遮得太严实欲盖弥彰，只戴墨镜那就是等着让人发现。

小刀："那好吧。"

庄钦说："后天我来接你们。"

其实这回就是给曾导交个作业，但庄钦的性格是习惯把事情做到最好，他不想敷衍了事，他想要曾导夸自己，所以这个二十分钟的短片，一定得拍好了。

和师姐师弟告别，李慕开车离开，庄钦问他："不是都把家里收拾好了吗？"

"你师弟！"

"你对小刀有意见？"

那荧光紫的丑鞋简直在挑战他的审美极限。

到家，庄钦开始根据每个演员的时间排戏，其实他的短片邀请的演员基本都是自己签约的，都还没毕业，随时都能腾出时间来，但每个人的戏不能挤一起，导演只有他一个，不能同时拍摄两组，他没那个能耐。

排戏要考虑到场景，演员出场，是很费时间的。李慕看他整理得费劲，就帮他看表格，电影场景不多，看了一会儿，李慕的大脑就自动分好类，他告诉庄钦怎么排。

庄钦抬头："慕哥，干脆你来给我当副导演吧？"李慕太聪明了，自己需要努力学习的事，他看一眼就懂。

"不会。"李慕垂首，对上他的目光，"给你做一个月剧组贴身助理没问题。"

50

剧组虽然小，但五脏俱全，打光师、收音师、化妆师、服装师和摄影美术道具部门一应俱全，剧本也是交给专业的编剧和涉及专业的物理学家帮忙改过台词的。

开机前日，庄钦接到了师姐和师弟，本来是买了机票的，李慕让他把机票退了，安排了私人飞机，载着他的师弟和师姐，一起飞到摄影棚所在地。

李慕这次特意安排了最大的机型，正常用于民航能容纳五百位乘客，但却被他改造成了空中豪宅，连庄钦都是第一回坐——飞一次要多少钱？庄钦计算不出油费，也算不出航线要多少钱。

平日出门，李慕都跟他一起订机票，从不这样大排场。师姐上去就被惊到了，看李慕的眼神都不一样了，本以为是平平无奇富二代，也没看他穿什么显眼的名牌，顶多气质拔尖，颜值高。

“这也太大了吧。”她忍不住拿手机拍，问他，“我能拍吗？”

李慕说随意。

“我能发 Ins 吗？”

李慕点头，师姐到处录像，录完问他：“飞一次油费很贵吧？”

李慕说不清楚。

师姐：“你家的吗？”

李慕：“我的。”

首都的摄影棚租金太高，庄钦就换了一个其他城市的新棚，花了半个月布景。

演员到场前，庄钦这个导演就早早地抵达了摄影棚现场。

师弟和师姐都是第一次来这种地方，庄钦只是简单给他们讲解了几句，说：“如果觉得无聊的话，可以出去玩，或者去我的办公室，在那边。”说完就去忙自己的了。庄钦坐在一张简易的户外椅上，提笔在笔记上写着什么，旋即起身，去调整机位，打光。

李慕人在场外，看了一会儿直接进去：“要帮忙吗？”

“现在还用不上，”庄钦说，“等演员化好妆了，开拍如果遇上麻烦，我再向你求助。”

半小时后，演员换好衣服，化完妆出来，今天上午要拍摄的这场戏，在剧本的后面，不过庄钦把它提前了。

一共四个演员，演的是一家四口，演父亲和母亲的是两位舞台剧演员，演女儿的是工作室的签约演员，小男孩则是男主角的幼年版。

庄钦先去告诉每个演员应该站的位置，他先让父亲躺到床上去：“闭着眼睛，睡觉就是了，表情不要动，手指也不能动。”

“知道的导演，我演过尸体。”那中年演员二话不说躺上去，自己把白布盖上了。

“辛苦您了。”

庄钦又对演母亲的女演员交代站位，甚至自己示范：“就这个位置，这个方向，脸这个角度会好看。”

接着交代演女儿的年轻女演员的动作轨迹："进门，走到这里，然后走到这个位置，摄像机会在背后跟着你……"重复了两遍，庄钦才找到小男孩，小演员的父母也在现场，庄钦蹲下来问他："紧不紧张？"

小演员摇头。

"跟哥哥来这边，你等下就坐在这里，不要动就好。"

小演员的父亲说："你就想象一下，床上躺着的人是爸爸就行了。"

小演员抬头看了父亲一眼。

庄钦温声对小演员说："之前教过你的，养的小金鱼死了，像你面试的时候那样就很好。不用哭，也不用真的把床上的人当成爸爸。"

庄钦之前面试了三个小演员，这个是他选出来的，但年纪太小，有太大的不确定性，庄钦也不知道这一幕戏要拍多久，但肯定不能让小演员想象自己父亲死去从而产生感情，对成年演员而言这种体验入戏都伤害很大，更别说是小孩了。

小演员点点头，应了。

庄钦回到监视器后面，先看打光效果，确认无误后，拿起了属于他的导筒："各就位。"

客串场记的助理打板，演员酝酿情绪。

庄钦喊道："Action（开拍）!"

女人站在丈夫的尸体前，悲泣，房门突然从外面打开，女儿大步冲进来，神色彷徨："妈。"

"Cut（停）!"庄钦对女演员说，"你走得太快了，镜头没有抓到。"

这一幕重复NG了三回，庄钦又喊了"Cut"，忍不住纠正她的情绪问题："父亲去世，如果你要去演感动和悲伤，这是很难的，也很难引起共鸣，你得演'恐惧'而不是'悲伤'。恐惧即将失去生命中最重要的人，体会这份陷入无边黑暗的恐惧感。"

那女演员正好怕黑，一听他说，马上就有画面感了。

不算难的一场戏，却足足拍了两个半小时，因为女演员掌握了方法，但小演员是很难控制的，而这一场戏他才是镜头的重点。庄钦需要亲自去示范，告诉小演员每个动作，甚至给他道具，找工作人员要的皮筋，套在小演员的手腕上："像这样，"庄钦揪起皮筋，"啪"的一下弹回去，"就做这个动作就好。"

他认为讲解动作让演员去把握，帮他设计规范的动作，比让演员坐着空想半天要有效，至少对于大部分的演员而言，都是这样的。

庄钦浏览拍摄好的素材，喊了休息："马上十二点了，午休了，辛苦大家了。"

"庄导辛苦了。"

"庄老师辛苦啦。"

摄影棚内异口同声地传来各部门员工的声音。

庄钦陡然有种难以言喻的心情，笑起来："不辛苦，大家配合得很好。盒饭在那边领。"他指了一下。

师姐走过来："哇，小铃铛，你很专业啊。还跟我说是第一次，看起来可不像。"

"真的是第一次。"

拍电影的理论和实践完全是两码事，庄钦的本子上记满了各种笔记，这场戏几个演员，需要几个摄影机，是否使用轨道和升降台，他还得厘出每个角色的架构和状态，以及人物之间的关系，这远比他做演员时的挑战来得大，可第一场戏一拍完，他感觉复杂是复杂，但也就是一个熟能生巧的过程，多拍多练习，今后就好了。

找了个桌子，一起吃完饭，所有演员都开始休息了，庄钦还不能休息，他还有很多工作，他不喜欢在工作的时候露怯，让人觉得他不专业，可这又是他第一次做导演，难免会有不专业的地方，只能通过用功来弥补了。

小刀本来要找他说话，师姐拉住他："没看你师哥在忙吗？别去打扰他。你要无聊了，打个车出去玩。"

小刀挫败，看见李慕推门进去，就道："那他怎么进去了？"

师姐："你俩身份一样吗？你又不懂演戏，进去烦人干什么！"

李慕进了房间，反手落了锁，庄钦躺在一把躺椅上，正在记笔记，听见落锁的声音，放下笔记本，仰头去看。

李慕虽然人在现场，不过很低调，戴了渔夫帽和平光镜。庄钦看着他，李慕走到他的背后："第一场戏拍得很好。"

"是吗？工作人员都怎么说的？"

"没仔细听，都夸你温柔用心。"

很多导演脾气很暴，这些工作人员几乎都是有经验的，见了太多的暴脾气导演，庄钦这样反复喊了几次 NG，还手把手教的很难得一见。

不过这还是第一场戏，估计到后期，再好的脾气也会被水准参差不齐的演员给磨到暴躁。

"那我有没有哪里做得不好？"庄钦问，"有什么要改进的？"

“除了脾气太好，别的都好。”

“脾气好还不行啊？”

“演员觉得你好欺，不用心怎么办？”

庄钦理所应当地道：“换人啊。”

李慕一笑：“你继续看。”

一天的拍摄结束，已经是晚上了，喊收工，剧组人员欢呼。

演员去卸妆，庄钦让师姐和师弟提前回去休息了，他还得让摄影师把今天拍的都导出来。

“庄导，跟我们一起去吃晚饭吗？这边有家小龙虾做得很好吃。”

他们剧组连开机宴都没有，就直接开机了。

庄钦哪有心情去吃小龙虾？他摘下一边耳机，风呼呼地耳边吹拂：“你们去吃，我回酒店吃点。”

演员说：“那我们也不去了。”

庄钦笑道：“等杀青再请你们吃小龙虾。”

做导演比当演员辛苦多了，庄钦自己做了，才知道郭宝箴那么坚持了几个月有多辛苦。

一周后，师姐的戏份拍完，她和小刀一起离开，庄钦给小刀转了一笔钱过去，没两天又收到转账消息，小刀把钱给他退回来了。

庄钦发消息去问，小刀回复：“我能自己赚钱了，我不是小孩了，不需要你的钱。”

李慕住了一周的酒店，住得不舒服了，在周围找了一套别墅，直接购入搬了进去。

一个月后，微电影在六月初顺利杀青，庄钦今年为了拍戏，连生日会也没有办，就在剧组里，没有告诉任何人就过了。庄钦请演员和工作人员在街头吃小龙虾。

李慕从来不吃小龙虾这种东西，也不和这么多人一起吃饭，一人一双手在一个盘子里抓龙虾。

所以他根本就没来。

51

李慕来接庄钦的时候发现剧组都没人理他：“我这么可怕？”

“不是可怕，就是……”他仰头靠着座椅的靠枕，眼睛里映照着街旁五光十色的车流灯光，偏过头看李慕轮廓深刻的硬朗侧脸，“你看起来，就很不好接近，至少给人的第一印象是这样的，如果不是跟你一起拍戏，我都不敢跟你讲话。”

李慕老调重弹：“第一回见我就把我撞翻了。”

“撞了你我肯定得跟你道歉，要是没撞你，远远看见你我肯定不敢……”庄钦想，若不是意外，他肯定这辈子都不敢跟李慕这种人物打交道的。

李慕把车开出停车场：“喝了多少？”

“两杯……哦不，一杯半。”

“多大的杯子？”

“这么大。”他比画，“小杯子。”虽然是个不大的剧组，但他还是第一回以导演的身份参加杀青宴，感受很不一样。在国内的剧组，片场就是导演的天下，导演说一不二，无论是演员还是工作人员都很尊重他。

李慕在路边停了车，庄钦看他开始戴帽子口罩了，问他买什么。

李慕说买用的。

“那你帮我买个冰激凌吧？那儿有个超市。”

“好，要什么味道？”

“要绿豆的，没有就巧克力。”

李慕开车门：“等我两分钟。”

庄钦等了一会儿，透过车窗看见他在灯火通明的药店选购了什么，然后结账，接着在旁边的超市买了雪糕。

李慕回到车上，把冰激凌给他，是他要的绿豆味。

“你没给自己买吗？”

“我不吃。”

庄钦撕开包装开吃，雪糕冻得很硬，要慢慢舔才能化，庄钦问他：“你都买了什么？解酒药吗？”

李慕把药店的口袋丢给他，发动汽车。

“你要不要吃一点？”庄钦捏着冰棒送到他嘴边。

绿豆口味，恰恰是李慕不太能接受的味道。

李慕垂眸看了一眼，象征性地舔了一口：“都给你吃。”

“哦。”庄钦收回去。

庄钦做导演，比做演员的时候还辛苦，演员还有的休息，导演却没有休息时间，这一个月只放了两天的假，剧组所有人都放假，他在看素材研究剪辑方案，忙起来就是陀螺，转不动了趴着就睡了。

李慕看他吃完，就累得闭眼了，油门速度加快，很快就到了家门口。

回首都，庄钦忙着剪辑，闭关了一个半月，全是他亲力亲为，连他根本不懂的特效，他也要旁观着特效师来完成，历时三个月的拍摄和制作周期，庄钦没有把短片的成片拿给其他人看，只拿给李慕看了，让他提意见，自己改完，然后发给了曾导。

曾导打开播放，刚看了五六分钟，整个人都为之一振。

“咦，拍得不错啊。”

看完后，甚至直接给庄钦打来电话：“你一个人导的？”

“是……我一个人导的。”

虽然有导演助理，但百分之九十九都是庄钦自己在把关，他对每一个分镜都有自己想象的画面，会严格按照自己的想法来拍，因为没有其他导演在现场，也没有人会干预他，所以拍得无比顺利。

“先说剧本，剧本很有创意，改编得不错。”

“是我用手头上的本子改的。”

曾导：“自己改的？”

“我改完后，请了编剧老师帮忙改了一些台词问题，还请了专家帮忙纠正一些专业上的问题。”

剧本讲述的是一个有些不同寻常的小男孩，他从小就没有朋友，但有一颗天才的脑袋，由于智商太高和同龄人玩不到一起，也似乎天生缺乏一些感情。

父亲去世的时候男孩才六七岁，他看上去非常淡漠，甚至没有掉一颗眼泪，因此也和重组后的家人疏远，独来独往。

后来男孩长大了，去研究航天专业。

一次意外让他发现自己的一项研究似乎能够沟通现在和过去。通过特殊的频率，男主角联结上了几十年前的时空，在那个时空，自己还未出生，父亲也只不过是个不到二十岁的学生……

其实剧本本身可以延伸出很多深刻的内涵，但片长只有二十分钟，庄钦不得不缩减再缩减，力求在最短的时间内讲述清楚整个故事。

曾导做出点评：“画面、构图、镜头运转方式、节奏，都很讲究，如果你不告诉我，我不会觉得这是一个学生作品，更别说其实是他第一次执导的作品。它很成熟，虽然不那么商业，但很自然平实，充满丰富的感情，这表明你已经具备了成为一名电影导演的潜质。”

听他夸了一大堆，庄钦心里雀跃得要开花了，他忍住没有笑，沉着谦虚地询问：“那曾导，我的作业，您觉得需要改进的地方是？”

“缺点？缺点肯定有啊。不过，那只是以我的眼光而言，实际上或许在观众眼中算不得缺点，因为那可能就是你独一无二的个人特色，如果改掉了反而不美。你不需要去追求什么完美，意见我也不给你了，导演这一行，说和做是两码事，慢慢摸索。”

庄钦好像懂了，又好像没懂，问他还有没有作业给自己布置，曾导让他随便拍，多长的片子都行，拍完想给他看呢，也可以给他看；如果想做独立电影上映，那也没问题。

现在很多新锐导演，年纪很小却很有才华，但曾导几乎没见过庄钦这样的——二十二岁，替身演员出道的天才导演。

这部短片只是作业，庄钦也不好意思跟视频平台谈什么合作，所以只是在微博、B 站这种公开的平台上上传了，供粉丝观看。

粉丝一看他发了视频，再看文案：“最近做的一次尝试，不成熟之作，欢迎评价。”还以为他的新片预告来了，火速冲进去看，看了半天没看见他，都是不太认识的演员，但演技还挺好，就以为他是给朋友做广告的，结果又被短片剧情吸引，索性看完了，看到最后结尾，才浮现字幕演员表，最后才是导演的名字。

“导演”二字下方，赫然是庄钦的名字。

网友哗然，粉丝也惊到了，自家“爱豆”去年拿了最佳男演员，今年忽然进军导演界了？

虽然片子很短，但不难看出拍得很漂亮，色调一绝，打光一流，节奏超强——比市面上上映的那些国产片质量高出不知多少倍！！

“不愧是我男人，请问还有什么是你不会的吗？！”

“吊打最近上映的《×××》《×××××》，一对比那些片子都是什么垃圾！！”

“厉害死了，我粉的爱豆也太有才了吧啊啊啊啊啊啊啊啊！！！！！！”

“tqltqltqltql（太强了）!”

“始于颜值，陷于才华，忠于人品。哥哥，我倾慕你。”

52

庄钦开始物色新剧本，倒也不是自己急着要拍，只是手里握着李慕下部戏的剧本，这是他希望李慕拍摄的第二部作品，他计划找的导演本就是享誉国际的名导，是很难接触到的层次，但庄钦还是千方百计地打听到了导演的联系邮箱，整理了剧本的PDF发送过去。

本以为他肯定会感兴趣，结果一个月过去了，还没回复自己，不知道是不是当成垃圾邮件给删了，他又发了一条新邮件，恳请他看一眼这个本子。

七月，庄钦得到了经纪人的通知："《只差一步》定档国庆，从这个月开始你要录制节目，提高曝光率，配合剧组宣传。"

在他"不务正业"跑去当导演的几个月里，除了必需的代言活动，其他的叶飒统统以档期冲突为由帮他推掉了。

手里就积攒了很多通告，只等他什么时候有档期了，随时都能上。

叶飒很快整理好日程表发给他："这个月就做这三个，一周赶一个。"

乍一听，只用赶三个通告，似乎很轻松，可庄钦打开图片一看，一个节目是传统棚综，一般要录制一整天；另一个是体验类真人秀，要录制两天以上；还有一个是生活纪实的真人秀，要录制一周。

庄钦对工作不会有任何的意见，看一眼就直接同意了。叶飒问他棚综是打算唱戏还是唱歌，庄钦说唱歌，选了《只差一步》的电影主题曲，练了好几天。

八号他要去外地录制，庄钦身边只带了两个助理，到机场后是节目组来接，当天直接彩排然后开始录制，庄钦在车上看了一遍流程和台本，到演播厅后台，见到了节目的几个常驻主持人，以及本期的几个嘉宾。

他和台里几个主持都认识，不过都不太熟，嘉宾也是认识但不熟悉，大家互相打了声招呼，寒暄几句，没有微信的加个微信，混个互关。直到有个大男孩从化妆间出来喊他："师兄，您也在这儿啊。"

庄钦抬眼去看，入眼是五个化着女团妆的男生，年纪都不大，是不同风格长相的帅哥。

庄钦一看他们穿衣风格就知道这是个男团组合，至于喊自己的那个，庄钦反应了几秒才想起来——是玟姐在其他公司带的艺人，叫罗瑜威。

年初他帮忙带罗瑜威上了一次通告，罗瑜威在节目上打了首歌就下去了，节目播出露脸才两分钟。后来他又去上了练习生实训节目，好像最近正热播。

节目庄钦没看，他不爱关注娱乐新闻，对方发展如何庄钦也不清楚。原来是组团出道了吗？

“您好，”庄钦对他点头，“你们也是来录节目的？”

跟罗瑜威同团的其余四人都很激动，虽然整天听苏玟提庄钦，说庄钦是她带出来的，但见还是头一次：“是，您也是吗？”

庄钦接了句废话：“是的。玟姐给我说了她带的你们，你们是多久到的？”

“昨晚的飞机就过来了。”罗瑜威回答完，问，“您晚上住哪儿啊？”

“今晚如果录制结束得晚，就住在节目组给我安排的酒店。名字我也给忘了。”他没带什么东西，都放在助理那里了。

罗瑜威看着他说：“看来我们是住一个酒店了。师兄，上次的事，还没跟您道谢。”本想说请他吃饭，一看队友都在眼巴巴地望着，盯着庄钦的目光像饿狼一样，就没说出口。

庄钦意识到他在说上回帮忙带他上节目打歌的事，失笑：“不用客气，小事情。”

有一搭没一搭地聊完了，庄钦偷偷地搜了一下他们男团，才知道这个男团叫 FS 少年团，意为 Five Seasons（五季），没想到人气还不错，而且罗瑜威还是队长。

进演播厅简单彩排了一遍后，就开始化妆，这种传统棚综就是靠主持人之间的捧哏以及邀请的嘉宾玩游戏出糗来制造笑料，庄钦以前上过不少次类似的，那时候还不红，经常被刁难。

庄钦在手机上跟玟姐聊了几句，玟姐发消息：“听他们说你来录制了？”

“是。我看这个团素质挺不错的。”

五个人颜值都不错，各有特色。

玟姐：“他们第一回上这个，什么都不懂，等会儿束手束脚的，一到剪辑人都没影了，小钦，录制的时候带带他们。”

庄钦应了，在彩排的时候讲了些自己的经验，介绍主持人什么性格……其实这些苏玟全都给他们讲过，但庄钦讲的时候，他们就比听经纪人的话要认真了。

节目下午四点正式开始录制，观众入场，主持人上台，说：“今天请的这个嘉宾，是南南的男神。很难约，真的很难约，导演说约他的档期约了一整年，去年年底就在约他，一直没有约到。”

南南震惊："谁？导演组请谁了？"

另一个主持人嬉笑："你还有几个男神？"

"有……我想想，一、二……"

南南也就是台上的女主持，方才庄钦已经在后台跟她合过影了。

男主持："她现在连手机壁纸都是他。"

"你什么时候偷看我手机了！"

"来来来，手机拿出来，检查一下。"

这档综艺有十年历史了，这些都是写好的台本，录制的时候其实没有多大的笑料，但后期剪辑会加上预录的观众笑声，各种镜头特写，出来的效果很不错。

南南的手机锁屏大公开，大屏幕上出现截图，是庄钦的戏曲写真，化的是半面妆，一半是旦角妆容，一半是素颜。

"大家认不认识这是谁？"

台下有观众举起庄钦的应援牌："认识——"

主持人："让我们热烈欢迎——庄钦！"

舞台暗下来，主持人退到一旁，舞台干冰制造出烟雾效果，灯光聚拢，全场尖叫。

伴奏响起，庄钦出场。

他没同意假唱，尽管确实唱歌跑调，可是一经过修音后，就完全听不出来他那点跑调了，反而因为音色太好，居然还唱出了几分专业歌手的味道。

台下尖叫不断，伴奏带停，灯光打亮，主持人很真诚地夸："好好听啊。"

庄钦道谢，自我介绍："观众朋友们大家好，我是演员庄钦。"

主持人："刚刚唱的这首叫什么？"

"是我下部主演的电影同名主题曲，叫《只差一步》。"

"哇，那这部电影是什么时候上映？"

围绕着电影和预告片，宣传了十分钟后，男主持 cue 南南，问她见到男神什么感觉，另一个主持人抢白："她眼睛都直了，刚刚庄钦唱歌，她就在旁边啊啊尖叫。"

"谁让你们揭穿我的屏保的！"

庄钦照着台本演："什么屏保？"

"她的屏保是你。"

那张半面妆的图又出现在了后面的大屏幕上，话题围绕着庄钦的戏曲妆，到学戏曲的经历，主持人问："南南想不想抱一下男神？"

“想，但是怕他的粉丝打我。”

“那算了，为了你的生命安全不要抱了。”

“我不，我要抱！”

庄钦主动地张开了手臂，观众席又是尖叫，主持人也在叫天啊，南南一边喊着男神，一边小步过去抱他，感动地说：“有生之年我竟然抱到了庄钦！全世界的女生这一秒肯定都很羡慕我！”

不过只抱了一秒，就分开了，南南说：“我此生无憾了，抱了这一下，我们就是兄弟了，等你电影上映，我包三十场！”

男主持对庄钦说：“你知不知道，她之前想要你微信，甚至发朋友圈问人有没有你微信。”

庄钦：“是吗？

“那最后要到了吗？”

“要到了，有人给她名片了。”

南南喊：“可是我不敢加——”

“那现在加一个吧，我拿下手机。”

助理把他手机送了上来，其实两人早就是好友了，但从来没说过话，说他是男神的话，也大半都是为了节目效果。

随着节目录制，很快FS的五个男孩也上来了，还有其他女艺人，一起做了三个小时的游戏。男团那五个男孩都贴着庄钦，罗瑜威还主动要跟他组队玩游戏，庄钦答应了玟姐要在节目上带他们，他也熟知综艺后期会剪什么素材，很努力地制造了“笑”果。

做完游戏，中途休息了十五分钟，继续录制，FS的几个已经下去了，庄钦还在台上。

这场通告他要录制到结束。

录制到了当天晚上十点左右，快结束了，庄钦说话太多，嗓子都有些哑了。

“今天辛苦我们庄钦了。”

“不辛苦不辛苦，大家比较辛苦。”庄钦知道差不多该下台了。

没想到那个男主持又问了南南：“导演组这次请来了你的一个男神，你要不要求求导演，下回请你的另一个男神？”

她当台撒娇，喊导演。

“别这样，等会儿导演去卫生间吐了。”

导演在台下问：“你男神是谁？”

她正要开口，导演就说：“吴彦祖不行，约了五年了还没约到。”

她说：“那导演请一下李慕行不行？”

台下忽然爆发了几声尖叫，一看，原来是庄钦的后援团那边。

导演：“不认识他，没他微信，联系不上。”

“我们都没有他的联系方式。”

“导演是不是还去私信人家了？听说没有回复。”

观众：“哈哈哈哈。”

主持人：“庄钦有啊，他们一起拍戏的，还联系吗？”

正准备下台结束一天工作的庄钦：“有……联系的。”

台下的尖叫声更热烈了，有一块全在“啊啊啊啊啊”，引得在场不明所以的观众扭头去看。

李慕这个名字，其实是有些陌生的，他不曾出现在电视节目上，有些人观影后，也不会想到去查询这个男演员叫什么。但此时总控室把李慕的杀手剧照放在了大屏幕上，所有人一看都知道了，原来是这个帅哥啊。

主持人说：“择日不如撞日，不如我们现在就打电话问问？”

庄钦：“啊？”

主持人：“你们是不是拍完戏就没有联系了？”

“联系的。”庄钦不得已拿出了手机，“真的要打吗？他现在可能已经睡觉了。这……不太好吧。那我可以发消息问他，要不要来节目做客。”

主持人：“那问下观众吧？”

“发消息还是打电话？”

观众：“打！电！话！！”

庄钦不知道这是提前准备好这么玩，还是怎的，反正台本上没有通知。他心头一跳，在疯狂叫他打电话的女观众的声音里，硬着头皮拨号。

主持人把话筒贴到他手机声筒上：“嘘，大家不要说话了。”

“嘟”了一声后，电话就接通了。

“哇，接得好快。”旁边有个主持人小声道。

庄钦咳了一声，喊：“李慕……”

他直呼大名，李慕一下就感觉到了问题所在，磁性的男低音被麦克风放大：“嗯？”

庄钦：“你现在在干什么？”

“要睡了。”李慕语调懒懒地说，“你是不是在录节目？”

主持人震惊：“这就被发现了？”

李慕没作声，主持人自我介绍，跟他打招呼：“Hello，我们是不是打扰你休息了？”

“没。”

主持人头一回遇见话这么少的，尴尬到极致：“你好厉害，刚才鸦雀无声，怎么发现了是在录节目的？”

“他提示我了。”

庄钦心里一慌。

主持人闻到了瓜的味道：“什么！怎么提示的？”

“平时不叫名字。”

整个演播厅安静了四五秒，随即是粉丝的尖叫。

主持人对着电话问：“既然电话接通了，那李慕，我代表节目组对你正式发出邀请，有空来参加我们节目吗？”

电话那头沉默了几秒，说可以。

主持人大喜：“那就下个月好不好？下个月来录制？”

李慕：“你问他吧。”

演播厅被追星女孩的尖叫声所充斥，庄钦耳旁萦绕着嗡嗡声，主持人扭头来问庄钦，庄钦说有时间一定来。

主持人：“你带上李慕？”

庄钦：“我问问他——”

主持人夸张地问：“你们这么熟啊？！”

庄钦没有否认，状若平静地说：“我们是电影合伙人，经常见。”

李慕感觉庄钦已经要招架不住了，说了句：“我有来电，要接一下。”

庄钦说：“那我挂了啊。”

李慕说拜拜。

庄钦挂断，得救一般把手机揣回兜里，接着又录了告别的片段，录制结束，是晚上十点半。

罗瑜威朝着他走过来。

庄钦问："瑜威？有什么事吗？"

"师兄，你录制六七个小时了，还没吃东西吧？我请你吃晚饭吧。正好我也没吃。"

"啊？谢谢你的好意了，不过我还有粉丝见面会来着。"换成以前，庄钦肯定很难拒绝这种请求，现在不知怎么自然而然就说出来了，"等回京了，有空我们再约饭。"

罗瑜威有些失望，但又不可能觍着脸去蹭人家的粉丝会，只能点头应好。

所谓的粉丝会，其实就是一个简单的小派对，是叶飒和他助理着手安排的，也就是和今天到场后援团的粉丝见一面，叶飒给他们订餐，庄钦只要待十分钟，跟粉丝合个影握个手签个名，还可能会收一些小礼物。

吃完饭，庄钦抱着素描画像，两个助理帮他抱着花、小零食、泰迪熊以及一些礼盒进了电梯，东西有些多，三个人还有点抱不下，结果电梯门还没关，突然有人进来了。

庄钦站在后面，听见人喊他："师兄？"

"欸，"庄钦探头去看，"这么巧啊。"

"您的粉丝会结束了吗？"

"结束了。"

"我刚去拿了外卖回来。"罗瑜威示意着手里的手提袋，主动帮他抱了花，"师兄你住几楼啊？我帮你把东西拿回去吧。"

庄钦说不用了谢谢，他坚持要帮忙，庄钦只能由着他，把东西抱到了助理房间，罗瑜威就离开了。助理跟他说这个小明星怪怪的，指着酒柜吧台说："他的外卖袋子放在这里有点漏水，估计是在下面拿着等了很久，可能是故意等您的，他们一个男团，怎么会没有助理跟着，要自己下楼拿外卖？"

庄钦笑了笑，说没什么的。

刚出道的新人，都想红。

助理看了看他，犹豫了一下，又说："而且他跟您撞款了，您发现没有？"

"撞款？"

"就是穿着啊、说话，还有发型啊、风格什么的，有点模仿您。"

这个助理是今年聘的，年轻，一说他才反应过来，庄钦解释："他们男团的经纪人是我的前经纪人。"

苏玟或许是想再造一个他出来，庄钦念着旧情，觉得适当的面子肯定要给，带带她的新人，对他而言其实只是举手之劳而已。

助理有点生气："您的前经纪人是不是觉得您脾气好！今天录制，他巴着您套近乎，不知道的以为你们多熟呢。"

庄钦还是笑："我都不生气，你生什么气？估计以后也不会有什么合作了，太过分的我该拒绝就拒绝。"

太过分的请求，苏玟肯定也不会找他。

粉丝送的礼物助理要检查一遍，庄钦订的套间，一个人住，助理在隔壁。

庄钦检查了一下房间，得空跟李慕讲电话。

"到酒店了？"

"到了，怎么还不睡？都凌晨啦。"

庄钦："不跟你说了，我要去洗澡了。"

李慕问："一个人睡怕不怕？"

庄钦本来想说这有什么好怕的，他赶通告都是一个人住，在剧组连荒山野岭都住过。

结果话到嘴里就变成："套房太大了，地毯红色的，电视柜旁边还有镜面，我一抬头就能看见……"

"怕？"

"有一点。"

李慕其实早就困了，但没跟他说完话，就感觉这一天没结束似的，闻言让庄钦去找个布把镜子遮住。

"等你睡着了我再挂电话。"

庄钦轻"嗯"了一声，耳机塞在耳朵里，他侧躺着，脸庞压在柔软的枕头上，也不知聊到什么时候睡的，总之醒的时候，电话已经挂了，一看时长，三四个小时的语音。

这个月庄钦还有别的通告要赶，一录制就是几天一周，录完回家就是八月了，庄钦最惦记的事就是剧本了。

卧房里，他抱着笔记本电脑再次尝试发邮件，老样子，得到的是自动回复。

李慕拿起剧本一看，线圈本封面印着硕大的黑体字：

白昼的月光

“这么喜欢这导演？”

李慕之前翻过梗概，发现庄钦非常感兴趣后，花时间看了整个剧本，故事节奏不错，剧情也好，寓意深刻，虽然并非他一贯喜欢的类型，但庄钦想要拍出来的想法他能理解，只是不能理解他为什么只要那个导演来拍。

庄钦盯着屏幕上的回复，都有点急了：“导演工作室那边还没有消息。”

“干脆，我亲自登门去找他吧？”他犹豫着，怕自己的做法引起反效果，可到现在导演还没见过本子。

这个剧本是足以让李慕拿奖的，而且非得是那个导演不可，只有他和他的团队，才能做出这部影片。那部片子短期是拍不出的，筹备至少得半年，也就是说，现在导演必须拿到剧本开始筹拍。

李慕来了兴致，托着下巴盯着他：“这么喜欢这个剧本，你怎么不导？”

“我哪有这本事？”庄钦依稀觉得这对话似曾相识，好像李慕上次就这么说过。

他忽然抬头去看李慕：“我带你去找导演吧？我说你做这个男主角，如果他认真看了剧本，就会知道你是最适合的人选。”

“不去。”

“剧本你看了吗？”

“看了。”

“剧本不行吗？你不喜欢？”

“那个角色不行，不适合我。”

男主角是个煤矿工人，电影势必要在深山取景，拍摄条件会有多差？要是投资李慕还有点兴趣；让他去出演这个矿工，他是绝不愿意的。

庄钦傻了。

导演也不回复，李慕也拒绝演，这部电影难道就这么夭折了吗？

“其实，矿工也可以很帅的，不会毁你形象。”庄钦是记得的，在某部电影里，也有旷工角色，演员身上原始的、脏兮兮的妆容，非但不显得脏，还有一种很强烈的、吸引人的男性荷尔蒙。

李慕摇头：“我对这个没兴趣。”

“那，你怎么才同意接这个角色？”

李慕想了一秒钟：“你做导演的话……”

庄钦直接接他的话：“我导戏你就演吗？”

他想的是，没准自己可以混个导演助理或者副导演什么的。

这部戏很有可能让李慕拿三金最佳男演员，一定得演。

“演吧演吧演吧……我投资，我给你开片酬，三……不，四千万，我还开得起。”

“好，接。”

53

庄钦是打电话说明来意，并预约后，才亲自去了对方导演工作室。

但他并未见到导演本人，只是见到了导演助理，助理收了他给的剧本，让他等回复。

像这样有名的大导演，自然有数不清的剧本往他手里送，无数的制片人想要邀约合作，只是他这样的名望，通常都是自己挑选了合适的剧本——人家只拍自己想拍的。

庄钦也是以独立电影制片工作室的名义上门的，等了有半月，庄钦才接到电话，来电的还是助理，表达了对剧本的兴趣——庄钦这才得以见到导演本人。

导演姓汪，汪导是第一次见庄钦，两人握了握手，汪导坐下说：“现在你们演员，也开始做制片了？”

庄钦每回见导演，都比较紧张，他礼貌地道：“这也是我第一回尝试，这个剧本我个人非常喜欢，非常想要您来导。”

“剧本我看了，你们预算多少？”

“预算……”庄钦保守地说，“看您的需求，如果需要花费的地方多，就多一些。”

汪导笑呵呵的：“我就直说了，你想拍的这个本子，预算一个亿都打不住，你要想自己主演，我看你也不适合这个角色。”

“这个主演的角色，那天我跟您助理提了，其实我有认可的演员，他很适合这个角色的。”

“那不行，我不要带资进组的。”

“他不是带资进组，您可以试试他。我这儿没有他的简历，不过他跟我合作过《藏心》，就是另一个男主演，他完全有能力出演《白昼的月光》。”

“哦，有印象了。”

“汪导，您觉得他怎么样？如果您要见一见，我可以带演员来试试戏。如果您愿意导的话，您做总导演，能不能……”庄钦觉得汪导太强势了些，像汪导这样的导演，脾气傲是很正常的，不允许任何人对自己的片子指手画脚，所以庄钦犹豫了会儿，才问他同不同意自己参与拍片，也就是让他做副导。

“那肯定不行。”他老神在在地说，“如果你要制片，那你就只能是制片人，我的电影就是我的电影，你是演员，但拍片，你是外行。”

庄钦马上摆摆手，说自己就是随口一提。

他也不敢在大导演面前班门弄斧，说自己拍过一部微电影，网上评价还不错。

助理进来提醒汪导有行程，汪导直接离开了，助理对庄钦说：“有消息会给你打电话的。”

尽管庄钦在国外拿了一个最佳男演员，但年纪轻，又是刚来做制片，加上不懂谈判，难免叫专业导演看轻。

他已经意识到在汪导这里碰壁了，但不确定他的态度究竟如何，又一直没得到确切回复，只能一直拖着。

直到配合《只差一步》剧组去宣传新片的时候，姜导问他最近做什么，庄钦才说了看中了一个剧本，投资都拉到位了，男主演都确定了，打算请导演拍，结果就卡这一步了。

姜导问他谁。

庄钦：“是汪导。”

“汪导，是汪正吗？”

他眼睛一亮，仿佛找到了门路：“是。姜导您认识他吗？”

“认识啊，哈哈哈哈！”

庄钦看他笑，以为关系不错，正打算从他这里下手，让姜导帮自己去问问看，就听他说：“你啊，别想让他导你制片的戏了。一来呢，你拍了我的片，他是不可能跟你有什么合作的；二来，你还给电影安排了男主演？”

庄钦有些蒙：“我是不是做错了什么？”

“不关你事，我和汪正的恩怨，不过呢，你最好还是死心，他不可能跟你合作，如果你的剧本实在是很好，他想要拍，可能会绕过你直接联系编剧。他不是第一回干这种事了，你快点把剧本买下来。”

“剧本的版权在我这里。”

“在你那儿吗？在你那里就好。你就换个导演，”姜导出谋划策，“中国这么多的导演，还找不到一个合心意的吗？你最近不是有自己拍电影？依我看，你干脆就自己导好了！汪正导戏导得也不怎么样。”

庄钦眼观鼻鼻观心，也不在姜导面前提这个名字了。

陪着剧组在全国各地做了一通活动，国庆假期结束，庄钦才回家。

《只差一步》正好赶上了黄金周档期，庄钦的名字有一定的票房号召力，姜导的拍摄风格不是年轻人喜欢的款，但庄钦太多年轻粉丝了，所以票房成绩很喜人，整个黄金周下来，就有两亿了。

回家后，汪导工作室回复了邮件，表示档期忙，加上脊椎有毛病，恐怕无力承担拍摄这部影片的任务，让他另请高明。

庄钦想，是不是自己和姜导合作的片子票房卖座，口碑好，两人之间有自己不知情的恩怨，导致汪导直接拒绝了自己。

那怎么办？

汪导不肯接，那换个导演？

庄钦开始新一轮的物色。

叶飒这才知道他这几个月都在忙这个东西，给他科普了一些瓜：“这两个导演之间的瓜，我也有所耳闻。十多年前，还是二十年前，他们的片子就在国外电影节上打架，有一年华语片送奥斯卡，姜导占了汪导的名额，不过姜导也没拿奖，就是陪跑，汪导暗讽他技术烂。不过汪导也做得很绝，姜导看中的本子，他直接把剧本买了自己囤着，不让他拍，自己也不拍。问题就来了，姜导看中的本子，汪导是怎么知道的呢？还那么快就买了版权？我听说汪导派人去他身边卧底了半年……”

庄钦听得瞠目结舌。

难怪汪导拒绝他的合作。

叶飒也鼓励他：“想转型，这不就是机会吗？管汪导接不接你的活呢，你一个月能拍一部二十分钟的微电影，那就多花点时间，大不了拍一年半载的。你是有这样的本事的。”

叶飒这么建议，也是因为知道庄钦想转型做导演，而且知道李慕有那个实力去支持他的爱好。

不然拍电影这么烧钱的东西，她还真不敢随便让人乱拍，乱尝试。

哪怕她这样说，庄钦仍然没有足够的信心，若是拍普通的电影，或许让他上他就上了，可实在是怕毁了好电影，万一自己导出个烂片来怎么办？

根据记忆复刻电影吗？

那就更不行了。

他一时间压力更大，手上开始筹备，联系摄影团队和影视城，四处打听合适的实景，并且大批量地看华语电影，想找个风格契合的导演。

夜幕降临，庄钦戴着眼镜和耳机看电影，李慕在他旁边看剧本，两人互不打扰。

初看时，不带明确的主观性和目的，李慕觉得剧本不错，是一部发人深省、带有人物性格特征研究性质，且没有太多动作戏的剧本。

但没想到会自己去演。

再多看两遍，想着自己要演，便代入自己是角色，结果反而看不下去。

李慕思索了一下缘由，终于知道为什么了。

因为男主角的名字叫张大春。

他找到电子文件，先把男主角的名字全部替换成张一。

换完果然顺眼多了。

庄钦看完电影，摘了耳机和眼镜，偏过头去看他的电脑屏幕：“看第几遍了？”

“第三遍。”李慕揉了下眉心，庄钦指着电脑说：“怎么给他改名了？”

“我来改吧。”庄钦伸手过去动他的键盘，“先改成张猛吧，不行再换。”

李慕太阳穴一跳，也没说什么：“还有一个问题。”

他在文件上快速用鼠标翻页：“这里我不拍，你得删掉。”

“我看看哦……”庄钦看了两个小时的电影，眼睛已经有些花了，好像是原剧本中描写了一段张大春……哦不，张猛和火车上邂逅的少女的一段激情戏，编剧很敢写，篇幅还有些长。

庄钦之前看的时候太过沉迷，完全进入剧本，没觉得尴尬，现在李慕单拎出来让他看，他马上动在了放李慕腿上的鼠标：“我把这段删一些……”

54

两人研究了好几天，像给小孩取名一样，庄钦取这个，李慕不满意；李慕取那个，庄钦说太高大上：“你醒醒，他是个矿工！”

“我演的矿工，”李慕瞥他一眼道，“和普通矿工能一样？”

庄钦无言以对。

这事儿闹了几天，庄钦列出一个名录，发到工作室群，请员工们投票。

“是我准备投资拍摄的新片的男主角名字，角色身份是个挣脱命运的矿工。”

投票下来，最终票数最多的是张觉（jué），既然是个要觉醒的人物，这个“觉”字，大家一致觉得非常合适。

如果真的叫大春，李慕就不会演了。

准备工作做起来比较复杂，十月底的时候，恰好是李慕生日，庄钦在七月就录制的综艺终于要在这个周六的晚上准备播出了。

本欲宣传电影的，但节目播出的时候电影已经上映一个月了，只能改掉其中某些台词，把“电影在十月一号上映”这种台词改为：“电影现在正在全国院线热映，我们，电影院见！”

庄钦配合节目做宣传，转发微博表示自己有参加录制，今晚不见不散云云。

罗瑜威从他这里转的，发了一个吐舌的表情：“第一次上《娱乐之王》，都是老师啊，感谢主持人和庄师兄，今天正好是个特别的日子，收到大家满满的祝福跟鼓励，让我一个不习惯过生日的人有了新的回忆，谢谢大家，晚上我和大家一起在家里观看新一期的《娱乐之王》，你们十八岁的罗瑜威会更加努力！”

自打庄钦去年拿了柏林最佳男演员，越来越低调后，黑子就在慢慢地减少了。

因为叶飒对他的营销方案和苏玟完全不同，走的路线不一样，黑粉自然人间蒸发了不少，当然也不是完全没有，但好评和正面的喜欢与反馈，让庄钦终于敢上网了。其实他的粉丝和影迷都是很可爱的，每天都会给他表白，对他的新电影也多有夸赞，庄钦渐渐有了信心，也开始跟她们多了许多互动。

上网看评论，看 @，自然而然地看见了罗瑜威的转发。

上次录制节目后，罗瑜威就问他要了互关，庄钦索性把他们男团的每个成员都回关了，弄得那几个年轻人特别紧张激动，给他发了微信消息：“师兄您竟然回关了我们！啊！！人生圆满了。”

庄钦的回复是：“哈哈，我平时不发什么东西，都是一些广告，还怕打扰到你们的主页。”

他们更激动了，觉得庄钦为人太好了，和经纪人说的一样啊。

苏玟带男团，和当初带他的套路是一样的，走的就是热搜包年黑红营销套路，水军满天地刷脸，发 FS 少年团每个成员的图片，满世界“安利”。

这样做害处是很明显的，庄钦点进罗瑜威转发自己那条宣传微博，就看见有黑粉转发。

刺目的话让庄钦退了出去，不敢多看。

庄钦给他发了一条评论，祝他生日快乐，成年快乐。

罗瑜威回得很快："谢谢师兄！抱住亲【心】。"

庄钦又回了一个表情，随后他又回复了一个开心，庄钦就此打住，没再继续。

晚上八点，庄钦和李慕窝在客厅一起看电视，猫盘在脚底的地毯上，辉叔也在，他还挺喜欢看庄钦上电视的。

大约是为了节目效果，刻意把庄钦和那个叫南南的女主持凑在一起，其实也没做什么，除了最开始抱的那一下，就再也没有任何肢体接触了，但是节目配乐居然是情歌，还在屏幕上做满了粉红色泡泡特效，还有各种起哄声，好像他们在一起了一样。

庄钦也有悔意，觉得不该为了通告费和拂不开节目组面子接这个的。其实这些节目都是这种套路，大人看这个的很少，都是学生在追，学生喜欢看什么，节目组可是做了大数据的。

他在心里想，以后不接这些乱七八糟的节目了。

第二天庄钦出门，在保姆车上空出时间上网的时候，才看见昨晚节目播出后的反响。

自己的镜头非常多，所以关于他和电影的讨论度、搜索量，一下就更高了。

李慕人在家，也在看。他对节目还是有很大的不满，他不认识这个电视台的人，但也可以运作一下，如联系赞助什么的。

55

庄钦趁着十一月没有工作，和李慕出差了一次，去了宁夏的一个煤窑，煤窑不允许他们拍照，里头全是矿工。这是个合法的煤矿，矿工领工资、劳保用品和补助，但在这种地方，仍能看见现代都市社会看不见的一面。

到十二月，庄钦带了更多的人，又跑到了河北的煤窑去，甚至是跟随矿工深入矿井底部去看，这还是为了查资料、做功课。有关煤矿这方面纪实的东西太少，他只根据剧本来拍而不切身去观察体会一下的话，未免太不认真。

庄钦一面去了解现实的东西，一面开始选角。李慕看剧本也看得头疼，因为有几场戏，完全是在挑战他的底线，如一幕戏要拍矿工在澡堂子里泡澡，要拍他洗澡，很用力地用肥皂搓洗手掌、脚掌、脚踝的煤尘，而其他的工友则是随随便便冲了就去泡，浑身都脏兮兮的，但李慕演的这个角色不太一样，非常在乎整洁和干净。

从片头第一场戏就开始表明，他饰演的角色和这个煤窑格格不入。

《白昼的月光》讲述了在老家意外摊上了命案的青年，连夜坐火车跑路，甚至无暇顾及家中至亲，在他逃亡了一段时间后，意外在淮南的一个火车站被几个煤矿工人拉入伙，改名换姓，一起去煤窑上工。

原来拉他入伙的是个专门害人、人为制造“矿难”，然后诈骗赔偿金的作案团伙。

这个作案团伙没想到的是，这个外来青年张觉也是个杀人越货的狠角色，在暗无天日的矿中反杀几人，其中一人名叫老张，是个四十来岁的瘦高个，颧骨很高，长了一张很纯朴似乎不会骗人的脸。

老张见伙伴被鹤嘴锄一锄头敲死，为了活命，向他磕头求饶，并且告知他一个秘密：“我知道一个地方……有很多钱！很多很多，还有黄金，满满一箱子的黄金！你饶我一命，我带你去找钱！”

“钱在哪儿？”煤气灯掉落在洞中地面上，煤尘萦绕在脏污的空气中，张觉那一张被煤尘揉黑的脸庞，现出阎罗似的煞气。

“放我一马，我带你去……那地方，只有我一个人找得到！”

鹤嘴锄刺在老张的喉咙上，老张哆哆嗦嗦：“钱、钱在矿长的家里！他家里，有个保险柜。”

“有多少？”

“很、很多……满满一柜子。”

“你是怎么知道的？”

“我婆娘……我婆娘睡他炕上时，偷看到的。”

“你婆娘呢？”

“死、死了……”老张恳求道，“那些都是赃钱，偷了也没事，他不敢报警的！我带你去，我知道怎么进他家，我知道他的密码……我不想害人的，我从来没有动过手，求求大哥放我一马，我都是为了家里的儿子，我儿子他一个人，我婆娘死了，我要是死了就剩他一个人了……”他颠三倒四地说着，让张觉想起家里那襁褓中的小儿子。

老张自己一个人挖地道，已经挖了半月了，钱他是想独吞的，所以只敢晚上挖，也不敢跟团伙里的工友讲，想着地道一挖通，拿着钱就跑路，谁知道这回害的不是普通人，是个活阎罗！

张觉自然是需要钱的，他要把钱拿回家，家里有老人和小孩，还有个等他的女人，过得穷困得很。但他又不能在老家露面，想必老家现在到处都是他的通缉令。

两人挖地道，偷钱，分赃后跑路，老张被矿长从火车上丢下去，身体被卷入火车轨道，而张觉仍凭借天生躲避危险的直觉和一身本事逃之夭夭，并通过一些方式给家里弄钱。

十年过去，他又回到老家，和一直紧盯着他家人的警方玩了一出旷日持久的猫捉老鼠的游戏，最终凶手被缉拿归案。

李慕作为投资人之一兼男主角，自作主张先把男主角的一切正面感情戏全部删掉了，让剧里那个本来可以出彩的女主角，变成了工具人和背景板。

到来年一月，庄钦身上的代言全部到期，品牌方多次给他打电话、发消息，问他要不要续约，也提高了合约的条件，他通通拒绝了，专注于电影选角一事。

他把剧本内容简介和人物小传一一发给相中的演员，这部电影除了李慕以外，还需要大量的戏骨，像老张、矿长、年轻片警和年迈一些的警察，男主角的双亲、妻子、儿子，这些都是很容易出彩的人物。

只是选角并不乐观。

因为这部电影没有找到合适的导演，李慕和身边人都一直鼓励他，让他来做，于是剧本上导演那一栏就写上了庄钦的名字，不过监制那一栏，写了郭宝箴的名字，庄钦自己一个人可没有信心拍这么长的一部影片。问过郭宝箴后，郭导看了剧本，说等他开机就过来帮他看看，但是并不插手他拍片。

可庄钦这个总导演的名头，让很多演员都不信任，哪怕这是史上最年轻的柏林华人最佳男演员，可隔行如隔山，演员和导演不能混为一谈。

但仍有一些对剧本非常感兴趣的老演员，愿意来他的剧组试试，毕竟庄导的片酬开得还是比较大方的。

庄钦电影试镜会的消息传了出去，片酬的噱头以及一些老戏骨的加盟，吸引了不少的关注。

“小钦，”苏玟给他来电了，“你的电影筹拍得怎么样了？”

“玟姐你也知道了？”

“当然知道，我都听说了，庄导，太气派了。是下个月办试镜会吧？”

“是下个月。”

“哦哦，是这样，我看见了人物小传，有个角色还挺适合瑜威的是不是？你们也挺熟的了，就唐临这个角色，你看看要不要试镜，还是直接给他？就当让他历练一下，片酬也不需要那么高。这是你第一部导演的作品，我说什么也得支持一下你啊。”

这个角色是男主角的儿子。

要让李慕知道，不知道要怎么气了。

“瑜威吗？”庄钦犹豫了下，一狠心道，“玟姐……我直说了，他演技不行，演不了。就是零片酬，我也不能让他上。”

苏玟想的是，庄钦这是第一回拍片，片子能拍成什么样、观众买不买账还得打个问号，而罗瑜威现在正当红，虽说是黑红但那也是红啊，她让罗瑜威降低片酬来接这部片子，庄钦的电影有当红鲜肉加盟，不正是两全其美吗？她一点没觉得庄钦是吃亏。

而且她和庄钦怎么说也是那么久的朋友了，苏玟根本没想到他会这么拒绝，在电话那头一时失语。

“对不住玟姐，我拍这部片子不指望能有多大成绩，但演员我得亲自把关，但凡瑜威他有一点演技，我都愿意给他一个机会。我也不想浪费你们的时间，瑜威如果来试镜，他也是没戏的。”

“我……我理解，瑜威他可不是正在学习嘛，进步了不少，你想想你以前刚出道的演技，再想想你现在，是不是进步很大？也是我的错，今天他跟我提起，说想去你的电影里打个酱油，说不要片酬也想，但他不好意思直接给你说，我想想我怎么给他说啊……”

“就说这个角色内定了吧。”

“行的，有什么需要姐帮忙的，你尽管提。”

“谢谢玟姐，暂时不需要。”庄钦借口有事，跟她说了拜拜。

一挂完电话，庄钦就吐出一口气。

以前和苏玟有一层工作上的合作关系，有什么不顺心的、不乐意的，他会直说，但苏玟离职后，两人就成了朋友，她让自己帮忙，庄钦情面上是无法拒绝的，倘若是问自己借点钱，介绍工作，帮了也就帮了，但是这种事，他可不帮。

不知道苏玟怎么给他说的，晚上罗瑜威来了消息，说上回说了要请他吃饭的，问他最近忙不忙，人在不在首都。

庄钦正烦着工作，看见了也没回。

四月初，试镜会如期举办，庄钦的导演工作室不像曾导的那么大，容纳不下那么多人，所以还是租借的剧院来开办试镜会，来他这儿报到的，要么是新人演员，要么是演过不少戏但一直都不出名的演员。

试镜会三个评委，庄钦是导演坐中间，李慕是男主角，郭宝箴是监制。

目前已经确认了男主角张觉，男配角老张，以及警长的演员，老张和警长是找来了两个老戏骨，庄钦开了高片酬，人过来试了试他的水平，才签了合同。

试镜会无非就是出题给试镜的演员，一个上来一个下去，庄钦要记笔记，有些觉得不好的，他就直接打了 ×；可圈可点的，就把优、缺点都写出来。

一连几天的试镜结束，工作人员让演员回去等通知，郭宝箴都看困了，伸了个懒腰说："你也是第一次做导演，怎么这么多人来见组？去年是不是也是四月，我在戏院试的李慕？好像当时就几个人来。李慕是最帅的，不、不对，他没试镜，他是陪邱总来的。"

"郭导，是前年。"庄钦纠正他。

"瞧我这记性。走，一起吃饭去？"

庄钦马上说自己请客。郭导在自己有片子要筹拍的关头，还过来帮自己忙，庄钦是很感激的。

庄钦请他吃小火锅，包间里，两人关于这一部还没开拍的《白昼的月光》有说不完的话，李慕不怎么对剧本的事插嘴，只是给庄钦夹菜，提醒他吃东西。

而郭宝箴作为一个深入过煤窑做报道的记者，一直对这种新闻延伸出的现实题材感兴趣。

郭宝箴说自己手上的几个本子都是这种的："一个杀妻骗保的，一个打拐寻亲的。我最近又干回了老行当，这段时间采访了一些家庭，有的是小孩很小被拐了，找了很多年，有的找到了，有的没找到；有的是小时候被拐、经过几手被人买去养大，现在家庭也很幸福的，也有不幸福的，什么样的都有。"

"郭导，那那些还没有找到自己小孩的家庭，他们是不是还在找？他们想孩子吗……"郭宝箴的话好似勾起了庄钦的回忆。

小火锅冒着热腾腾的番茄香气，包间里弥漫着雾气，郭宝箴也没发现他说话语气有些不太对，道："难说，毕竟是亲生小孩，丢了谁不着急？有的呢生二胎了，这事儿就当不存在一样。有的可能是故意丢的，小孩生下来养不了，就丢到有钱人家门口，自己不养也会送到福利院去，总比活活饿死强。"

庄钦听得出神，张了张嘴。

他想问，那些家庭有没有丢他这么大的小孩的，有没有和他长得像的父母，只是全都问不出口。

李慕明白庄钦为什么这么问，把寻亲的话题主动岔到选角上了。

经过一晚上的讨论，选角的事基本上敲定了，电影预计在八月开机。庄钦还跟郭宝箴说好，下个月要去淮南煤窑做采访，考察实景。李慕在旁边插嘴说："我在淮南买了一座矿山。"

庄钦："……"

郭宝箴："……"

李慕继续道："实景地不用考察了，就在矿山搭景，采访可以做，我一起。"

保姆车把郭宝箴送到家门口，再往家里开。

庄钦还在手机备忘录上记着选角的事，李慕伸手过去把他手机拿过来："不都选好了吗？"

"我再多看几眼，万一我反悔了呢。"

李慕把手机还给他，只是庄钦拿过去了，好像不知道做什么了一样，对着屏幕的亮光发呆，直到屏幕光芒熄灭。

"在想家里人？"

"我不是。"

"是想找你的亲人吗？"

"不想。"以前庄钦是想过，无数次地想过。他记不起小时候的事，长大后看电影看得太多，自己会联想，补全自己的记忆，一会儿觉得自己好像是被绑架的，一会儿又觉得自己就是被直接丢弃的，亲生父母把他丢在了大四喜班门口，却又一次都没来戏班找过他，就足以说明了。

这是他心里的一个疙瘩，总是想，但也从未试图去寻找过。

"真不要？"李慕看着庄钦的脸。想寻亲其实是比较容易的一件事。他说："我帮你找。"

"我不要。"庄钦垂眼，"我找到了有什么用？给他们钱吗？"

次日，庄钦很快通知定下角色的演员，签下合同，把剧本交到演员手里："电影八月开机，有差不多四个月的时间留给你们做功课。"

合同上写得很明白，电影开拍前给百分之三十的片酬，杀青后结尾款，但不能保证电影能公映。

56

四个月后，淮南深山，一座临时的影视基地建造完成。李慕买下的这座矿其实并不值钱，因为是已经开发过的矿山，所以保留着煤窑的所有建筑和矿井，山很大，山上叫生产区，山下叫生活区，工人就住在生活区。

时值八月，正是盛夏，矿上的锅炉房鸣着笛，白色的蒸汽从炉房烟囱往上直冒，这个长镜头由白色的蒸汽缓缓下移，到下班的工人身上，他们是化了妆后的群众演员，脸上身上都抹着煤尘，全脸只有眼白和牙齿是白色的，满身都是汗臭味，那股子汗酸似乎要冲出监视器屏幕了，镜头慢慢摇成一个特写，对准一扇窗户。

“你叫什么名字？”

“张觉。”

“多大了？”

“二十六。”

“家里都有什么人？”

旁边戴着胶壳安全帽的老张赶紧接话：“老板，这是我的亲表弟，他家里双亲没了，二十六还没娶上媳妇！听说我在矿上赚钱，就从河北老家跑来投奔我了！”

煤矿公司的办公室里，一米九高的男人站在办公桌前，签押桌背后的老板是个五十多岁的胖子，旁边站着几个凶恶脸的汉子。窑主是这一座煤窑管事的，他上面还有矿主，矿主是大老板。窑主吸着烟、跷着腿，微眯着眼打量着新人。

新人穿着旧的白褂长裤，圆寸，白褂下的胳膊显出结实流畅的肌肉线条来，因为出汗，比所有采煤工都要白几号的皮肤上带着莹莹的汗珠，这男人个子比这屋里所有人都高，表面看着老老实实的，很沉默，但隐约透着一股不太好惹的劲儿。

“嗯，不错，”窑主好像很满意他的块头，点头道，“身材很好啊。”

“Cut——”庄钦拿着导筒喊，“方老师，说错词儿了。”

现场工作人员都忍不住笑。

演煤窑主的演员五十多岁，也是属于经常能在电视上看见，但就是不火的实力派演员。是庄钦花了高片酬才请到的演员。

方老师说："口误、口误，赖我，太阳太大了，晒昏头了，看见他的肌肉啊，就忍不住错了词儿。"

庄钦喊休息，风扇打开，助理把冰水挨个儿递给演员和工作人员，李慕拧开，仰头喝了一口，喉结上下攒动。

他回身，往庄钦这边走。

这场戏是电影里李慕出场，庄钦不是要拍乡土电影，也不是拍纪实片，他要拍的是艺术片，所以每个镜头的设计都非常讲究，前期花了近一年的工夫打磨分镜，到拍的时候，仍然面临了很多的问题。

李慕在庄钦专属的座椅上赖着坐了几分钟，庄钦没讲戏，拿了冰毛巾给他。

片场到处都是人，他也不好给李慕擦。

李慕接过，在脖子上抹一把就丢开了，他脸上有妆，不是什么好看的妆，是黑黑红红的粉底，还有故意化出来的、干裂的嘴唇，化妆师给他补了唇上的妆，叮嘱："李慕老师，等下喝水要用吸管了。"

休息十分钟，演员就位。

场记打板："《白昼的月光》第八场，第二镜，二次！ Action！"

刚才的对话又演了一遍，这回方老师没再说错词儿，签字画押后，一个穿黑衣戴黑帽的监工阴恻恻地笑了起来："这地方是活人进得来，死人出不去的！"

这一场戏拍完，方老师马上要换衣服，拍这个布景的另外几场戏，就到了李慕休息的时候。

李慕坐下，在导演后面看，郭宝箴也坐在旁边，他以为李慕出那么多汗身上肯定臭烘烘的，结果还闻见似有若无的香水味，忍不住嘴角一抽——这李慕可真够骚的，演个采煤工居然都要喷香水。

到晚上，庄钦宣布收工，助理开始发冰水、冰棍、藿香正气水。

夜色笼罩着矿山，剧本里，矿山是汉煤有限公司开发的煤窑之一，矿区广阔，只有矿主坐气派的轿车，身旁跟着漂亮的女秘书，至于工人，每天都要骑自行车上下班，穿过春夏秋冬都是黑色的麦田，抵达生活区。

戏外，矿山是李慕买下的影视基地，庄钦花钱买了一些载演员上下工的观光车，每天天不亮就在酒店外面等着了。

在这样的地方拍戏，住宿条件自然跟不上，酒店，或者说招待所，是四个月前李慕来买下旧楼做了翻新，尤其是卫生间，从地面砖到墙、天花板全部重做了，又运送来贝母做的浴缸放在房间里。

在真实的煤窑拍戏，哪怕今天没给他化下矿井的矿工妆，身上也沾染了不少的煤粉。

凌晨时分，拂晓，矿山上弥漫着一层白茫茫的浓雾，黑压压的，一堆又一堆的炉房在雾中隐约现出黑色的轮廓，月亮还没完全下去，在远方的天际透着朦胧的光——庄钦专门凌晨四点就跑来守着拍这个空镜头。

矿井和地道中的剧情，只是在真实的矿井里采那么几个镜头，剩下的全都在摄影棚内完成，后期得多花些钱，但这样打光效果更好，演员的安全也能保障，最主要的是李慕不会因为糟糕的演戏环境而时刻被逼疯。

拍摄实在挑战他洁癖的戏份时，李慕会显得不那么配合，包括但不限于拍摄时走神，皱眉，转身跑去洗手。最后庄钦都会重新想解决方案，甚至临时改剧本。

在矿山这边拍了一个多月，终于换到其他城市拍外景，然后是大量的棚景。庄钦到底是第一回掌镜，对画面精益求精，一直从八月拍到来年五月，其间只在春节放了一个长一些的假期——电影杀青了。

漫长的剪辑工作是很枯燥的，庄钦没有请剪辑师，李慕索性带他搬到了因斯布鲁克的山谷里，前些年的冬天李慕来这边滑雪时，意外在阿尔卑斯山的一座雪峰的半山看见了这座玻璃房屋，里面没有住人，房子有着木制的屋脊，玻璃的墙，就在茂密的树林中央，李慕跟当地人一描述，就找到了房子主人的电话。

得知建造房子的主人已经去世了，他就花了些钱从房主人的子女手中买下了这座房子的所有权，以及周围的一片地皮。

他认为在这种地方创作电影，显然要比大城市更容易激发灵感。剪辑设备和人一起被空运过来，停在山顶的停机坪上，再开车到半山这里。剪辑设备被单独堆放在一个区域，庄钦每天要对着几块屏幕工作七个小时到十个小时不等，到周末会给自己放一天假。李慕开车带他下山去城里逛两圈，买点东西，或是坐着雪地摩托车去湖边冰钓。

他工作的时候，李慕会帮他看一些镜头的蒙太奇运用，对色调以及配乐提一些意见，对他喜欢的配乐，李慕就会打电话去买版权，但关于电影，大多时候都是庄钦自己拿主意。

半年后的冬季，庄钦的工作到了尾声，李慕不厌其烦地陪他窝在一楼的白色地毯上，靠着几个宽大的靠枕，一旁烧着壁炉，巨大的玻璃幕墙外是被雪覆盖的深绿色树林，窗帘半拉，而投影屏幕上播放的是导演剪辑版的成片。

电影李慕都快看吐了。

这半年全在剪这部片子了，最近更是每天都看一遍，刚开始李慕还会挑一些意见："这里，这一秒，这个打光太死亡了，好像我的脸很黑一样。"

"可你演的是采煤工啊。"

李慕："再调亮一点点。"

庄钦就去改了。

到后来他觉得都无可挑剔了，也因为审美疲劳看得受不了了，哪怕是再好的电影，哪怕是自己演的、庄钦拍的，看这么多次也会受不了。

可李慕发现庄钦还是很有精神，一会儿专注看，一会儿暂停，记下时长，写下修改意见，如此反复去打磨它，这种非比寻常的耐性，这么多天一天都没无聊过，连李慕都自叹不如。

他陪着看了一会儿，看烦了，站起身来，上楼去衣帽间换衣服，庄钦按下暂停，探头往楼梯井上面看："你要出去吗？"

李慕穿着红色的冲锋衣下来："就在门口滑一会儿雪。"

"那你多久回来？"

李慕看一眼他的电影："一个小时后回来。"

庄钦就起来给他拿保温杯接水，像家长一样叮嘱他："你就在门口滑，别跑远。"

这里属于无人区，房子附近在李慕来住下后才建有信号塔，稍微离远一些就没有信号了，听人说山里还有雪狼，但一般不会威胁到人。

李慕在玄关挑了一块单板，坐下穿滑雪鞋。

"卫星电话，你也带上。"庄钦把手机塞他胸口的包里，推开房门，零下的温度裹挟着呼啸的风。

"好了，别出来了。"李慕站在门口，"我又不会迷路。"

"那你别跑远啊。"

"知道了。"李慕戴着手套的手把门关上。

透过窗户，庄钦看见他蹲下扣上单板，一下就滑远了。

一般李慕要滑到山下，再搭车回来。庄钦继续工作，剪辑是个耗时耗力的活，做得起劲的话很可能会不眠不休，他经常通宵达旦地剪片子，熬到天亮还很有精神，看见片子剪出来非常有成就感。

如果不是李慕每天强制性地要他关机，庄钦可能还会一直工作。

两人在这里隐居半年了，早餐都是李慕随便做的，午餐是厨师上门，晚上偶尔也有厨师来。

李慕打电话过来："我接了两个人。"

"欸，你有朋友过来吗？"

"家人。"李慕说，"是我爸妈，他们来玩的，刚给我打电话，他们是你的影迷。"

庄钦傻了，坐在外面好像被冻得不知道怎么说话了，他对待家长、长辈之类的人物，天生就胆小一些，见到别人家长就有些不知所措，上回突然见到邱明她妈妈，这位贵妇很激动，表达了对他的喜欢。

这下庄钦完全慌了："十分钟吗？那你开慢点，我收拾一下！"

其实不怎么乱，李慕爱整洁，什么东西在什么位置，全都要摆好了，一乱他就受不了。

李慕让他别怕："他们是你的影迷。"

庄钦把灯全部打开了，慌慌忙忙地把地毯捡到楼上，因为他们住这儿从来没来过客人。

庄钦把冷掉的咖啡喝了两口，就倒了，重新冲泡了三杯，他整理了下头发，这才跑出去，朝山下眺望。

雪地越野车开到家门口的时候，李慕还没下车，就看见庄钦坐在外面的长椅上，门廊两旁的灯打开了，暖融融的光洒在他身上。他站了起来。

李慕下车，大步走过来："怎么坐在外面等？"

庄钦没答，目光注视着车上下来的两个人，高度紧张。

李慕的父母保养得很好，看着四十来岁，个子都高。他妈妈是混血，是位知名度很高的名媛，深邃的五官和李慕如出一辙，已经是晚上了脸上还有妆容。庄钦还在网上看过她的个人频道，是展示她的个人收藏，当然也就那么一期节目，大概是觉得无聊才做的。

至于李慕的父亲，庄钦不太了解。李慕是独生子，做父亲的疼儿子，所以事业都是他自己在打理，放任李慕去玩。

庄钦一时卡壳，不知道怎么叫，犹豫了下，喊叔叔阿姨，礼貌地说："初次见面，很高兴认识你们，我是……庄钦。"他双手紧张地揣在兜里，接受他们的视线。

李慕他爸就看着庄钦笑："看着真小，我们都看过你的电影。"

"那部电影里，就是看起来年纪小一些。"庄钦不知道要怎么接了，就忙请他们进门，"外面冷，我们进里面去。"

他们看起来不太好接近，但对待庄钦却很和煦、很健谈，专门找庄钦擅长的话题聊，或是有关电影的，或是有关美食的。庄钦很快就放松了下来，本来还要放《白昼的月光》给他们看，说是李慕主演的："还没有上映，不过他演得可好了。"

他爸妈果然很感兴趣，李慕站起来说："没剪好，你们去电影院看吧。"

庄钦："剪好了呀。"

李慕："没有。"

庄钦揣摩了一下他的心理。

可能是觉得电影里的他不时髦，太土了点，就不乐意让人看。

庄钦接话："对哦，好像是还没剪好。"

他妈妈说："那我们等着去电影院看。"

庄钦说："翻过年就拿去威尼斯送影展了。"

李慕妈妈道："威尼斯吗？那我们到时候就过去观影。"

把家人送走后，李慕简单收拾了一下，上楼去，看见庄钦在打视频电话，通话对象是师娘。

李慕站在楼梯口，没有进去打扰。

庄钦问起师父来，师娘都说不敢问他："那个倔脾气，你做了妥协，转为幕后，想必他总会理解的……"

庄钦又问他们的身体情况，问完师娘问他的工作情况，庄钦说："电影快剪完了，马上翻过年就送到威尼斯电影节组委会。"

"电影展览吗？"师娘说，"我还没去过。"

"就是讲一个采煤工……"他简述剧情，师娘说："那我可以买票去意大利看你的电影吧？"

庄钦怕她路途远折腾，师娘说："我又没有心脏病的，坐飞机怕什么？正好把你师父带过来。他这么久没有见你，其实都不怎么生气了，没有那么严重。"

57

电影剪完后，还要通过审查备案，审查后才通过官网提交给组委会，于是庄钦就决定报名威尼斯影展。

六月，组委会发来邮件，通知他电影进入主竞赛单元。

威尼斯机场外的停车场，早上七点，庄钦坐在车里，不时用软件看航班动态。

看见师娘乘坐的航班落地了，庄钦马上给她和师姐都发了短信。

师姐回得很快："你不会来机场了吧？"

"我在停车场……师姐，师父看见我会生气吗？"

"哪有那么多气啊？这都快两年了，不过以防万一，怕他当场订机票回家，等到了酒店，你再出现在他面前。他不懂意大利语，也不敢乱跑，再气也不能出走了。"

庄钦给师姐回了消息："我帮你们叫了车，房间也订上了，等到了酒店，我再来敲门。"

轿车载着几人回到酒店，庄钦本来要去找师父，敲门的时候，师娘出来了，说："你师父在飞机上没休息好，刚到就睡了。小铃铛，你怎么订这么豪华的酒店，这么大一个套房，铺张浪费！"

大师姐探出头来："妈，你的小徒弟是个有孝心的你还不知道吗？不过啊师弟，你的电影还没赚钱呢，就花这么多，师姐也要说你了。"

"赚了、赚了的，我昨天刚陪了北美的片商看片，有三家竞价，要出七百万美元买我的电影版权……"

"哇，七百万美元。小铃铛，你可太出息了！"

折合人民币五千万左右，这还仅仅是北美的版权。

师娘对这个没什么概念，一听也吓到了："这么多钱哪？拍电影好赚啊。"

师姐道："电影要投资的，他拍也拍了很久，花得也不少吧。不过能卖这么多钱，我们小铃铛导的片子一定很好了。"

庄钦被师姐夸得有点害臊了："今天还要陪欧洲来的片商看片子的，师姐、师娘，你们先好好休息一下，我让酒店给你们送餐过来，晚上我回来再过来看师父。"

师姐点点头："好的好的，你去吧。对了，你的电影要怎么才能看到？是不是要去利多岛？"

庄钦本来想说自己带他们过去，又想到师父可能不待见自己，就说："我给你们请个向导，等会儿我拿几张票给你们，去电影宫就能直接看了。"

庄钦没有休息，直接跟欧洲代理人去陪片商看电影了。李慕没有一起去，他留在了酒店，安排导游去找庄钦的师娘，他还给庄钦的师姐发消息，说让他们单独去，把庄学久留下。

下午，李慕去敲门。被家里人丢在酒店的庄学久刚刚睡醒，看见妻子女儿留下的便笺，说有个导游带他们去玩景点了。

他吃了两块酒店送的小蛋糕，啃着苹果，打开电视机全是看不懂的玩意儿，他穿着睡衣在偌大的套房里走来走去，到露台看了会儿风景，饥肠辘辘，还不知道怎么办，去哪里吃，家人什么时候回来。

庄学久气坏了，一下听见敲门声，以为家人回来了，光着脚就跑去开门。

门一开，看见外面是个高大的男人，庄学久仰头一看，愣住。

李慕往前走了一步，不给他关门的机会："庄老先生，我是李慕。"

"我知道你是谁。"庄学久看着他一时说不出话来。

"给我十分钟，我们聊一会儿。"

"没什么好聊的！"

"请您来威尼斯，是因为他需要您的祝福。"李慕把门关上，风度翩翩地请他坐下，仿佛他才是房间的主人一样。

庄学久坐下的时候还在说："我跟你没什么好谈的。"

"他是您收养的孩子，你们从前是他的亲人，如果得不到您的认可，对他来讲打击太大。"李慕不疾不徐，"亲人的缘分就只有这一次，您要彻底斩断和他的缘分吗？"

庄学久脸上的愤怒，渐渐变成了颓唐。

"今天的对话我会保密。"李慕起身，留下自己的名片在桌上，"如果您要回家，我安排飞机送您。"

李慕径直离开，庄学久坐在那里思考，坐了有一会儿，再次听见门铃响，他过去开门，是送餐的服务员。

第二天，向导带他们上利多岛观影，庄学久以为就是看个普通的电影，谁知道看着看着，发现这个男主角怎么是昨天来找他的那个。

师娘看了他的表情，发现他只是一贯地板着脸，也没有起身离开，就放下心来，低声说："这部电影是小铃铛拍的，他是导演呢。"

庄学久没有作声。

电影放映到一半，庄学久忽然在影片里看见了他家徒弟。

连师姐也惊呼了一声。

他们知道庄钦是导演，但不知道他在这部影片里还有客串的戏份。

庄钦客串的角色是李慕饰演的角色张觉的儿子唐临。

父子阔别十几年，儿子长大成人，不知道出现在眼前的男人其实是他的父亲，可总有一种莫名的熟悉感，他和改名换姓的父亲交谈，变得越发亲近，甚至向他吐露烦恼和私事。

父亲教他追女孩，教他人生道理，他和朋友吃饭，帮他埋单，被学校里的同学欺负了，他用拳头教训回去。

儿子说："你就像我爸一样，但是我爸，我没见过他，他是个杀人犯，不过我妈总说他是个好人，我从来没见过他的照片……"

张觉问："那你恨他吗？"

"恨？我不恨的，他已经成墓碑了，我恨一把灰干什么？"

当儿子终于知道这个突然出现在身边的男人其实是自己的父亲后，矛盾爆发——从矿山追查而来的团伙绑错了人，绑成了唐临。

在到处通缉着张觉的老家，他本应低调行事，但为了救儿子，他不惜暴露自己，影片的最后，李慕躺在冰湖上，背上、肚子上，十几处伤口。

儿子跪在满是细小裂缝的湖面上，父亲失去了力气，说："爸爸再也不能保护你了。"

冰层透明厚重，布满裂缝，白昼倒映在蓝色的冰面上，他的眼睛疲惫地眨了一下，眼珠子慢慢地凝固住，连太阳都在其中失去了光彩，变成了冷色调的蓝，犹如月光。

冰湖旁的野林子，传来起伏的狗吠声，警察和警犬齐齐从林中朝冰面上飞奔而来。

看电影的大多是意大利人，影厅里有人偷偷地擦眼泪，庄学久直直地盯着电影屏幕，心里一抽一抽地疼，他家小铃铛，从小就没有爸爸妈妈，要是自己不肯认他，他该有多难过？

拍到唐临的剧情时，请来的演员很年轻，是个十七岁的少年，父母陪同着一起来拍的，结果演员轧戏，同时奔波在《白昼的月光》剧组和另外两个剧组，庄钦直接把他换下了，换下后没有找到合适的演员，他就索性自己上，也没拍多久，他和李慕有默契，一拍起戏来就很快，父子俩的全部剧情拍完，也不过半个月。

《白昼的月光》不是纯粹的艺术片，它有一种很少见的风格，从色调到构图，都很特别，镜头的每一帧都可以截图来做屏保，哪怕是黝黑的矿山，也被他拍出了一种阴森可怖的美感。

这部片子成为黑马，一票难求。

组委会提前几天通知庄钦，要留到闭幕式，也就是说一定会有一个奖项，具体是什么奖，庄钦无法去打探，组委会还在开会商议。

师父和师娘去了罗马玩，师娘说过几天还会回威尼斯，为他庆功。但是老头子那边她也不太能确定，准备在其他地方玩的时候，看他什么时候心情好了，就劝劝他。

闭幕式当天，剧组主创人员一同出席红毯，各国媒体疯狂拍摄、报道，国内没有买直播权，但是有些博主在随时截图，实况文字转播。

【最新消息！！！《白昼的月光》剧组来闭幕式了！！！】

【《白昼的月光》？这是什么，这不是顾城的诗吗，国内导演的吗，谁拍的？】

博主发了从外媒报道上偷的红毯照。

【刚刚出炉的红毯照，无修图！影片主创名单如下，导演：庄钦，男主角：李慕，女主角：常小奕，男配角：庄钦、方金奎……】

在去电影节之前，《白昼的月光》没有在国内做过任何的宣传，是想等着拿了奖后一起宣传然后上映的。

这个消息一出，所有人都直呼不可能，导演怎么会是庄钦。

结果看见了官网上信息的截图才敢确认。

威尼斯电影节闭幕红毯是在下午的五六点，国内刚好是凌晨，正是网友最活跃的时候，这个消息一传出来，所有人都惊了，网友也是，业内人也是。

犹记得是前年，庄钦好像公开办了试镜会……片酬都开得很高，他们很多人嫌没档次，肯定是烂片，私底下都吐槽过，就没有去。

谁知道现在人家的电影都拍出来了，还进了威尼斯影展的主竞赛单元……

【真是庄钦啊？他拍的电影入围了威尼斯电影节主竞赛单元？震撼我全家。】

【入围而已，也没什么了不起吧！】

【一个科普：入围主竞赛单元就是入围而已，但是留到闭幕式，最次都有一个最佳新人演员奖什么的，黑子们别酸啦！】

粉丝闻风出动。

【我们钦钦这么久不营业原来是憋了个大的，拍电影去了！！排面！！】

这次电影节，有个国内来的媒体特约了他们的专访：“不管结果如何，庄老师，今晚都请空出半小时给我们哦！”

庄钦昨晚就接到组委会电话了，拿什么奖他心里都有数，但是不能说出去了。他对这家愿意发声的媒体印象不错，也就同意了。

他已经有过一次领银熊奖的经历，此次越发地从容，入场后，被带领到座位上落座。晚上七点，主竞赛单元的颁奖礼正式开始。

随着一个一个的奖项颁发，他心跳速度加快，等到最佳男主演开始颁奖的时候，庄钦整个人绷紧了身体，不是他领奖，可他比李慕还紧张。

李慕闲适自在，就算是没通知他拿奖，他也不紧张，何况是打电话通知了，让他做足了准备呢。

李慕绕到台前去，走上舞台，从一位曾两次拿过金狮的意大利国宝级演员手中接过了奖杯。

“谢谢组委会的肯定，谢谢演员们的辛苦付出，这个奖杯，我要送给我的导演。”他的神情没有太大的起伏，语气也平静，就在台下观礼的名流们以为他这个停顿后，还有别的话时，他拿起奖杯准备下台了。

主持人叫他留步，委婉地道：“Mr.Lee，你还有别的要说的吗？”

话筒递到了嘴边，李慕面无表情道：“Thank you.”

主持人无可奈何，李慕下台了。

到了最后，眼看着要结束了，李慕拿了奖杯就放旁边没管，是庄钦抱在腿上，生怕摔下去了。

到最后，眼看着要结束的时候，评审团大奖开始颁发，念到电影的译名时，庄钦都没反应过来——主要是完全没有料到，昨晚组委会的电话，可没有通知这个。

“他是本届威尼斯电影节也是电影节有史以来最年轻的一位导演，年仅二十三岁，不过他拍摄的影片，我们所有评委都非常喜欢，评审团主席说……”

庄钦错愕：“我吗？”

“庄导！拿奖了！”身旁的另一个男演员说。

李慕也有点意外，低声对庄钦说：“是你，快上去领奖吧。”

“我没有准备……”庄钦看见摇臂摄像机对准了自己，剩下的话也没有说出口，直接站起。

他手上还抱着李慕的银狮，到了台上，被主持人调侃：“你要给我颁奖吗？”

庄钦这才反应过来：“不、不……这是我的男主角的奖杯，我忘记还给他了。拿奖了一下子有些不知所措，抱着这个就上来了，实在是抱歉。”

主持人又笑：“好了，你的男主演刚才在舞台上说要把奖杯送给你。”

颁奖嘉宾把另一个同样的银狮给庄钦，庄钦一只手一个，站在领奖台上，站了好久，说了一句：“Thank you.”

不知道这句话触发了什么笑点，全场哄堂大笑。

庄钦摸不着头脑，又道：“感谢组委会的肯定，感谢所有演员、合作者的辛苦付出……”

他的领奖词完全没有准备过，说的时候完全是临场发挥、张口就来，竟然和李慕的领奖词一模一样：“这个奖，我想送给我的男主角李慕，因为他把他的银狮送给我了。”

“这两个奖杯，我们会珍藏一辈子的，谢谢。”庄钦鞠躬，维持了这个动作有两秒才起身，一只手抱一个奖杯，抱着下台了。

这些得奖的影片，全部实时在官网上进行了信息更新。外面等待的全世界各地媒体第一时间得到消息，最受瞩目的自然是金狮奖得奖者，这是一部意大利本土的影片。

其次就是这个最佳男主演和评审团大奖两项大奖的得主——《白昼的月光》剧组。

不仅仅是国内来的媒体，外媒也想采访他们，庄钦他们在外面被这些媒体团团围住，镁光灯疯狂地闪，话筒从四面八方来，起码缠了他们半小时，剧组人这才坐上车，回酒店做专访。

他们的酒店订在主岛上，坐游艇回去要一会儿时间，早先跟庄钦约好的媒体紧随其后，到了房间才开始布置打光什么的，然后采访导演和男主角。

酒店的窗帘拉开，窗外是露台和威尼斯的夜色，庄钦和李慕坐在一张浅蓝的布艺沙发上，记者坐旁边另一个单人沙发，两个银狮放在沙发两侧，面前是两个摄影师，一个拍全景，一个拍特写。

“这些是问题，如果有什么觉得不方便回答的，可以不必回答，我们后期播出会剪掉的。”

调整了麦克风，录制正式开始。

记者问：“我们都知道两位第一次合作是在四年前，一部叫《藏心》的电影，我们都非常熟悉这部影片，我看过两遍，这是一部非常好的影片……”

李慕插嘴：“《藏心》导演就住楼下，我打电话叫他上来？”

记者愣了一秒，说：“我们今天主要是采访您二位，至于郭宝箴导演，下回有机会我们会做一期专访的。”

记者问：“是什么使二位第二次合作呢？”

庄钦官方用语：“他是个非常优秀的演员，从我拿到这个剧本起……”

李慕答：“缘分。”

记者：“呃……好吧，那想问问庄钦导演，您为什么要转型去做导演呢，是什么让您产生了这个想法？”

“一直都有这个想法，只不过我胆子很小，不敢尝试，有些害怕外界的声音，不过我身边人，我的经纪人、助理、曾导……都鼓励我，说我一定能拍好的。”

李慕插嘴：“还有我。”

“是的，还有他，李慕也鼓励我，事实上他是鼓励我最多的人，他经常跟我说我能做到，所以就尝试去拍了。”

“拍这部电影的时候有遇见什么特别的或者有趣的事吗？”

庄钦：“拍戏的每一天对我而言都是一场冒险，因为不知道会发生什么。”

“你感觉做演员和做导演最大的不同是？”

庄钦笑：“以前都是导演叫我 NG，现在我可以叫别人 NG 啦。”

记者：“两位在《白昼的月光》这部影片中，也有一些对手戏，是演……父子，这对您来说，有没有什么压力？”

庄钦：“问我吗？”

记者：“两位都可以回答一下。”

庄钦：“压力啊……对我来说就是剧本，拿着剧本演，演完了马上出戏，没什么太大的压力。”

记者转向李慕：“您呢？”

李慕内心有话要说，但被问到了，就答：“没有。”

记者算是明白了，不该问他问题的，于是更多地问一些电影拍摄方面的问题。

记者在半小时后离开，离开前说：“这次采访很愉快，下次有什么独家，一定联系我们。”

因为电影拿了奖，一年多不营业的庄钦发消息了，说拿了两个小狮子。

电影本就定档在今年年底上映，现在拿了奖，立马开始做宣传。庄钦沉寂了近两年，除了今年四月曾导的电影上映的时候，出来活动了几天，就再也没有出现过了。

现在拿奖的新闻一报道，网友和粉丝才知道原来庄钦这两年都在低调地拍电影，拍真正的好电影。

“你师姐看见了网上的消息，说你拿奖了，真的吗？”

记者刚走不久，庄钦就给师娘打了电话。师娘刚才打过一个，他没有接，想他是不是在接受什么采访，就没有继续。庄钦这才回拨。

“是，拿了两个奖，一个是最佳男主演，一个是评审团大奖。”

师娘不懂什么叫评审团大奖，但拿了奖就是优秀，她大加赞扬：“你做什么都做得好，走上了国际舞台，得到了那么多的认可，师娘为你骄傲！”

庄钦现在还有些晕头转向的，拿了两个奖的感觉太不真实了。

师娘最后带着师父回到了威尼斯，庄钦在码头接到师姐他们，庄学久第二个下船，庄钦站在码头，伸手过去，要拉他一把。

“师父。”他喊道。

庄学久抬头看着他，随后把手给他了。

庄钦几乎喜极而泣，低声道：“谢谢您。”

庄学久摆了下手，没有说话，只是抬头又看了李慕一眼。

十二月，《白昼的月光》在国内公映。

炒了几个月了，国外纷纷上映，其间还拿了两个亚洲的奖项，电影热度一直居高不下。

点映的时候，就场场爆满。

到正式公映，更是口碑炸裂，上座率高得可怕，院线把他们电影的排片都增加了不少，还有院线来问他们要不要做 3D 或者 IMAX 版本，因为这种版本票价能卖得更高。

【这个男主演好帅啊，演他儿子的也好帅，演技好厉害，给我妈看得眼泪哗哗的，他俩还演过什么吗？】

【吃我安利！看《藏心》！看《藏心》！看《藏心》！姐妹快去看啊，都给我看，太好看了呜呜呜！！】

春节前，庄钦发了年终奖，才开始看去年的进账。

去年他没有其他的工作，但是之前投资的电影，全都有了回报，加上《白昼的月光》票房大爆，海外版权卖了十几个，在挪威、荷兰、东南亚等国家地区全部上映，海外版权就差点赚了两亿，加上国内总票房十多亿的成绩，进账竟然一共有五亿多，再加上投资的回报，算下来六亿多的年收入，让庄钦到现在都是晕的，给员工发年终奖也毫不吝啬，一袋子现金，让人拿回家自己数。

庄钦还给小刀汇了几百万过去，然后去提了辆新车，是辆限量的法拉利超跑，要一千多万，庄钦眼睛都没眨就买了，送给李慕当春节礼物。

李慕车买过不少了，有些开都没开过，停在不知道哪个房产的地下车库里，但这一辆不一样，是他最喜欢的。

年三十的夜晚，他开车带庄钦兜风，车子开到了郊外的无人公路上停下。

庄钦穿着羽绒服，一看到了这么远的地方，也困惑："开这么远来干什么？"

"在郊区才能看到最漂亮的烟花，你不是说过喜欢看吗？"李慕抬手看表，"快十二点了。"

庄钦怔了一下，便想起来，自己好像提过，说小时候喜欢看。

下车，二月初温度很低，冰冷刺骨的夜风吹进了衣领，庄钦把羽绒服拉链拉到顶。

还没到十二点，就有烟火升空了。十二点整的时候，万花齐放，夜空变成了白昼，月亮的光辉在这样绚烂的烟火下，也变得黯然。

庄钦定定地望着，从包里掏手机拍照。

不知道从哪儿放的，或许是其他人定制的烟花，庄钦看见了"岁岁常相见"几个字，在夜空短暂地停留了几秒，庄钦手比大脑快，直接按下了快门。

他近两年的动态都非常少了，自从退居幕后以来，只转发过电影相关。至于李慕，就跟消失了一样，拿了奖也不出来活动。

李慕注销了自己的微博，就是再也不登录的意思。

倒不是怕什么流言蜚语，是因为他觉得自己本就不是什么明星，也不需要网上的这些追捧或非议。当演员和不当演员，对他的生活没有太大的影响，以前出门被人看，现在出门还是要被人看，也照样没有人会上来问他要签名什么的。

网上是什么样，他现在也不感兴趣。

粉丝的生活离庄钦看似很近，实则很远，庄钦偶尔从助理那里听到一些粉丝的声音，有时还和李慕分享看一眼。长途航班上，舷窗外是洁白的云层，他翻开剧本，继续阅读。

图书在版编目（CIP）数据

演技派：完结篇 / 睡芒著 . — 广州：广东旅游出版社，2021.8
ISBN 978-7-5570-2511-3

Ⅰ . ①演… Ⅱ . ①睡… Ⅲ . ①长篇小说—中国—当代 Ⅳ . ① I247.5

中国版本图书馆 CIP 数据核字 (2021) 第 129248 号

演技派：完结篇

YAN JI PAI : WAN JIE PIAN

出版人：刘志松
责任编辑：何方
责任技编：冼志良
责任校对：李瑞苑

广东旅游出版社出版发行
地址：广州市荔湾区沙面北街 71 号首、二层
邮编：510130
电话：020-87347732
印刷：三河市冀华印务有限公司
（地址：河北省廊坊市三河市杨庄镇杨庄村）
开本：700 毫米 ×980 毫米 1/16
字数：349 千
印张：19.25
版次：2021 年 8 月第 1 版
印次：2021 年 8 月第 1 次印刷
定价：48.00 元

【版权所有 侵权必究】

如发现图书质量问题，可联系调换。质量投诉电话：010-82069336